文字烛照未来

TopBook

唐代关中士族与文学

【第四版】

李浩学术文集

李浩·著

陕西新华出版传媒集团
陕西人民出版社

TopBook
鉴书客

图书在版编目（CIP）数据

唐代关中士族与文学 / 李浩著. —西安：陕西人民出版社，2022. 8

ISBN 978-7-224-14519-9

Ⅰ. ①唐… Ⅱ. ①李… Ⅲ. ①地方文学史—古代文学史—关中—唐代 Ⅳ. ①I209. 941

中国版本图书馆 CIP 数据核字(2022)第 058860 号

出 品 人：赵小峰
总 策 划：刘景巍
出版统筹：韩 琳 关 宁
策划编辑：晏 藜 王 凌
责任编辑：王 倩 武晓雨
整体设计：哲 峰

TopBook
饕书客

微信扫一扫，关注饕书客

唐代关中士族与文学

作　　者 李 浩
出版发行 陕西新华出版传媒集团 陕西人民出版社
（西安市北大街 147 号 邮编：710003）
印　　刷 中煤地西安地图制印有限公司
开　　本 920 毫米×1092 毫米 1/32
印　　张 11. 625
字　　数 260 千字
版　　次 2022 年 8 月第 1 版
印　　次 2022 年 8 月第 1 次印刷
书　　号 ISBN 978-7-224-14519-9
定　　价 89. 80 元

李　浩

陕西靖边人，现为西北大学文学院教授，西北大学中国文化研究中心主任，兼任中国唐代文学学会会长等。著有《唐诗的文本阐释》《唐代关中士族与文学》《唐代三大地域文学士族研究》《摩石录》等学术类著述，另有《怅望古今》《行水看云》《课比天大》《野生涯》等随笔类作品。

内容简介

本书初版曾被认为是“迄今第一篇从家族文化角度研究关中地域文学的力作”(卞孝萱语)。作者从人地关系的理论前提出发，运用“地域—家族”相结合的研究方法，对唐代关中地域文学进行探讨，对与文学发展具有关联性的关中地域文化和关中士族的历史事实进行整理，对本地域文学的发生机制重新诠释，在此基础上为唐代关中文学进行定位。作者标举关中文化精神、关中文学士族、关中文学群体等范畴。对牛李党争、唐代关中士族教育、苏绰文体改革、窦叔向家族贯望、《皇唐玉牒》编撰者、李白世系中的谱牒与属籍、柳宗元的婚配与子女等问题亦提出独到的解释。

本书出版后曾获中国高校人文社科优秀成果三等奖、陕西省政府哲学社会科学优秀成果一等奖、陕西省高校人文社科优秀成果一等奖等荣誉。

本次新版，作者据近20多年来新出文献和国内外地域文学与士族文学研究的新成果，对原书进行了新的订正，代表作者对此论题的最新见解。

序　一

卞孝萱

陕西师范大学霍松林先生为国家培养了许多位质量很高的文学博士。1994年我赴该校主持答辩，很欣赏范子烨君的学位论文《〈世说新语〉研究》，后收入我主编的“六朝文学丛书”中，已经出版。1998年我又赴该校主持答辩，认识了李浩君。与李君见面之前，已听到陕西师范大学师生介绍，李君任西北大学中文系副主任、副教授，负担着繁重的行政工作和教学任务，在职攻读博士学位，为了专心致志把论文写好，主动辞去副系主任的行政职务。他这种重视学业而淡泊名利的高尚情操，在见面之前已给我一个极佳的印象。

李浩君提出答辩的《唐代关中士族与文学》一文是迄今第一篇从家族文化角度研究关中地域文学的力作。该文具有如下特色：

一、论题新颖，多有创见。在古代文学研究领域中，唐文学研究取得了令人瞩目的巨大成就，这对于刚迈入此领域的青年学子来说，固然可资借鉴的成果比较丰富，但却使他们很难找到一块空白开发耕耘。李君的学位论文，在论题的选择上具有填补空白的意义，难能可贵。作者在论文中，提出了一系列的理论命题和范畴，显示了深厚的理论素养与犀利的学术眼光。如关中文化精神、关中文学士族、关中文学群体、雄深雅健的关中文学趣味等。论文从“关中”概念的界定入手，探源溯流，纵横捭阖，建构出关中精神的理论框架，为全文提供了文化背景；又从方土风气入手，论述关中文学趣味，勾勒出关中文学的美学氛围。继则对“士族”“唐代士族”“关中士族”等问题由表及里，层层剥笋。作者在提出“关中文学士族”概念的同时，又侧重从时间维度考察关中文学士族的崛兴，认为关中士族经历了一个从文到武，又由武到文，即从经史世家到武力强宗，再由武力强宗到文学世家的演变过程。作者勇于开拓，故文章不乏理论上的原创性。

二、架构合理，体系完整。论文既有对关中地域文化精神、方土风气、文学趣味的宏观把握与历史概括，又有对唐代关中士族、文学群体的中观审视，还有对苏绰、柳宗元、韦应物、六窦、韦庄、杜牧等关中作家的个案剖析(略近于微观研究)，从而构成了多层面、多视角的立体研究框架。作者既能高屋建瓴，从大处着眼，又能有点有面，追求理论概括、文本分析与史料考证相结合的学术传统，视野闳通而又条理清晰。每章之末，均有结论，读之一目了然。作者在对材料整合融会的基础上下笔，而且注意逻辑性，故文章表现为思维缜密，气势流转。

三、考证绵密，功力深厚。在古典文学研究中，由于其研究对象的特殊性，有识之士认为只有从文献出发，对研究对象进行实证研究，是必由之路、不二法门。作者在写作过程中，搜集阅读了大量的原始资料，爬梳剔抉，发覆探隐，或辨析前贤旧说，或提出自己新解，皆能取精用宏，多所创获。如对“关中郡姓”命题的解说、对“城南韦杜”的综合考察、对牛李两党成员郡望的统计分析、对苏绰文体改革的重新评价、对六窦家族贯望的辨析等等，覃思精论，异彩纷呈。尤其是对“关中郡姓”命题的解说、对“牛李党争”成员郡望分野的考证、对宇文泰与苏绰文体改革的重估这几部分，或于人们奉为常识、熟视无睹处生疑，或于歧说纷纭中提出新见，稽检考索，有理有据，令人耳目一新，于隋唐文史研究颇多补益发明。

四、视角独特，方法先进。论文以文化地理学和地缘文化学中的人地关系理论为前提，运用“地域—家族”相结合的操作方法，建构理论范式，伸展研究触角。这一思路，显然受到钱大昕、陈寅恪、钱穆及法国泰纳等前辈学者的影响，由于作者对研究对象的特殊限定，以及对学术史的熟悉，使其对这一方法的运用，显得从容不迫，游刃有余，既无削足适履之弊，又无简单模仿之嫌。国内学术界长期受极左思潮的影响，文学研究也形成了一种思维定式，使得从“五四”以来形成的学术传统和研究方法出现了某些断裂，失落不彰，作者能继先贤之余绪，发扬光大，值得称道。

五、文笔简明，风格雅健。李君是拨乱反正、恢复高考制度后的第三届大学生，从事高校古代文学教学十多年。在攻读博士学位前，已出版过《唐诗美学》《唐代园林别业考论》等专著数种，并在《文学遗产》《文献》《唐代文学研究》等刊物上发表过论文多篇，具有较丰富的学术积累和写作经验，对论文和学术著作的语言风格亦素所追求，故能将其学养识见熔铸为一种与论题相统一的论说语言，富于中国传统气息，文笔简明，风格雅健，读之有厚重感。通讯评议的同行专家和答辩委员对此特点亦多所肯定。

总之，从论文看出，作者对传统文化，既富有知性理解，又极为钟情向慕；既有传统功力，又具新学之长。李君世居关中，热爱乡土，对传统价值观念，悉心守护，笃行实践，故能得九百年“关学”之精义。他对前辈学人的成果既不盲目崇拜，也没有简单否定，而是充满一种深切敬意。这一点在今日青年学子中较为少见，特予提出。李君向我表示：这篇论文的时间跨度长，涉及问题多，而且属于草创，不足之处，在所难免，今后他将在现有的研究基础上，继续努力探索。

我作为答辩委员会主席，对李君的学位论文即将问世，无比高兴，根据自己的观感，写了上面这些话向读者介绍这篇论文的主要特色。至于说得是否中肯、允当，那就要请广大读者的慧眼来评判了。

是为序。

1998 年秋于南京大学

序　二

霍松林

李浩君于1998年春完成的博士学位论文《唐代关中士族与文学》，在同年5月举行的答辩会上受到答辩委员会主席卞孝萱先生和所有委员的一致赞许。由台北文津出版社纳入"隋唐文化研究丛书"出版以来，又赢得不少同行专家的好评，例如北京大学出版社出版的《唐研究》第七卷所载朱玉麒先生的长文，既善意地指出其不足之处，又给予热情的奖掖，说这是"贡献给唐代文学研究领域的一本具有典范意义的著作"，又说"从以上的介绍可以看出，赋予本书文史结合、选题新颖、论证严密、新见迭出的评价，显然是毫不过分的"。

文津出版社邱镇京先生主编"大陆地区博士论文丛刊"，曾收入我指导的七部博士论文，印象颇佳，因而来函要我为"隋唐文化研究丛书"介绍门人的新著。李浩的这部书稿一经推荐便要求速寄，所以来不及写序。现在，这部书又被选入中国社会科学院编"中国社会科学博士论文文库"，即将付梓，我忝为导师，乐于说几句话。

撰写博士论文，选题和选择研究视角极关重要。李浩主攻唐代文学，而近数十年来唐代文学研究是中国古代文学研究中的热门，海内外涉足者甚众，论著层出不穷，空白和薄弱环节已难寻找。即如唐代关中文学，虽然尚无全面系统的专著，但关于王昌龄、韦应物、白居易、杜牧、韦庄诸家的成果已相当可观，如果不从独特的视角切入重点突破，难免流于目前习见的低层次重复。

要做到选题独特、视角新颖，先决条件是博览精研，视野开阔。我国本来有文史哲不分的传统，古代文学研究者只有兼通哲学、史学的研究历史及现状，并且关注其他相关学科和海外汉学研究的进展和创获，始能取精用宏，左右逢源。李浩正是朝这个方向全力以赴的，这部论文选题、视角的独特新颖和考辨、论证的详博严密，也正得益于此。

李浩在此书的"导言"中明确说明：陈寅恪在中古史研究中提出的"地域—家族"方法和"关陇集团""关中本位"理论，给他以"方法论的深刻启迪"。这看起来只不过是对现成理论、方法的选用，而朱玉麒先生却充分估计其重要性："为了解释隋唐制度渊源和唐代兴衰的原因，陈寅恪提出了'关陇集团'理论和'关中本位'说，其原创性的观点成为中古史研究的里程碑，被广泛援引和评论。但从陈氏立论之初到后来研究者对其观点的引申与发展，都侧重于政治、军事层面与统治集团上层群体方面的论证，尚未将这一政治文化概念及其'地域—家族'的方法运用到文学研究这一重要的文化构成中去。""而本书的选题却直接借鉴了一个在历史学界重要的命题，为唐代文学史的研究提供了新的视角。"

这部论著题为《唐代关中士族与文学》，"唐代关中"既是"士族"的定语，也是"文学"的定语，详言之，就是"唐代关中士族与唐代关中文学”，因而此书论述的是唐代关中士族与唐代关中文学的种种联系，而不是全面论述唐代关中文学。著者在“导言”中说得很清楚：“本书试图探讨唐代时期关中地域士族演变与文学发展的种种关联性，并缘此对唐代关中文学进行文化透视。”因此，如果认为著者论述唐代关中士族文学而未能涵盖唐代关中文学的全部，那便是一种误读。而文津版封面上赫然出现的“本书是迄今第一部研究唐代关中地域文学的学术著作”一语，则是可能导致误读的诱因。

不同地域，其山川、风物、民俗以及文化积淀等等各有特点，而任何地域的文学，都不能不受本地域山川、风物、民俗以及文化积淀等等的深刻影响，所以不同地域的文学也各有特点，互不雷同。早在20世纪30年代，先师汪辟疆先生就以地域为视角评论近代诗派，撰成《近代诗派与地域》长文。这篇论文将近代诗分为湖湘、闽赣、河北、江左、岭南、西蜀六派，每论一派，必先概述其地域特征。如论湖湘派的前两段：

> 荆楚地势，在古为南服，在今为中枢。其地襟江带湖，五溪盘亘，洞庭云梦，荡漾其间。兼以俗尚鬼神，沙岸丛祠，遍于州郡；人富幽渺之思，文有绵远之韵。非惟宅处是邦者，蔚为高文，即异地侨居，亦多与其山川相发越；观于贾傅之赋鹏鸟、吊湘累，即其证也。李商隐诗云：“湘泪浅深滋竹色，楚歌重叠怨兰丛。”又陈师道诗云：“九十九冈风俗厚，人人已握灵蛇珠。”细玩此诗，江汉英灵，岂其远而？
>
> 荆楚文学，远肇二南，屈宋承风，光照寰宇，楚声流

> 播，至炎汉而弗衰。下逮宋齐，西声歌曲，谱入清商，极少年行乐之情，写水乡离别之苦，远绍风骚，近开唐体，渊源一脉，灼然可寻。故向来湖湘诗人，即以善叙欢情、精晓音律见长……有一唱三叹之音，具竟体芳馨之致，即近代之湘楚诗人，举莫能外也。

当代唐诗研究者虽亦着眼地域，但大抵只涉及南北朝时期之南北文风殊异与隋唐统一后之逐渐融合。其实，隋唐统一之后地域特征依然长期存在，其对文学之影响也长期存在。李浩在“导言”中对此有所论述，并且提出：“以隋唐文学研究而言，讨论南北文化的差别和统一固有价值，如能同时兼顾东西的对峙与缓和，并进一步深入到江南、关东、关西、代北等不同区域中，探讨其与文学演化的关系，将更有意义。”这是极有见地的。他的这部“探讨唐代时期关中地域士族演变与文学发展的种种关联性”的著作，就是他的这种认识的卓越实践。

本书继“导言”之后的第一、第二两章共九节，即从地域与文学的关系切入，考论“关中地域与文化精神”及“关中方土风气与文学趣味”，溯源穷流，精细详审。其中“关中文化精神的理论诠释”一节，将关中文化精神概括为“人文化成的礼乐精神”“耕稼本业的重农精神”“开拓进取的冒险精神”“经世致用的事功精神”和“学究天人的宇宙精神”，又就其思维品质将关中文化精神概括为“原创性”“开放性”“践履性”和“示范性”，都有据有理，极富说服力。由于丰、镐、咸阳、长安是周、秦、汉、唐的首都，五方杂错，人文交会，故关中文化虽有地域特色，但影响遍及全国，正如著者所指出："从某种意义上说，关中文化实即华夏文化的缩微，是研究古代华夏文化发荣滋长的标本和化石。"因此，弘扬其优秀传统，因革损益，对于当前的文化建设乃至对于复兴中华民族的伟大实践，都有不容低估的积极意义。

第三章至第十各章及附编共三十六节，从家族与文学的关系切入，从不同侧面和个案，考论了"唐代社会背景下的关中士族""唐代关中文学士族的崛兴""唐代关中文学群体的构成""唐代关中士族与教育""从士族郡望看牛李党争的分野""苏绰文体改革新说""柳宗元古文思想与关中学术资源""窦叔向家族贯望新证"等一系列重要问题，凿山辟道，拓土开疆，胜义纷呈，新见迭出。辟专章旁征博引，考论唐代士人极重家教，尤寓深意。我国有悠久的"家教"传统，伦理道德方面的"家教"形成良好的"家风"，学术文化方面的"家教"形成良好的"家学"，如果"家教"不废，则历代传承，人才辈出。极左时期片面强调党的培养而否定家庭教育，"文化大革命"，更煽动子女斗父母、划界限，贻害无穷。改革开放以来，拨乱反正，风气始变，进一步弘扬"家教"传统，在良好的家庭教育基础上加强学校教育与社会教育，必能更有效地为国育才，致富图强。

此书撰写提纲中尚有论关中杜氏文学与韦氏文学各一章，答辩前未能定稿，出版时亦付阙如。如果这两章完成，则全书内容与"唐代关中士族与文学"的论题已大致符合。就其紧扣论题提出并解决了许多重要问题，新见纷呈而论从史出，考辨精审而论证严密，行文雅洁畅达来说，已堪称高质量的博士学位论文。如果严格要求，则在考论关中文化精神、文学趣味和唐代关中文学的重要创作主体(文学士族)及其相关问题方面，的确多有创获；而对唐代关中士族文学创作的成就、特色及其对关中文学乃至整个唐代文学有何贡献等等，则语焉不详，以致未能引人入胜，不无画龙而未点睛之憾。

李浩品学兼优，功底坚实，思维敏锐，而且正当不惑之年，来日方长，如果在治学道路上继续攀登，坚持不懈，则成就未可限量。目前肩负文学院长重任，沉着干练，已有建树。不是顾此失彼而是相得益彰，这是我的衷心期望。

2003 年 4 月 8 日写于唐音阁

目 录

导 言

本书从文化地理学的人地关系理论前提出发，主要运用“地域—家族”相结合的研究方法，对唐代关中地域文学进行探讨，对与文学发展具有关联性的关中地域文化和关中士族的一些历史事实进行梳理，对本地域文学的发生机制重新诠释，在此基础上为唐代关中文学进行定位。

所谓人地关系(man-nature relationship)实际上就是人类社会生活与自然环境交互作用的关系，这是人文地理学及其分支文化地理学的主要研究对象。文化地理学研究的是一定地理空间范围内各种文化因素的分布结构、形成条件，以及文化景观、文化生态的地域特征、演化发展等内容，并强调文化集团的空间组合机能和地域系统特征，指出地表所发生的文化差异对人地关系具有深刻的影响。其中文化景观、文化源地、文化传播、文化地理区或文化区是研究者最为瞩目的几方面内容，而文化区域的鉴别、定义和分析，又是文化地理学研究的基础。①

从文学史学科的角度来理解文化地理学的人地关系，实际上就是承认文学和地理环境的相关性。它包括作家诞生的地域风貌，作家分布的地理特征，作品的地域风格，迁徙流动所带来的旧范式的突破，一定自然环境与人文环境的特殊遭际对作家的综合影响，由方土风气等因素所造成的文化差异在创作上的投射，文学的传播交流所导致的地域特征和空间风格的淡化与消解，由地域性的空间风格向超地域性的时间风格演进过程的规律等等。严耕望曾指出："唐代南北士风之不同对于唐代政治有深切之影响，而中国南北人文之盛衰尤以有唐一代为关键。欲考唐代政局之演变，推究牛李党派之纷争，最彻底之方法莫过于探求朝廷达宦之出身与籍居。人文之方面甚广，而大体言之，政治人才之多寡尤为人文盛衰之表征，故考南北人文之盛衰，亦莫过于探求朝廷达宦之出身与籍居。"②其实，考察南北人文之盛衰，亦可从探求文学风格之地域嬗蜕及作家之出身与籍居中见出。

所谓"地域—家族"研究方法，是文化史学的一种操作技巧，根据笔者的理解，实际上是将文化地理学与社会史相结合而形成的一种"边缘研究"。

家族制度或称宗族制度(Patriarchal Clan's System)，是传统中

① 参见李旭旦主编《人文地理学论丛》，人民教育出版社1985年版；郭来喜等主编《中美人文地理学研究讨论会文集》，科学出版社1988年版；翟忠义、李树德主编《中国人文地理学》，山东教育出版社1991年版；卢云《汉晋文化地理》，陕西人民教育出版社1991年版；邹逸麟主编《中国历史人文地理》，科学出版社2001年版。

② 严耕望《唐仆尚丞郎表·序言》，台北：《"中央研究院"历史语言所专刊》第36本，1956年。

国社会的一个突出特征。家族的演生变化虽然非常巨大，但在整个前现代社会中，草蛇灰线，仍然具有其一贯性，而其对社会、政治、经济、伦理、文化(包括文学)的影响作用，是任何人都无法否认的。马克斯·韦伯(Max Weber)称中国为“家族结构式的社会”①，许烺光干脆以宗族作为中国社会的代名词，借以比较说明印度的种姓社会、美国的俱乐部社会②。

被陈寅恪誉为“清代史家第一人”的钱大昕，曾提出史家所当讨论者有三端：曰舆地，曰官制，曰氏族③。钱大昕所说的舆地即历史地理学和人文地理学研究，氏族即文化人类学和社会史学中的家族研究。陈寅恪认为中国家族伦理之制度发达最早④，在中古史研究中，他尤其致力于地域与家族关系的探讨：

> 盖自汉代学校制度废弛，博士传授之风气止息以后，学术中心移于家族，而家族复限于地域，故魏、晋、南北朝之学术、宗教皆与家族、地域两点不可分离。⑤
>
> 河陇一隅所以经历东汉末、西晋、北朝长久之乱世而能保存汉代中原之学术者，不外前文所言家世与地域之二点，易言之，即公立学校之沦废，学术之中心移于家族，太学博

---

① 见苏国勋《理性化及其限制——韦伯思想引论》，上海人民出版社 1988 年版，第 153 页。

② 见[美]许烺光《宗族·种姓·俱乐部》，中译本，华夏出版社 1990 年版。

③《潜研堂文集》卷二四《二十四史同姓名录序》，见《嘉定钱大昕全集》九，江苏古籍出版社 1997 年版，第 388 页。

④ 吴学昭《吴宓与陈寅恪》，清华大学出版社 1992 年版，第 10 页。

⑤ 陈寅恪《隋唐制度渊源略论考》，上海古籍出版社 1982 年版，第 17 页。

士之传授变为家人父子之世业，所谓南北朝之家学者是也。又学术之传授既移于家族，则京邑与学术之关系不似前此之重要。当中原扰乱京洛丘墟之时，苟边隅之地尚能维持和平秩序，则家族之学术亦得藉以遗传不坠。刘石纷乱之时，中原之地悉为战区，独河西一隅自前凉张氏以后尚称治安，故其本土世家之学术既可以保存，外来避乱之儒英亦得就之传授，历时既久，其文化学术遂渐具地域性质，此河陇边隅之地所以与北朝及隋唐文化学术之全体有如是之密切关系也。①

从学理上说，家族是一种血缘性组织，是血缘性纵贯轴的基元②。其存在具有地缘特征，氏族郡望不过是“血缘的空间投影”③。家族既具有血缘与地缘的双重性，所以其与地域实际上是相互重叠、合二为一的。在地域文化研究中顾及家族的因素，也就成了题中应有之意。而陈寅恪先生的一系列论述，与其说是给笔者提供了许多翔实的史料，毋宁说是方法论的深刻启迪，特别是陈氏对名都大邑、名门望族家族之于学术文化的守护传承的表彰：

东汉以后学术文化，其重心不在政治中心之首都，而分散于各地之名都大邑，是以地方大族盛门乃为学术文化之所寄托。中原经五胡之乱，而学术文化尚能保持不坠者，固由

① 陈寅恪《隋唐制度渊源略论稿》，上海古籍出版社 1982 年版，第 19—20 页。
② 林安梧《儒学与中国传统社会之哲学省察：以“血缘性纵贯轴”为核心的理解与诠释》，学林出版社 1998 年版，第 7 页。
③ 费孝通《乡土中国》，三联书店 1985 年版，第 74 页。

> 地方大族之力，而汉族之学术文化变为地方化及家门化矣。故论学术，只有家学之可言，而学术文化与大族盛门常不可分离也。①

当然，柳诒徵、钱穆、岑仲勉、严耕望、毛汉光诸位史学大师对“地域—家族”研究方法亦颇多发明，并且都有示范性的成果，本书中多有借镜采录。

根据以上所提及的理论背景和研究方法，检视中国古代文学，特别是唐代文学的研究现状，笔者发现有如下特点：

首先，对文学创作与地理环境关系的认识颇为深入，认为南北地域及其方土风气形成了南北文化和文学的差别，隋唐政治统一促使南北文化进一步交流融合，故文学的审美情趣和风格呈现出一种融合统一状态。政治的统一、文化的交流固然有助于弱化甚至一定程度上消融地域差别，但并不能彻底抹掉地域差别，由不同的地域特征所造成的作家气质禀赋、作品风格差别不仅在唐代依然存在，就是在此后的宋元明清甚至现当代文学中依然存在。所以对统一时期地域差别的重视，可以使研究进一步深化。

其次，南北地域固然为重要的文化区分，但这种区分无论是从地理学还是文化学来看，仍嫌笼统。北方区域中的关中、陇右、三晋、河洛、燕赵、齐鲁，南方区域中的荆楚、吴越、巴蜀、岭南等文化圈，其间固有相同一致处，但彼此的差别以及这

---

① 陈寅恪《崔浩与寇谦之》，见《金明馆丛稿初编》，三联书店 2001 年版，第 147—148 页。

种差别对文学的细微深入影响，在文学史研究中涉猎较少。以隋唐文学研究而言，讨论南北文化的差别和统一固有价值，如能同时兼顾东西的对峙与缓和，并进一步深入到江南、关东、关西、代北等不同区域中，探讨其与文学演生的关系，将更有意义。① 尤当指出的是，关中地域作为京畿所在，既有地域文化的特征，又因处于政治文化中心而具主流文化的特征，所谓贞元之会合，光岳之钟灵，故其对文学的影响也更形复杂。明人李东阳指出："唐之盛时称作家在选列者，大抵多秦晋人也。盖周以诗教民，而唐以诗取士，畿甸之地，王化所先，文轨车书所聚，虽欲其不能，不可得也。"②先师霍松林先生在《唐诗与长安》一文中，曾有专门阐述③，透辟精当，对笔者撰写此书启发良多。

第三，从家族文化的角度观照文学现象，近年来已经取得长足的进步。如对魏晋南北朝时期门阀士族制度与文化学术及文学创作的关系研究，涌现出不少颇有分量的成果，其中包括一些硕博士论文④。但相形之下，对唐代家族或士族与文学的关联性研

① 笔者在本课题的后续研究《唐代三大地域文学士族研究》(中华书局 2002 年版)一书中有进一步探讨，参见该书的第一、二两章内容。

②《麓堂诗话》，《历代诗话续编》下册，中华书局排印本 1983 年版，第 1377 页。

③《唐诗与长安》，《文史知识》1992 年第 6 期。

④ 如[日]田仲一成《中国的宗族与戏剧》，中译本，上海古籍出版社 1992 年版；陈明《儒学的历史文化功能——士族：特殊形态的知识分子研究》，学林出版社 1997 年版；方北辰《魏晋南朝江东世家大族述论》，台北：文津出版社 1991 年版；程章灿《陈郡阳夏谢氏：六朝文学士族之个案研究》，台北：文津出版社 1993 年版；刘跃进《门阀士族与永明文学》，三联书店 1996 年版；陈爽《世家大族与北朝政治》，中国社会科学出版社 1998 年版；章义和《地域集团与南朝政治》，华东师范大学出版社 2002 年版；王力平《中古杜氏家族的变迁》，商务印书馆 2006 年版。

究，则仍显得薄弱，已经问世的成果还不是特别多①。其实，对此问题的提出，可以追溯到很早。明代胡应麟《诗薮》外编卷三发现唐代父子、兄弟、夫妻以文学并称者甚众，并且分别就父子、兄弟、父子兄弟、父子祖孙、夫妻诸项，举例加以说明。胡应麟还敏锐地指出："唐著姓若崔、卢、韦、郑之类，赫奕天下，而崔尤著。盖自六朝、元魏时，已为甲族，其盛遂与唐终始。文皇首命群臣品第诸族，时以崔民干为第一。嗣后达官朊仕，史不绝书，而能诗之士弥众，他姓远弗如也。"他还随之信手罗列崔氏能诗者近六十人，然后总结说："初唐之融，盛唐之颢，中唐之峒，晚唐之鲁，皆矫矫足当旗鼓。以唐诗人总之，占籍几十之一，可谓盛矣。"②胡氏的具体结论或可进一步商兑，但他所提出的问题以及所切入的视角，无疑亦具有方法论的意义。清人赵翼总结说："古人习一业，则累世相传，数十百年不坠。盖良冶之子必学为裘，良弓之子必学为箕，所谓世业也。工艺且然，况于学士大夫之术业乎！"③

职是之故，本书试图探讨唐代时期关中地域士族演变与文学发展的种种关联性，并缘此对唐代关中文学进行文化透视，在如

---

① 拙著出版较早，经眼及参考的成果有限。近年来，还是有不少新成果涌现，如：梁静《中古"河东三姓"文学研究》(陕西师范大学博士学位论文，2006年)，王伟《唐代京兆韦氏家族与文学研究》(西北大学2009年博士论文，2009年)，郃三亲《唐代河东裴氏与文学》(西北大学博士论文，2011年)，高淑君《唐代吴郡陆氏家族与文学研究》(西北大学博士论文，2013年)。这里仅以同门学弟的成果举例，难免挂一漏万。详细的成果目录参见本书的参考文献部分。

② 胡应麟《诗薮》外编卷三，上海古籍出版社1979年版，第167—174页。

③ 赵翼《廿二史札记校证》卷五"累世经学"，中华书局1984年版，第100页。

下方面提出自己的一些看法。

第一，提出关中文化精神的范畴，指出关中文化精神是指关中地域所形成的文化传统，是关中文化所特有的价值观念和终极依据。通过对关中文化精神的建构，试图勾勒唐代关中文学发荣滋长的文化背景。

第二，从方土风气的角度来阐释关中文学趣味——雄深雅健，并具体阐释形成此趣味的原因。从文化地理学的观点来看，文学趣味的形成，实系方土之风气，即地域文化诸要素在历史过程中积淀而成。通过对"雄深雅健"风尚形成的追溯，描述唐代关中文学特殊的美学氛围。

第三，士族是中古社会的一极重要特征，但有关唐代士族的状况，在学术界看法较分歧。笔者持唐代处于士族发展的转型期，士族的衰亡沦替在唐末五代的观点。本书侧重对"关中郡姓"和"城南韦杜，去天尺五"两个命题进行阐释，揭示其中所包含的丰富的文化意涵。

第四，提出关中文学士族(或文学世家)的范畴，并从两个方面讨论唐代关中文学群体的形成。首先，从时间维度来考察关中文学士族的崛兴，认为关中士族经历了一个从文到武，又由武到文，即从经史世家到武力强宗，再由武力强宗到文学世家的演生变迁过程。其次，关中文学群体的构成颇复杂，就地域和族姓来分析，分别由关中本土作家群、河东著姓和代北胡姓加盟关中文坛者、江南和山东士人播迁关中者等几部分组成。这是一个庞大而又松散的创作群体，关中士人与山东士人、江南士人一方面各具特色，呈鼎足之势，另一方面又因迁徙流动，促成交流融合。

第五，指出唐代官学虽衰微，但私学仍有新发展，关中士人重视家族教育，尤其强调文学教育。

第六，循此，对中晚唐政坛上的“牛李党争”这一重大事件进行检测，通过统计分析，发现“牛李党争”中两派核心人物的郡望分布具有明显的地域特征。李党成员主要是山东郡姓士族，而牛党成员基本上属于关陇士族，牛李党争并非是士庶之争，而是士族之间的“圈内之争”。

第七，分别就苏绰文体改革、柳宗元古文与关中学术资源、窦叔向家族贯望等问题提出自己的看法，试图通过文学现象个案的管锥，使人们对唐代关中文学有更深层次的认识。

本书前七章为总论，力求从大处着眼，宏观把握。八、九、十章为分论，不求面面俱到，仅就所涉及的问题从一点开掘，尽量深入。附编则是相关问题及材料的考证。

本书虽偏重历史文化研究，但仍努力追求理论概括、文本分析与史料考证相结合的学术传统。在材料的运用上，强调原典优先，新材料优先。除注意基本文献的考订外，还颇多留意海内外学界的研究成果，使课题的确定和观点的提出，避免重复雷同，试图通过这一有关地域文学的题目实现与国际隋唐史和隋唐文学研究界的衔接对话。当然，因笔者僻处西北一隅，获取国内外学术新成果和新资讯难免受到局限，所以，笔者的这种努力，与其说是一种成果展示，毋宁说是一种学术希望和学术追求。

关中地域水深土厚，关中文学源远流长，博大精深，笔者虽然颇早就留意于此问题，且进行了多年的资料准备，力求排除各种干扰和诱惑，但因资质愚钝，学殖有限，只能将这一初步的成果提交出来。对于这一课题的研究而言，本书虽然只截取唐代一段，限定在与士族相关的文学现象中，但仍然只是问题的粗浅提出，而并非完满圆融的解决。

第一章　关中地域与文化精神

文化精神是指作为本质要素和内在命脉的文化传统，是一种文化特有的价值观念系统，亦即一种文化哲学。这是文化中充满生命活力的具有原初性和本根性的基质。

文化精神一词是由英文 ethos 意译而来的。ethos 在西方近几十年的文化人类学著作中使用的频率很高，中文学术界或音译为"意索"，或意译为"文化精神""民族精神""精神气质"。萨姆纳(W. G. Sumner)指出文化精神就是使一个群体不同于其他群体的那些特质的总和。本尼迪克特(Ruth Benedict)认为在各种文化内部赋予这种多样化性格的，是每一文化的主旋律，使文化具有一定模式的，也是该文化的主旋律，即民族精神(ethos)。所以，文化的民族精神是指一个民族筛选文化因素并对这些因素加上自己独自的形式和解释的心理态度。博克(P. K. Bock)也认为，文化精神一词是由人类学阐释的，用以描述价值系统整合性的一般模式和方向。卡迪纳(A. Kardiner)认为每一种文化都是以不同的生活目的和价值为其特点的，现代西方人的"基本人格"在四千年至五千年的整个历史时期保存下来，极少变化，通过儿童的教养一代代复制下去。他所说的基本人格与文化精神说是一致的。克里福德·基尔兹(Clifford Geertz)则说一个既定文化的道德(和审美)方面及评价原理，被普遍地概括为“精神气质”(ethos)一词，而认知的、存在的方面被称为“世界观念”(worldview)。一个族群的精神气质是指他们生活的一种风气、特征、品性，是其道德与审美方式的基调，标志着此一族群对他们自己和所处世界的根本态度。精神气质与世界观念不仅互相影响，而且可以说二者互为基础。①

本章试图从文化精神的角度来检视关中地域文化，通过对已取得的研究成果的评价定位，提出关中文化精神(或简称关中精神)的范畴，描述关中文化精神的历史走向，并指出关中士族在传承与践履此精神时的苦心孤诣。在此基础上，重新整合关中文化精神的逻辑框架与理论内涵，以期对贯穿并影响唐代文学中的地域文化有更深层次的理解。笔者同时认为，在学理上对此精神的价值重估，也是复兴关中精神必要的知识前提。

一、本书所用“关中”概念的界定

关中，又称关西、关内、关右、山西。所谓的关本指函谷

① 以上引述参见陈来《古代宗教与伦理——儒家思想的根源》，三联书店1996年版，第6—7页。在古代文学研究方面，同门师兄邓小军教授的博士论文《唐代文学的文化精神》(台北：文津出版社1993年版)已借用“文化精神”的理论观照唐代文学。笔者对文化精神的理解受到前列文献及学者的影响，然本章主要是从“地域—家族”的角度来阐释文化精神的，虽与西人所用该范畴颇有近似处，但亦不尽相同。又，截至本次修订时，百度百科仅列“民族精神”的条目，而无“文化精神”，维基百科则两个词条皆无。

关，山指崤山。以其地在函谷关之西，故称关西，与关东相对。以其在诸关之内，又称关内。古人以西为右，以东为左，故又称关西为关右，与关左相对。关中因在崤山以西，又称山西，与山东相对。函谷关在今河南灵宝东北弘农河畔，其始建于崤山之上①，故函关崤山就成为东西地域分界的极重要标志。

关中之称始见于秦汉时期。但其范围说法不一。《史记》卷一二九《货殖列传》中说“故关中之地，于天下三分之一”，另一说“关中自汧、雍以东至河、华”。史念海先生取后一说。按照史先生的解释，所谓于天下三分之一，指秦未统一六国时的疆土，故《汉书》卷二八下《地理志下》改为“秦地天下三分之一”。因秦地还兼有今甘肃、四川等处。汧在今陕西千阳县，雍即今陕西凤翔，皆在陇山之下。河指黄河，华则为华山。华山黄河相距不远，因而也可以说，关中指西自陇山、东至黄河的陕西中部。②

关中所临之关究竟有多少，说法颇有分歧。潘岳《关中记》：“秦，西以陇关为限，东以函谷为界。二关之间，是为关中。”③《史记》卷七《项羽本纪》谓：“关中阻山河四塞，地肥饶，可都以霸。”《集解》注引徐广曰：“东函谷，南武关，西散关，北萧关。”④胡三省注《资治通鉴》卷八《秦纪三》：“秦地西有陇关，东

① 函谷关曾有所变迁，汉武帝时向东迁徙，改置在今河南新安境内，一般称新安县的函谷关为新关，以别于原来的旧关。东汉末年，设关的地方又改在今陕西潼关县。参见史念海《古代的关中》，见《河山集》，三联书店1963年版，第26页。

② 史念海《陕西在秦汉时期历史中的地位》，见《文史知识》1992年第6期。

③《史记》卷八《高祖本纪》注引《三辅旧事》：“西以散关为界，东以函谷为界，二关之中谓之关中。”见中华书局点校本第2册，第356页。

④《史记》，中华书局点校本第1册，第315页。

有函谷关，南有武关，北有临晋关，西南有散关。秦地居其中，曰关中。”则关中得名便有两关之间或四关、五关之中的不同说法。

关中的范围或泛指战国末年函谷关以西秦国故土，包括秦岭以南的汉中和巴蜀。如前引《史记·货殖列传》所谓“故关中之地，于天下三分之一”。或指秦岭以北陕西境，包括今甘肃陇西，如项羽三分关中封秦将，其中雍王在咸阳西，都废丘（今陕西兴平东南），辖地包括陇西；塞王在咸阳以东，都栎阳（今陕西临潼北）；翟王在上郡，都高奴（今陕西延安市），包括今陕北。① 有时专指今陕西关中盆地渭河平原。如前引《史记·货殖列传》：“关中自汧、雍以东至河、华。……天水、陇西、北地、上郡与关中同俗。”则其所指不包括陇西与上郡。可见关中是一历史地理概念，在不同的历史时期，其指义既不尽相同，范围广狭亦有区别，不能一概而论。这种区别当与秦国在统一战争中迅速扩张、疆土逐渐扩大的历史过程相关。② 本书所用关中概念主要取狭义即第三义，略相当于三辅政区，有时也使用第二义，略相当于三秦。但为了与昔哲今贤的研究成果相衔接，如包括陇西（今甘肃东部地区）时，一般则改用“关陇”以示区别。

其他关西、关右、关内、山西等术语指义与关中广狭不一，

---

① 另外，根据王仲荦《北周地理志》卷一知，当时的关中包括雍、岐、陇、华、同、宜、敷、泾、豳、原、宁、延、丹、绥、银、夏、长、盐、灵等十九州。则其范围就更大了。参见《北周地理志》上册，中华书局 1980 年版。

② 参见王子今《秦汉区域地理学的“大关中”概念》，《人文杂志》2003 年第 1 期。

颇多交叉，歧说纷纭①，本书在使用这些术语时，是将其作为关中的替换词，其义与前所界定的关中范畴的二、三义略等。

关中地处黄河中上游，北为陕北黄土高原，南为汉中盆地，渭河横贯，三渠分流，水利发达，土壤肥沃，故得以利用厚生。且诸关环卫，形势险要，控扼西北、西南与中原之户枢，为兵家用武之地，自古以来，视为帝乡。苏秦游说秦惠王时称："秦四塞之国，被山带渭，东有关河，西有汉中，南有巴蜀，北有代马，此天府也。"②杜甫有"秦中自古帝王州"③之说，唐代宗时郭子仪陈述都雍州秦地的理由："臣闻雍州之地，古称天府，右控陇、蜀，左扼崤、函，前有终南、太华之险，后有清渭、浊河之固，神明之奥，王者所都。地方数千里，带甲十余万，兵强士勇，雄视八方，有利则出攻，无利则入守。此用武之国，非诸夏所同，秦、汉因之，卒成帝业。……岂唯天道助顺，抑亦地势使然，此陛下所知，非臣饰说。"④杜佑说："夫临制万国，尤惜大势。秦川是天下之上腴，关中为海内之雄地。巨唐受命，本在于兹。"⑤缪希雍亦说："关中者，天下之脊，中原之龙首也。"⑥均指出其地气灵秀，形胜便利。

---

① 参见《辞海·地理分册(历史地理)》，上海辞书出版社 1982 年版，第 100—101 页；《汉代长安词典》，陕西人民出版社 1993 年版，第 27—28 页所引。

②《史记》卷六九《苏秦列传》，中华书局点校本第 7 册，第 2242 页。

③《秋兴八首》其六，《杜诗详注》卷一七，中华书局点校本第 4 册，第 1493 页。

④《旧唐书》卷一二〇《郭子仪传》，中华书局点校本第 11 册，第 3457 页。

⑤《通典》卷一七四，中华书局点校本第 5 册，第 4546 页。

⑥ 缪希雍《葬经翼》，转引自和文军《人文地理与中华伟人》，天津人民出版社 1997 年版，第 63 页。

在南方的长江流域尚未被充分开发时期，北方的汾涑流域与渭水盆地、伊洛平原便是政治、经济、文化的核心区域①。这一开发区以黄河及支流渭河为轴线，呈东西向分布。两汉的核心区仍为关中与三河，边陲区为会稽、南方诸郡及北方沿边诸郡国②。关东和关西长期作为重要的两大区分③，故东西方的区分，比较南北方的区分更有一种特殊意义。钱穆先生曾对此分析说："两汉统一时期，代表中国政治中心而兼文化中心的地点有两个：一是长安，一是洛阳。长安代表的是中国东、西部之结合；首都居在最前线，领导着全国国力向外发展的一种斗争形势。洛阳代表的是中国的稳静状态，南、北部的融洽；首都居在中央，全国国力自由伸舒的一种和平形态。"④但长安与洛阳首先是关西和关东的象征。到了隋唐时期，虽然南方地区已获长足发展，以江左与河朔作为南北区域的代名词有着重要意义，但是在北方区域中再分辨关东与关西，仍未丧失其深刻的人文价值，隋唐崛起于西北，在此文化轴线上建长安、洛阳为西都、东都，兼有了向外斗争进取以及向内平和伸舒的两种形势，十足地象征了中国大一统

① 参见严耕望《唐代交通图考》第1册，第163页。

② 参见许倬云《传统中国社会经济史的若干特性》，见氏著《中国文化与世界文化》，贵州人民出版社1991年版，第117页。

③ 参见劳干《关东与关西的李姓和赵姓》，台北：《历史语言研究所集刊》第31本，1960年。

④ 钱穆《国史大纲》（修订本）上册，商务印书馆1994年版，第234页。

盛运之复临。① 考察长安与洛阳所代表的东西方，特别是关中区域与大唐气象的错综复杂关系，正是本书所欲深入探讨的重点。

二、以往研究成果的评述与定位

关中文化源远流长，关中文化的研究亦由来已久。司马迁《史记》、班固《汉书》中对关中文化已有大量的记录和零散的论述，此后每代都不乏弥足珍贵的记录。

北宋张载(横渠)的关学即为关中文化的一种哲学表述。关学兴起于关中，与濂、洛、闽学并称，既有时代根据，又有地域特色。张载《西铭》中的“民胞物与”思想，《近思录拾遗》中的“为天地立心，为生民立道，为去圣继绝学，为万世开太平”②，实为先儒仁学精神的全幅发扬，其再三致意且躬行践履者，多为关中文化之大节，扶微继绝之功自不可灭。横渠之后，开宗立派，瓜瓞

---

① 钱穆《国史大纲》(修订本)上册，第 236 页。史念海、侯甬坚也有类似的看法。史念海解释汉代娄敬的建都意见说：“一国首都的选择，是应接近于当时最大的敌人的，而不应该迁就于当时的经济中心。首都接近于最大的敌人，则一切的政策和设施都是积极的、进取的；若迁就于经济的中心，则一切的政策和设施就自然趋向于消极的、退缩的。国运的盛衰和国都的选择是不可分离的关系。”(史念海《娄敬和汉朝的建都》，见《河山集》(第 4 集)，陕西师范大学出版社 1991 年版，第 368—380 页)侯甬坚认为：“关西东部的关中地区作为汉王朝向外发展最偏西的一块可靠基地，地处中国三大自然区结合部位，属于对外接触敏感的前沿地带，建都于此便于对外交流，同样也便于监视、掌握和控制其他民族的动向，这样，对内安全和对外发展两种空间指向非常巧合地落实在关中地区，自汉武帝开始即位，对内对外施展雄才大略，这两种指向就在关中长安由巧合转变为结合了。”(侯甬坚《历史地理学探索》，中国社会科学出版社 2004 年版，第 375 页)

②《张载集》，中华书局点校本 1978 年版，第 62、376 页。

绵绵，树标志于思想史，应当大书特书。但同时应看到，关学作为宋代理学的一个支流，也具有理学的局限，其所上承下达之关中文化精神亦仅为片段而非全体，尤为重要者，因时势气运推移，关中学人的笃行实践，已很难促成关中文化的真正复兴。

从现代历史科学的角度研究总结关中文化最著名者，当推义宁陈寅恪。陈寅恪治中古史，提出“关陇集团”理论和“关中本位政策”说，借以解释隋唐制度渊源和唐代兴衰的原因，第一次从地缘政治学的角度对关中文化进行深入细致的研究，他指出所谓的关陇文化“乃关陇区内保存之旧时汉族文化，以适应鲜卑六镇势力之环境，而产生之混合品”①，“李唐一族之所以崛兴，盖取塞外野蛮精悍之血，注入中原文化颓废之躯，旧染既除，新机重启，扩大恢张，遂能别创空前之世局”②，“李唐皇室本出于宇文泰之胡汉六镇关陇集团，实具关中、代北两系统之性质”③。陈氏的学说及理论模式具有原创性，故其观点为国际隋唐史学界广泛援引和评论。作为一代文化伟人与史学巨擘，陈氏理论的学术效应将如波澜声响，非止撼动历史学的远空，亦将不断回荡在三秦大地上，激发后来者步武前贤，更上一层。

笔者对关中文化精神的理解把握得益于陈氏者甚多，本书所采用的“地域—家族”研究方法亦是由陈氏倡导并运用的，包括义宁陈先生在内的昔哲时贤的灼见特识，沾溉后学非止一端，亦如梦魇一样纠缠着后来者，虽竭尽全力想超越这些成果，但潜意识

① 见氏著《隋唐制度渊源略论稿》，第2页。
② 见氏著《金明馆丛稿二编》，第303页。
③ 见氏著《金明馆丛稿初编》，第238页。

之中仍难免受其支配和影响①。从学术创新角度来说，这是一种无奈的悲剧。但从有所本原的学术承传来看，这正说明一脉清泉渊源有自。

因其论题所限，陈氏“关陇集团”的理论亦不无争议之处，学者已多言及②，兹不赘述。从陈氏立论来看，其侧重于政治、军事方面，着眼于统治集团的上层群体，且只用来解释隋唐制度渊源，他认为自武则天当政后，关陇集团及关中本位政策已遭破坏。换言之，陈氏只是用其说明西魏北周到唐前期的政治变迁，并未用以涵盖有唐一代，更未将其作为一个普泛的范畴来解释关中文化的始末源流。陈氏在分析研究武则天之后的关中士人时，即避而不提关陇集团或关陇士族之类词语，未能用其所倡导的“地域—家族”研究方法一以贯之，来考察关中文化与关中士人的兴衰变迁全过程。

检视陈著，发现他本人并没有对关中或关陇做严格的地理学界定，在其论述中关中或关陇两词经常互换，按照研究者对其理论的解释，关陇大致相当于“贞观十道”中关内、陇右两道所辖地域，随着关陇势力的扩张，关陇文化也有一个扩展过程，至北周时期，基本上成为覆盖北方大部分地域的主体文化③。关陇集团

① 马克思《路易·波拿巴的雾月十八日》：“人们自己创造自己的历史，但是他们并不是随心所欲地创造，并不是在他们自己选定的条件下创造，而是在直接碰到的、既定的、从过去承继下来的条件下创造。一切已死的先辈们的传统，像梦魇一样纠缠着活人的头脑。”参见《马克思恩格斯选集》第1卷，人民出版社1972年版，第603页。

② 参见汪荣祖《陈寅恪评传》，百花洲文艺出版社1992年版，第117—118页所引。

③ 参见尚定《走向盛唐》，中国社会科学出版社1994年版，第11—12页。

的支柱是府兵制，而府兵的起始是鲜卑六镇势力，六镇虽然在唐以后说法不一①，但以诸家大致认同的怀朔、武川、抚冥、柔玄、怀荒、沃野等镇来说，均在今山西、内蒙古、河北一带，可见陈氏的关中或关陇并非严格意义上的地理概念，而是一个政治文化概念，其指义大致为除山东旧族外北方文化的代名词。

笔者对关中文化精神的把握和建构即缘此出发，司马迁、班固、杜佑等关中史学家的载录提供了丰富的史料，张载等关学家又为解读关中文化提供了一把理学的钥匙，陈寅恪等现代史学家则为我们的进一步研究提供了可资参照的模式和具有示范意义的个案成果。本章在此基础上提出“关中文化精神”的范畴，并试图从历史与逻辑两个角度把握这一范畴所包含的博大精深的意蕴。

三、关中文化精神的历史走向

作为一种地域文化所具有的价值观念和终极依据，关中文化精神有其独特的话语形式，经历了形成、发展、兴盛并衰微的过程，欲求对此精神玄赜奥义的深入理解，应当原其始末。既不能用张横渠的关学作为关中文化的代名词，又不能以李唐一姓之兴衰来理解关中精神的理论模式②。笔者以为，关中文化精神的描述，自当从这块黄土地上开始栖息、繁衍土著关中人开篇。周民

---

① 参见《辞海·地理分册(历史地理)》，第45页。

② 至于有论者将关陇集团等同于关陇文化，认为武则天变革科举制度，压制关陇集团，遂导致关陇文化的衰微(参见尚定《走向盛唐》，第100页)，则是笔者不能赞同的。

族借以发皇，西周礼乐制度的确立，标志着关中文化的第一次胜利和关中精神的初步形成；秦汉的相继崛起，则是关中精神的第二个高潮；隋唐因周秦旧壤，开创民族之空前机运，使关中精神出现第三次高潮。张横渠在高潮之后对关中文化进行了哲学回忆和理学思考，是关中文化精神理论的总结者。嗣后，关中精神在现实层面上便日渐衰微。换言之，西周文采、秦汉雄风、隋唐气象、宋明义理，各有特点。下面即循此对关中文化精神的历史走向进行一简略的扫描。

关中作为一个独立的文化区系由来已久。关中境内发现的公王岭蓝田猿人、大荔猿人化石，说明人类社会已进入第一个组织形态——血缘家族阶段①，考古学界根据北到长城沿线及河套地区，南达汉水中上游，西抵甘肃、青海东部，东达豫东的上千处仰韶文化遗址得出陕西渭河流域本是仰韶文化中心的结论②。陕西的客省庄二期文化，相当于河南和山东地区的龙山文化，但是又具有独自的文化特征，这种文化遗存普遍分布于渭河流域的广大地区，又被称为"陕西龙山文化"③。徐旭生将传说时期的人群分为华夏、东夷和苗蛮三大集团，华夏集团包括两个"大亚族"，即姬姓的黄帝系和姜姓的炎帝系，这两支人群的最初居住地都在

① 张岂之《三秦思想文化特色》，《文史知识》1992 年第 6 期。姚大力根据分子生物学和分子人类学的新成果，提出现代智人的一支被称为晚亚洲人，约在 3 万年前始进入东南亚，然后才进入中国。参见氏著《中国起源、发育、壮大的时空节奏问题》，见《中国历史大变局》第一部分。惜中国史前社会研究及史前考古对此新理论新成果多沉默，故本书也仍袭旧说。

② 黄新亚《华夏文化面面观——陕西考古成就巡礼》，《文史知识》1992 年第 6 期。

③ 陕西省考古学会编《陕西考古重大发现（1949—1984）》，陕西人民出版社 1986 年版，第 22 页。

今陕西，后来逐渐向东迁徙和扩张，一直到达华北的东部①。李学勤根据考古及文献等多重证据，将东周时代划分为七个文化圈，其中之一便是秦文化圈②，可见关中地域于华夏民族的发祥意义重大，且很早就独具特色，自成区系。

周人是活动在关中的一个古老的部落。《诗·大雅·生民》说周的始祖弃“即有邰家室”，证明周人最早的活动地区是在邰(今陕西武功境内)。周的始祖弃不仅在邰部落中成为氏族组织的首领，而且还在以舜、禹为首的华夏族部落联盟中担任了主管农业的官职——稷，从此奠定了周人以天赐德基，世代耕稼、农德自重的传统。从后稷开始，周人已告别母系氏族制度，亲属关系按男系计算，说明此时已进入父系社会。到了公刘时，周人由邰迁到了豳(今陕西旬邑西南)③，公刘之后九世，迫于狄人的侵逼，古公亶父率周人“去豳，度漆、沮，逾梁山，止于岐下”④，岐下，就是岐山之下，其南有原隰，土地肥沃，适于发展农业，所谓的“周原朊朊，堇荼如饴”⑤。周人不断迁徙流动、开拓进取的精神亦可略见一斑。周为国号，亦从此开始。嗣后，文王受命，武王克商，周公摄政，周家从此成为天下共主，丰镐所在之关中

① 徐旭生《中国古史的传说时代》，文物出版社1985年版，第40、44页。
② 李学勤《东周与秦代文明》(增订本)，文物出版社1991年版，第12页。
③ 钱穆认为豳的地望在今山西绛县，豳、邠为古今字，邠则得名于汾水，故周本起源于汾水，迁徙到甘陕之间，始称豳。参见氏著《周初地理考》，《燕京学报》1931年第10期。许倬云《西周史》从其说。斯维至则认为后稷之后周的一支迁往汾水流域，公刘时这一部分人又迁回豳。参见氏著《陕西通史·西周卷》，陕西师范大学出版社1997年版，第26页。
④《史记》卷四《周本纪》，中华书局点校本第1册，第114页。
⑤《诗·大雅·绵》。

便成为天下政治文化的中心。

周人对夏商等前代文化能因革损益，所谓“周监于二代，郁郁乎文哉”①，由此形成周人的文明，这便是为后世所称颂的礼乐制度。西周礼乐，内容繁富，说法不一，但核心是强调人文化成。《礼记·表记》中说“夏道尊命”“殷人尊神”“周人尊礼”②，《史记·高祖本纪》赞语也说殷以敬，周以文。可见殷商信仰自然宗教，属祭祀文化；而周人奉行伦理宗教，属礼乐文化③。关于周公制礼作乐虽有不同的说法，但其强调德治，认为天命不常，只有明德慎罚、敬天保民，才能做到以德配天④，《尚书·酒诰》说：“人无于水监，当于民监。”孟子引佚《泰誓》也说：“天视自我民视，天听自我民听。”这种重民思想不断为后世儒家士人所抉发，放射出灼灼光华⑤。王国维《殷周制度论》说：“《康诰》以下九篇，周之经纶天下之道胥在焉，其书皆以民为言。《召诰》一篇言之尤为反覆详尽，曰命，曰天，曰民，曰德，四者一以贯之。”这种关注人的现实存在，倡导以德治人，反对刑罚暴虐，上提为人文化成的理念，成为后世儒学的思想库，“西周文化所造就的中国文化的精神气质是后来儒家思想得以产生的源泉和基体”⑥。

①《论语·八佾》，见刘宝楠《论语正义》卷三，中华书局点校本上册，第103页。

②《礼记训纂》卷三二，中华书局点校本，第792页。

③ 参见陈来《古代宗教与伦理——儒家思想的根源》，第11页。

④ 参见斯维至著《陕西通史·西周卷》第4章第4节论述。

⑤《尚书·康诰》：“已，汝惟小子，乃服惟宏，王应保殷民，亦惟助王宅天命，作新民。”在《礼记·大学》里已改作：“大学之道，在明明德，在亲民，在止于至善。”斯维至指出，把“新民”改作“亲民”，“新民”本指殷民，而“亲民”则已不分周民和殷民了。参见前揭文献。

⑥ 陈来《古代宗教与伦理——儒家思想的根源》，第8页。

“中华民族素称‘礼仪之邦’，而立国的一切礼乐制度、人伦道德，乃至建筑规制等，皆肇始于西周。其滋养成长的源头是在关中地区，从文武、周公一直到宋代理学，一脉承传下来。周代的‘以德配天’、‘敬德保民’和‘民为邦本’的思想，一直成为后来儒家重道德、重现实的主导思想。”[①]周人农德自重、开拓进取、人文化成观念经过积淀，奠定了关中精神的基本架构，并随着周人政治力量的扩张传播到了东方，于是地域文化精神，同时具有了睥睨天下的气势，成为一种强势话语。所谓“天道多在西北”[②]，“作事者必于东南，收功实者常于西北”[③]，“一天下者，卒在西北而不在东南。天人之际，岂不甚可畏哉！”[④]

秦汉继兴，分别从不同侧面光大周人的精神。秦人继承周族开拓进取、崇尚事功、奖励耕战的精神，凭借着强毅果敢的武勇，从诸族杂居的蛮荒环境中崛起，横扫六合，拓殖疆土。汉室继起，能较全面继承周人的文化遗产，尤以文教昌盛著称。西汉立国不久，统治者即能广事搜寻，如恐不及，使秦火劫余之典籍得以保存，五千年华夏文明未如希腊、罗马文明因断裂而灭绝，汉人的保存传承之功莫大焉。以史学、文学和经学著称的汉代文化取得极高成就，雄视百代，沾溉学林，关中方土风气之熏习，关中士人如司马谈司马迁父子、班彪班固父子、马融、贾逵、赵岐等，许为一代宗师。

---

① 石兴邦序，杨东晨《陕西古代史》，陕西人民教育出版社1994年版，第6页。
②《左传·襄公十八年》。
③《史记》卷十五《六国年表》。
④《陈亮集》卷一《上孝宗皇帝书》。

隋唐统治者以西北关陇之胡汉势力为基础，别创民族之空前世局，其尚武崇力虽是鲜卑及诸胡族的风习，但与关中传统本相契合，故能开拓疆土，扩大版图，称雄于世界。武则天临政后，不断调整国策，科举成了人民生活中的一件大事，时代风气由尚武逐渐转为崇文。科举取士不无可訾议处，科场帖括诗文亦较少有优秀作品，但却能培育士人的学养和文思，对事功的追求与个体生命价值的实现找到了契合点，现实关怀与终极关怀这两极在诗的飘逸和古文的执着中得以体现，人文化成的理念从诗的声韵气象和散文的义理章法中弥散出来。长安乃上善之地，长期为全国首都，故关中地域文化精神再次具有为全国所模仿推广的示范意义，于是关中方域文化以一种文化主流的形式，最后汇入有唐一代文化大潮之中，合构成充满生命精神的大唐气象。

张横渠的关学是在关中文化高潮过去后的一种哲学思考和理学总结，在理学发展史上亦极有意义①。对于一贯强调经世致用和事功精神的关中文化来说，这种思考与总结无疑是对思维品质的一种提升。从某种意义上讲，司马迁、班固对关中文化的表述是史学的，苏绰、杜佑是政治学的，柳宗元、杜牧、颜真卿、柳公权是美学的，而张载则是哲学的。张载关学的诞生标志着关中文化由经济、制度、民俗层面升华为哲理层面②，具有了形而上

① 钱穆说：“横渠为二程前辈，二程思想受其影响者实多，而后人颠倒其说，若横渠成学，转深受二程影响者……可见横渠与二程之关系，不外相互推尊、相互启发之意味而止。至于自性说一面言之，则二程受横渠之影响者正多也。今自学风之转移为言，横渠亦当与濂溪、百源为伍，而二程乃属后起。”见氏著《国学概论》，商务印书馆 1997 年版，第 207 页。

② 赵吉惠《三秦文化的狭义、广义及特征》，《陕西师大学报》1993 年第 4 期。

的品质。秦汉时期的关中士人比较倾向于上行性，即政治活动；宋明以来的士人则倾向于下行性，即社会活动①。隋唐介于其间，所以士人达则致力于上行的政治活动，穷则转向下行的社会活动。将对君国大事的热情，转为对民生的关心，将对事功的追求，转为主体人格精神的高扬。

令人沉思的是，关学兴起于关中文化落潮时，所以当关学家号召人们发扬经世致用和躬行实践的传统时，已从反面泄露出声息：现实关怀无从落实，社会已很难有致用和实践的机会，所以只能从心性的立场，从保存学术、开发蒙昧、教化边鄙的角度做一些基础工作。关中文化遂由开拓进取的外向型，转变为慎独躬行的内省型，由侧重外王(经世)，走向了侧重内圣(理学)。

关中文化精神失利的原因非止一端。随着天水一朝的兴盛，中国政治文化重心迭次东迁南移，关中文化独擅风骚的主角地位已经失去。原本天下辐辏、五方杂错之孔道，逐渐退居为闭塞的中西部城市，人才流动、物资聚集的条件丧失殆尽。尤为重要者，地域文化上升为全国主流价值观念的机制不复存在。关中文化由是褪去其鲜艳浓烈的现实色彩，而主要成为文化考古学的一些遗存。那种雄深雅健、慷慨悲凉的汉唐风度，只能在西风残照中泫然凭吊。

这是欲复兴关中精神者在热情的自信中不可或缺的一份冷静自省。

---

① 借用钱穆语。参见氏著《国史大纲》(修订本)下册，第807页。

四、关中文化精神的理论诠释

所谓文化精神就是作为本质要素和内在命脉的文化传统，它是文化的中枢神经和合理内核，是一个民族在其历史演进过程中发荣滋长而结出的理论硕果，是民族文化心理的积淀。作为民族文化的灵魂，它历久弥新，笃实光辉。文化精神有其共同本质，也会因时代与地域的差别而呈现出不同的风貌。从地域的差别与独特来审视文化精神，可以促使人们更深刻地理解华夏文化的丰富性与创造性。“各地文化精神之不同，穷其根源，最先还是由于自然环境有分别，而影响其生活方式。再由生活方式影响到文化精神。”①

关中文化数千年一脉相承，绵历不断。其内容博大精深，历时愈久而光辉愈显。士人或生长于斯，或长期居留于斯，继世承绳，熏陶覆育，虽显隐不一，但据其各自成就而言，多奇伟可观，所谓“关中满季心，关西饶孔子”②。史家赓述，在在不少，然欲沿波讨源，究关中精神的理论涵义，实非易事。兹择其荦荦大端，简单归纳诠释如下：

(一)人文化成的礼乐精神

孔颖达解释《易大传·贲第二十二》中的“观乎人文以化成天

---

① 钱穆《中国文化史导论》(修订本)，商务印书馆 1994 年版，第 2 页。

②《北齐诗》卷二颜之推《和阳纳言听鸣蝉篇》，《先秦汉魏晋南北朝诗》下册，中华书局 1983 年版，第 2284 页。

下”一句说：“即《尧典》所谓‘钦明文思，光被四表，格于上下’是也。”①陈梦雷亦说：“此以卦德言之，君臣父子夫妇兄弟朋友之间，灿然有礼以相接，文之明也；截然有分以相守，文之止也。……圣人观日月之次，昏旦之星，以察四时寒暑之变，观于君臣父子之间，有礼有分。而导之以礼乐诗书，列之以采章服物，化旧为新而风俗成于天下。”②可见，所谓的人文包括伦理关系、国家制度、典章文物等物质文化和精神文化③，而其核心是礼乐诗书、典章制度。人文化成的理想模式源于关中的西周文化，邹鲁一带的礼乐文物是东迁至春秋时期西周文化播迁后的残存，是流而非源，是接受而非创造。所以孔子称赞道：“周监于二代，郁郁乎文哉！吾从周。”④《礼记·表记》区分三代文化的特点是“夏道尊命”“殷人尊神”“周人尊礼”。后人解释说：“夏尚忠，忠者奉上，故尊命。殷尚质，质者不欺，故尊神。周尚文，文者多仪，故尊礼。”⑤周人注重礼乐教化，强调德治，与夏人的尊命、殷人的尚鬼神多有不同。中华文化中的德治思想、重民观念实肇源于此。孔子对此再三致意，作为建构仁学体系的基元，他提出治国以礼，为政以德：“远人不服则修文德以来之，既来之，则安之。”⑥亦是由周人的人文化成理念孳乳而成。孔子对当

① 《周易集解纂疏》，中华书局点校本，第246—247页。
② 陈梦雷《周易浅述》卷三，上海古籍出版社1983年影印本。
③ 李泽厚、刘纲纪《中国美学史》（第1卷），中国社会科学出版社1984年版，第303页。
④ 《论语·八佾》。
⑤ 《礼记训纂》卷三二，中华书局点校本下册，第792页。
⑥ 《论语·季氏》。

时社会的批评，“一面是历史的观念，根据文王、周公，从礼之本源处看。一面是人道的观念，根据天命、性、仁、孝、忠恕等等的观点，从礼的意义上看。”①

这种文化理念为后世抱有淑世宏愿的士人提供了思想资源，植养为笃行实践的功夫，不断放射出光辉。汉代关中地区“世家则好礼文”②，说明西周旧俗仍传承不辍，并在时代重儒业文治的氛围中，形成了关中经学世家，涌现出马融、贾逵、赵岐、冯豹、杨震等一批经学大师，为两汉特别是东汉学术思想的繁荣做出了富有地域特色的贡献。

典午覆败，中原板荡。西魏、北周时的武功士族苏绰，在北方篡弑相寻、异族交侵、关中文化命悬一线的艰危时期，忍辱负重，肩起教化异族的重任，他辅佐宇文泰，依西周典章来定官制，卒为北周创建了一个新的政治模式，又制“六条诏书”，提出先治心、敦教化、尽地利、擢贤良、恤狱讼、均赋役等六条治国方略：“治民之本，莫若宰守。治民之体，先当治心。其要在清心，次在治身。躬行仁义、孝悌、忠信、礼让、廉平、俭约，继之以无倦。”③这些施政纲领在北魏、北齐汉化改革相继受挫，大鲜卑主义弥漫的时代背景下，不仅为魏周的强盛建基，开隋唐治世机运，而且含有为关中精神张本的苦心孤诣，思想进步，识见

① 钱穆《国史大纲》（修订本）上册，第98页。

②《汉书》卷二八下《地理志下》。

③《周书》卷二三《苏绰传》，中华书局1971年版，第382—383页。

卓越。①

北周继北魏而行“均田”，使农民有乐生之意，经济上贵族与庶民的不平等渐次取消；自行“府兵制”，使农民无迫死之感，表现出人道的意味，种族上胡人与汉人的隔阂取消。② 困扰北方统治者数百年的两大社会问题有了较合理的解决，这既是人文化成理念的实现，又为隋唐的崛起，奠定了两块基石。

（二）耕稼本业的重农精神

周族的始祖弃神奇诞生，并以其卓越的才能担任华夏部落联盟中掌管农业的官员，所以周人将其世代农耕神化为一种天赋的德行，有着一种超出农耕生业本身的理由。加之周人所生活的泾水、渭水流域，汇注黄河时形成冲积平原，是发展农业的优良环境，周人获此天赐德基，世代以农德自重：“关中自汧、雍以东至河、华，膏壤沃野千里，自虞夏之贡以为上田，而公刘适邠，大王、王季在岐，文王作丰，武王治镐，故其民犹有先王之遗风，好稼穑，殖五谷。”③“其民有先王遗风，好稼穑，务本业，故《豳诗》言农桑衣食之本甚备。”④

---

① 万绳楠评论说：“苏绰的可贵之处，是他看到了如果‘饥寒切体，而欲使民兴行礼让者，此犹逆坂走丸，势不可得也’。必须‘先足其衣食，然后教化随之’。而‘衣食所以足者在于尽地利’，他把尽地利放在敦教化的前头。这种思想与汉代唯物主义者王充的‘礼义之行，在谷足也’的思想，一脉相通。在北齐鲜卑化之风狂吹的时候，提出这一条，而又把它摆到尽地利、足衣食之后，是卓越的。”参见氏著《魏晋南北朝史论稿》，安徽教育出版社 1983 年版，第 307 页。

② 参见钱穆《国史大纲》（修订本）上册，第 341—345 页。

③《史记》卷一二九《货殖列传》。

④《汉书》卷二八下《地理志下》。

农桑为立国之本，农耕文化又易熏习成一种优良的传统与品德。其所收获皆是自然的产物，故与自然保持一种亲和的关系，但亦从未能剪断与自然母体间的脐带。“农耕民族与其耕地相连系，胶着而不能移，生于斯，长于斯，老于斯，祖宗子孙世代坟墓安于斯。故彼之心中不求空间之扩张，惟望时间之绵延。绝不想人生有无限向前之一境，而认为当体具足，循环不已。”①所以，农耕文化易于形成自给自足的和平性格，与游牧文化、商业文化的扩张心理不同。但是长期的本末之辩，极端的重农抑商，亦使关中商业文化没有能像农业文化一样兴旺发达。尤当指出的是，周人的这种文化选择，不幸成为中国古代文化的普遍选择②，对于工商资本主义的萌芽与发展，形成了一种普遍的抑制。故关中文化的胜利，同时包含着一种历史的苦涩与辛酸。

（三）开拓进取的冒险精神

作为一种典型的农耕文化，关中精神具有和平稳健、安土重迁的一面，但因关中同时又居农耕区的边缘，而农耕定居民族与草原游牧民族长期冲突的对峙线，又是不同文明交流的会聚线③，所谓“五方杂错，风俗不纯”④。杂居区中民性高上气力，勇武果敢，与胡人的长期交往与冲突，亦使关中土著渐染武勇，面对不断迁徙南侵的游牧部落，亦须以积极进取的姿态来处置。钱穆先

---

① 钱穆《中国文化史导论·弁言》，第 3 页。
② 李山《西周农耕政道与〈诗经〉农事诗歌》，载《中国文化研究》1997 年秋之卷。
③ 张广达《西域史地丛稿初编》，上海古籍出版社 1995 年版，第 373—390 页。
④《汉书》卷二八下《地理志下》。

生指出，西周的封建与后世统一政府只以封建制为一种政区与政权之分割者截然不同，乃是一种侵略性的武装移民与军事占领，在其制度后面，需要一种不断的武力贯彻①。继西周之后，秦人的向东扩张，也是依靠赳赳武夫，横扫六合，包举宇内。汉唐前期，皆较少有边患之虞，也是因其军事制度尚完备、武力较强的缘故。

汉代流传的"关东出相，关西出将"之说②，从另一个侧面揭示了关中人以鞍马骑射、征战进取为生涯的特点。如秦时修筑长城的蒙恬，穷且益坚、老当益壮的马援，常胜将军耿弇，刻石燕然、纪汉德威的窦宪及文士班固，唐代军事家李靖，中兴名将郭子仪，出使西域的张骞、班超、班勇，游历地中海的杜环等。

可见关中人不仅能对传入的异族文化吸收消化，而且能主动进取，了解域外文化。此点与前述耕稼本业的重农精神看似矛盾，但在关中精神中却历史地统一起来，相反相成。秦时"奖励耕战"的政策已经昭示出，稳健和平的农耕与进取征服的武勇实可使统一帝国得以建基。应当指出的是，宋代范仲淹劝张载读《中庸》，使张横渠走上弃武从文之途，论者或谓此可视为关中人"尚武"传统发生实质性转变的象征③。实际上，随着唐代科举制度的逐步完善，士人的价值观念已经发生质的变化，关中士族已

① 见氏著《国史大纲》(修订本)，第45页。

②《汉书》卷六九《赵充国辛庆忌传》："秦汉已来，山东出相，山西出将。秦时将军白起，郿人；王翦，频阳人。汉兴，郁郅王围、甘延寿，义渠公孙贺、傅介子，成纪李广、李蔡，杜陵苏建、苏武，上邽上官桀、赵充国，襄武廉褒，狄道辛武贤、庆忌，皆以武勇显闻。苏、辛父子著节，此其可称列者也，其余不可胜数。"

③ 林乐昌《张载关学与三秦文化的哲理化》，《陕西师大学报》1993年第4期。

由东汉时的经学世家变为北朝时的武力强宗，再变为唐代的文学世家①。故张载的弃武从文虽然极具象征意义，但唐代已将这种转变的声息暗传出来，武勇的再度丧失，国家政教中心的迁移，关中精神随之亦发生重大变化，由外倾型转变成内向型，由崇尚事功转变为致知穷理，而耕稼本业的重农精神又成为关中文化的主旋律。

(四)经世致用的事功精神

关中文化的一个突出特点是士人的淑世情怀与用世热心。两汉时期的关中士人或治经，或著史，但都表现出对社会政治的关怀。南北朝时期，东晋南朝的士人大多旷达风流，玄远虚淡，以清谈玄理为时髦。而北方士族所继承的是汉儒旧说，抱有传统的政治理念与精神，在异族交侵的复杂社会环境中，仍以积极的入世态度，肩负起教化异族的文化使命，苦心孤诣，惨淡经营，不唯保守乡里家园，同时保存汉族有价值的真文化，使民族文化的统绪未坠。

隋唐关中士族本来即与统治集团有千丝万缕的联系，又逢政治清明，经济发展，朝廷以科举取士，唯才是用，士人受此时代精神感召，脱颖而出，投入民族文化重建的事业中。柳宗元辅时及物，投身社会改革；杜佑撰《通典》首列食货，突出强调经济、选才在国家行政中的重要意义；杜牧克绍家风，注《孙子兵法》十三章，注意研究财赋兵甲等军政大事，总结富国强兵削藩安边的

---

① 参见本书第四章《唐代关中文学士族的崛兴》。

经验教训，均是对此关中传统的弘扬。

宋代程颐评论关中学人说："关中之士，语学而及政，论政而及礼乐兵刑之学，庶几善学者。"张载讲"学贵于有用"①，关学家致力于对兵法和井田制的研究，同时重视对自然科学的探讨，也是致用精神的承继。

（五）学究天人的宇宙精神

关中文化对于宇宙本体的认识多从天人关涉、主客统一的关系中把握，从司马迁的"究天人之际"，到张载的"为天地立心"，都贯穿着对自然奥秘的探求。但此种探索的终极目的仍然落实到对人生的关怀上，不是将物看成和人相衡相峙的异己对象，而是把它看成与人共感共鸣、息息相通的生命本体，自然与人异质而同构。这不仅是一种认识的方式，而且是一种"体知"的方式，其从自然界所获得的与其说主要是知识，毋宁说是一种情感体验，因此，这种宇宙观就从哲学的立场跃入了美学的海洋。柳宗元提出的"大中之道"，张载的"太和""气化自然"，从认识论角度讲固有其重要意义，但从艺术美学角度来看，仍然是对"天人之际"的一种诗性把握。静穆的观照与生命的飞跃往来吐纳，涵濡絪缊，灵府就变成了一片空明澄觉的境界。

就其思维品质而言，关中精神又具有如下特点：

---

①《河南程氏粹言·论学》，《二程集》，中华书局点校本1981年版，第4册，第1196页。

(一)原创性

关中是华夏文明的发祥地之一，许多典章制度肇源于此，许多理论成果成了民族文化的元典，影响并制约着民族文化的发展路径和思维模式。“西周文化所造就的中国文化的精神气质是后来儒家思想得以产生的源泉和基体”①，又如周人的重农精神、宗法制度，秦代的郡县制，汉代的博士制度，奠基于北魏、北周的均田制、府兵制，隋唐的科举制，司马迁《史记》之于史书体例，杜佑《通典》之于典章制度，张载《西铭》之于理学，吕大临《吕氏乡约》之于乡规民约，在中华文化史上都具有原初性和开创性的意义。

(二)开放性

关中地域虽被诸关环卫，成天然屏障，但实扼西北、西南与中原之户枢，同时又是古代欧亚大走廊后来被称为丝绸之路上的重要孔道，五方杂错，胡汉混血，此种自然地理与文化地理特征，使关中成了多民族文化的交易场。② 就文化形态而言，关中

---

① 陈来《古代宗教与伦理——儒家思想的根源》，第 8 页。

② 本书撰写之时，丝绸之路研究尚未形成热潮，近年来始成为全球关注、中国热议的话题，相关的成果仍在不断涌现。以我个人经眼的文献史料及研究著作而言，如玄奘《大唐西域记》，[美]薛爱华《撒马尔罕的金桃：唐代舶来品研究》(旧译：爱德华·谢弗《唐代的外来文明》)，向达《唐代长安与西域文明》，荣新江《中古中国与外来文明》《中古中国与粟特文明》，葛承雍《唐韵胡音与外来文明》，[英]彼得·弗兰科潘《丝绸之路：一部全新的世界史》，[日]森安孝夫《丝路、游牧民与唐帝国》，[美]芮乐伟·韩森《丝绸之路新史》，薛天纬《从长安到天山：丝绸之路访唐诗》，是与本课题相关且富有启发性的部分著述。当然，随着时间推移，还会有更新的成果问世。

文化属于杂文化。故关中士人多具开放胸怀，较少排斥异质文化因素，而是以兼容并蓄的方式，广泛吸收各地域、各民族的优秀成果来丰富壮大自己。

（三）践履性

关中精神不仅是抽象的学理教条，而且具可以笃行实践的品格，需要内在的体验与直接认同，意味着身心整体的投入。明代吕柟说："学者虽读尽天下之书，有高天下之文，使不能体验见之躬行，于身心何益！于世道何补！"①全祖望评价李二曲说："上接关学六百年之统，寒饿清苦之中，守道愈严，而耿光四出，无所凭藉，拔地倚天，尤为莫及。"②

（四）示范性

关中精神本来是对区域性、地方性文化模式的建构，但因关中乃上善之地，丰、镐、咸阳、长安历代为都，故秦雍三辅一带的风俗习惯、审美情趣、文化时尚往往为全国所瞩目，京城名士风度或贵族好尚都会影响主流文化，又因商贾或官员的播迁流动而传布于四方，为边远地区竞相仿效。于是地域文化跃居强势话语的地位，成为全国文化的代名词。从某种意义上说，关中文化实即华夏文化的缩微，是研究古代华夏文化发荣滋长的标本和化石。这是研究关中文化者经常引以为自豪的，但同时也增加了研

①《泾野子内篇》卷一〇，中华书局点校本 1992 年版，第 91 页。
②《鲒埼亭集》卷一二《二曲先生窆石文》。

究的难度，要想搞清楚关中文化的水滴是如何汇入整个民族主导文化的海洋，或者试图从主导文化中离析出关中文化的因子，戛戛乎其难哉！因为早已经如盐入水，显微无间了。

本章的结论

1. 本书所用“关中”是一个历史地理概念，多相当于三辅，有时相当于三秦，但如包括陇西，一般改用“关陇”以示区别。

2. 昔哲今贤对关中文化的研究成果，多博大精深，为本书的完成奠定了基础。

3. 关中文化精神是指关中地域所形成的文化传统，是关中文化所特有的价值观念和终极依据。关中文化精神可以从历史与逻辑两条线索进行把握。

4. 从历史走向来看，关中文化精神有三个高潮：西周礼乐制度的确立标志着关中文化的第一次胜利和关中精神的初步形成，秦汉的相继崛起则是关中精神的第二个高潮，隋唐时期是关中文化的第三次高潮。张载关学则是对关中文化精神的一种理学总结。

5. 从逻辑结构来看，关中文化精神包括礼乐精神、重农精神、冒险精神、事功精神和宇宙精神等涵义。就思维品质而言，关中文化精神具有原创性、开放性、践履性和示范性的特点。

第二章　关中方土风气与文学趣味

魏徵《隋书》卷七六《文学传》序谈及南北文学差异时说：

> 江左宫商发越，贵于清绮；河朔词义贞刚，重乎气质。气质则理胜其词，清绮则文过其意，理深者便于时用，文华者宜于咏歌，此其南北词人得失之大较也。①

这段话论析文风之地域差异，被广为征引。但魏徵立论泛言南北，故将江左与河朔并举。何焯曾就此评说："北方风雅，实始盛于齐季邺下，以为自是乃可希风江左。"②似以河朔代称山东，风雅之贞刚气质盛于邺下，未涉及关中。魏徵所言河朔究竟是单称邺下，抑或还包括关中、幽燕、齐鲁等其他地域？关中文化在建构"词义贞刚，重乎气质"的审美特征时，是否起了作用，如何

---

①《隋书》卷七六《文学传》，中华书局点校本 1973 年版第 4 册，第 1730 页。

②《钝吟杂录·严氏纠谬》评语，引自郭绍虞《沧浪诗话校释》，第 288 页。

评说这种作用？进而言之，关中虽属北方文化系统，但除具北方共同审美特征外，是否还有其更独特的地域审美趣味？如果有，这种独特性又是如何积淀而成的？对此一系列问题的探讨，要求学人不能再停留于南北比较的大框架中，进行浅层次作业，而应潜入更具体深入的区域文化岩层中，认识关中风气习尚在形成地域审美趣味和文学风格时所具有的独特功能。

一、雄深雅健

关中文学源远流长，《诗》有十三“国风”，其中《秦风》《豳风》出自关中，似无疑问。“二南”为《诗》之始，虽未必皆出于关中，但其中杂有关中作品，且与关中地域有复杂之关系，这亦是无法讳认之事实。乐有“秦音”“秦声”，其说渊源有自。《吕氏春秋·音初篇》：“周公乃侯之于西翟，实为长公。殷整甲徙宅西河，犹思故处，实始作为西音。长公继是音以处西山，秦缪公取风焉，实始作为秦音。”李斯《谏逐客书》：“夫击瓮、叩缶、弹筝、搏髀，而歌呼呜呜快耳者，真秦之声也。”杨恽《报孙会宗书》：“家本秦也，能为秦声。妇，赵女也，雅善鼓瑟。奴婢歌者数人，酒后耳热，仰天拊缶，而呼乌乌。”①看来这种秦音、秦声与郑、卫、桑间等异国之乐是有区别的，所谓“关西邺下，既已罕同。河外江南，颇为异法”②。但从文学趣味和审美风格来说，这种差

①《汉书》卷六六《杨恽传》。

②《梁诗》卷四江淹《杂体诗三十首并序》，《先秦汉魏晋南北朝诗》中册，第1569页。

异何在？

刘禹锡《柳(子厚)君集纪》：

> 子厚之丧，昌黎韩退之志其墓，且以书来吊曰："哀哉，若人之不淑！吾尝评其文，雄深雅健似司马子长，崔、蔡不足多也。"安定皇甫湜于文章少所推让，亦以退之之言为然。①

谓韩愈评柳宗元之文似汉代关中人司马迁，皇甫湜对此评论亦深以为然。韩愈原信已佚，但据其《柳子厚墓志铭》："为词章，泛滥停蓄，为深博无涯涘。"②"雄深雅健"与"泛滥停蓄"、"深博无涯涘"可以相互解释，皆指出柳文上承司马迁，形成一种独特的风格。③

翻检柳集，可以看出他对"雄深雅健"这一范畴亦颇为推重，常以此来品评作家作品：

> 公有文章若干卷，深茂古老，慕司马相如、扬雄之辞，而其诂训多《尚书》、《尔雅》之说，纪事朴实，不苟悦于人，世得以传其稿。……钩引贯穿，举大苞小，若太仓之蓄，崇

---

①《刘禹锡集》卷一九，中华书局点校本上册，第237页。

②《韩昌黎文集》卷七。

③ 茅坤评柳宗元《与李翰林建书》曰："予览子厚书，由贬谪永州、柳州以后，大较并从司马迁《答任少卿书》及杨恽《报孙会宗书》中来，故其为书，多悲怆呜咽之旨，而其辞气环诡跌宕，譬之听胡笳，闻塞曲，令人断肠者也。"见《古典文学研究资料汇编·柳宗元卷》，中华书局1964年版第1册，第248页。

山之载，浩浩乎不可知也。①

陈京本为陈宜都王叔明五世孙，隶籍京兆万年县，柳宗元谓其文章与治学皆深茂古老，纪事朴实，浩浩乎不可知。

柳冕者，族子也。……冕文学益健。②

其为文深而厚，尤慕古雅，善赋颂，其要咸归于道。③

凡为文，去藻饰之华靡，汪洋自肆，以适己为用。④

(杨凌)学富识远，才涌未已，其雄杰老成之风，与时增加。⑤

除韩柳外，还有人用此范畴评论隋唐关中作家：

隋杨(素)处道诗甚为雄深雅健。齐、梁文辞之弊，贵清绮不重气质，得此可以矫之。⑥

天下文章尚徐、庾，浮俚不竞，独嘉谟、少微本经术，雅厚雄迈，人争慕之，号“吴富体”。⑦

---

①《柳宗元集》卷八《唐故秘书少监陈公行状》，中华书局 1979 年点校本第 1 册，第 195 页。

②《柳宗元集》卷一二《先君石表阴先友记》第 1 册，第 306 页。

③《柳宗元集》卷一一《独孤君墓碣》第 1 册，第 277 页。

④《柳宗元集》卷八《柳公(浑)行状》第 1 册，第 181 页。

⑤《柳宗元集》卷二一《杨评事文集后序》第 2 册，第 579 页。

⑥ 刘熙载《艺概》卷二《诗概》。

⑦《新唐书》卷二〇二《富嘉谟传》。

尝以龙朔初载，文场变体，争构纤微，竞为雕刻。……骨气都尽，刚健不闻。思革其弊，用光志业。……以兹伟鉴，取其雄伯，壮而不虚，刚而能润，雕而不碎，按而弥坚。……乾坤日月张其文，山河鬼神走其思，长句以增其滞，容气以广其灵，已逾江南之风，渐成河朔之制。①

盈川近体，虽神俊输王，而整肃浑雄，究其体裁，实为正始。②

(炯)所为诗雄奇奔放，文质兼备，虽未逮卢之古雅，骆之蕴藉，以较子安，实为胜之。③

王勃高华，杨炯雄厚，照邻清藻，宾王坦易。④

(苏颋)壮思雄飞。⑤

“燕许”并称，燕警敏，许质厚。⑥

苏公诗气味深醇，骨力高峻，想其落纸时总不使一直笔，故能字字飞动，而无伤于浑雅。⑦

(杜牧)诗文俱带豪健。⑧

值得注意的是，以上所引文献，或评论关中作家，或为关中学人所论，但都强调雄浑、刚健、古雅、深厚等范畴，认为可以矫齐

---

①《杨炯集》卷三《王勃集序》。
② 胡应麟《诗薮》内编卷四。
③ 丁仪《诗学渊源》。
④ 陆时雍《诗镜总论》，《历代诗话续编》下册，第 1411 页。
⑤《全唐文》卷二九五韩休《苏颋文集序》。
⑥ 贺裳《载酒园诗话又编》，《清诗话续编》第 1 册，第 305 页。
⑦ 李因培选评《唐诗观澜集》。
⑧ 贺裳《载酒园诗话又编》，《清诗话续编》第 1 册，第 370 页。

梁文学之弊，在杨炯的评论中已显示出南北文学观念进一步整合的端倪。

文学中对雄深雅健之美的强调实肇始于《周易》。《周易》中已包含着对阴阳刚柔之美的区分，如天为乾，为阳，为刚；地为坤，为阴，为柔。刚有劲健雄壮之美，柔有温润舒婉之美；乾是阳刚之大美，劲健之壮美，而坤则是柔顺之秀美。[①]《周易正义》解释说："刚健中正，谓纯阳刚健，其性刚强，其行劲健。"《易大传·乾第一》："天行健，君子以自强不息。"孔颖达又解释说："行健者，行者运动之称，健者强壮之名。"换言之，这种雄浑之美包含有体积的巨大和力量气势，与西方人所谓 Sublime 之美类似，但又不尽相同[②]。孔孟、老庄在建构雄浑之美的历程中，都有不可磨灭的理论贡献。

雄深雅健实为一辩证的统一体。雄侧重指雄浑浩大之气，健侧重指刚劲孔武之力，说明力量和气势，是构成雄深雅健的重要因素。雅含有中和、中正之意，其对力量与气势又具有制御调控之作用，保证此力量气势不仄入邪僻，不流于粗俗软媚。"雅健者，文章入门之要诀，不仅散文之须雅健，骈文亦须雅健。……雅而不健，不可；健而不雅，亦不可。明于雅健二字或为独行之文，或为著作之文，各视其人之力以为趣舍，庶乎可以言文。"[③]

关中文学雅好慷慨，悲歌雄壮，《秦风》《豳风》已导夫先路，

---

① 参见曹顺庆说，见氏著《自然·雄浑》，第 357 页。
② 参见叶朗《中国美学史大纲》，第 80 页；曹顺庆《自然·雄浑》，第 244—250 页。
③ 章太炎《国学讲演录》，华东师范大学出版社排印本，第 253 页。

汉代文学更将此精神发扬光大，所谓“秦文雄奇，汉文醇厚”①便是对此的简单概括。黄庭坚说：“文章以气为主。……西汉文字所以雄深雅健者，其气长故也。”②挚虞批评汉大赋说：“夫假象过大，则与类相远；逸辞过壮，则与事相违；辩言过理，则与义相失；丽靡过美，则与情相悖。此四过者，所以背大体而害政教。”③虽是从儒家政教的角度来立论，但指出赋之过大、过壮，恰恰是“背大体”，不合雅正，用雅来规范雄丽壮大，既有对作品内容的限定，又有对其形式的制约。建安文学“世积乱离，风衰俗怨，雅好慷慨”，重气质风骨，也是这一传统的承续。东晋以下，兵戎迭起，神州陆沉，北方士族追随朝廷，避乱江左，中原文化亦传布于南方，但北方的雄浑悲壮却被南方佳丽消磨褪化，荡然无存。北朝之关陇、河洛、幽燕一带，古风犹存，加之异族侵凌，胡汉杂糅，方土之习，尚武之俗，充类加厉，更强化了这种美学精神。而隋唐之关中旧壤，能遥承此种血脉精神，故文学趣味亦与众不同。

所当指出的是，并非只有关中文学具有雄浑的美学特征，亦不能说“雄深雅健”的话语皆源于关中。但是，关中文学注重雄深雅健，自有其独特的文化语境和时地背景，凡此皆为唐代文风的定型提供了理论资源和创作实践的范本。后人概括盛唐诗歌的特

① 刘熙载《艺概》卷一《文概》。

②《中国历代诗话选》，岳麓书社 1985 年版，第 251 页。

③ 挚虞《文章流别论》，见《艺文类聚》卷五六，上海古籍出版社排印本第 2 册，第 1018 页。

征是“笔力雄壮”“气象浑厚”①，“返虚入浑，积健为雄”②，是在南北文风整合的基础上，对北方文风尤其是关中文化精神的一种特别强调。

二、系水土之风气

某一地域的审美意识、文学趣味往往具有与众不同的特点，产生这些特点的原因是多方面的，但自然地理环境和人文地理环境无疑具有极重要的作用。中国古代对此有极深刻的认识，《礼记·王制》曰：

> 凡居民材，必因天地寒暖燥湿。广谷大川异制，民生其间者异俗，刚柔轻重迟速异齐，五味异和，器械异制，衣服异宜。修其教，不易其俗；齐其政，不易其宜。

指出气候、山水甚至干湿度等自然因素的不同，导致了人的性格气质、好恶情感、风俗习惯的差异。《淮南子·地形训》将这种观点推向极端：“土地各以其类生……轻土多利，重土多迟，清水音小，浊水音大，湍水人轻，迟水人重，中土多圣人。皆象其气，皆应其类……是故坚土人刚，弱土人肥；垆土人大，沙土人细；息土

① 严羽《答吴景仙书》：“盛唐诸公之诗，如颜鲁公书，既笔力雄壮，又气象浑厚。”但严羽认为“雄深雅健”四字只可评文，于诗则不能用“健”字品评，许学夷《诗源辩体》已驳其误。参见郭绍虞《沧浪诗话校释》，第252、255页。

② 司空图《二十四诗品·雄浑》。

人美，秏土人丑。”唐人李筌《太白阴经》中提到当时社会上流行着一种说法，亦认为人的性格与地域有关系：“秦人劲，晋人刚，吴人怯，蜀人懦，楚人轻，齐人多诈，越人浇薄，海岱之人壮，崆峒之人武，燕赵之人锐，凉陇之人勇，韩魏之人厚。”虽然有些简单化，有“地理环境决定论”之嫌，但人是自然的一部分，人的差异首先是自然的差异，自然大系统的变易造成人的基本习性的区别。班固亦对《礼记》的说法有所引申发挥：

> 凡民函五常之性，而其刚柔缓急，音声不同，系水土之风气，故谓之风；好恶取舍，动静亡常，随君上之情欲，故谓之俗。①

虽承先儒旧说，但并没有将人之习性与地域水土直接画等号，而是讲“系水土之风气”，这不仅是措辞上的区别，同时表征着认识的深化，班固所强调的是自然大系统综合作用对文化的影响。另外，他对“俗”的理解亦表明他更注重社会作用，并非单独从自然地理求解。宋代王应麟即循此思想方法来考索《诗经》作品：“夫诗由人心生也。风土之音曰风，朝廷之音曰雅，郊庙之音曰颂。其生于心，一也。人之心与天地山川流通，发于声，见于辞，莫不系水土之风，而属三光五岳之气。因诗以求其地之所在，稽风俗之薄厚，见政化之盛衰，感发善心而得性情之正。匪徒辨疆域

---

①《汉书》卷二八下《地理志下》。

云耳。”①内藤湖南总结说：“地势与人文相关，或因地势而形成人文，或因人文而形成地势，小至于都邑的盛衰，大至于邦国的兴废，民物的丰歉，海外的隆污，征其往而推其来，比龟卜数术更为显著。”②

唐顺之说：“西北之音慷慨，东南之音柔婉，盖昔人所谓系水土之风气。”③海通以来，学者衡文多能从时代(时序)与地域(方土)两方面立论，虽受晚近西方文论之影响，但亦是对中国传统思想资源的承继④。

关中风高土厚，士人直内方外，精思力践，风声习气，歌谣慷慨，多有秦汉之旧。诸种影响文学的地理因素中，首先是山川形势。考关中形胜，虽属北方地域，但与三晋、三河、燕赵、齐鲁诸地颇有不同处：

> 秦，形胜之国也，带河阻山，县隔千里，持戟百万，秦

---

① 王应麟《诗地理考序》，中华书局重印《丛书集成初编》本。

②《内藤湖南全集》第1卷《近世文学史论》附录《地势臆说》。

③《荆川先生文集》卷一〇《东川子诗集序》。

④ 如刘永济指出：“盖文学之事，固关乎时序，亦系于方土。北土凝重，南方轻浮。影响所被，遂有此异，核而论之，北主于志，南主于文；北近建安之风，南承太康之习。虽各有工拙，而大体固莫能外于此矣。此又诗变之因乎方土者也。”见氏著《十四朝文学要略》，第173页。程千帆则辨析风俗之异：“文学中方舆色彩，细析之，犹有先天后天之异。所谓先天者，即班氏所谓风，而原乎自然地理者也；所谓后天者，即班氏所谓俗，而原乎人文地理者也。前者为其根本，后者尤多蕃变，盖虽山川风气为其大齐，而政教习俗时有熏染，山川终古若是，而政教与日俱新也。”见氏著《文论十笺》。西方艺术史上，孟德斯鸠首先指出地理环境对人的情感气质具有制约作用，见氏著《论法的精神》中译本，第309—310页。丹纳受其影响，《艺术哲学》以种族、环境、时代三要素解释艺术的性质和风格。

> 得百二焉。地势便利，其以下兵于诸侯，譬犹居高屋之上建瓴水也。①
>
> 且夫秦地被山带河，四塞以为固，卒然有急，百万之众可具也，因秦之故，资甚美膏腴之地，此所谓天府。②
>
> 汉之西都，在于雍州，寔曰长安。左据函谷、二崤之阻，表以太华、终南之山。右界褒斜、陇首之险，带以洪河、泾、渭之川。华实之毛，则九州之上腴焉；防御之阻，则天下之奥区焉。③
>
> 秦中自古为帝王州，周、秦、西汉递都之，苻秦、姚秦、西魏、后周相间割据。隋文帝迁都于龙首山下，距故城二十余里，仍秦地也。自是混一天下，成一大统。唐因之，至开元、天宝，而长安之盛极矣。④

关中地处西北，外有四塞之阻，内有秦川、泾、渭之利，还有“鄠、杜竹林，南山檀柘，号称陆海，为九州膏腴。始皇之初，郑国穿渠，引泾水溉田，沃野千里，民以富饶”⑤。天府、陆海、膏腴，说明土地肥沃，灌溉便利，物产丰富；四塞之阻，河山险固，居建瓴之势，又具军事要地的特征，故古来为兵家必争之地。至于堪舆学家所说“关中者，天下之脊，中原之龙首也”⑥，

---

① 《汉书》卷一下《高帝纪下》，第1册，第59页。
② 《汉书》卷四三《娄敬传》。
③ 《后汉书》卷四〇上附班固《两都赋》。
④ 赵翼《廿二史札记》卷二十“长安地气”。
⑤ 《汉书》卷二八下《地理志下》。
⑥ 缪希雍《葬经翼》，转引自和文军《人文地理与中华伟人》，第63页。

对隋唐以前的历代帝王亦颇具蛊惑作用。太华、终南之雄奇峭丽，阿房、未央、兴庆之巍峨宏大，对生于斯长于斯的人来说，既具震慑，又感自豪。从艺术心理学角度来看，还可产生一种内模仿，耳濡目染，熏习陶化，不唯使人胸襟开阔，性格豪放，同时使文学作品充塞一股雄奇郁勃之气。

苏辙评论司马迁说："太史公行天下，周览四海名山大川，与燕赵间豪俊交游，故其文疏荡，颇有奇气。此二子者，岂尝执笔学为如此之文哉！"①元代郝经解释司马迁文章风格时曾说："昔人谓汉太史迁之文，所以奇，所以深，所以雄雅健绝，超丽疏越者，非区区于文字之间而已也。迁生龙门，耕牧河山之阳，南浮江淮，上会稽，探禹穴，窥九嶷，浮于沅湘，北涉汶泗，讲业齐鲁之都，过梁楚，西使巴蜀，略邛、笮、昆明，还于河洛，能尽天下之大观，以助其气，然后吐而为辞，笔而为书。"②与刘勰、王勃所说"江山之助"同一思致③。都说明山川形胜对人性人情的濡染浸润，自然的神秘灵异对人的创作灵感的感召与启迪。自然景物的勃勃野趣与人文景观的盎然古意互相加强，映发生辉，"使风景增添了历史舞台的色彩"，"具有了时间的立体性，那里的一草一木都会表现出自然的、悠久的生命来"。④

---

① 苏辙《栾城集》卷二二《上枢密韩太尉书》。

② 郝经《内游》，引自《宋金元文论选》，第 480 页。

③ 刘勰《文心雕龙·物色》："若乃山林皋壤，实文思之奥府，略语则阙，详说则繁，然屈平所以能洞监风骚之情者，抑亦江山之助乎！"王勃缘此而发挥说："是以东山可望，林泉生谢客之文；南国多才，江山助屈平之气。"（《越州秋日宴山亭序》）"嗟呼！山川之感召多矣！余能无情哉？爰成文律，用宣行唱。"（《入蜀纪行诗序》）

④ [日]今道友信《关于美》，中译本，第 12 页。

唐代关中郡姓士族柳冕说："嗟乎！天地养才，而万物生焉；圣人养才，而文章生焉；风俗养才，而志气生焉。故才多而养之，可以鼓天下之气；天下之气生，则君子之风盛。……故无病则气生，气生则才勇，才勇则文壮，文壮然后可以鼓天下之动，此养才之道也。"①"夫善为文者，发而为声，鼓而为气。真则气雄，精则气生，使五彩并用，而气行于其中。"②主要是谈"养气"，但气之所由生，亦由自然环境与人文环境的孕育激发。

宋育仁《三唐诗品》卷二指出，京兆万年诗人王昌龄的边塞诸作之所以雄浑悲壮，"亦由关塞之词，江山所助"。胡震亨《唐音癸签》卷七评论关陇作家李益的创作时也说："李君虞益生长西凉，负才尚气，流落戎旃，坎壈世故，所作从军诗悲壮宛转，乐人谱入声歌，至今诵之，令人凄断。"卷八评论杜牧说："牧之鄠杜遗风，名家远绍。其诗含思悲凄，流情感慨，下语精切，含声圆整，而抑扬顿挫之节尤其所长。然以时风委靡，独持拗峭，虽云矫其流弊，然持情亦巧。或者比之许浑，两人之作，南北异调，了了可辨，岂风气囿诸情性，不能自达于中声者乎？初唐先辈，西北居多，而含宫调徵，各谐其节，未有如牧之者。"③则除了指出地域与家世的熏染外，还点明时代风气的影响。

---

①《全唐文》卷五二七柳冕《答杨中丞论文书》。

②《全唐文》卷五二七柳冕《答衢州郑使君论文书》。

③ 徐献忠《唐诗品》，引自陈伯海主编《唐诗汇评》下册，第2332页。

三、人文化成

关中不仅地势雄奇，为形胜之国，而且开化极早，历史悠久，人文荟萃，卓然为一独立之文化区系，文化积淀非常深厚。“关中自汧、雍以东至河、华，膏壤沃野千里，自虞夏之贡以为上田，而公刘适邠，大王、王季在岐，文王作丰，武王治镐，故其民犹有先王之遗风，好稼穑，殖五谷，地重，重为邪。”[①]班固亦沿袭此说：“故秦地于《禹贡》时跨雍、梁二州，《诗》兼秦、豳两国。昔后稷封邰，公刘处豳，大王徙岐，文王作丰，武王治镐，其民有先王遗风，好稼穑，务本业，故《豳诗》言农桑衣食之本甚备。”[②]均指出关中天赐德基，世代农耕，农德自重为关中文化精神的主要基质。

《易大传·贲第二十二》：“刚柔交错，天文也。文明以止，人文也。观乎天文，以察时变。观乎人文，以化成天下。”所谓的人文指包括伦理关系、国家制度、典章文物等的物质文化和精神文化[③]，人文化成的理想模式是源于关中的西周文化，所以孔子称赞说：“周监于二代，郁郁乎文哉！吾从周。”[④]《礼记·表记》中也说“夏道尊命”“殷人尊神”“周人尊礼”，“夏尚忠，忠者奉上，故尊命。殷尚质，质者不欺，故尊神。周尚文，文者多仪，

① 《史记》卷一二九《货殖列传》。
② 《汉书》卷二八下《地理志下》。
③ 李泽厚、刘纲纪主编《中国美学史》第1卷，第303页。
④ 《论语·八佾》，见刘宝楠《论语正义》卷三，中华书局点校本上册，第103页。

故尊礼。"[1]周人注重礼乐教化，强调人文化成，与夏人的尊命、殷人的尚鬼神实有不同，所以孔子再三致意，作为建构仁学体系的样板。这种政治文化理念为后代抱有淑世宏愿的士人提供了思想资源，植养为笃行实践的功夫，不断放出异彩。

《诗经》中之《豳风》《秦风》为关中文学之滥觞，吴公子季札从音乐的角度评论说：

> 为之歌《豳》，曰："美哉！荡乎！乐而不淫，其周公之东乎？"为之歌《秦》，曰："此之谓夏声。夫能夏则大，大之至也，其周之旧乎？"

荡，杨伯峻解释为"博大貌"[2]；夏，也有大的意思，《方言》卷一："夏，大也。自关而西，秦晋之间，凡物之壮大者而爱伟之，谓之夏。"则"荡"与"夏"通，皆有博大壮伟之意。可见，季札论关中诗歌音乐，语虽简略，但蕴含却非常丰富。(1)分别用"荡""夏"评点《豳》《秦》之乐，说明关中艺术具有壮大雄伟的特点；(2)夏即雅的意思，雅即"乐而不淫"，谓关中音乐兼具中和之美；(3)雅之至，亦即大之至，说明刚健中正与雄浑博大在本质上是相通的；(4)指出秦乐肇自西周雅音，所谓"周之旧""周公之东"，都含有昉自西周之意。这虽然是"自其土地风气之发于音声者言之，而非系乎辞也"[3]，但亦说明关中文学中保留着西周宏大

① 见《礼记训纂》卷三二，中华书局点校本下册，第792页。
②《左传·襄公二十九年》，见杨伯峻《春秋左传注》第3册，第1162页。
③ 王应麟《诗地理考》卷二。

典雅之古风。《雅》诗尤其是《大雅》，与西周王畿(镐京)有关，其中的《生民》《公刘》《绵》《皇矣》《文王》《大明》等几篇周民族史诗，当在关中地区口耳相传很久才被写定。

按照学界的流行看法，保存在《尚书》中的《牧誓》《洪范》《金縢》《大诰》《康诰》《酒诰》《梓材》《召诰》《洛诰》《多士》《无逸》《君奭》《多方》《立政》《顾命》《康王之诰》《吕刑》《费誓》等十八篇，多为政府文告，系官方作品，后世的散文受其影响极大，一般认为是西周时期的作品①，则其与关中地域亦当有联系。至于《周易》中的阴阳八卦观念，《尚书·洪范》中的五行观念，学界也有人认为产生于西周时期②，则关中文化中很早就蕴含着辩证唯物的成分。

西周的礼乐文化、典章制度、遗址废墟，虽然屡遭破坏，但流风余韵，泽被后世。班固《汉书·地理志》谓关中人“世家则好礼文”，检视史书，汉代史学有司马迁、班固，经学有贾逵、马融，西晋经史兼通有杜预、挚虞，则关中不仅人才鼎盛，且多学有本原，承传有序。“人以为风高土厚，地运使然，而不知贞元之会合，光岳之钟灵，岂仅区区将相循吏足以应扶舆之间气，当必有出类拔萃之贤圣，继继承承，相绵弗替。”③顾炎武亦指出：“秦人慕经学，重处士，持清议，实与他省不同。”④

---

① 金景芳《中国奴隶社会史》，第 195 页。

② 见金景芳《中国奴隶社会史》，第 183 页。又李镜池说：“八卦或许是周民族最早的文字符号。后来与殷民族接触，才改用殷民族那一套符号，而保留自己的那一套在《周易》。”见氏著《周易探源》，第 262 页。

③《泾野子内篇》卷一八，中华书局点校本，第 305 页。

④《与三侄书》，《亭林文集》卷五，见《顾亭林诗文集》，第 87 页。

四、五方杂错

关中因其地势险要、四关雄峙而成一独立地理单元，又因其多次设都，长期居于全国之政治中心，与各地交通频繁，声气互通，人员熙来攘往，成分颇复杂。尤为重要的是，关中同时还处于中原农耕文化与西域草原游牧文化的边缘①，长安为古代欧亚大陆桥——丝绸之路的重要枢纽，隋唐时的中外交通，陆路远较海路重要，外来文化与军事的强刺激多来自西北，故长安比洛阳、扬州、广州所受外来文化的冲击更强烈。这里既具有区域文化之单纯性，又具有京城与国际都会之综合性，此一特殊位置就决定关中文化具有与山东之河洛、齐鲁，江南之吴越、荆楚极不相同的特点：包容性和复杂性。班固对此曾有极深刻的见解：

> 汉兴，立都长安，徙齐诸田，楚昭、屈、景及诸功臣家于长陵。后世世徙吏二千石、高贵富人及豪杰并兼之家于诸陵。盖亦以强干弱支，非独为奉山园也。是故五方杂厝，风俗不纯。其世家则好礼文，富人则商贾为利，豪桀则游侠通奸。濒南山，近夏阳，多阻险轻薄，易为盗贼，常为天下剧。又郡国辐凑，浮食者多，民去本就末，列侯贵人车服僭

① 张广达指出，山脉、沙漠、绿洲、长城等边缘地区的自然屏障，既是农耕定居民族与草原游牧民族长期冲突的对峙线，又是不同文明交流的会聚线。参见氏著《古代欧亚的内陆交通——兼论山脉、沙漠、绿洲对东西文化交流的影响》，《西域史地丛稿初编》，第 373—390 页。

上，众庶放效，羞不相及，嫁娶尤崇侈靡，送死过度。①

班固记录了以长安为核心的京城文化新风景：五方杂厝（错），风俗不纯。并指出导致这一现象的几个原因：首先是迁徙流动造成人口数量的增加；其次是世家、商贾、豪杰、浮食者、列侯贵人及外国人等，造成人口成分的复杂；第三是各郡国的公差、商贾、学子等暂居人口，造成人口流动性极大。凡此种种，都需要有人为他们提供膳食、寄宿及其他娱乐消费设施，这样就出现了一个特殊阶层，从事各种服务业，去本就末，成为非农耕的浮食者。商贾以末谋利，豪杰游侠以武犯禁，列侯贵人享乐成风，都市的富庶繁荣同时伴随着侈靡享乐和腐化堕落。

若乃观其四郊，浮游近县，则南望杜霸，北眺五陵。名都对郭，邑居相承。英俊之域，绂冕所兴。冠盖如云，七相五公。与乎州郡之豪杰，五都之货殖。三选七迁，充奉陵邑。盖以强干弱枝，隆上都而观万国也。②

五县游丽辩论之士，街谈巷议，弹射臧否。剖析毫厘，擘肌分理。所好生毛羽，所恶成疮痏。③

需要说明的是，班固说迁徙从汉代起，实际是一种省略的说法。其实西周及秦时都有移民迁入关中。秦时许多大臣都是外国

①《汉书》卷二八下《地理志下》。

②《文选》卷一班固《西都赋》。

③《文选》卷二张衡《西京赋》。

客卿，统一天下后，又将山东六国旧族迁入关中，汉高祖采纳娄敬强本弱支的建议，不过是这一政策的充类加厉而已①。另外，班固所描述的“五方杂厝”，还主要是关中土著与山东、西蜀、荆楚等地人口的交融，开化较早，人种相同，故与关中文化的一致性较多。

但从北朝至隋唐时期出现的第三次“五方杂厝”高潮，迁徙流动者除山东郡姓、过江侨姓及南方吴姓士族外，还有胡番蛮夷等四边民族，尤其是以西北鲜卑、匈奴、羌、回纥、吐蕃及西域昭武九姓诸国居多，这些民族与关中旧族在种族、体貌、语言、宗教、习俗、制度等方面差异极大，文化撞击非常强烈，但互补与融合的潜力亦很大：

> 长安一都，险绝之土，民多刚强，类乃非一。清平之时，仍多叛动。②
>
> 秦地戎夷混并，虎狼之国。③
>
> 关中之人百余万口，率其少多，戎狄居半。④
>
> 关西杂居，种类不一。⑤

---

①《汉书》卷四三《娄敬传》：“（敬）曰：‘臣愿陛下徙齐诸田，楚昭、屈、景，燕、赵、韩、魏后，及豪杰名家，且实关中。无事，可以备胡；诸侯有变，亦足率以东伐。此强本弱支之术也。’上曰：‘善。’乃使刘敬徙所言关中十余万口。”颜师古注曰：“今高陵、栎阳诸田，华阴、好畤诸景，及三辅诸屈、诸怀尚多，皆此时所徙。”

②《魏书》卷四〇《陆俟传》。

③《魏书》卷三五《崔浩传》。

④《晋书》卷五六《江统传》。

⑤《宋书》卷六七《谢灵运传》，又同书卷四八《傅弘之传》。

(雍州)人物混淆，华戎杂错。去农从商，争朝夕之利，游手为事，竞锥刀之末。贵者崇侈靡，贱者薄仁义；豪强者纵横，贫窭者窘蹙；桴鼓屡惊，盗贼不禁。①

(雍州)五方错杂，风俗不一。②

关于唐代关中民族的分布，周伟洲教授曾有深入的研究，他指出唐代关中是一个多民族杂居之地，既有汉族成分的更新，又有稽胡、羌族的逐渐汉化，还有北方突厥、铁勒、回纥，西北吐谷浑、党项的入徙，京师长安更是各族荟萃的中心。其中渭北一带，从魏晋南北朝以来，即聚居着众多的羌族人，他们聚居村邑，保持族内通婚及习俗，到唐代尚有羌村、羌邑之名③。另外，“长安县有高丽曲，因高丽人居之而名也”④。“回纥至中国，常参以九姓胡，往往留京师，至千人，居訾殖产甚厚”⑤。向达通过研究亦指出：“李唐起自西陲，历事周隋，不唯政制多袭前代之旧，一切文物亦复不问华夷，兼收并蓄。第七世纪以降之长安，几乎为一国际的都会，各种人民，各种宗教，无不可于长安得之。太宗雄才大略，固不囿于琐微，而波罗球之盛行于唐代，太宗即与有力焉。开元、天宝之际，天下升平，而玄宗以声色犬马为羁縻诸王之策，重以番将大盛，异族入居长安者多，于是长安

---

①《隋书》卷二九《地理志》。

②《通典》卷一七四《州郡四》。

③ 见氏著《唐代关中民族的分布及融合》，《中国历史地理论丛》1992 年第 3 期，及《陕西通史·民族卷》第 5 章。

④ 张礼《游城南记》。

⑤《新唐书》卷二一七上《回鹘传上》。

胡化盛极一时，此种胡化大率为西域风之好尚：服饰、饮食、宫室、乐舞、绘画，竞事纷泊；其极社会各方面，隐约皆有所化，好之者盖不仅帝王及一二贵戚达官已也。”①

关于饮食、服饰、乐舞、绘画等受胡风影响，学人们谈及较多，兹从文学角度列举几例，以说明关中人或关中地区所熏染的域外风尚。苏颋《咏昆仑奴诗》描述昆仑奴的形象特征：“指如十挺墨，耳似两张匙。”②张籍的诗具体写昆仑奴的来历、肤色、装束：“昆仑家住海中州，蛮客将来汉地游。言语解教秦吉了，波涛初过郁林洲。金环欲落曾穿耳，螺髻长卷不裹头。自爱肌肤黑如漆，行时半脱木绵裘。”③裴铏《传奇》集中有一篇《昆仑奴》，写名叫磨勒的昆仑奴为主人排难解忧。袁济《陶岘》中的昆仑奴磨诃则是另外一种悲惨命运。关于昆仑奴的来历说法不一，或以为是非洲黑人，或以为是马来人④，他们卷发黑身，多善潜水采珠。

李益《登夏州城观行人赋得六州胡儿歌》，写在关内道北部的夏州听到六州胡儿的演唱：“六州胡儿六蕃语，十岁骑羊逐沙鼠。沙头牧马孤雁飞，汉军游骑貂锦衣。云中征戍三千里，今日征行何岁归。无定河边数株柳，共送行人一杯酒。胡儿起作本蕃歌，齐唱呜呜尽垂手。心知旧国西州远，西向胡天望乡久。回身忽作异方声，一声回尽征人首。蕃音虏曲一难分，似说边情向塞云。”

① 见氏著《唐代长安与西域文明》，第 41 页。

②《全唐诗》卷七四，中华书局点校本第 3 册，第 815 页。

③《全唐诗》卷三八五张籍《昆仑儿》，中华书局点校本第 12 册，第 4339 页。

④ 参见[美]谢弗《唐代的外来文明》，中译本，第 101—104，123—125 页；葛承雍《唐长安黑人来源寻踪》，《中华文史论丛》2001 年第 1 辑，又收入氏著《唐韵胡音与外来文明》，中华书局 2006 年版。

《元和郡县志》卷四《关内道》："新宥州：本在盐州北三百里。初，调露元年于灵州南界置鲁、丽、含、塞、依、契等六州，以处突厥降户，时人谓之'六胡州'。"宥州（治所在今内蒙古鄂托克旗南）与夏州（治所在今陕西靖边北）毗邻，故可以观赏到六州胡演唱的"蕃音虏曲"①。

唐代诗人笔下还经常提到长安市上胡人所开设的酒店：

> 五陵年少金市东，银鞍白马度春风。落花踏尽游何处，笑入胡姬酒肆中。②
>
> 何处可为别，长安青绮门。胡姬招素手，延客醉金樽。③

向达考证说，西域传来新宗教之祠宇，以及西域人之家宅，多在长安城西部，胡人所开设的店肆，亦多在长安西市。④

隋唐时期入籍关中的异族文化艺术方面的人才亦不少，有些是举族迁来，且代有人才。如修筑隋大兴城（即唐长安城）和洛阳新都的总设计师宇文恺⑤，僧人释智严、释神会、释法藏，音乐家曹保、曹善才、曹纲、白明达，画家尉迟跋质那、尉迟乙僧等。⑥

陈鸿《东城老父传》面对日渐增多的胡人和播扬弥烈的胡风，

---

① 张广达《唐代六胡州等地的昭武九姓》对此有专门考证，收入氏著《西域史地丛稿初编》一书。

②《李太白全集》卷六《少年行二首》其二。

③《李太白全集》卷一七《送裴十八图南归嵩山二首》其一。

④ 向达《唐代长安与西域文明》，第37页。

⑤ 参见陈寅恪考证，《隋唐制度渊源略论稿》，第79页。

⑥ 参见向达《唐代长安与西域文明》，第4—27页考证。

曾不无忧虑地说："今北胡与京师杂处，娶妻生子，长安中少年有胡心矣。"元稹《法曲》一诗具体记述胡风盛行的情况："自从胡骑起烟尘，毛毳腥膻满咸洛。女为胡妇学胡妆，使进胡音务胡乐。火凤声沉多咽绝，春莺啭罢长萧索。胡音胡骑与胡妆，五十年来竞纷泊。"不断输入的龟兹乐、胡旋舞、凹凸画法、琉璃瓦、夜光杯、自雨亭、胡饼、胡药以及袒胸露臂甚至半裸的乐伎，在质朴的关中本土文化面前展现出一个五光十色的旋转世界，极大地拓展了关中士人的文化观念和地域观念。可以说，戈壁上的骆驼与草原上的铁骑所驮运来的不仅是些奇技淫巧，而且是一个全新的大陆①，它们与本土文化中的固有观念势必要发生强烈的撞击，但是长期处于"五方杂厝"状态中的"多种文化在相互接触过程中必然产生多种的相互作用，其中既有选择、接受、吸收、融合，也产生歧视、排斥、拒绝、扬弃"②，而外来的物品和风尚虽然可能会消失，但它们所带来的神奇魅力，对当时人们所产生的强烈影响，却通过诗歌、传奇小说、绘画等媒体得到了更新和延续，具有了永久的生命力。"所有这些都为盛唐文化的美酒增添了新的风味，而它们自身也混合在了这美酒之中"③。

五、高上气力

关中的尚武崇力精神由来已久。

---

① 参见拙著《唐诗的美学阐释》，第 7 页。
② 张广达《西域史地丛稿初编》，第 386 页。
③［美］谢弗《唐代的外来文明》，中译本《译者的话》第 6 页，《导论》第 4 页。

西周时期产生的乐舞《大武》就是以武王伐纣的军事活动为内容的。周乐曲调虽已失传，但乐词基本上还保存在《诗·周颂》中。王国维曾著《周大武乐章考》①，考证详确，多为人们所引用。整个乐舞分为六部分，每一部分为一成。舞容中有“先鼓(击鼓)以警戒”“总干(手执盾牌)而山立”“夹振之而驷伐(摇铎车战击刺)”“发扬蹈厉(昂扬热烈地舞蹈)”。②《大武》的歌词，据王国维考定，第一成用《武宿夜》(今《诗·周颂·昊天有成命》)，第二成用《武》，第三成用《酌》(亦作《勺》)，第四成用《桓》，第五成用《赉》，第六成用《般》。整个表演所配合的内容威武、雄壮、热烈，象征战争的胜利。③

秦人本为游牧民族，又因周之旧壤，《诗·秦风》中多叙车马、田狩及征战之事，赳赳武夫，骁勇善战④。班固说：“《秦诗》曰：‘王于兴师，修我甲兵，与子偕行。’其风声气俗自古而然，今之歌谣慷慨，风流犹存耳。”⑤朱熹《诗集传》卷六论《秦风》亦说：“秦人之俗，大抵尚气概，先勇力，忘生轻死，故其见于诗如此。然本其初而论之，岐丰之地，文王用之以兴二《南》之

---

① 见氏著《观堂集林》卷二。

② 引文见《乐记》，乐舞表演内容的解释参见杨荫浏《中国古代音乐史稿》上册，第31—33页。

③ 杨荫浏《中国古代音乐史稿》上册，第33页。

④ 史念海先生指出：秦国地处西方，在地理上得到两种天然的凭借，这便是马种的优良和人民的武勇。战国时车战由骑兵代之而起。秦国畜牧生涯正是发展骑兵的基础，而马匹也因畜牧事业的发达而得到充分的供给。畜牧生涯对于人民体质的训练远较农业社会为优。这种自然环境所赋予的凭借，足使秦国君臣睥睨并世的诸侯。参见《河山集》(第4集)，第334页。

⑤《汉书》卷六九《赵充国辛庆忌传》赞论。

化，如彼其忠且厚也。秦人用之未几，而一变其俗至于如此，则已悍然有招八州而朝同列之气矣。何哉？雍州土厚水深，其民厚重质直，无郑卫骄惰浮靡之习。以善导之，则易以兴起，而笃于仁义；以猛驱之，则其强毅果敢之资，亦足以强兵力农，而成富强之业，非山东诸国所及也。”

汉代关中“五方杂错”的结果使得秦雍三辅一带多豪杰游侠之士。《史记》卷一一二《平津侯主父列传》记主父偃上书武帝说：“茂陵初立，天下豪杰并兼之家，乱众之民，皆可徙茂陵，内实京师，外销奸猾，此所谓不诛而害除。”此项政策为各地豪杰云集关中起了推波助澜之功，于是“长安炽盛，街闾各有豪侠”①。侠是一个比较复杂的社会阶层，既有排难解纷、锄强抗暴的一面，也有以武犯禁、破坏法律的一面，还有“朋党宗强比周，设财役贫，豪暴侵凌孤弱，恣欲自快”②的一面，但纵横放任、使气轻生是其共同特点③。

关中地处胡汉军事对峙线边缘，边疆风俗对其亦有极大影响。“天水、陇西，山多林木，民以板为室屋。及安定、北地、上郡、西河，皆迫近戎狄，修习战备，高上气力，以射猎为先。故《秦诗》曰‘在其板屋’；又曰‘王于兴师，修我甲兵，与子偕行’。及《车辚》、《四驖》、《小戎》之篇，皆言车马田狩之事。汉

① 《汉书》卷九二《游侠列传》。仅据《史记》卷一二四《游侠列传》及《汉书》同传所录关中豪侠，即有：郭解，自河内轵徙茂陵；樊仲子，长安；赵王孙，槐里；高公子，长陵；萬章，长安；赵朋，槐里；霍鸿，槐里；楼护，齐人；陈遵，杜陵；原涉，自阳翟徙茂陵；杜君敖，霸陵。

② 《史记》卷一二四《游侠列传》。

③ 参见拙著《原侠》，载于《西北大学学报》1996 年第 1 期。

兴，六郡良家子选给羽林、期门，以材力为官，名将多出焉。孔子曰：‘君子有勇而亡谊则为乱，小人有勇而亡谊则为盗。’故此数郡，民俗质木，不耻寇盗。”①如果说豪杰任侠在法禁森严的汉代遭到围剿打击而有所敛抑的话②，边疆地区的这种尚武崇力之风气则自魏晋以下，非但没有稍减，反而愈演愈烈。异族不断加剧的军事入侵，亦将其风气习尚带到边缘地区甚至农耕文化的腹地：

(匈奴)逐水草迁徙，毋城郭，常处耕田之业，然亦各有分地。毋文书，以言语为约束。儿能骑羊，引弓射鸟鼠，少长则射狐兔，用为食。士力能弯弓，尽为甲骑。其俗，宽则随畜，因射猎禽兽为生业，急则人习战功以侵伐，其天性也。其长兵则弓矢，短兵则刀铤。利则进，不利则退，不羞遁走。苟利所在，不知礼义。自君王以下，咸食畜肉，衣其皮革，被旃裘。壮者食肥美，老者食其余。贵壮健，贱老弱。③

(西羌)不立君臣，无相长一，强则分种为酋豪，弱则为人附落，更相抄暴，以力为雄。杀人偿死，无他禁令。其兵长在山谷，短于平地，不能持久，而果于触突，以战死为吉利，病终为不祥。甚耐寒苦，同之禽兽。虽妇人产子，亦不

① 《汉书》卷二八下《地理志下》。又，同书卷六九《赵充国辛庆忌传》赞论亦说：“秦汉已来，山东出相，山西出将。……何则？山西天水、陇西、安定、北地处势迫近羌胡，民俗修习战备，高上勇力，鞍马骑射。”山西即关西、关中。史念海对“关东出相，关西出将”的说法有精当深入的分析。

② 参见《汉书》卷九二《游侠列传》。

③ 《史记》卷一一〇《匈奴列传》。

> 避风雪。性坚刚勇猛，得西方金行之气焉。①
>
> 其安定、彭原之北，汧阳、天水之西，接近胡戎，多尚武节。②

“西州戎马地，贤豪事雄特”③，“秦雍之郊，俗称劲勇”④。关中特殊的地域所形成的这种习尚长期积淀，绵延至隋唐，受时代精神的激荡，更加炽烈。柳芳《氏族论》概括各地域士族特点时便说，山东之人质，江左之人文，关中之人雄，代北之人武⑤。以“雄”字来标举关中风气，意味颇深长。大唐睥睨一世的运势不能不受此熏染⑥。

尚武崇力精神的弥漫强化了士人对事功的积极追求乃至对军功的渴望，不独武人边将热衷于征战，就是许多文士亦纷纷投向边塞军幕，或为稻粱谋，或为进身之资。“唐词人自禁林外，节镇幕府为盛”，“中叶后尤多。盖唐制，新及第人，例就辟外幕。而布衣流落才士，更多因缘幕府，蹑级进身。”⑦初唐四杰之一、

---

①《后汉书》卷八七《西羌传》。

②《通典》卷一七四《州郡四》。

③《元稹集》卷六《寄吴士矩端公五十韵》。

④ 宋敏求《唐大诏令集》卷一〇二《求猛士诏》。

⑤《新唐书》卷一九九《儒学传》中。

⑥ 李鸿超《西北精神》说：“秦风与周初之民风，其豪迈刚勇之气概，尚武爱国之精神，本相契合，故能一化为除暴安良，再化为抗敌御侮，三化为控御天下，使周、秦、汉、唐四朝开创民族机运，拓植华夏疆土，得以称雄于东亚。”载《国立西北大学建校卅周年纪念刊》(稿本)。

⑦ 胡震亨《唐音癸签》卷二七。有关唐代文人入幕府的详细情况，可参见严耕望《唐代方镇使府僚佐考》，戴伟华《唐代幕府与文学》《唐方镇文职僚佐考》《唐代使府与文学研究》等。

关中华阴杨炯的《从军行》《刘生》《骢马》《出塞》《有所思》《折杨柳》《紫骝马》《战城南》《送刘校书从军》等一系列作品，虽不乏拟乐府旧题者，但其中如“宁为百夫长，胜作一书生”(《从军行》)、“丈夫皆有志，会是立功勋”(《出塞》)、“坐谋资庙略，习檄伫文雄”(《送刘校书从军》)等，却正是时代精神的一种变奏，而如《从军行》《出塞》《战城南》等通体悲凉慷慨，整肃浑雄，摆脱梁陈，启盛唐边塞诗之高境远调。至于盛唐时期京兆万年(今陕西西安市)诗人王昌龄的《从军行七首》《出塞二首》《塞下曲四首》《少年行二首》等作品，横逸壮烈，悲怆浑成，“非惟独秀当时，抑已擅场千古”①。中唐时期凉州姑臧(今甘肃武威)诗人李益的《夜上受降城闻笛》《从军北征》《回军行》《塞下曲四首》等边塞诸作亦雄浑高奇，意致雅健。从隋之杨素，唐之杨炯、王昌龄、李益，可见关陇地域及士人对边塞诗的繁荣发展卓有建树。按照章太炎先生所说，不独诗歌，文章骈散之兴衰变迁，亦与时代之崇文尚武有关：“文之变迁，不必依骈散为论，然综观尚武之世，作者多散文；尚文之世，作者多骈文。秦汉尚武，故为散文，骈句罕见。东汉崇儒术，渐有骈句。魏晋南朝，纯乎尚文，故骈俪盛行。唐代尚武，散体复兴……宋不尚武，故其文通行四六。”②

---

①《历代诗发》，引自陈伯海主编《唐诗汇评》上册，第423页。

② 见氏著《国学讲演录》，第249—250页。章氏所论与西人狄德罗可互相发明。狄德罗说：“诗需要一些壮大的、野蛮的、粗犷的气魄。”又说：“一般说来，一个民族愈是文明，愈是彬彬有礼，他们的风尚就越少诗意，一切在温和化的过程中失掉了力量。”见《论戏剧艺术》，引自《西方文论选》上卷，第370—371页。

所论尚嫌简略，亦不无可商榷之处①，但确能启人神智。

职是之故，可见关中地区高上气力的风习与崇尚事功(尤其是隋末唐初的崇尚武功)的时代精神振荡，影响广远。这种对力量的美学追求和对英雄人格的崇拜，适与文学的雄深雅健互为表里。“健，刚劲之力；雄，雄深之气”②，积刚健之力量，成雄深之气势③，则关中文化中的高上气力与文学中追求雄浑雅健不仅有其内在的一致性，而且对唐代文学中崇尚风骨也具有推波助澜之效④。

本章的结论

从审美情趣来看，关中文学既具北方文学的许多共性，又有其独特性，这便是崇尚雄深雅健。究其原因，实系方土之风气，即地域文化诸要素在历史过程中长期积淀而成，雄奇的地理、五方杂错的人民、高上气力的风习与人文化成的传统共同作用所致，换言之，亦即关中文化精神在文学屏幕上的投射。

---

① 唐代亦通行四六文，散体文之数量及作用都很有限，且唐代不仅尚武亦崇文，故散文复兴恐不仅仅由尚武一端所致。

② 罗仲鼎《诗品今析》，第27页。

③ 曹顺庆《自然·雄浑》，第319页。

④ 霍然说：“那推动唐代美学思潮发生、发展，促成其波澜壮阔、汹涌澎湃的磅礴气势的原动力，亦即唐代美学思潮发源的根本点，与其含糊地说是在江南六朝柔弱绮靡的流风余韵，毋宁确切地说，乃是在于关中陇上一带的豪强劲旅那带有边塞烽火和大漠风沙气息的刚强、剽悍之中不无粗豪朴野味道的勇武雄壮的精神气质。”见氏著《唐代美学思潮》，长春出版社1990年版，第8页。

第三章　唐代社会背景下的关中士族

按照文化人类学的解释①，中国古代社会是一个典型的父系、随父居与父权的社会，在这个社会中，家族便是最基本的社群组织，或称为世系群组织(Descent Group)。传统社会中的人际关系是以家族为中心坐标向纵横两个方面扩展。"从横的(或说是水平的)方面而言，以家庭为中心，可以慢慢向外扩展至家族、宗族，而至氏族，像水的波纹一样，一圈圈地推出去，愈推愈远，其关系则愈远愈薄，一直到超出最大的氏族圈外，便是属于外人，除非是有别的关系加以联系，外人就是毫不相干的人了。从纵的(或说是垂直的)方面而言，人际关系又是直线相连的，这一直线可以伸直到所有死去的祖先，也可延长到未出生的子孙，其间尊卑关系是自上而下的。"②张光直亦指出："中国古代社会是以社

① 对家庭、家族、宗族、氏族等概念的解说，学术界颇多歧义，参见吕思勉《中国制度史·宗族》，杜正胜《传统家族试论》，徐扬杰《中国家族制度史》，冯尔康、阎爱民《中国宗族社会》等著作的论述，笔者采用文化人类学最常见的说法。

② 李亦园《人类的视野》，上海文艺出版社1996年版，第73页。

会人类学者称为‘分枝宗族’(Segmentary Lineages)的亲族系统为特征的。中国古代的父系氏族实际上是由许多由系谱上说真正有血缘关系的宗族组成的；这些宗族经过一定的世代后分枝成为大宗与小宗，各据他们距宗族远祖的系谱上的距离而具有大大小小的政治与经济上的权力。”①凡是同一始祖的男系后裔，都属于同一宗族。以世代而言，包含自高祖至玄孙九个世代；以服制而论，从斩衰推至缌麻，包括五等服制，这就是所谓的九族五服。一般认为，中国古代的家族制度经历了原始社会末期的父家长制家族、殷周时期的宗法制家族、魏晋至唐代的世家大族式家族、宋以后的近代封建家族等四种不同形式。② 其中世家大族式家族，又称为门阀士族、士族宗族，是家族制度演变过程中一个极引人注目的时期，其中魏晋六朝是前期，隋唐是后期。本章聚焦于士族制度的后期，以期能较具体深入地检视关中地域的士族。

一、唐代士族研究刍议

士族，又称世族、世家、氏族，各词的含义有广狭，用法亦不尽相同。但从谱牒学角度来看，都是指累世在政治、文化、社会等方面具有较高等第的家族。何启民解释说：“由于他们是士人的家族，故被称为士族；与其说是因任官的高下多少，而定世家大族地位之高下，不如说因家族历史的久远光彩为其先决条

① 张光直《中国青铜时代》，三联书店1983年版，第110页。
② 徐扬杰《中国家族制度史》，人民出版社1992年版，第18页。

件，故有世族、世家、世门、世胄之名，而特为世所重。有些家族，人口众多，或声望极隆，故被称为大族；有些家族，人才辈出，历据高位，故被称为高族、鼎族、盛族、冠族、华族、右族、甲族、权族、贵族、贵势、贵游、门第、门地；或因其声华著闻，贵重无比，故被称为华腴、华侪、膏粱；有些家族，有名于时，故被称为名族、望族；而姓即所以名族，故有大姓、著姓、甲姓、右姓之称。这些称谓的使用，并非漫无限制，大抵是强调某一特质的偏举。至于泛称世家大族的，似乎只是氏族一辞，在历史上使用得最为频繁。"①毛汉光对此类术语亦做过辨析，他说："历史书中，对于两晋南北朝累世官宦家族的称呼，名词极不一致。从家门盛贵方面看，有人称之为高门、门户、门第、门望；从身份华贵方面看，有人称之为膏腴、膏粱、甲族、华侪、贵游；从权势方面看，有人称之为势族、势家、贵势；从家族绵延方面看，有人称之为世家、世胄、门胄、金张世族、世族；从姓氏观点看，有人称之为著姓、右姓；从家门社会地位方面看，有人称之为门阀、阀阅；从家族名声方面看，有人称之为名族、高族、高门大族；若从政治、文化、社会诸方面看，有人称之为士流、士族。上列二十七个称呼，所持意义大同小异，因为所看角度不同，有了名词上的差异。"②何、毛两位的辨析虽极详细，但仍嫌夹缠，不过对我们理解士族制度的复杂性很有启发，一制度之发达，与之相关的术语概念亦极繁复，此理亦适合士族。

① 见氏著《鼎食之家——世家大族》，第 72—73 页，收入《中国文化新论·社会篇·吾土吾民》，台北：联经出版事业公司 1982 年版。

②《唐代研究论集》第 2 辑，台北：新文丰出版股份有限公司 1992 年版，第 564 页。

唐代处于士族发展的转型期。作为家族制度的一种特殊类型，士族萌生于东汉，兴盛于南北朝，尤其是东晋时期，东晋士族制度的标志是门阀观念的强化，“在他们发展形成的过程中，先有族姓，次有门户，而后有了地望的观念：族姓—门户—地望”①，士族集官宦、社会声望和血缘家族三位于一体，官宦表现在士族出仕、升迁的优先权上，社会声望表现在儒教门风与文化修养上，血缘反映在士族门第婚姻与其宗族谱牒的功用上。② 这是学术界比较一致的看法。但步入唐代，士族的演进有何特点，看法分歧较大。一种观点认为唐代已无士族制度③，比较通行的看法是，门阀制度虽然解体，但士族仍然存在，只是进入了一个新的阶段，与前此的南北朝不同，与后此的宋代亦不同。关于士族的消亡时间，或以为在安史之乱后④，或以为在唐末五代时期⑤。

笔者赞同唐代为士族转型期、五代为士族衰亡期的观点，并进一步认为士族发展到唐代虽步入其后期，但仍然有其生命力。通过以下几条材料，可以看出唐代士族的存在是无法否认的：

> 唐人尚氏族，推姓显于一郡者，谓之望姓。
>
> 唐人推崔、卢等姓为甲族，虽子孙贫贱，皆家世所重。

---

① 何启民《鼎食之家——世家大族》，第 71 页。

② 冯尔康、阎爱民《中国宗族社会》，第 51 页。

③ 张泽咸《唐代阶级结构研究》，中州古籍出版社 1996 年版，第 58 页。

④ 郑临川述评《闻一多论古典文学》，重庆出版社 1984 年版，第 85 页。

⑤ 如孙国栋《唐宋之际社会门第之消融》，见氏著《唐宋史论丛》，香港：商务印书馆 2000 年版。

> 今人不复以氏族为事。①
>
> 　　近古氏族之盛，莫过于唐。②

李唐统治者以所鸠集的代北和关陇势力为基础，而获至统一盛运之再临，虽曾对山东和南朝旧士族进行抑制，但不过是对昔日门阀制度的一种反拨，是以新士族的名义反对旧士族。武则天柄政后为巩固其统治，势必要排抑打击关陇集团，但这其实是对初唐关中本位政策的另一种反拨，武则天并没有彻底消灭关陇士族，也不可能完全堵死关陇士人的仕途，只是使不同阶层、不同地域的士人都有望进入官僚层。科举实质上是仕进道路的制度化，它使仕进的竞争较为公平、透明、规范。换言之，科举之门并非只对寒素开放，对士族关闭，而是使仕进之门敞得更大了。在科举应试中，不仅有士庶的竞争③，还有不同阶等、不同地域士族的“圈内之争”④。这种情况在中晚唐尤其突出。

值得注意的是，终唐一代虽然官制并无清浊之分，但选举实有清浊之别。进士、明经等科举出身为清，其他杂流为浊。“凡出身非清流者，不注清资之官（原注：谓从流外及视品出身者）。”⑤五品以上清望官多半出身科举，中唐以后上升宰相的要津是翰林学士，翰林学士即为文学之士，因而主要来自进士，唐

---

① 赵彦卫《云麓漫钞》卷三。

② 顾炎武《亭林文集》卷五《裴村记》。

③ 王定保《唐摭言》卷九：“三百年来，科第之设，草泽望之起家，簪绂望之继世。孤寒失之，其族馁矣；世禄失之，其族绝矣。”上海古籍出版社点校本，第97页。

④ 毛汉光《中国中古社会史论》，台北：联经出版事业公司1988年版，第340页。

⑤《唐六典》卷二，中华书局点校本，第28页。

末翰林学士、宰相几乎全是进士出身①。过去门阀士族享有的免除徭役的经济特权，现在由科第出身者享有。穆宗、敬宗时相继在改元赦文中下令“名登科第，即免征徭”，武宗会昌五年下诏，明确规定“前进士及登科(制科)有名闻者”，始得称衣冠户②，唐僖宗乾符二年又重申这一规定，只有进士及第才能免一门徭役，其余杂科只免一身③。科举及第者可获得衣冠户的称号，进士出身者不仅享有复除特权，而且享有两晋南北朝时期门阀士族和唐初以来五品以上官僚所拥有的能庇护一家的特权④。虽然有学者认为中晚唐以来士族、衣冠的含义发生了变化⑤，但究其实质，科举特别是进士及第者既然改变了士人的社会等级，具有了入仕的优先权、庇护特权和较高社会声望，则其实际上仍然是士族的一个类型，准确地讲，可称其为唐代的新兴士族或转型期的士族。不唯寒素通过科举上达，加入此新兴阶层，就是旧族勋贵亦摇身一变，跻于此阶层之中。⑥ 从这个意义上说，科举特别是进士第成为大士族振兴或延续其家族地位的重要途径。

“安史之乱”对士族的打击很大，北方士族(包括关中士人)重蹈永嘉旧辙，再次举家南迁。但是“安史之乱”本非针对士族，亦未能完全消灭士族，士族在中晚唐仍很有影响，到处能看到其活动的身影。孙国栋曾以《新唐书·宰相世系表》及两《唐书》列传为

① 唐长孺《魏晋南北朝隋唐史三论》，武汉大学出版社，第399页。
② 《全唐文》卷七八武宗《加尊号后郊天赦文》。
③ 《全唐文》卷八九僖宗《南郊赦文》。
④ 吴宗国《唐代科举制度研究》，第290—291页。
⑤ 张泽咸《唐代阶级结构研究》，第78页；吴宗国《唐代科举制度研究》第14章。
⑥ 参见拙著《唐代三大地域文学士族研究》第三章的有关内容。

考察对象，统计出唐肃宗至唐僖宗时期名族贵胄与寒族占比分别为68.9%比13.5%，他的结论是："晚唐寒人虽有上达，然其势力尚未足与旧族相抗，政治上之核心人物，仍多出身于阀阅。""可见中唐以后，虽有安史之乱与强藩之祸，而社会人物，仍多名族子弟，世胄之家，昆季尽登台阁者比比皆是。"①

唐末五代篡弑相寻，生灵涂炭，士族亦难逃其大劫，在战乱中日渐沦替，至宋时已衣冠皂隶无别矣。据文献记载："唐广明中，黄巢犯阙，大驾幸蜀，衣冠荡析，寇盗纵横。"②朱全忠(温)于天祐二年亦大量贬杀士族，"自余或门胄高华，或科第自进，居三省台阁，以名检自处，声迹稍著者，皆指为浮薄，贬逐无虚日，缙绅为之一空。……时全忠聚枢等及朝士贬官者三十余人于白马驿，一夕尽杀之，投尸于河。初，李振屡举进士，竟不中第，故深疾缙绅之士，言于全忠曰：'此辈常自谓清流，宜投之黄河，使为浊流！'全忠笑而从之。"③从此长安的衣冠大族、门胄高华扫荡以尽。顾炎武曾对此评论说："裴枢辈六七人，犹为全忠所忌，必待杀之白马驿而后篡唐，氏族之有关于人国也如此。至于五代之季，天位几如弈棋，而大族高门降为皂隶。"④因本篇的论题所限，不宜对此多做申述，现再胪列几条资料，以为结论："唐末五代之乱，衣冠旧族多离去乡里，或爵命中绝，而世

---

① 孙国栋《唐宋之际社会门第之消融》，参见氏著《唐宋史论丛》，第283、212、219页。

② 《北梦琐言》卷九，可与韦庄《秦妇吟》中"内库烧为锦绣灰，天街踏尽公卿骨"对读。

③ 《资治通鉴》卷二六五，中华书局点校本第18册，第8643页。

④ 《亭林文集》卷五《裴村记》。

系无所考。”①“自隋唐而上，官有簿状，家有谱系，官之选举必由于簿状，家之婚姻必由于谱系。……自五季以来，取士不问家世，婚姻不问阀阅，故其书散佚而其学不传。”②“五代以还，不崇门阀谱牒之学。”③士族的兴衰与谱牒的存亡是互为因果的，衣冠皂隶，混为一体，士族沦替湮灭，则谱牒亦随之散佚不存；谱牒散落无征，则士族身份亦无从证实了。

二、“关中郡姓”论题之辨析

《新唐书》卷一九九《儒学中·柳冲传》引柳芳论氏族说：

> 过江则为“侨姓”，王、谢、袁、萧为大；东南则为“吴姓”，朱、张、顾、陆为大；山东则为“郡姓”，王、崔、卢、李、郑为大；关中亦号“郡姓”，韦、裴、柳、薛、杨、杜首之；代北则为“虏姓”，元、长孙、宇文、于、陆、源、窦首之。

这段话又见《唐会要》卷三六《氏族》类首条④，唯将《新书》叙关中、代北的两个“首之”，径改作“为大”，与前面过江、东南、山东用语一致，并补“各于其地，自尚其姓为四姓”两句。暗示出柳

---

① 李焘《续资治通鉴长编》卷一〇三。

② 郑樵《通志》卷二五《氏族略》第一。

③《少室山房笔丛》卷二三《华阳博议下》。

④《唐会要》卷三六《氏族》，中华书局排印本1955年版中册，第663页。

芳是从地域分布及来源论士族姓望的。《全唐文》卷三七二收此篇标题为《姓系论》，今人多按该文首句“氏族者，古史官所记也”云云，称此文为《氏族论》。

柳芳所论“侨姓”与“吴姓”实际上是南朝士族，侨姓是东晋以来由中原侨迁至南方的中原士族；吴姓则是南方土著士族。余则为北朝士族。山东郡姓是滞留在中原的北方上族，“关中”与“山东”对举，显然是指地域上的关内士族。代北虏姓是胡姓士族，主要是指北魏以来西北少数民族贵胄。可见，这种区别既包含地域分布，又隐含着渊源所自。

柳芳《氏族论》中还说：

> 山东之人质，故尚婚娅，其信可与也；江左之人文，故尚人物，其智可与也；关中之人雄，故尚冠冕，其达可与也；代北之人武，故尚贵戚，其泰可与也。及其弊，则尚婚娅者先外族、后本宗，尚人物者进庶孽、退嫡长，尚冠冕者略伉俪、慕荣华，尚贵戚者徇势利、亡礼教。四者俱弊，则失其所尚矣。

对各个文化区系中的士族均有评论，看出各地士族习尚的不同，对于我们理解士族风尚的差异性与丰富性极有裨益①。

柳芳《氏族论》为后来治谱牒学及研究中古（包括唐代）士族制度者不断援引，作为较原始的研究士族制度的经典文献，许多范

---

① 参见本书第四章《唐代关中文学士族的崛兴》第三节的比较分析。

畴、概念及观点几成定论，学人们在引用时大多不再加以分析验证。但也有对此不以为然者①，不过，与本篇所论关系不大。

笔者在此拟对柳芳所说“关中郡姓”进行一番检视验证，所要讨论的问题是：韦、杜作为京兆士族，列入柳芳之关中郡姓自无待说，杨氏为弘农郡望，但其重要房支都居于华阴，划归关中郡姓亦当无大疑问。唯薛、裴、柳三氏，谱牒文献及史传多推为河东望族，从隋唐地理上似不属关内道，柳芳将其列入关中郡姓，依据何在？

《古今姓氏书辩证》卷三八：“魏《太和姓族品》：柳、裴、薛为河东三姓。”②又据《新唐书》卷一三二《柳芳传》知，芳亦为蒲州河东人，作为著名历史学家和谱牒学家，他不至于错划本姓于关中。所以问题的关键在于柳芳立论的根据究竟是指裴、薛、柳三氏著房的现籍，抑或是遥远的郡望？是依据地理学分类，还是根据政治文化立论？这既是唐代士族和谱学研究的一个重要问题，亦与笔者的立论有密切关系，有必要做一些辨析。

李衡《唐绛州闻喜令杨君故夫人裴氏墓志铭并序》：

> 维唐贞元元年仲冬十一月十有七日，闻喜县令杨君故夫人河东裴氏葬于京兆之九毗原，礼也。裴氏其先，自周汉命

① 何启民《柳芳氏族论中的一些问题》一文即认为：“所以说‘山东则为郡姓’‘关中亦号郡姓’的说法不能算错，但也不太正确，因为当时并没有这种用法。”参见《唐代研究论集》第2辑，台北：新文丰出版股份有限公司1992年版，第585页。何氏此文对柳芳《氏族论》有深入的研究，不乏创见，唯以为“关中郡姓”云云在当时没有这种用法，似仍有可议之处，笔者下文即对此进行专门讨论。

②《古今姓氏书辩证》，江西人民出版社2006年版，第592页。

> 氏，爰及晋魏，衣冠炜盛，八裴之称，为冠族欤。至于隋唐，蕴而不竭，与韦柳薛，关中之四姓焉。①

据碑文知，此篇作于德宗贞元元年(785)，柳芳的生卒年虽不能确考，但据两《唐书》本传及今人研究成果知其开元二十三年进士及第，代宗永泰二年撰成皇家谱牒《永泰新谱》，与殷寅、颜真卿、萧颖士、李华等友善②，则其与撰裴氏夫人碑的李衡同时而稍前。李衡《碑》中既提到"河东裴氏"，又谓其与韦、柳、薛为"关中四姓"，可见这种说法并非柳芳的独创。

又，刘禹锡《薛公神道碑》：

> 薛在三代为侯国，介于邹、鲁间，传世三十有一，为齐所并。其公子奔楚，锡土田于沛。汉末，避仇之成都。曹魏平蜀，徙家汾阴，遂为河东临晋人。自奚仲为夏车服大夫，距今数千年，乘轩服冕，舄奕冠世。言氏族者，署为关内甲姓。③

刘禹锡既说薛氏"徙家汾阴，遂为河东临晋人"，又说"署为关内甲姓"，显然也是将其列入关中郡姓的。刘说"言氏族者"云云，则暗示这种归类划分与氏族谱学家有关。又考《唐会要》作者苏冕

① 周绍良主编《唐代墓志汇编》下册，上海古籍出版社1992年版，第1839页。
② 参见《旧唐书》卷一四九《柳登传》、《新唐书》卷一三二《柳芳传》，周祖譔主编《中国文学家大辞典(唐五代卷)》，中华书局1992年版第571页吴企明所撰词条。
③《刘禹锡集》卷三，中华书局点校本上册，第33页。

亦与柳芳同时而稍后，他直接援引柳芳文而不说明出处，似亦能代表他的观点，至少说明其亦赞同柳说。据此知“关中郡姓”的说法在中唐时极流行，并非像何启民先生所称“当时并没有这种用法”。

又，柳宗元《送独孤申叔侍亲往河东序》：

> 河东，古吾土也。家世迁徙，莫能就绪。闻其间有大河、条山，气盖关左，文士往往彷徉临望，坐得胜概焉。①

柳宗元被称为河东人，其实先世早已迁入关中，他又出生于长安，这表面上看有些名实不副，但在中古文人中不乏其例，毛汉光用“旧郡望”与“新贯”来解释唐代士族的这种“城市与乡村的双家型态”②。但笔者以为河东裴、薛、柳之被称为“关中郡姓”，虽与“新贯”(即该房支的迁徙地)有关，恐还有更深刻的政治文化内涵。

据《周书》卷二《文帝纪下》：“魏氏之初，统国三十六，大姓九十九，后多绝灭。至是，以诸将功高者为三十六国后，次功者为九十九姓后，所统军人，亦改从其姓。”又据同书卷四《明帝纪》知，明帝二年曾下诏曰：“三十六国，九十九姓，自魏氏南徙，皆称河南之民。今周室既都关中，宜改称京兆人。”此三十六国、九十九姓主要是胡姓(亦即柳芳所称“代北虏姓”)，因其从北魏孝文帝之后已迁徙到洛阳，故诏令以河南为其郡望③，随宇文氏集

① 《柳宗元集》卷二二，中华书局点校本第2册，第606页。

② 毛汉光《中国中古社会史论》，第239、246页。

③ 《魏书》卷七下《高祖纪下》：“太和十九年六月丙辰，诏：迁洛之民，死葬河南，不得还北，于是代人南迁者，悉为河南洛阳人。”

团入关中者，则又令其以京兆为本望。隋唐以来，代北虏姓士族一部分仍以关中为其本望，一部分则又退而以河南为郡望，这种混乱在虏姓士族的籍贯标注、祖茔地确定中颇多存在。其实对虏姓士族而言，回归洛阳也不过如唐人刘皂诗所自嘲的“无端更渡桑干水，却望并州是故乡”①，仍是一种错认他乡为故乡。

又，《隋书》卷三三《经籍志·史部谱系篇》序曰：

> 后魏迁洛，有八氏十姓，咸出帝族；又有三十六族，则诸国之从魏者；九十二姓，世为部落大人者，并为河南洛阳人。其中国士人则第其门阀，有四海大姓、郡姓、州姓、县姓；及周太祖入关，诸姓子孙有功者，并令为其宗长，仍撰谱录，纪其所承，又以关内诸州为其本望。

陈寅恪解释这一段文献说，自“后魏迁洛”至“并为河南洛阳人”一节，专指胡人而言；自“其中国士人”至“又以关内诸州为其本望”一节，实专指汉人而言。陈氏意在用此证明李唐统治者改赵郡郡望为陇西郡望的假说，但又引申谓宇文氏改易“西迁有功汉将之中原郡望为关陇郡望，别撰谱牒”②，其说或另有根据，但对于本章所讨论的裴、薛、柳来说，似未曾有过改河东郡望为关中郡望之事实。且从士族谱牒学角度来看，籍贯可以迁徙改变，但郡望不可改变。更改郡望者多为破落户或暴发户假冒望族著房，一般

① 刘皂《旅次朔方》，见《唐人选唐诗·御览诗》，中华书局排印本，第239页。
② 陈寅恪《唐代政治史述论稿》，上海古籍出版社1982年版，第12、15页。

认为山东(或中原)族望高于关中，士人何以舍高逐低呢？所以，“以关内诸州为其本望”，似应理解为以关内诸州为新的籍贯。

考汾渭平原在地质构造上原为一体，中条山也属秦岭支脉，因黄河在风陵渡处形成河曲，转向东注，河东地区在地理上便自成单元，这一带便成为秦、晋、中原三大区域之间的边缘接触带。①

汉武帝征和四年，初设司隶部，署司隶校尉，领兵千余人，捕巫蛊，督察大奸猾。后罢所领兵，使察三辅(右扶风、左冯翊、京兆尹)、三河(河南尹、河东、河内)、弘农等京畿七郡。哀帝时改称司隶。东汉复称司隶校尉，仍领七郡，移治所于河南洛阳。“大唐无司隶校尉，而有京畿采访使，亦其职也。”②河东自汉时即属司隶部，故与京畿三辅有一种传统的政治联系。顾炎武赴河东裴村考察时曾说：“盖近古氏族之盛，莫过于唐，而河中为唐近畿地。其地重而族厚，若解之柳、闻喜之裴，皆历任数百年，冠裳不绝。”③

较为合理的解释应该是，河东地近京畿，两汉曾为司隶校尉所辖七郡之一，西魏、北周以来又是关陇集团的直接控制区，从文化地理上与关中有千丝万缕的联系。尤其是政治上，河东裴、柳、薛三氏从北魏开始，历东魏北齐、西魏北周、杨隋、李唐等北方政权，簪缨冠冕，代不乏人。其不仅加盟关陇集团，而且成

---

① 侯甬坚《北方军事地理枢纽——潼关》，《文史知识》1992 年第 6 期。

② 杜佑《通典》卷三二《职官十四》，中华书局点校本第 1 册，第 880—883 页。

③《亭林文集》卷五《裴村记》，第 158 页。

为此集团的核心人物，遂使东西力量对比发生重大倾斜。① 从柳芳对关中郡姓韦、裴、柳、薛、杨、杜的排列次序来看，亦包含着与关陇集团的亲疏远近。“河东大士族裴氏、柳氏、薛氏等其主支大部分归向西魏北周，其人物与关中政权长期结合，所以时人将此三大士族归类于关中郡姓之中。”②“其所云‘关中’实际上是包括河东之裴、柳、薛及弘农之杨在内的，亦即西魏境内诸著姓。”③

何启民谓柳芳的谱学与路敬淳、柳冲、韦述同，有迎合唐室的意思，不无深刻之处，又说其随时刊窜、任意高下，亦切中这些御用谱学家的要害④。但以将河东三大士族归入关中郡姓这一点而言，倒是循名责实，以求名实一致。它既非柳芳的凭空臆造，又非改置郡望，而是对裴、薛、柳三大河东势力与关陇集团结合历史的认可，又是对三姓定著房长期迁居长安、以关中诸州郡为本贯这一事实的承认。从这个意义上说，“关中郡姓”的概括不仅在氏族谱学上具有价值，而且对于理解关中文化精神亦具有特别重要的意义。

---

① 毛汉光说：“河东裴氏、柳氏、薛氏是中古时期的大士族，其人物兼具河东地区的地方势力及任职官僚体系的能力，所以其动向实影响东西政权之实力。以河东地区而论，据上文之分析，汾水之南的汾阴，及黄河西岸之冯翊夏阳等地，坚决支持宇文氏。涑水上游中游的裴氏及涑水中下游的柳氏亦倾向宇文氏，涑水下游蒲坂地方豪强敬珍、敬祥等强烈归向宇文氏。……上述河东地区已与西魏、北周政权牢牢结合，而使得宇文氏能巩固地拥有此区。”参见氏著《中国中古政治史论》，台北：联经出版事业公司1990年版，第151页。

② 见前揭毛汉光《中国中古政治史论》，第165页。

③ 唐长孺《魏晋南北朝隋唐史三论》，武汉大学出版社1993年版，第377页。

④ 何启民《柳芳氏族论中的一些问题》，《唐代研究论集》第2辑，第597页。

三、释“城南韦杜，去天尺五”

前节通过对“关中郡姓”论题的分析，说明这种说法并非柳芳独创，而是有客观依据且在当时极流行的，并进一步解释了河东三著姓之所以被列入“关中郡姓”的原因。此节试图对京兆韦、杜两氏进行一些论列，为了行文的集中，本节通过一则俚语来透视韦、杜两氏的情况。

杜甫《赠韦七赞善》：

> 乡里衣冠不乏贤，杜陵韦曲未央前。尔家最近魁三象，时论同归尺五天。北走关山开雨雪，南游花柳塞云烟。洞庭春色悲公子，虾菜忘归范蠡船。

此篇诸家多系于大历五年(770)潭州作，其中“尺五天”原注云，“俚语曰：‘城南韦杜，去天尺五。’”杜诗及所引这则俚语经常为治隋唐史和关中文化者所称引，借以说明京兆韦、杜两氏的鼎盛。但对杜诗及俚语，诸家解释实有分歧。

朱瀚据《新唐书·宰相世系表》指出，杜氏宰相十一人，分别是如晦、淹、元颖、审权、让能、黄裳、佑、悰、正伦、鸿渐、暹。韦氏宰相十四人，分别是保衡、弘敏、方质、贯之、处厚、待价、巨源、见素、温、执谊、思谦、嗣立、贻范、昭度，可见其盛。① 浦起龙解释此诗前四句说："推韦家世，以杜陪说，非以竞门地，正以叙世讲也。"②金圣叹则反过来说："赞韦曲全为标杜陵。"③王嗣奭认为："前四句言韦、杜素为通家。"④诸家从不同侧面抉发隐义，有助于全面深入理解杜诗。但不难发现，围绕着杜诗及俚语，诸说并不一致，这种分歧还不止存在于杜诗的各种笺注中，在有关的隋唐史著述和关中地方文献中亦存在。例如程大昌《雍录》便说："语谓'城南韦杜，去天尺五'，以其迫近帝都也。"⑤是从与京都的距离角度来理解，与前引诸说似不同。

本文不打算拘泥于对杜诗本身及俚语字面含义的索解，而是试图侧重对"城南韦杜，去天尺五"两句所蕴藏的文化意涵进行考索，如此，则不仅能深化对杜诗的理解，庶几对认识关中士族，为韦、杜两氏在关中郡姓及整个唐代士族中定位，亦不无裨益。

首先，韦、杜两个家族雅道相传，历史悠久。杜诗原注谓"俚语曰"，那么此俚语出于何处，产生于何时？是唐代出现的，

---

①《杜诗详注》卷二三引，中华书局点校本第 5 册，第 2065 页。按据《世系表》杜氏宰相十一人，韦氏宰相十四人，这已为人所习知。但据毛汉光考证，《世系表》虽有杜淹，但查《旧唐书》卷六六、《新唐书》卷九六淹本传，皆未言淹曾相太宗，故他怀疑《世系表》有误。又韦氏宰相《世系表》实载十六人，《表》末则谓九房十四人，漏安石、承庆。故毛氏统计的结果是杜氏宰相十人，韦氏宰相十六人。参见《中国中古社会史论》，第 346、344 页。

②《读杜心解》卷四二，中华书局点校本第 3 册，第 679 页。

③《杜诗解》卷四，上海古籍出版社点校本，第 263 页。

④《杜臆》，上海古籍出版社校注本，第 387 页。

⑤《雍录》卷七，黄永年点校，中华书局 2002 年版，第 155 页。

还是唐以前即已流传？学术界一般多以为是唐人所说①，但也有不同看法，例如郑鹤声、岑仲勉即认为这两句话出自辛氏《三秦记》②。《三秦记》著者名字及时间虽不可确考，但所述皆为秦汉时关中山川都邑宫室故事，一般认为是汉代人所作。“城南韦杜，去天尺五”两句俚语被收入该书，则说明韦、杜两氏在两汉时期已为三辅著姓。《史记·货殖列传》：“关中富商大贾，大抵尽诸田，田啬、田兰。韦家栗氏，安陵、杜杜氏，亦巨万。”表明早在西汉时，韦、杜两氏在关中经济文化中已居重要地位。

西汉初的韦孟曾作四言讽谏诗，讽刺楚元王的荒淫无道，被收入《文选》中。其后韦贤亦为邹鲁大儒，通《诗》《礼》《尚书》，被征为博士，汉宣帝时为丞相，徙居京兆平陵。贤子玄成复以明经历位至丞相，别徙杜陵，后世居于此地。当时有谚语说：“遗子黄金满籯，不如一经。”③则韦氏是由邹鲁迁徙关中的一个经学世家。韦氏有九个定著房，分别是西眷、东眷、逍遥公房、郧公房、南皮公房、驸马房、龙门公房、小逍遥公房、京兆韦氏④。

杜氏出自祁姓，在周为唐杜氏，成王灭唐，以封弟叔虞，改

---

① 如缪钺《杜牧传》，人民文学出版社1977年版，第1页。

② 郑鹤声《杜佑年谱》，商务印书馆1934年版，第5页；岑仲勉《隋唐史》下册，中华书局1982年版，第422页。郑、岑所说当有所据，但笔者翻检张澍辑辛氏《三秦记》（龙溪精舍据张氏二酉堂本校刊），未见到此条。后承李健超教授在清人王谟辑《汉唐地理书钞》（中华书局1961年影印本）第364页查到，原注引自《太平御览》。李健超教授口谕李之勤教授亦认为这两句俚语出自《三秦记》，借此谨对两位前辈学者的帮助表示感谢。

③《汉书》卷七三《韦贤传》。

④《新唐书》卷七四上《宰相世系表四上》。

封唐氏子孙于杜城，子孙遂以杜为氏。西汉有杜延年及其子杜缓、杜钦，俱有名于当时①。东汉杜林治《古文尚书》，曾于西州得漆书《古文尚书》一卷，视为至宝，握持不离身，后授郑兴与卫宏，于是古文遂行。他还长于文字学，曾撰《苍颉训纂》《苍颉故》各一篇。② 西晋的杜预博学多才，善谋略，损益万机，不可胜数，号称“杜武库”。他还兴修水利，根治灾害，兴常平仓，被吏民称为“杜父”，又自称有“《左传》癖”，撰《春秋左氏经传集解》。③ 杜氏有五个定著房：杜陵本支、京兆房、襄阳房、濮阳房、洹水房④。

韦氏之玄成、杜氏之预，可谓两个家族的“克里斯玛”式的人物⑤，为后世子孙所景仰效法，是家族引以为自豪的懿范楷模。

其次，韦、杜两族与关陇集团结合紧密，从宇文周、杨隋到李唐时期，多历显要。史家评论说：“韦氏自居京兆，代有人物。世康昆季，余庆所钟，或入处礼闱，或出总方岳，朱轮接轸，旃

---

①《汉书》卷六〇《周传》。又《元和姓纂》卷六“杜氏京兆房”：“汉御史大夫周，本居南阳，以豪族徙茂陵；子延年，又徙杜陵。延年孙笃，入《后汉文苑传》。笃曾孙畿……生元凯。”中华书局整理本1994年版。

②《后汉书》卷二七《杜林传》。

③《晋书》卷三四《杜预传》。

④《新唐书》卷七二上《宰相世系表二上》。

⑤《圣经》中有Charisma一词，原指神授的超凡天赋，后有人用以喻指在传统中影响巨大的世俗人物。马克斯·韦伯即用Charisma解释其权威理论。参见苏国勋《马克斯·韦伯与“资本主义精神”》，《文化：中国与世界》第1辑，三联书店1987年版。有学者认为韦伯的“克里斯玛”概念源于教会史专家鲁道夫·索姆(Rudolf Sohm)关于早期教会“克里斯玛式组织”的论述。参见[英]彼得·伯克《历史学与社会理论》，中译本，上海人民出版社2001年版，第12页。

旆成阴。在周暨隋，勋庸并茂，盛矣！”①杜如晦之祖杜杲在周曾为温州刺史，入隋为工部尚书，封义兴公，杲的上代，多仕刺史郡守，且有封爵者，可谓世有冠冕。②

就仕宦而言，如以唐代所出宰相为例，河东裴氏与赵郡李氏各十七人，并列第一位；京兆韦氏与博陵崔氏各十六人，并列第二位；陇西李氏、宗室李氏、赵郡崔氏各十二人，并列第三位；弘农杨氏、荥阳郑氏各十一人，并列第四位；京兆杜氏、兰陵萧氏各十人，并列第五位。③

从婚姻关系来看，韦、杜在隋唐时期与王室关系密切，尤其是韦氏更为突出。隋时韦氏一门有三个王妃。入唐以来，韦氏有二人为皇后，其中一是中宗韦皇后，另一是懿宗宣懿皇后；有三人为皇妃，即太宗韦贵妃、肃宗韦妃和德宗韦贤妃。韦氏家族尚公主为驸马都尉者八人。可见韦氏与隋唐王室有传统的婚姻关系④，这种婚姻纽带加强了两者的政治联系，对于提高韦氏的社会地位和政治地位皆有重要意义。

根据毛汉光对关中郡姓与王室婚姻关系（隋至唐前期）的研究⑤，将其中对韦、杜的统计摘录出来，更易于看出一些特点：

---

①《北史》卷六四《韦孝宽传》，《隋书》卷四七《韦世康传》。

②《汪篯隋唐史论稿》，中国社会科学出版社 1981 年版，第 138 页。

③ 参见毛汉光《中国中古社会史论》，第 348 页。

④ 陈寅恪《论唐代之李武韦杨婚姻集团》一文有详细论述，参见《金明馆丛稿初编》，第 237—263 页。

⑤ 毛汉光《关中郡姓婚姻关系之研究（隋至唐前期）》，载《唐代文化研讨会论文集》，台北：文史哲出版社 1991 年版。

	西魏元氏	北　周 宇文氏	隋杨氏	唐高祖 太宗李氏	唐高宗武 后中宗睿 宗李氏	唐玄宗 李　氏	合计
韦　氏	1	0	3	2	6	6	18
杜　氏	1	0	0	1	0	1	3
合　计	2	0	3	3	6	7	21

据毛汉光的统计还看出，韦氏在关中郡姓中是与各时期王室通婚最多者，而杜氏则是最少者。

第三，韦、杜两族人物从周隋到唐代都明显地发生由尚武向崇文转变的趋向，即由武力强宗向文学士族转变①。韦氏在周隋时期以任武职者居多，如韦孝宽、韦世康等都以军功致显。入唐以来，太宗偃武兴文，崇重礼乐，特别是武则天柄政后，推行科举制度，关陇集团受到扼制，关中士族为了保族，也随俗雅化，与时俱进，投身到科举进士竞争的行列中了。“议者云自唐已来，氏族之盛，无逾于韦氏。其孝友词学，承庆、嗣立为最；明于音律，则万石为最；达于礼仪，则叔夏为最；史才博识，以述为最。”②

杜氏襄阳房杜佑一支，其中杜希望、杜慆两人以武勇称，其余则皆以文职著称。具体言之，杜牧、杜颢兄弟以文学著，杜悰以事功著、杜诠以廉节称，杜佑则兼事功文史之长，道德亦足以副之，人文之兴，当世莫比③。

① 详见本书第四章《唐代关中文学士族的崛兴》。
② 《旧唐书》卷一〇二《韦述传》。
③ 郑鹤声《杜佑年谱》，第 27 页。

至于襄阳房的另一支杜审言、杜甫亦以文学冠世，这是众所周知的，毋庸赘述。

毛汉光《唐代大士族的进士第》一文还就唐代十八家大士族从纯门第到进士第转变的进程进行了量化统计①，其中涉及韦、杜两氏的统计结果如下：

韦氏宰相十六人，唐前期（高祖至武则天时期，即公元618—709年）八人，其中以纯门第出身者四人，门第加进士第者三人，情况不明者一人；中期（睿宗至德宗时期，即公元710—805年）三人，其中门第加进士第一人，门第加其他科第（不含进士第）二人；后期（顺宗至昭宗时期，即公元806—906年）五人，皆为门第加进士第。

杜氏宰相十人，前期二人，其中一人为纯门第，一人为门第加其他科第；中期三人，其中纯门第、门第加进士第、门第加其他科第各一人；后期五人，除一人为纯门第外，其余皆带进士第。可见韦、杜两族在武则天抑制关陇集团后并没有迅速衰落，而是通过科举特别是进士第的方式，再次参加了仕进的竞争，愈向后推移，这种转化的迹象愈显著。

就京兆韦、杜两氏与关中郡姓其他士族、山东士族、江南士族相比较，韦、杜两家（尤其是韦氏）亦相当突出，前面曾罗列唐代各士族宰相的排行榜，韦氏并列第二位，杜氏并列第五位。所以前人曾评论道：

---

①《中国中古社会史论》，第348页。

隋唐都京兆，杜氏、韦氏，皆以衣冠名位显。故当时语曰："城南韦杜，去天尺五。"二家各名其乡谓之杜曲、韦曲。自汉至唐，未尝不为大族。①

唐朝崔、卢、李、郑及城南韦、杜二家蝉联珪组，世为显著，至本朝绝无闻人。②

唐之世家，自以荥阳郑氏及河东裴氏、京兆韦氏、赵郡李氏、兰陵萧氏、博陵崔氏六族为最。③

就韦、杜两族相比较，通过所出宰相、与统治者的婚姻两项可以看出，韦氏要比杜氏显赫，所以韦杜的排列顺序实含有差等，柳芳所举关中郡姓亦以韦氏为首位，亦说明其为关中士族之冠。当然，这是从当时的观点来看，如果以今天的眼光来审视，则杜氏又盛于韦氏，尤其是杜审言、杜甫、杜佑、杜牧，或以文学创作，或以事功著述彪炳史册。现实选择与历史选择固有分歧，但是大浪淘沙，真金闪烁，自有它理性主义的规律。所谓"文章憎命达""文穷而后工"，杜氏家族较韦氏家族更快地衰落，同时激发出杜氏子弟更耀眼的灵感火花。

四、敦煌文献所见关中姓望史料钩沉

敦煌文献中保存的关中姓望史料主要见于北京图书馆藏敦煌

① 邓名世《古今姓氏书辩证》卷二四。
② 王明清《挥麈录》前录卷二《本朝族望之盛》。
③ 李慈铭《越缦堂读书记》三《历史》。

唐写姓氏残卷(卷号为位字 79 号)①，英国大英博物馆藏《新集天下姓望氏族谱》(Title：SteinRolls，No. 2052)，伯希和《敦煌文书》第 3421 号。此外，《元和姓纂》《古今姓氏书辩证》《广韵》《姓解》《太平寰宇记》等亦保留有氏族姓望史料。其中几种敦煌文献与《寰宇记》是按照州郡排列，《姓纂》《辩证》《广韵》等则是按韵部分列，本节以三种敦煌文献和《寰宇记》所录为经线，以《姓纂》等书为纬线，参考前贤的研究成果，搜集文献所记，描述关中姓望的分布，并试图对有关问题做一些分析解释。

京兆郡

《新集天下姓望氏族谱》：

雍州京兆郡出四十姓　车　杜　段　严　黎　宋　秦　铉　雍　韦　田　粟　於　米　冷　支　员　銻　扈　皮　昆　申屠　庚　别　夫蒙　郜　丰　禄　史　伦　邢　金　戈　第五　宗　宜　扶　(粟)　计　□□

---

① 此残卷的名称学术界说法不一，缪荃孙取名为《唐贞观八年条举氏族事件》(《辛壬稿》卷三，转引自《敦煌古籍叙录》)，陈垣称为《姓氏录》，向达认为是《贞观氏族志》，而非显庆四年的《姓氏录》(《敦煌丛抄》，《北平图书馆馆刊》第 5 卷第 6 号)，牟润孙认为该卷既非显庆《姓氏录》，亦绝非《贞观氏族志》，而是唐代山东大姓衰宗破落户伪托之《氏族志》(见氏著《注史斋丛稿》，第 178—195 页)。王仲荦沿用缪荃孙的提法，称之为《唐贞观八年条举氏族事件》(见氏著《峼华山馆丛稿》)，毛汉光称为“北平藏谱”(见氏著《中国中古社会史论》)，唐耕耦称其为《天下姓望氏族谱》(《魏晋隋唐史论集》第 2 辑)，为避免枝蔓，兹不赘述，本书称其为北图残卷 79 号。

《太平寰宇记》卷二五：

雍州京兆郡八姓　韦　杜　扶　段　宋　田　黎　金

《广韵》①：

京兆郡　冯　韦　王　杜

其中《寰宇记》所录俱见《氏族谱》，去其重复，仍得四十姓。王仲荦考证说，车、段、严、黎、宋、秦、宗等并无京兆郡望，铉、銻、戋等姓氏书未见②，又《广韵》中的冯、王两氏《氏族谱》未录。

始平郡

《新集天下姓望氏族谱》：

雍州始平郡出四姓　冯　庞　宣　阴

伯希和《敦煌文书》第3421号：

始平郡四姓　冯　庞　宣　阴

① 据[日]池田温《唐代的郡望表》(上)，《东洋学报》第42卷第3号，1959年，下同。
② 王仲荦《〈新集天下姓望氏族谱〉考释》，见氏著《蜡华山馆丛稿》，中华书局1987年版。

《太平寰宇记》卷二五：

雍州始平郡四姓　冯　庞　阴　宣

据《晋书》卷一四《地理志上》知，始平郡为晋泰始二年分扶风郡置①，治所在槐里(今陕西兴平东南)，唐已无此郡。据以上文献知，始平郡有四姓。

武功郡

《新集天下姓望氏族谱》：

雍州武功郡出四姓　苏　韩　是　殳

《太平寰宇记》卷二五：

雍州武功郡二姓　苏　韩

据此知武功郡出四姓。按武功郡为后魏所置，北周建德三年省，唐时已无武功郡。

扶风郡

《新集天下姓望氏族谱》：

① "二年"一作"三年"，见《晋书》本卷校勘记及《辞海·地理分册(历史地理)》，第173页。

岐州扶风郡出十一姓 窦 马 曾 鲁 万 寇 井 苏 惠 班 辅

伯希和《敦煌文书》第3421号：

扶风郡六姓 马 窦 班 辅 鲁 惠

《太平寰宇记》卷三〇：

凤翔府扶风郡六姓 马 窦 班 辅 鲁 惠

《广韵》：

扶风郡 苏 班 鲁 马 宋 窦

按《寰宇记》所录皆见于《氏族谱》，合《广韵》所记宋氏，共十二姓。

新平郡

《新集天下姓望氏族谱》：

邠州新平郡出四姓 古 异 附 虢

伯希和《敦煌文书》第 3421 号：

新平郡出一姓　古

《太平寰宇记》卷三四：

邠州新平郡三姓　古　附　异

据此知新平郡有四姓。

安定郡

《新集天下姓望氏族谱》：

泾州安定郡出八姓　梁　皇甫　席　伍　胡　安　荣　程

《太平寰宇记》卷三二：

泾州安定郡四姓　梁　席　安　皇甫

《古今姓氏书辩证》卷一五：

唐贞观所定泾州安定郡六姓，其一曰皇甫。

冯翊郡

《新集天下姓望氏族谱》：

同州冯翊郡出八姓　鱼　吉　党　雷　印　合　力　寇

《太平寰宇记》卷二八：

同州冯翊郡五姓　郭　盖　雷　党　吉

《广韵》：

冯翊郡　鱼　游　寇　郭

合阳郡

《新集天下姓望氏族谱》：

同州合阳郡出四姓　支　奉　兊　骨

《古今姓氏书辩证》卷三七：

唐贞观所定同州合阳郡四姓，一曰达奚。

按唐时已无合阳郡。合《氏族谱》及《辩证》共得五姓。

高陵郡

《古今姓氏书辩证》卷九：

唐贞观所定同州高陵郡五姓，一曰鲜于。

北地郡

《广韵》：

北地郡　傅

按北地郡为东汉末置，辖泥阳、富平两县，相当于今陕西铜川市耀州区、富平。唐时已废。

河东郡与弘农郡本不属关内道，但因河东裴、薛、柳被列入“关中郡姓”，杨氏望出华阴，故附有关这两郡的资料于后，以资考证。

河东郡

《新集天下姓望氏族谱》：

蒲州河东郡出十五姓　裴　柳　薛　储　萧　卫　聂　应　廉　麦　扈　昏　满　朗　贾

《太平寰宇记》卷四六：

蒲州河东郡九姓　裴　柳　薛　费　吕　满　聂　茹　廉

《古今姓氏书辩证》卷三八：

魏太和族品：柳、裴、薛为河东三姓。

《广韵》：

河东郡　裴　王　贾　柳　卫　先　薛　弋

王仲荦认为莆非姓，当为“甫”字之讹①。

弘农郡

北图残卷79号：

弘农郡四姓　杨　刘　张　晋

《新集天下姓望氏族谱》：

---

①《 峭华山馆丛稿》，第386页。

虢州弘农郡出七姓　杨　谭　强　晋　虢　裘　□

《太平寰宇记》卷六：

虢州恒农郡五姓　杨　刘　强　晋　奚

《广韵》：

弘农郡　杨　刘

岑仲勉《重校〈贞观氏族志〉敦煌残卷》："据《姓纂》杨、刘均出弘农。张有四十三望，《辩证》一三列举十二，可能有弘农在内，若强则未闻出弘农也。《记》比此卷多一姓，但奚出弘农无证，未可信。"①今据《氏族谱》《寰宇记》推测残卷中之"张"，或当为"强"之讹字。

据上所引可以看出唐代关中姓望有如下几个特点：

1. 诸种文献中，以斯坦因第2052号《新集天下姓望氏族谱》所列姓望最多，一般认为该卷是大历十四年以后、元和元年以前的产物②，姓望数量的增加，反映了庶族力量的上升，士族势力的不断衰落，士庶之别不断缩小。

2. 关内道有三十一个州府③，但《新集天下姓望氏族谱》却将

---

①《岑仲勉史学论文集》，中华书局1990年版，第633页。

② 王仲荦《峼华山馆丛稿》，第365页。

③《新唐书》卷三七《地理志一》，第4册，第961页。

姓望集中在八郡之内，《太平寰宇记》则集中在七郡之内，加上《辩证》与《广韵》所记之高陵、北地，亦只有十郡之数，不足关内道的三分之一，且主要集中在关中平原环绕京畿的地区，这种姓望分布的不均衡，反映出关内道政治、经济、文化发展的不均衡。

3. 文献中出现的姓望，既有魏晋以来的著姓，又有唐代新兴起来的士族，还有少数民族姓氏，如雍州京兆郡的夫蒙氏，同州冯翊郡的党氏、雷氏等都是羌族大姓，米氏是西域昭武九姓米国人迁徙中国者的姓氏。

4. 文献中州郡的标注有许多是沿用唐以前的旧称，说明郡望重先世的积习，有一些州郡唐代已不复存在，如始平、武功、合阳等郡。另有高陵郡，未知设于何时。

本章的结论

1. 唐代是士族制度的转型期，士族的衰亡沦替在唐末五代。

2. 以关中士族而言，武则天抑制关陇集团，对其核心人物产生巨大影响，但并未也不可能毁灭关中士族，关中士族借助科举进士找到了新的入仕途径，延续了其生命力，同时完成了由尚武到崇文的转化。

3. 关中郡姓的论题虽由柳芳系统阐述，但在当时这种说法很流行。其中河东裴、柳、薛被列入关中郡姓，并没有改变郡望，既是对其自魏周以来加盟关陇集团的历史的认可，又是对其主支本贯徙入关中事实的正视。

4.“城南韦杜，去天尺五”的说法渊源有自，从两氏族的历史、与关陇集团的关系、由武向文转化诸方面来进行验证，这则俚语实包含丰富的文化意涵；俚语的顺序、关中郡姓的排列实含有一种差等，但现实的取舍标准与历史的取舍标准并不统一。

5. 关中姓望的分布反映出士族发展转型期的许多特点。

第四章　唐代关中文学士族的崛兴

唐代关中士族近处京畿，又受时代精神的熏陶覆育，作者辈出，名作荟萃，在整个唐代文学创作队伍的构成上，俨然一生力军。江南士族与山东士族因仕进和科举，寓居或往来于长安，与关中士人切磋交流，角逐竞赛，彬彬乎一时称盛，使长安长期成为创作活动的中心。学术界对六朝士族与文学的关系多有研究，而对唐代士族尤其是关中士族与文学的因缘关系，却较少措意。本章从地域与家族的角度审视唐代文学，通过纵向历时与横向共时两条线索，为关中文学世家定位。纵向以考察关中士族与时俱变，随俗雅化；横向以比较江南士族、山东士族与关中士族在新的时代背景下的分歧与融合，并由此来突显关中文学世家的一些特点。

一、关中文学世家的形成

与其他地域的士族发展过程类似，关中士族也并非静止不动，而是与时代洪流相伴随，起伏跌宕，变化不息。从东汉灭亡到唐代立国，垂历四百年，关中士族经过了从崇文到尚武，再由尚武到崇文的环状发展，但是这种运行并非是再度回到原来的端点，而是历史机运鼓荡中的上升，其中“文”的内涵已发生了巨大的变化。汉代关中文化的主潮是经史，所以文化士族实即经学世家；而唐代文化的主潮已让位于文学，所以文化士族实即文学世家。下面即循此思路来勾勒关中士族性质的演生变迁。

(一)由经学世家到武力强宗

西汉统治者是依靠一大批社会下层成员和武人而成帝业，故其开国功臣不乏亡命无赖①，这些人因立功受赏而多成为豪族。初期的豪族具有如下特点：其一，经济性；其二，区域社会性；其三，武质集团。② 汉武帝以后，文治思想逐渐为统治者所接受，而士人参政逐渐形成风气，士人群体在社会政治生活中的作用亦日显重要，于是社会上出现了士大夫阶层。地方豪族不断加入士大夫阶层，士大夫不断家族化，最后促成士族的产生。士大夫一词最早主要是指武人(军官)，后来含义变广，到东汉时其指义已与士族、大姓、缙绅、豪右、强宗等略同③，这一名称指义的演变亦透露出一些新的消息。

依靠通经而成为经学博士，不仅可以由政府安排弟子承学，传授学术，而且可以进入官僚机构议政参政，经术与仕进之途被

① 赵翼《廿二史札记校证》卷四，中华书局点校本上册，第90页。
② 毛汉光《中国中古社会史论》，第76页。
③ 参见余英时《士与中国文化》，第279—284页。

打通。① 于是由累世经学，变成累世公卿，完成了由地域性的私家学术向中央官僚化的转变过程。也有因武士而成公卿，又由公卿而向慕儒术，子弟继世承绳，蜕化而变为经学世家，殊途而同归。东汉以来，不仅重经学，而且重士人的名节，经明行修之士，成为社会的明星②，是所谓的清流、名士，他们不仅自己有望坐致公卿，而且可操纵舆论，品题、荐举其他士子，故为社会所推重，逐渐形成了一个独特的社会阶层，这种社会力量对国家组织系统具有一定程度的制衡作用。

关中为周秦旧壤，原本有土著居户和旧臣遗民。秦汉时期不断推行的强干弱枝政策，使大批六国豪富之家迁入关中，为关中本土文化注入了新的生机，并逐渐融入关中文化的土壤中。如韦玄成、韦贤即从邹鲁迁至关中，后成为三辅著姓。关中人在保有高上气力风习的同时，亦受时代精神所熏染，出现了许多经史方面的专家，如司马谈司马迁父子、平当、谷永、朱云、张山拊、郑宽中等。

东汉迁都洛阳，儒学中心亦随之而东移，汝南、颍川两地人才辈出，为当时文化名人的根据地，孔融曾作《汝颍优劣论》比较两地士人的优劣异同。但关中士人仍相当突出。《后汉书》卷七九

---

① 许倬云《西汉政权与社会势力的交互作用》一文中说："自此以后，地方上智术之士可以期待经过正式的机构、确定的思想和定期的选拔方式，进入政治的权力结构中，参加这个权力的运行。纵然这时其他权力结构，如经济力量与社会力量，都已经服属在政治权力结构之下了；一条较狭，但却远为稳定的上升途径反使各处的俊杰循规蹈矩地循序求上进。于是汉初的豪杰逐渐变成中叶以后的士大夫。"台北：《历史语言研究所集刊》第 35 本，1964 年。

② 顾炎武《日知录》卷一三"两汉风俗"条。

《儒林列传》收录有关中士人杨政、宋登、李育，卷八〇《文苑列传》亦收有杜笃、傅毅、苏顺、曹众等。见于独传合传的则有扶风安陵班氏家族(班彪、班固、班昭)，弘农华阴杨氏家族(杨震、杨修)，右扶风茂陵马氏家族(马融、马续)，马融之师京兆挚恂、马融之侄婿赵岐，以及贾逵、杜林、冯衍、梁鸿、廉范等。延续到西晋，虽然洛阳一带出现了玄学新思潮，经学正在消解，但关中之士仍能保守汉儒传统，继世承绳，如京兆长安的杜预、挚虞，北地泥阳(今陕西铜川市耀州区东南)的傅氏家族(傅嘏、傅玄、傅咸)等。这种“由武质而文质，由社会性而政治性，由代表性而官僚性，由区域性而中央化，由经济性而形而上的趋向”①，标志着士族阶层的确立和独化。

晋室南渡，神州陆沉，玄学新思潮亦被大士族带往南方，留于北方包括关中的士族仍然讲诵经学，传习不废，并试图以此思想资源来匡正北方社会。但是在北方异族面前，不论是抵抗以自保，还是迎合统治者以进入政府系统，强大的经济、军事后盾是必不可少的。

追溯起来，西汉末社会大变动，群雄竞起，士族施展其影响者，多非个人孤身，而是举家从征，故光武帝刘秀亦不重单身之士②。大姓冠族的代表人物往往又有能力组织武装队伍，因此名士与武装队伍的豪帅有时相兼③。东晋以下，篡弑相寻，异族交侵，北方士族无论是自保还是进入统治集团，以整个宗族的经济

---

① 毛汉光《中国中古社会史论·序》。

② 余英时《士与中国文化》，第268页。

③ 唐长孺《魏晋南北朝史论拾遗》，中华书局1983年版，第29页。

和武装来投入，无疑砝码更重，更有力量。

西魏北周时期，出自武川系军事贵族的宇文氏集团承续孝文帝的汉化改革，重视文教，所倚重的苏绰、卢辩等士人便起到了用儒家思想教化异族的作用。但关中士族绝大多数是以军谋战事等武功被西魏北周所接纳，如华阴杨氏（杨忠、杨宽）、京兆韦氏（韦孝宽）、河东柳氏（柳庆、柳带韦）、河东裴氏（裴侠、裴宽）、河东薛氏（薛端、薛善）、武功苏氏（苏椿）、京兆杜氏（杜杲）等。征战攻伐所看重的是武力，赏赐封爵皆叙军功。

宇文泰"广募关陇豪右，以增军旅"，因此"军士多是关西人"，具体方法是令关陇豪右带乡兵加入府兵，给带乡兵来投的豪右加上都督、帅都督以至大都督的官衔，使其纳入府兵系统。"广募关陇豪右的意义有三：一、要注意'关陇'二字，它为关陇集团的形成，奠定了基础；二、把乡兵转化为府兵，也就是把掌握在豪右手上的武装，变成国家的军队；三、扩大了府兵中汉民族的成分，有助于以汉族为中心的民族大融合在军队中的实现。"①而隋唐政权的核心人物，皆出自具有武勇传统的关陇集团。北周世宗时还发诏书说："三十六国，九十九姓，自魏氏南徙，皆称河南之民。今周室既都关中，宜改称京兆人。"②这些汉化的鲜卑人及其他少数民族加入关中士族中，更强化了关中人的武勇传统。

① 万绳楠《魏晋南北朝史论稿》，第313页。
②《周书》卷四《明帝纪》。

(二)由武力强宗到文学世家

唐代统一盛运之再临，是数百年间的大事，但立国伊始，内外战争仍连续不断，征高句丽、攻突厥，故沿北朝之旧，武勇仍然是获取功名、步入仕途的重要途径。太宗时宰相侯君集以材雄武勇著称，所以《新唐书》卷九四《侯君集传》谓“君集本以行伍奋，不知学”，《旧唐书》卷六九本传也有类似的说法。武德九年，唐太宗论功行赏，武将淮南王李神通发牢骚说：“臣举兵关西，首应义旗，今房玄龄、杜如晦等专弄刀笔，功居臣上，臣窃不服。”①可见武勇之人瞧不起太宗智囊团的成员，更遑论一般文士了。又据《旧唐书》卷六一《窦威传》：“威家世勋贵，诸昆弟并尚武艺，而威耽玩文史，介然自守，诸兄哂之，谓为‘书痴’。……时诸兄并以军功致仕通显，交结豪贵，宾客盈门，而威职掌闲散。诸兄更谓威曰：‘昔孔丘积学成圣，犹狼狈当时，栖迟若此，汝效此道，复欲何求？名位不达，固其宜矣。’”同宗兄弟，因尚武与崇文，导致荣枯迥异，难怪尚武者要揶揄讽刺文士。“宁为百夫长，胜作一书生”②，“功名只向马上取，真是英雄一丈夫”③，便是尚武观念在诗歌中的折射。唐人的基业肇始于关中、陇右和河东，这个区域恰好是西魏建立府兵时的辖区。所以关陇士人响应李唐革命，亦多为武勇之人。温大雅《大唐创业起居注》

---

①《资治通鉴》卷一九二《唐纪八》，中华书局点校本第 13 册，第 6022 页。

②《杨炯集》卷二《从军行》，中华书局点校本，第 21 页。

③《岑参集校注》卷二《送李副使赴碛西官军》，上海古籍出版社校注本 1981 年版，第 95 页。

卷二描述李渊率兵入关中时的情景：

> 三秦士庶、衣冠子弟、郡县长吏、豪族弟兄，老幼相携，来者如市。帝皆引见，亲劳问，仍节级授官。教曰："义旗济河，关中响应。辕门辐辏，赴者如归。五陵豪杰，三辅冠盖，公卿将相之绪余，侠少良家之子弟，从吾投刺，咸畏后时。扼腕连镳，争求立效。縻之好爵，以永今朝。"于是秦人大悦，更相语曰："真吾主也，来何晚哉！"咸愿前驱，以死自效。①

但是这种尚武习气已逐渐开始转变。"唐太宗以武定祸乱，出入行间，与之俱者，皆西北骁武之士。至天下既定，精选弘文馆学生，日夕与之言论商榷者，皆东南儒生也。然则欲守成者，舍儒何以哉！"②马上打天下，不能在马上治天下，和平统一时期侧重文治，也是一般常理。所以太宗贞观时期开始对战时的偏重武勇进行反拨，强调儒家德治的重要性，他曾多次表示："朕今所好者，惟在尧舜之道、周孔之教，以为如鸟有翼，如鱼依水，失之必死，不可暂无耳！"③他命颜师古考订《五经》，颁行天下，以为定本；又责成孔颖达等人修撰《五经正义》，统一南北各家经学，作为钦定的教科书。《唐摭言》卷一《述进士上篇》总结说：

---

① 温大雅《大唐创业起居注》，上海古籍出版社排印本，第 33 页。

②《资治通鉴》卷一九二《唐纪八》，胡三省注，中华书局点校本，第 6023 页。但汪篯认为胡注有误，弘文馆所选并非皆东南儒生，亦有山东及关中士人。参见氏著《汪篯汉唐史论稿》，第 169 页。

③《贞观政要》卷六，上海古籍出版社 1978 年版，第 195 页。

"文皇帝(即太宗)修文偃武。"政府还规定科举试经义，并在各地创设学校，讲解儒经。京师国学增筑学舍，广置生员，"四方儒生负书而至者，盖以千数。俄而吐蕃及高昌、高丽、新罗等诸夷酋长，亦遣子弟请入于学。于是国学之内，鼓箧升讲筵者，几至万人，儒学之兴，古昔未有也。"①社会风尚逐渐由重武趋向崇文。

武则天当政期间，大量从科举及第尤其是进士科中擢用人才，于是人们纷纷竞争，"将军不好武，稚子总能文"②，"缙绅虽位极人臣，不由进士者终不为美"③，但武后柄政以来的崇文，并没有回归到东汉时的独尊儒术，再造经学辉煌，而是偏重于对文学诗赋的强调。故武则天所欲压制关陇势力者，实有两把撒手锏：府兵制的逐渐废弛，关中的武勇传统随之亦黯然失色，这是重文轻武的趋势。及至天宝以来，"承平日久，议者多谓中国兵可销，于是民间挟兵器者有禁；子弟为武官，父兄摈不齿。猛将精兵，皆聚于西北，中国无武备矣。"④重进士而轻明经亦导致经学的式微和文学的兴盛，这是尚文辞而轻经术的趋势⑤。所以陈寅恪总结说："故科举制之崇重与府兵制之破坏俱起于武后，成

---

①《贞观政要》卷七，上海古籍出版社 1978 年版，第 216 页。

②《杜诗详注》卷二《陪郑广文游何将军山林》十首其九，第 154 页。

③ 王定保《唐摭言》卷一《散序进士》，上海古籍出版社点校本，第 4 页。

④《资治通鉴》卷二一六，中华书局点校本，第 6895 页。

⑤ 毛汉光从中古贤能观念的转变来分析士族的演变说："经学派与诗词派之争，影响所及，不仅表面上人物升降，亦且意味着士族性质的改变。在旧士族中本有一些人喜词藻，故有一些旧族跟随时代的变迁，加以对诗词歌赋的喜好，贤能观念亦有所转变。隋唐新兴士族以及许多魏晋旧族已转变成诗词派者，其内在性质已与魏晋以来所谓旧族家风家学者，已有重大不同。"见氏著《中国中古社会史论》，第 101 页。

于玄宗，其时代之符合，决非偶然也。”①

科举制打破了门阀士族制度，使得寒素之士亦可凭借才艺而步入仕途，官僚体系与社会阶层因此种开放性而具有流通的孔道，王亚南曾对此有极透彻的分析：“要在人事升沉上或在仕途的控制上，让一般所谓‘下品’或‘寒人’，也有上达的展望，而当社会经济向前发展，文化传播较为频繁，有较多人民得到受教育机会的场合，更须把封锁的仕途放得开一些，藉以冲淡官民之间的对立情绪。”②科举制不仅扩大了阶级的范围，而且扩大了地域的范围，非士族成员、非关陇区域的士人也缘此而可以步入仕途，甚至登上宰辅之位。但若以为科举进士就是寒素的专利，关中士族随着关陇集团的被破坏而日渐衰落，则是不符合史实的。

科举固然打破了门阀制度铨选人才的僵化政策，但是具备较好文化教养、经济基础、图书条件的士族子弟，在科举角逐中较寒素仍有许多有利条件。傅璇琮先生指出，一些高门大族及新兴的贵族官僚，在科举取士上仍有不可忽视的影响③。田廷柱说士族有着较高的社会地位，有优越的文化条件，士庶在科举竞争中，士族往往占有优势，其子弟多以进士、明经入仕④。毛汉光先生通过大量的数据统计总结说，以科举出身者而言，其中69%是士族，13%是小姓，18%是寒素。他还以唐代十八家大士族子孙为相者为例，说明士族子弟大幅度地带有进士第，表明其找到

① 见氏著《唐代政治史述论稿》，第22页。
② 见氏著《中国官僚政治研究》，中国社会科学出版社1981年版，第103页。
③ 见氏著《唐代科举与文学》，陕西人民出版社1986年版，第209页。
④ 见氏著《隋唐士族》，三秦出版社1990年版，第189页。

了保持政治地位的良方，利用科举制度延续了其政治生命。[①] 这与杜佑所说因贞观中秀才科几乎废绝，“自是士族所趋向唯明经、进士二科而已”[②]是一致的。

以关中士族而言，唐太宗“秦府十八学士”中出自关陇或其家世与关陇文化有较深关系的人物有杜如晦、李玄通、于志宁、苏世长、薛元敬、薛收、颜相时、苏勖等，唐太宗所任命的二十二位宰相之中，握有重权的长孙无忌、杜淹[③]、杜如晦、李靖、侯君集、杨师道等六位，均来自关中，并且“全部是西魏北周杨隋之勋贵或大臣的后裔”[④]。武则天柄政后，破坏府兵制，推行科举制，引用进士词科之士，对李唐旧臣及关陇集团核心成员是一个沉重的打击。但关中士族并没有被彻底摧毁，而是与时俱变，由金戈铁马的武夫变为羽扇纶巾的文士，继续在唐代政治文化生活中扮演重要的角色。有学者甚至认为：“八世纪二十年代初期最重大的政治变化也许是作为一支活跃的政治势力的关中旧贵族的重新崛起……还有其他迹象表明，有严密界限的贵族的旧思想正在复活。”[⑤]毛汉光先生对《新唐书·宰相世系表》等资料的研究显示，关中郡姓士族中京兆韦氏宰相十六人，其中前期(即武则天以前)有八人，中、后期(即睿宗、玄宗以后)有八人；京兆杜氏宰相十人，其中前期有二人，中、后期有八人；弘农杨氏宰相十

① 见氏著《中国中古社会史论》第九篇《唐代士族的进士第》。

②《通典》卷一五《选举三》，中华书局点校本第1册，第354页。

③ 一说杜淹未曾为相，参见毛汉光《中国中古社会史论》，第346页。

④《汪篯隋唐史论稿》，第139页。

⑤ 崔瑞德编《剑桥中国隋唐史》，中译本，中国社会科学出版社1990年版，第380页。

一人，其中前期有五人，中、后期有六人；河东裴氏宰相十七人，其中前期五人，中、后期十二人；河东柳氏宰相三人，其中前期一人，中、后期二人；河东薛氏宰相三人，其中前期有一人，中期有二人。毛汉光先生的统计还显示出，唐前期百年大士族子孙拜相者，纯门第与带进士第占比分别为 77.6%和 12.1%，中期百年为 46%和 34%，后期百年为 16.5%和 82.3%，说明“政治社会上有力量的人或人群，恒利用制度空隙获取利益”，“进士第成为大士族振兴或延续其家族的重要因素”。① 所以，关中士族与山东高门、江左士族一样，除了传统的社会地位以外，还具有悠远的文化传统，他们凭借这种优势，在科举制时代，仍能猎取世所企羡的进士科，借以维持门户，重新获得业已丧失的政治经济特权。② 下面再看田廷柱先生的论述：

韦氏家族世居关中，在周隋之际尚武风气很浓，其著名人物如韦孝宽、韦世康等都以军功至显。而唐代的韦氏家族则多尚文偃武，有着较好的文化素养，其显宦人物多以文职著称。这一风气的转变，大概和唐代发展了科举制有关，同时与国家的相对安定也不无关系。③

裴氏家族有着较好的文化素养。见于史传的五十多个裴氏人物，从入仕途径来看，有明文记载的就有八人门荫入仕，通过明经、进士科举入仕的有二十八人，占总数的一

① 见氏著《中国中古社会史论》第九篇《唐代大士族的进士第》，第 348、362、363 页。
② 唐长孺《魏晋南北朝隋唐史三论》，武汉大学出版社 1993 年版，第 401 页。
③ 见氏著《隋唐士族》，第 100 页。

半。……裴氏的仕宦人物多是文官，从裴氏五眷的宰相出身来看，除裴谈、裴行本、裴澈三人两《唐书》无传，出身不详外，有五人以门荫补官，经明经、进士等科举入仕的就有九人，占绝对多数，但却无一人出身行伍。①

王昌龄《从军行二首》其一说："虽投定远笔，未坐将军树。早知行路难，悔不理章句。"他由投笔从戎，又回乡重操旧业，复理翰墨，于开元十五年进士及第，授秘书省校书郎。二十二年，又应博学宏词科，改授汜水尉。这一由文向武又由武向文的转变，颇能代表当时关陇士人的入仕心态。②

根据这些不同地区、不同时期学者的大体相同的看法，我们可以明显地发现，关中士族入唐以来，尤其是在武则天柄政后，迅速发生蜕化质变，由尚武转而崇文。换言之，武则天破坏关陇集团后，关中士族并未被彻底打垮，退出历史舞台，关陇文化亦未如有些学者所论逐渐衰落③，而是适应现实，与时俱变，在科举尤其是进士试中与寒素、山东士族及南方文学士族展开了争夺竞赛，变成了进士词科阶层即文学士族。曾经对中晚唐政坛及文学发生重大影响的"牛李党争"，其中李党固多为山东士人，但牛党核心人物则几乎全为关陇士族，亦且多为进士及第或进士带制

① 见氏著《隋唐士族》，第95页。

② 李珍华《王昌龄研究》，太白文艺出版社1994年版，第4页；杜晓勤《初盛唐诗歌的文化阐释》，东方出版社1997年版，第57页。

③ 尚定即认为武则天执政后，科举制度的变革，导致关陇文化的衰落，参见《走向盛唐》，第89、100页。

科出身[1]，这说明由尚武向崇文转变的过程中，关中士族既未消失，也没有完全落伍，而是仍然活跃于唐代政坛和文场上，为唐代文学的繁荣昌盛做出了自己独特的贡献。

二、唐代关中文学的兴盛

唐代关中文学兴旺发达，除因关中所处政治文化中心，江南、山东士人为求仕宦奔走帝都，萃处长安，加盟关中文坛，造成京城文学的一时之盛。另外，关中士族本身亦具有较优秀之文化素养，随着武则天之后科举仕进的制度化而与时俱变，由尚武而趋向崇文，在时代主潮的促进下，继世承绳，人才辈出，除在政坛上叱咤风云外，还涌现出不少实力派作家，驰骋翰墨场。洪亮吉《北江诗话》卷二："有唐一代，诗文兼擅者，唯韩、柳、小杜三家。"三家中有两家即属关中士人，足见关中文学是构成整个唐代文学不可或缺的一个组成部分。

本节拟从纵向的时序变迁来审视关中文学，以传统的"四唐说"为框架而略加损益，将关中文学的流变划分为如下几个阶段：

（一）隋及初唐时期

如果不拘于朝代更替的话，可以发现由隋到初唐转折过程中，文学有许多一致性。隋代文学主要有三个群体，一是围绕杨广的作家群，这一群体大多数是从南朝来的，创作倾向上仍沿梁

---

① 参见本书第七章《从士族郡望看牛李党争的分野》的有关论述。

陈之旧；其二是文中子王通讲业河汾龙门，形成一个在野的文化学术团体，贞观政坛的许多重要人物，即出自王通门下①，这一群体虽在创作方面成就较少，但却对此后的关中文化产生了重大影响；其三是由北朝入隋的作家群，如重臣杨素，历仕北齐北周的薛道衡、卢思道、牛弘等，除卢思道外，这一群体多为关陇士人，其作品多刚健质朴，情思亦较浓烈真挚。

初唐时期关中地域继续受到南朝文学风气的影响，注重声律词采，由于关陇文化居于主体地位，所以贞观诗风呈现出北方化倾向②。除太宗李世民外，还有杨师道，他的《陇头水》与薛道衡的《出塞》有渊源关系，奠定了有唐一代边塞诗的叙述模式，但比薛诗更真切自然。窦威的《出塞曲》以汉喻唐，寓现实于历史叙述中。另外如"初唐四杰"之一的杨炯，武功苏氏家族的苏瓌、苏颋父子，其中苏颋与燕国公张说俱以文章显名，时号"燕许大手笔"。雍州武功富嘉谟，与吴少微同在晋阳尉任，魏郡谷倚为太原主簿，皆以文辞著名，时人称之为"北京三杰"。嘉谟与少微所撰碑颂，以经典为本，崇雅黜浮，浑厚雄迈，时人争效之，号为"吴富体"(亦称"富吴体")，"诚继陈拾遗(子昂)而起之一派，韩、柳不得专美于后也"③。

(二)盛唐时期

盛唐时期是整个唐代文学最鼎盛时期，但是关中文学的高潮

① 参见邓小军《唐代文学的文化精神》第1章《贞观之治与河汾之学》。
② 尚定《走向盛唐》，第23页。
③ 岑仲勉《金石论丛》，上海古籍出版社1981年版，第209页。

似乎还没有真正到来。文学高潮的出现应伴随着众多作家的活跃（量）和伟大作家的诞生（质），从这两个方面衡量，我们不无遗憾地发现，在整个帝国文学繁荣兴盛的时期，关中本土的创作却显得有些岑寂，与热闹的大环境相形，甚至有些冷落。韦氏家族中的韦述、韦承庆、韦嗣立、韦济，严氏家族的严武，苏氏家族的苏晋，裴氏家族的裴迪等较为突出。韦济为逍遥公韦嗣立之子，承庆为嗣立异母兄，皆有文名。其中韦嗣立与王维等多有酬唱，韦济与杜甫、高适有交往，杜甫困守长安时期的一篇名诗《奉赠韦左丞丈二十二韵》就是题赠韦济的。韦济作《先德诗》四章，颂父祖功德，辞致高雅，杜甫称其"词场继国风"①。但是，总的说来，除王昌龄卓然秀出外，此时期的关中士人在地域上虽为主人，在政治上亦多显达，但从文学成就来看，却反屈居宾从的地位，如韦嗣立之于王维，韦济、严武之于杜甫，这倒印证了杜甫所总结的规律："文章憎命达。"②现实选择与历史选择往往表现出不一致性，而人们只能从某一方面进入自己的角色。

但是，初唐时期仍然困扰作家的许多理论问题，如文与质、声律与风骨等在此时期创作实践中已获解决，其他地域的作家萃处京城，其作品为关中士人提供了范本，这些都为关中地域文学高潮的到来铺平了道路。

（三）中唐时期

安史之乱给唐代社会带来了巨大灾难，关中为帝都，故灾祸

---

①《杜诗详注》卷一《奉寄河南韦尹丈人》，中华书局点校本第1册，第69页。
②《杜诗详注》卷七《天末怀李白》，中华书局点校本第2册，第590页。

尤烈，在人们心灵上也留下了难以愈合的创伤，战乱的阴影一直弥漫到晚唐。当整个唐代文学由大历时期的低迷艰难行走时，关中文学却迎来了它最为辉煌的时期。关中士人已完成了由武向文的质变过程，在仕进竞争中，关中士人不仅适应了以诗赋取士这一游戏规则，能纯熟地运用掌握这一规则，而且能利用规则的不完善处，获取科举的成功。[①] 所以，中唐时期的关中作家多为进士词科出身，有些还是进士带制科，或明经、进士带制科，几乎包揽了文学竞技会上的所有奖牌。

韦应物可以说是由盛唐向中唐过渡时期的一位重要作家，柳氏家族中的柳芳、柳冲、柳浑、柳宗元、柳公权在此时突然崛起，形成了文坛上的柳家军，白氏家族中的白居易、白行简、白敏中亦影响广远。另如扶风窦叔向与其五子窦常、窦牟、窦群、窦庠、窦巩等，还有华阴三杨(杨凭、杨凌、杨准)、杜佑、薛涛等，关中文学的特色于此亦显露出来，学有本原，文史兼通，关注现实，锐意进取。影响中晚唐政坛文场广且深的“牛李党争”，从士族郡望上说，可以看出牛党多为关陇士族，而李党多为山东士族，初唐政坛上相持很久的山东士族与关陇士族的矛盾，又以另一种形式出现在中晚唐的政坛上。

尤当注意者，关中士人除了在传统的诗创作中争奇斗艳外，还在古文、传奇、曲子词的写作中积极尝试，对这几种文体的发展卓有贡献。如柳冕、柳宗元之于古文运动，白行简《李娃传》、李朝威《柳毅传》之于传奇的繁荣，韦应物、白居易对新体的曲子

---

① 参见本书第六章《唐代关中士族与教育》第三节论述。

词的染指，反映出关中士人对文学新事物的敏锐，求新纳异，勇于创造，这一趋势在晚唐时期仍在发展。

（四）晚唐五代时期

当唐帝国进入摇摇欲坠的衰亡时期，文坛上也呈现出一派衰飒景象，落日、晚花、暮秋是诗文中最频繁的意象。如果在这一时期将杜牧、韩偓、韦庄、牛峤、牛希济等名字抹掉，晚唐五代文坛将会更加“寂寞沙洲冷”了。富有启迪意义的是，唐代文学是由关中作家拉开序幕的，又将由杜牧、韩偓、韦庄、牛峤等拉上帷幕。在杜牧身上，可以看出他对南方文学的吸收和改造，这种吸收与西魏北周时关中作家对南朝文学的一味否定或全盘照抄已截然不同，杜牧作品中既保持关中作家的豪健，也不乏南方文学的清隽，而又能戛然独造，自成名家。韦庄在诗创作中仍然沿袭传统的方法，但在词的创作上则显示出关中作家吸收新文化的魄力，且在这种新文体的创作中显示了极大的创造性，与温庭筠并称“温韦”，同温“香而软”之秾丽细密、严妆相对，韦词具有自然显豁、淡妆的特点，为西蜀词坛上一重镇，对后来的宋词影响极大。牛希济作《文章论》抨击当时的文章“忘于教化之道，以妖艳为胜”的风气，《表章论》亦认为章表应“词尚简要，质胜于文。直指是非，坦然明白”，提出“愿复师于古，但置于理，何以幽僻文烦为能”的主张，在当时是有针砭之功的。虽然这种批评有些简单化，甚至与其创作实践自相矛盾①，但在娱乐绮艳泛滥成灾时，

① 参见罗宗强《隋唐五代文学思想史》，第434页。

这种功利主义的呼声，也算是一种抗议。而其与西魏苏绰功利实用的文学观至少从话语形式上有某些一致之处。概言之，本时期传统的文学样式显得较为冷落，而新兴的曲子词则呈现出前所未有的兴盛局面。五代词的创作从时间上可分为前后两个时期，从空间上有两个中心，其中西蜀为前期的中心，南唐为后期的中心。韦庄、牛峤、牛希济等关陇作家漂寓西蜀，为这种新文体的发展颇多贡献，潜转暗传，影响广远，而花间词亦成为词史上的转捩点。但因北方社会动荡，沦为战区，故关中本土作家多已风流云散，关中地域文学也自然趋于衰微没落，需要另外一次文学的革新来振兴。

三、从比较的视域看关中文学世家

为了便于立体地考察关中文学士族，准确地为其定位，我们再移形换步，通过不同地域文学士族群体的比较来观照。

（一）江南士族与关中士族

江南士族包括吴姓士族和侨姓士族。唐代柳芳《氏族论》中说："过江则为'侨姓'，王、谢、袁、萧为大；东南则为'吴姓'，朱、张、顾、陆为大。"①柳芳所论士族是一个历时概念，虽由南北朝时期而来，但同时是构成隋唐士族的主体部分②。其

① 《新唐书》卷一九九《柳冲传》。
② 田廷柱《隋唐士族》，第13页。

中“侨姓”是指西晋末年为避乱由中原南迁的士族。“晋自中原丧乱，元帝寓居江左，百姓之自拔南奔者，并谓之侨人。皆取旧壤之名，侨立郡县。”①“中原冠带，随晋渡江者百家，故江东有百（家）谱。”②百姓、百家同义，皆指南迁的大姓望族。“吴姓”则是三国鼎立时东吴境内的土著门阀。依照田余庆先生的观点：“严格意义的门阀政治只存在于江左的东晋时期，前此的孙吴不是，后此的南朝也不是。”③因南朝时已多用寒素掌机要④，故南朝的士庶之间、侨姓与吴姓之间经数百年的矛盾斗争，融合统一，为江南地区的开发拓殖做出了重要的贡献。迄于唐代，江南士族在政治上的特权早已荡然无存，但其在文化上仍具许多独特性。杜佑述江南地域文化时说：

> 扬州人性轻扬，而尚鬼好祀。每王纲解纽，宇内分崩，江淮滨海，地非形势，得之与失，未必轻重，故不暇先争。然长淮、大江，皆可拒守。闽越遐阻，僻在一隅，凭山负海，难以德抚。永嘉之后，帝室东迁，衣冠避难，多所萃止，艺文儒术，斯之为盛。今虽闾阎贱品，处力役之际，吟咏不辍，盖因颜、谢、徐、庾之风扇焉。⑤

---

①《隋书》卷二四《食货志》。
② 颜之推《观我生赋》自注，《北齐书》卷四五《颜之推传》。
③ 田余庆《东晋门阀政治》自序，北京大学出版社 1996 年第 3 版。
④ 赵翼《廿二史札记》卷八，中华书局点校本上册，第 172 页。
⑤《通典》卷一八二《州郡十二》，中华书局点校本第 5 册，第 4850 页。

"江左之人文，故尚人物，其智可与也。"①江南士族与关中士族在文学观上有较大差别，江南重文，关中尚质；江南重声律绮丽，关中尚风骨凛然；江南重阴柔秀美，关中尚雄深雅健。北周时庾信、王褒流寓关中，受到关中文士的欢迎，庾信似已主盟长安文坛，显示出关中精神的开放性，质朴的具有包容气魄的关中文化正是在不断吸收异质成分的过程中来壮大自己。② 比较一下北方文学(包括关中作品)在南方的遭遇及南方作家对北人的倨傲，则暗示出这种优越与自足似同时包含着自我的反动。

隋唐时期，历史的旋转舞台移到了关中，江南士人背井离乡，来到长安，其文化素养、诗赋才华亦得到展示。晋王杨广"好为吴语"，曾先后三幸江都，在他的周围簇拥着一个作家群体，其中大多是从南朝来的历仕梁、陈之旧。《隋书·柳䛒传》："(晋)王好文雅，招引才学之士诸葛颍、虞世南、王胄、朱瑒等百余人以充学士，而䛒为之冠，王以师友处之，每有篇什，必令其润色，然后示人。尝朝京师还，作《归藩赋》，命䛒作序，词甚典丽。初，王属文，为庾信体，及见䛒已后，文体遂变。"柳䛒本亦为河东望族，属关中郡姓，但侨迁南方已久，故诗文繁辞丽句，轻艳雕琢。

初唐时，江南绮靡轻艳的诗风仍弥漫在关中，唐太宗本人就

① 《新唐书》卷一九九《柳冲传》。实际上，不独关中士族有一个从武到文的转变，江左士族亦有这样一个过程，只是完成转变的时间早于关中士族，一般在六朝时期已完成。刘跃进《从武力强宗到文化士族——吴兴沈氏的衰微与沈约的振起》提供了很好的个案范例。参见氏著《门阀士族与永明文学》，三联书店1996年版。

② 参见本书第一章《关中地域与文化精神》、第八章《苏绰文体改革新说》第五节。

写宫体诗，还曾让朝臣赓和，虞世南谏阻说：“恐此诗一传，天下风靡，不敢奉诏。”太宗说：“朕试卿耳。”①其实唐太宗所说不过是一句圆场的话，而虞世南自己也曾是写宫体诗的老手，“文章婉缛，慕仆射徐陵，陵白以类己，由是有名”②。所以魏徵对这种绮靡文风痛加责伐：“梁自大同之后，雅道沦缺，渐乖典则，争驰新巧。简文、湘东启其淫放，徐陵、庾信分路扬镳。其意浅而繁，其文匿而彩，词尚轻险，情多哀思。格以延陵之听，盖以亡国之音乎！周氏吞并梁、荆，此风扇于关右，狂简斐然成俗，流宕忘反，无所取裁。”③南方士人给长安文坛带来的绮靡浮艳，固有其可訾议处，魏徵站在儒家教化论的立场上的批评亦有其特定的话语背景，但是南风北渐客观上也促进了江南文学与关中文学的互相交流，激发京城作家共同探讨文学的艺术特征，尤其是以声律对仗为核心的形式美，使得近体诗得以最后定型。

至于南朝作家对唐代诗人的积极影响，如鲍照、谢朓之于李白，何逊、阴铿、庾信之于杜甫，谢灵运之于王维，陶渊明之于韦应物、柳宗元，都是无可否认的事实。另如萧颖士、陆象先、贺知章、陆贽、陆鸿渐、顾况、皎然等江南作家对整个唐代文学均有影响。《旧唐书》卷一九〇《贺知章传》：“先是神龙中，知章与越州贺朝、万齐融，扬州张若虚、邢巨，湖州包融，俱以吴、越之士，文词俊秀，名扬于上京。”又据《新唐书》卷六〇《艺文志》四《包融诗》下注：“融与储光羲皆延陵人；曲阿有余杭尉丁仙

①《新唐书》卷一〇二《虞世南传》。
②《新唐书》卷一〇二《虞世南传》，第 3969 页。
③《隋书》卷七六《文学传序》。

芝、缑氏主簿蔡隐丘、监察御史蔡希周、渭南尉蔡希寂、处士张彦雄张潮、校书郎张晕、吏部常选周瑀、长洲尉谈戭，句容有忠王府仓曹参军殷遥、硖石主簿樊光、横阳主簿沈如筠，江宁有右拾遗孙处玄、处士徐延寿，丹徒有江都主簿马挺、武进尉申堂构，十八人皆有诗名。殷璠汇次其诗，为《丹阳集》者。”但需要指出的是，江南作家在流寓关中影响关中作家的同时，他们自己也受到关陇方土风气的熏染陶育，而饶有风骨，这显示出隋唐统一盛运再临后，南北风气差别因互补而逐渐缩小。

从西魏、北周到唐天宝年间主要是江南士人北上关中，但是在安史之乱爆发后，中原再次为兵燹所困，北方士人包括关中士族又重蹈晋人旧辙，纷纷渡江避乱。“天宝末，安禄山反，天子去蜀，多士奔吴为人海。”①“自中原多故，贤士大夫以三江五湖为家，登会稽者如鳞介之集渊薮。”②所以，在大历时代，大体上形成了两个创作群体，“一是以长安和洛阳为中心，那就是钱起、卢纶、韩翃等大历十才子诗人，他们的作品较多地呈献当时的达官贵人。一是以江东吴越为中心，那就是上文所举的刘长卿、李嘉祐等人，他们的作品大多描写山水风景。”③诗僧皎然曾指出：“大历中，词人多在江外，皇甫冉、严维、张继、刘长卿、李嘉祐、朱放，窃占青山白云，春风芳草，以为己有。”④但是，研究者对京城作家与江南创作群体的划分并不是以其郡望籍贯，而是

---

①《全唐文》卷五二九顾况《送宣歙李衙推八郎使东都序》。

②《全唐文》卷七八三穆员《鲍防碑》。

③ 傅璇琮《唐代诗人丛考》，中华书局1980年版，第232页。

④《诗式》卷四。

就其任职所在地。前者多为供职台阁的京官，后者则为外迁的地方官①，故不易看出望贯与家世对这两个群体的影响。

以关中士族而言，安史之乱后，既有留在关中故地并在京城供职的作家，也有因外任、流贬、逃难等原因来到南方的作家。如韦应物曾先后在滁州、江州、苏州任刺史，柳宗元则先后贬永刺柳，杜牧亦在宣州与扬州任幕僚，又分别出守黄州和湖州。此外，扶风窦叔向家族亦曾客寓东南，窦常《秋月洛阳客舍寄怀十韵》："幼为逃难者，才省用兵初。去国三苗外，全生四纪余。"褚藏言《窦常传》："迨拾遗下世，力养继亲，家无旧产，百口漂寓。"②另如弘农华阴杨凭、杨凝、杨凌一支亦曾迁居苏州③。关中文士寓居江南时期影响着江南的文风，柳宗元称杨氏兄弟"东薄海、岱，南极衡、巫，文学者皆知诵其词，而以为模准"④，又称凌"少以篇什著声于时，其炳耀尤异之词，讽诵于文人，盈满于江湖，达于京师。晚节遍悟文体，尤邃叙述。学富识远，才涌未已，其雄杰老成之风，与时增加"⑤。窦氏家族中，窦叔向与滞留江东的地方官李嘉祐、梁肃、皇甫冉、崔峒等诗酒酬唱；窦常隐居广陵，编皎然等江南文士作品为《南薰集》；窦牟学问于江东，奇文异行闻于京师；窦群被认为江左文雅，无出其右⑥。柳

① 蒋寅《大历诗人研究》上册第 1 章、第 2 章分别对江南地方官诗人和台阁诗人的创作进行论证，可参读。
② 参见本书第十章《窦叔向家族贯望新证》。
③《柳宗元集》卷九《唐故兵部郎中杨君墓碣》，中华书局点校本第 1 册，第 212 页。
④《柳宗元集》卷九《唐故兵部郎中杨君墓碣》，中华书局点校本第 1 册，第 212 页。
⑤《柳宗元集》卷二一《杨评事文集后序》，中华书局点校本第 2 册，第 579 页。
⑥ 参见本书第十章《窦叔向家族贯望新证》。

宗元任柳州刺史期间，“衡湘以南为进士者，皆以子厚为师。其经承子厚口讲指画为文词者，悉有法度可观”①。与隋及唐初相反，关中士人流寓江南时期，一方面受到江南方土风气的熏染，另一方面也极大地影响着南方的文坛，这反映出包括关中在内的北方文化整体上仍然高于南方文化。富有戏剧性的变化是，南北朝时是南朝作家流寓北方，影响北方文坛，而安史之乱后，则是流寓南方的北方作家(包括关中作家)影响南方文坛。

(二)山东士族与关中士族

山东是一个很宽泛的地区概念。战国、秦汉时期通称崤山或华山以东为山东，因崤山有函谷关，故山东又称关东。大致包括今山西、河北、河南、山东、安徽等地，魏晋、隋唐时期仍旧。山东郡姓是指西晋末年永嘉乱后仍留居于此的世家大族。主要是以崔、卢、李、郑、王为代表的五姓。柳芳《氏族论》说：“山东则为‘郡姓’，王、崔、卢、李、郑为大。”《资治通鉴》卷一四〇记载魏太和年间定族姓时说：“时赵郡诸李人物尤多，各盛家风，故世之言高华者，以五姓为首。”②

柳芳《氏族论》中还说：“山东之人质，故尚婚娅，其信可与也。……关中之人雄，故尚冠冕，其达可与也。”尚婚姻是就其社会地位的“清”而言，尚冠冕则是就其政治地位的“贵”而言。

按照陈寅恪先生的观点，山东人实有士族、寒族和胡汉杂糅

①《韩昌黎文集》卷七《柳子厚墓志铭》，古典文学出版社校注本1957年版，第296页。

②《资治通鉴》，中华书局点校本第10册，第4395页。

的“山东豪杰”的区别，关陇集团的核心人物因反对魏晋门第不得不压制山东士族的声望与权力，但对山东豪杰则采用联络重用的策略，武则天出身山东寒族，所以她通过进士词科擢用人才，逐渐形成一新兴的政治集团，反过来瓦解破坏关陇集团。①

关陇集团的核心人物与山东士族发生过多次冲突。贞观元年，太宗尝言及山东、关中人“意有同异”，即评论高低，引出张行成的一番议论②。但就文化意义而言，最重要的莫过于贞观六年间围绕着重修《氏族志》而展开的文化冲突，起因则是婚姻问题引出的士族等第之争：

> 贞观六年，太宗谓尚书左仆射房玄龄曰：“比有山东崔、卢、李、郑四姓，虽累叶陵迟，犹恃其旧地，好自矜大，称为士大夫。每嫁女他族，必广索聘财，以多为贵，论数定约，同于市贾，甚损风俗，有紊礼经，既轻重失宜，理须改革。”乃诏吏部尚书高士廉、御史大夫韦挺、中书侍郎岑文本、礼部侍郎令狐德棻等，刊正姓氏，普责天下谱牒，兼据凭史、传，剪其浮华，定其真伪，忠贤者褒进，悖逆者贬黜，撰为《氏族志》。士廉等及进定氏族等第，遂以崔干为第一等。太宗谓曰：“我与山东崔、卢、李、郑，旧既无嫌，为其世代衰微，全无官宦，犹自云士大夫。婚姻之际，则多索财物。或才识庸下，而偃仰自高，贩鬻松檟，依托富贵，

① 见陈寅恪《论隋末唐初所谓“山东豪杰”》《记唐代之李武韦杨婚姻集团》，均载《金明馆丛稿初编》。

②《旧唐书》卷七五《张行成传》。

我不解人间何为重之？且士大夫有能立功，爵位崇重，善事君父，忠孝可称；或道义清素，学艺通博，此亦足为门户，可谓天下士大夫。今崔、卢之属，唯矜远叶衣冠，宁比当朝之贵？公卿已下，何暇多输钱物，兼与他气势，向声背实，以得为荣。我今定氏族者，诚欲崇树今朝冠冕，何因崔干犹为第一等，只看卿等不贵我官爵耶！不论数代已前，只取今日官品、人才作等级，宜一量定，用为永则。"遂以崔干为第三等。①

山东士族讲究婚与宦，但宦在隋唐以来已不再按门阀高下论品第，那么便只剩下婚一项作为社会地位和文化素养的标志了，所以他们以此抗衡政治力量。而政治组织系统对此亦加以限制：

诏后魏陇西李宝，太原王琼，荥阳郑温，范阳卢子迁、卢浑、卢辅，清河崔宗伯、崔元孙，前燕博陵崔懿，晋赵郡李楷，凡七姓十家，不得自为婚。②

所谓的五姓、七姓、十家，还有四十四子，实际上就是姓、望、房、支的区别。从氏族学角度来看，"支、房、望、姓一方面是表示血缘由亲而疏的层次，另一方面也是荣辱关系由近而远的层

①《贞观政要》卷七，上海古籍出版社1978年版，第226—227页。

②《太平广记》卷一八四《氏族》七"姓"条引《国史纂异》："高宗朝以太原王、范阳卢、荥阳郑、清河博陵二崔、赵郡陇西二李等七姓，其族望，耻与诸姓为婚，乃禁其自相姻娶。于是不敢复行婚礼，密装饰其女以送夫家。"

次”①。“禁婚家”的规定非但没有限制山东士族的婚姻交易，反而愈发抬高了他们的身价，唐太宗时的一些宰辅大臣仍然私下与山东士族缔婚，关中士族、高宗武后时的宰相薛元超以“不得娶五姓女”为终身三大憾恨之一②，唐人小说中所述人物的婚配，凡佳偶者亦多为五姓，足见一种观念并非随制度的灭亡而迅速衰微，往往要绵延很长时间。

白居易《崔公墓志铭并序》通过崔玄亮之口说：“自天宝已还，山东士人皆改葬两京，利于便近。唯吾一族，至今不迁。”③毛汉光先生已据唐代山东士族及江南士族籍贯迁徙两京说明士族走向中央化及官僚化的过程④。山东士族既已将籍贯迁往关中，又不得不通过科举的孔道进入仕途，则山东士族自矜的清华正不断丧失，他们用以抗衡政府系统的优越感也不断被消解。

影响中晚唐政坛及文场长久且深入的牛李党争，是唐代文史研究界的一热点问题，其中李党多以为代表山东旧士族，而牛党所代表为何，诸说纷纭，但从士族郡望差别来考察，牛党成员多为关陇士族，则牛李两派的分野，除学人们所指出的外，尚可以从地域家世的角度来考察。⑤

根据学术界的研究成果，就唐代艺术家籍贯的地理分布而言，以关内道最多，其次分别是河南道、江南道、河北道及河东

① 毛汉光《中国中古社会史论》，第191页。

② 刘餗《隋唐嘉话》卷中，中华书局点校本，第28页。

③《白居易集笺校》卷七〇。

④ 毛汉光《中国中古社会史论》第8篇《从士族籍贯迁移看唐代士族之中央化》。

⑤ 参见本书第七章《从士族郡望看牛李党争的分野》。

道，而关内道又集中在京兆府所在的长安、万年等县①，显示出文化政治中心和城市与艺术成长的密切关系。但从诗歌创作来说，“唐代著名诗人几乎有一半出自河南，尤以洛阳、南阳两地最为集中。河南人对唐诗的繁荣做出了重要贡献。”②

胡应麟曾以崔氏为例，说明著姓家族在唐代仍有影响。崔氏“能诗之士弥众，他姓远弗如也……初唐之融，盛唐之颢，中唐之峒，晚唐之鲁，皆矫矫足当旗鼓。以唐诗人总之，占籍几十之一，可谓盛矣。他如崔莅、崔璆、崔鄲、崔琯，群从数十，秉铨列戟，当代所荣，而勋德文章，靡有杰出，吾无取焉。执政玄祎、祐甫差著，自余知温、彦昭，登公相者十余辈，而浮沉史传，后世鲜知。总之，未敌《黄鹤楼》一首也。”③

山东地域范围远比关中广大，河南又为东都所在，唐前期统治者的许多政治活动皆在洛阳举行，从东汉以来的文化积淀一直优于关中，故如以山东与关中两大地域相较，前者所产生的文学家无论从数量还是成就均要高于关中，这是毋庸置疑的。本章只是就这两个区域内士人家世的文化背景立论，比较异同，以见出关中文学的独特性，而非为曲成已说，故作抑扬。

---

① 费省《唐代艺术家籍贯的地理分布》，见史念海主编《唐史论丛》第 4 辑，三秦出版社 1988 年版。

② 袁行霈《中国文学概论》，第 45 页；霍师松林亦认为唐代最重要的作家均在河南。

③ 胡应麟《诗薮》外编卷三，上海古籍出版社，第 174 页。

本章的结论

1. 关中士族经历了从经学世家到武力强宗，再由武力强宗到文学世家的演生变迁。其中武则天柄政后，压制摧抑关陇集团，其核心人物受到严重打击，但关中士族并未被消灭，而是由武质集团蜕变为文学士族。

2. 隋唐五代关中文学的发展大体可分为四个阶段：隋及初唐、盛唐、中唐、晚唐五代。其中中唐时期是关中文学全面繁荣时期。

3. 从比较的视域来看，关中士族与江南士族、山东士族鼎足而三，在文学观念、作者队伍、创作成就等方面互有异同，其异是各自地域文化所致，其同则是因人员的迁徙流动和作品的交流传播所形成的一种融合状态，比起南北朝时期，以上三个地域同大于异，且有不断缩小差别的趋势。

第五章　唐代关中文学群体的构成

唐代关中文学的创作主体是由关中土著(主要是三辅著姓)与迁徙移居者构成。迁入的时间或早或迟，北齐灭亡时，“衣冠士人，多迁关内”①；隋代灭陈，“江南士人，悉播迁入京师”②。迁入的原因亦较复杂，但最主要的恐怕是因魏周时军事力量强大，士人漂寓播迁至此，隋唐继兴，长安又成为全国政治文化中心，五方杂错，多士萃集。从迁入的地域来考察，有从河东地区迁入者，有山东郡姓迁入者，有代北虏姓加盟关陇集团者，也有江南士族(过江侨姓与东南吴姓)北上者。③ 本章所讨论的主要是从西魏北周以来加入关中士族者，最晚是在隋末唐初完成迁徙者，其余各种迁移不作为重点讨论对象。

---

①《隋书》卷七三《梁彦光传》。

②《隋书》卷二一《天文志下》。

③ 参见拙著《唐代三大地域文学士族研究》第五章的有关内容。

一、关中本土作家群

关中本土作家群体主要由韦氏、杜氏、杨氏和苏氏等三辅著姓人物构成。

(一)京兆韦氏

韦氏是三辅望族。《广韵》"上平声八微"："韦，柔皮也，又姓，出自颛顼，大彭之后，夏封于豕韦，苗裔以国为氏，因家彭城。至楚太傅韦孟，迁于鲁。孟玄孙贤为汉丞相，始迁京兆之杜陵也。"说明韦氏的主支早在西汉时已迁关中，并成为关中郡姓的首望。《隋书》卷四七《韦世康传》中也说："韦氏自居京兆，代有人物，世康昆季，余庆所钟，或入处礼闱，或出总方岳，朱轮接轸，旂旆成阴。在周暨隋，勋庸并茂，盛矣！"①韦氏从宇文周历杨隋到李唐时期，与武川系军事贵族集团结合紧密，从仕宦与婚姻两个方面可以看出，其在关陇集团中居举足轻重的地位②。尤为重要的是，入唐以来，韦氏家族与时俱进，完成了由尚武向崇文的转变，借科举进士制度维持其家族地位③，并且人才辈出，涌现出许多文化方面的专家：

议者云自唐已来，氏族之盛，无逾于韦氏。其孝友词

---

① 又见《北史》卷六四《韦孝宽传》。
② 详见本书第三章第三节的论述。
③ 详见本书第四章第一节的论述。

学，承庆、嗣立为最；明于音律，则万石为最；达于礼仪，则叔夏为最；史才博识，以述为最。①

以文学而言，京兆韦氏定著九房，其中小逍遥公房的韦承庆、韦嗣立，嗣立之子韦济，皆擅文学。韦嗣立有骊山别业，他经常在此与文士雅集聚会，诗酒酬唱，李峤、张说、王维等都曾与会②，韦济与杜甫、高适亦有过从酬唱。

逍遥公房的韦应物出生在一个富有艺术修养的家庭。韦应物的伯父韦鉴、父亲韦銮，韦鉴子韦偃(一作“鶠”)，皆善画。《宣和画谱》卷一三：“韦鉴，长安人，善画龙马。弟銮工山水松石，鉴之子偃亦画马松石名于时，鉴实鼻祖。”③这一具有浓厚艺术氛围的家族，对于形成韦应物的艺术气质、散淡品格，无疑是具有重要影响的④。韦应物的父亲善画山水松石，而韦应物善于以高雅闲淡之笔写山水自然景色，所用媒介虽不同，但旨趣却相似。晚唐韦庄是韦应物的四世孙，工于诗词，与温庭筠并称“温韦”，与韩偓、罗隐被誉为唐末五代华岳三峰⑤。其诗多怀古伤世、离情感旧之什，缘情而发，内容较充实，部分作品“颇似老杜笔

① 《旧唐书》卷一〇二《韦述传》。
② 参见拙著《唐代园林别业考论》，第164—166页。
③ 《丛书集成初编》本；第365页；又见张彦远《历代名画记》卷一〇。
④ 关于韦应物的研究，参见傅璇琮《韦应物系年考证》(收入氏著《唐代诗人丛考》)、蒋寅《大历诗人研究》上编等。又，笔者据西安新出土韦应物夫妇与其子韦庆复夫妇的四方墓志，撰有《韦应物家族墓志补论》，收入拙著《唐代三大地域文学士族研究》(增订本)，中华书局2008年版。
⑤ 郑方坤《五代诗话·例言》，中华书局1985年版，第2页。

力”[①]，但总体上看，风格更近白居易，被称为“香山之替人”[②]。其《秦妇吟》以秦妇所见所闻为视角，以秦妇的行踪为线索，反映唐末的战乱现实，成为古代叙事诗发展的一个高峰，韦庄亦被人称为“《秦妇吟》秀才”。其词善用白描，语言俊秀优美，词风清丽淡雅，“清艳绝伦，初日芙蓉春月柳，使人想见风度”[③]，“语渐疏，情意却深厚，虽不及飞卿沉郁，亦古今绝构也”。[④]

（二）京兆杜氏

杜氏亦为魏晋以来数百年关中之高门世族[⑤]。《元和姓纂》卷六“杜氏京兆房”：“汉御史大夫周，本居南阳，以豪族徙茂陵；子延年，又徙杜陵。延年孙笃，入《后汉文苑传》。笃曾孙畿……生元凯。”则杜氏主支在西汉时已自南阳徙入关中。按照郑鹤声先生的研究，杜氏房望可分为正派的杜陵、京兆、襄阳、洹水、濮阳等五支和冒牌的独孤浑氏。杜陵房有杜如晦、杜淹、杜元颖，京兆房有杜黄裳，襄阳房有杜审言、杜甫、杜佑、杜牧等，洹水房有杜正伦，濮阳房有杜鸿渐、杜暹等。从政治上看，杜陵房一支最为鼎盛，杜氏宰相十一人，其中出于杜陵支者有五人[⑥]。但

---

① 余成教《石园诗话》卷二，见《清诗话续编》第三册，第 1762 页。

② 郑方坤《五代诗话 · 例言》。

③ 周济《介存斋论词杂著》，人民文学出版社 1959 年版，第 5 页。

④ 陈廷焯《词则》卷一，上海古籍出版社 1984 年版，第 28 页。

⑤ 有关杜氏研究，新近出版的著述有吕卓民《古都西安 · 长安韦杜家族》，西安出版社 2004 年版；王力平《中古杜氏家族的变迁》，商务印书馆 2006 年版。

⑥ 郑鹤声《杜佑年谱》，第 5 页。杜氏宰相一说十人，见毛汉光《中国中古社会史论》，第 346 页。

从文学上来看，襄阳房人才辈出。杜甫、杜牧皆出于这一房，同为当阳侯杜预之后，杜甫为杜预的十三世孙，杜牧则为杜预的十六世孙，只是支派较远。杜审言这一支因未出宰相，故《新唐书·宰相世系表》未列，有关其先世的细节尚有许多疑惑①。

杜佑、杜牧善文学，已为人们所熟知。杜牧之弟杜𫖮，亦能文，因幼孤多疾，目视昏近，年二十四，始握笔，草《阙下献书》《与裴丞相度书》，指言时事，遍传天下，被人称为“贾、马死来生杜𫖮，中间寥落一千年”。因目疾，令人旁读十三代史书，一闻不忘，常与客议论征引。②

杜陵房的杜元颖被白居易称为“诗家律手”③，韩愈称其“清文玉绝瑕”④。今存《赋得玉水记方流》一诗，为贞元十六年省试时所作，又有《翰林院使壁记》一文，叙唐代翰林院制度甚详。

晚唐五代时还有杜光庭，号华顶羽人，京兆杜陵人，寓居处州缙云(今属浙江)⑤，有《神仙感遇传》五卷，记神仙遇合、变化故事，著名传奇《虬髯客传》因被节录收入该书，被认为是他的创作，实误⑥。但杜光庭有关道教方面的著述甚多，其中不乏传奇故事的摭拾。

---

① 如缪钺说杜甫是杜预、杜耽之后，杜牧则是杜预少子杜尹之后(《杜牧传》，第1页)。陈贻焮则只说杜逊为杜甫之十世祖(《杜甫评传》第1页)。

②《樊川文集》卷九《杜君墓志铭》，上海古籍出版社点校本。

③《白居易集笺校》卷二六《昨以拙诗十首……用伸答谢》。

④《韩昌黎诗系年集释》卷一二《奉和杜相公太清宫纪事……》。

⑤ 采陈尚君说，见《中国文学家大辞典(唐五代卷)》，第250页。

⑥ 程毅中《唐代小说史话》，第305页。

（三）弘农杨氏

弘农华阴杨氏系出东汉太尉杨震之后，杨氏当时已是四世三公，为冠姓望族。初唐杨师道才思敏捷，援笔直书，有如宿构。退朝之暇，必引当时英俊，宴集园池，文会之盛，当时莫比。据《全唐诗》收录，参加安德山池宴会的有岑文本、刘洎、褚遂良、杨续、许敬宗、上官仪、李百药等，皆有唱酬之作。[1] 与王勃、卢照邻、骆宾王合称为"初唐四杰"的杨炯，诗歌善五律，代表作有《从军行》《出塞》《紫骝马》等，皆写边塞征戍生活，时寓建功立业的愿望，气势昂扬，风格豪放。散文《王勃集序》论及龙朔年间绮错婉媚的"上官体"，深以为不满，主张文学应具"刚健"和"骨气"。张说评论说："盈川文思如悬河注水，酌之不竭，既优于卢，亦不减王。"[2]杨炯还有侄女杨容华，幼善属文，曾作《新妆诗》，当时好事者多传之[3]。

中唐杨凭、杨凝、杨凌三兄弟，分别于大历九年、大历十三年、大历十一年擢进士第，俱有文名，时称"三杨"。"皆孝友，有文章"[4]，"天下号为文章家"[5]。柳宗元称赞其兄弟之文说："东薄海、岱，南极衡、巫，文学者皆知诵其词，而以为模准；

---

① 参见《全唐诗》卷三三、卷三五、卷四〇、卷四三。另见拙著《唐代园林别业考论》，第 112 页；贾晋华《唐代集会总集与诗人群研究》，第 18 页。

②《旧唐书》卷一九〇上《杨炯传》。

③《朝野佥载》卷三，又见《唐诗纪事》卷七八。

④《柳宗元集》卷一二《先君石表阴先友记》。

⑤《柳宗元集》卷三〇《与杨京兆凭书》。

进修者率用歌其行，而有所矜式。”①其中杨凭女适河东柳氏，即柳宗元之妻。杨凌子杨敬之为国子祭酒、太常少卿，爱乐士类，得其文章，孜孜赏玩，人以为癖。他与李贺友善，见贺诗作，辄探写取去。雅爱江东项斯作品，曾给项斯赠诗赞赏道：“几度见诗诗总好，及观标格胜于诗。平生不解藏人善，到处逢人说项斯。”项斯由此而知名，后登高第。又见闽人濮阳愿，阅其文，大加推挹，遍语公卿间。愿死，他为之殓葬②。工诗文，孟郊、崔群、李翱等常交口称誉③。曾作《华山赋》，深为韩愈、李德裕所赞赏，士林一时传布④。高彦休称其文“有凌轹韩、柳意”⑤。张为《诗人主客图》列其为清奇雅正主李益入室者之一。

杨炎籍贯为岐州雍县(今陕西凤翔)，大历十四年召拜门下侍郎、同平章事。建中元年废租庸调制，定两税法，救时之弊，颇有政声。工诗文，长于制诰，与常衮齐名，又善山水画。《旧唐书》卷一一八称其“风骨峻峙，文藻雄丽。……与常衮并掌纶诰，衮长于除书，炎善为德音。自开元已来，言诰制之美者，时称常、杨。”

(四)武功苏氏

《新唐书》卷七四上《宰相世系表四上》：“苏忿生为周司寇，

---

①《柳宗元集》卷九《兵部郎中杨君墓碣》。
②《新唐书》卷一六〇《杨凭传》附传。
③《韩昌黎文集校注》卷二《答杨子书》。
④《新唐书》卷一六〇《杨敬之传》。
⑤《唐阙史》，《丛书集成初编》本。

世居河内，后徙武功杜陵，至汉代郡太守建，徙扶风平陵。”西魏之苏绰即为魏侍中、都亭刚侯苏则之后，绰子威仕隋，与扬雄、高颎、虞庆则等被称为开皇四贵①，又与宇文述、裴矩、裴蕴、虞世基为大业五贵②，与牛弘等被称为选曹七贵③。关中士族由尚武向崇文、由尚经术向崇艺文的转变趋势，亦可以从苏氏一族中看出。苏绰之弟苏椿尚武，苏绰与其子苏威崇尚吏治和经术，威子苏夔颇变父风，专精文艺，并且喜欢交结才学兼优的山东士人。

苏瓌即为苏绰的玄孙，与其子苏颋俱有文名，先后登进士高第，且曾同掌枢密，时以为荣。与紫微侍郎李乂对掌文诰，号为苏李，唐玄宗以为可与苏味道、李峤相媲美。颋袭封许国公，与燕国公张说俱以文章知名，称望略等，所作制诰，斋皇典丽，被称为“燕许大手笔”。李德裕评论说：“近世诏诰，惟颋叙事外自为文章。”④又工诗，间有佳构。

雍州蓝田苏晋，幼即能文，曾作《八卦论》为时人所称。能诗，擅文章，又喜饮酒，与李白等并称为饮中八仙，杜甫歌咏说：“苏晋长斋绣佛前，醉中往往爱逃禅。”⑤

苏源明为国子司业，尝名郑虔所编书四十余篇为《会粹》。工文辞，有盛名于天宝间。杜甫称赞他“学蔚醇儒姿，文包旧史

①《资治通鉴》卷一七七，中华书局点校本第12册，第5522页。
②《隋书》卷四一《苏威传》。
③《资治通鉴》卷一八〇，中华书局点校本第12册，第5642页。
④《旧唐书》卷八八《苏颋传》。
⑤《杜诗详注》卷二《饮中八仙歌》。

善……前后百卷文，枕藉皆禁脔。”①韩愈《送孟东野序》中说：“大凡物不得其平则鸣。……唐之有天下，陈子昂、苏源明、元结、李白、杜甫、李观，皆以其所能鸣。”源明与杜甫、郑虔、元结、梁肃等友善②。

晚唐苏鹗自幼好学，长而忘倦，尤喜搜集前代故实，自咸通间举进士，十上而未擢第，于乾符三年撰成《杜阳杂编》，至光启二年始登进士第。《杜阳杂编》记述代宗至懿宗十朝间边地及域外之奇技异物，有益于见闻。

二、河东著姓加盟关中文坛者

河东人物繁盛，《因话录》卷三：“余宗侄橹，应进士时，著《乡籍》一篇，大夸河东人物之盛，皆实录也。同乡中，赵氏轩冕文儒最著，曾祖父、祖父世掌纶诰，橹昆弟五人进士及第，皆历台省。卢少傅弘宣、卢尚书简辞、弘正、简求皆其姑子也。时称赵家出。外家敬氏先世，亦出自河中，人物名望，皆谓至盛，橹著《乡籍》载之。”此仅就河东著姓柳、裴、薛进行述论。《古今姓氏书辩证》卷三八：“魏太和族品，柳、裴、薛为河东三姓。”但笔者通过对“关中郡姓”命题的辨析已指出，柳、裴、薛三氏自魏周以来由倾向拥护武川系贵族，到最后加盟关陇集团，而其主支本贯亦先后徙入关中，不断失去其地方代表性，趋向于官僚化、中

①《杜诗详注》卷一六《八哀诗》。

②《新唐书》卷二〇二《苏源明传》。

央化。尤为重要的是，逐渐由一些武质的豪族，变成文化显族、文学世家。①

（一）河东柳氏

柳宗元《先君石表阴先友记》中说："柳氏兄弟者，先君族兄弟也。最大并，字伯存。为文学，至御史。病瞽遂废。次中庸、中行，皆名有文。咸为官，早死。柳登、柳冕者，族子也。自其父芳，善文史，与冕并居集贤书府。冕文学益健，颇躁。"②

柳宗元所提及的同族作家，其中柳中庸所存作品并不多，《听筝》《夜渡江》表现离情别绪，轻绮细腻；《征人怨》写边塞情景，其中"三春白雪归青冢，万里黄河绕黑山"二句，对仗绝妙，利用旧诗料翻出新意境，通篇不着一"怨"字，却又从字里行间弥漫着怨情。柳芳为唐代著名史学家，"该练故事"③，精于谱学，曾撰皇家谱牒《永泰新谱》④，又识古今仪注，曾与韦述等受诏添修吴兢《国史》，与殷寅、颜真卿、陆据、萧颖士、李华、邵轸、赵骅友善，天宝时人语曰："殷、颜、柳、陆、萧、李、邵、赵。"芳子冕倡导古文，是贞元、元和间重要的文论家，其论文之作有《谢杜相公论房杜二相书》《与滑州卢大夫论文书》《答荆南裴尚书论文书》《答徐州张尚书论文书》《答杨中丞论文书》《答衢州

---

① 参见本书第三章、第四章有关论述；另见毛汉光《中国中古政治史论》第 3 篇《晋隋之际河东地区与河东大族》，第 4 篇《北朝东西政权之河东争夺战》。

②《柳宗元集》卷一二。

③《全唐文》卷三一七李华《三贤论》。

④《旧唐书》卷一四九《柳登传》附。

郑使君论文书》等，撮其大要，在于反复强调教化与复古。①

柳氏能文者除柳宗元提及外，还有柳公绰、柳公权兄弟，其中柳公权尤精于书法，当时公卿大夫家碑板，不得柳公权手笔者，人以为不孝。穆宗爱其字，尝问用笔之法，公权对曰："用笔在心，心正则笔正。"穆宗知为笔谏而为之敛容。他的联句诗"熏风自南来，殿阁生微凉"，为文宗所激赏，以为"辞清意足，不可多得"。应制诗《贺边军支春衣》，脱口而成，婉切清丽，文宗赞叹说："子建七步，尔乃三焉。"公绰子仲郢，以礼法自持，尤重义气。曾将九经、诸史，分类手抄，编为《柳氏自备》三十卷。仲郢子柳玼亦有文学，工楷书。曾著《续贞陵遗事》，为续令狐澄《贞陵遗事》，记宣宗朝故事，已佚，有逸文。又著《柳氏叙训》(一作《柳氏训序》)，记其祖柳公绰以次朝野事迹，以诫其子弟。

又据赵璘《因话录》卷三记载："元和中，柳柳州书，后生多师效，就中尤长于章草，为时所宝。湖湘以南，童稚悉学其书，颇有能者。长庆已来，柳尚书公权，又以博闻强识工书，不离近侍。柳氏言书者，近世有此二人。尚书与族孙璟，开成中，同在翰林，时称大柳舍人、小柳舍人。自祖父郎中芳以来，奕世以文学居清列。舍人在名场淹屈，及擢第，首冠诸生，当年宏词登高科，十余年便掌纶诰，侍翰苑。性喜汲引后进，出其门者，名流大僚至多。以诚明待物，不妄然诺，士益附之。"可见柳氏的文学、书法及德行在当时已有公论。

---

① 王运熙、杨明《隋唐五代文学批评史》，第469页。

（二）河东裴氏

河东闻喜裴氏是魏晋以来的大族。张说《赠太尉裴公（行俭）神道碑》中说："魏晋之代，郁为盛门，八裴方于八王，声振海内。三子尊为三祖，望高士族。"①"裴为显姓，入唐尤盛，支分族离，各为大家。"②"裴氏于百氏中，独标其族曰眷，三分之为东西中。"③

裴氏以文学著称者有裴迪。迪，早年与孟浩然同在张九龄幕府中为从事，后返长安，隐于终南山，与王维、崔行宗、卢象、储光羲、王缙等过从酬唱。王维得辋川别业，迪常从游，浮舟往来，弹琴赋诗，啸咏终日。④ 与王维各赋五言绝句二十首，题咏辋川别业各个景点，汇成一集，号为《辋川集》。他与杜甫、李颀亦有交游，杜甫称他"苦思缘诗瘦"⑤。裴迪是盛唐山水田园诗派的重要作家，诗风近似王维，擅长用五绝写景，意境清幽，自然成高致。

裴度因曾为中书令，故人称裴令公。时宦官擅权，国事日非，他于洛阳午桥作别墅，花木万株，中起凉台暑馆，名曰"绿野堂"。与白居易、刘禹锡酣饮终日，以诗酒琴书自乐，当时名士，多从之游。裴度知张籍家贫，自太原送马相赠，籍有《谢裴司空寄马》诗，韩愈、白居易、元稹、李绛等均有和作。他在《与

---

①《全唐文》卷二二八。

②《韩昌黎文集校注》卷六《河南少尹裴君墓志铭》。

③《樊川文集》卷九《裴君墓志铭》，上海古籍出版社点校本，1978 年。

④《旧唐书》卷一九〇下《王维传》。

⑤《杜诗详注》卷九《暮登四安寺钟楼寄裴十迪》。

李翱书》中，反对为文因力矫骈偶而趋怪走奇，主张随文见意，假文达心，任其自然，不拘常法，做到“不诡其词而词自丽，不异其理而理自新”，对于当时古文作家有意“磔裂章句，隳废声韵”，不以为然。

（三）河东汾阴薛氏

刘禹锡《薛公神道碑》中说，薛氏“自奚仲为夏车服大夫，距今数千年，乘轩服冕，舄奕冠世。言氏族者，署为关内甲族。”①

薛氏以文学著名者，初唐有薛收。收为隋内史侍郎薛道衡子，年十二，解属文，尝受学于王通，长于言理，人称“薛庄周”，与王绩友善。收子元超，九岁袭爵，与上官仪文章款密，好汲引后进之士，孟利贞、崔融、杨炯等皆出其门，故杨炯誉之为“朝右文宗”②。薛稷为收从孙，魏徵外孙。多才多艺，工于书画，兼善花鸟人物，尤以画鹤为绝品，其书宗虞世南、褚遂良，结体遒丽，闻名天下。其诗《秋日还京陕西十里作》，为初唐五古名篇，曾受到杜甫的称道③。张说评其文“如良金美玉，无施不可”④。

薛据，早孤，为伯母林氏所训育，开元十九年进士及第，天宝六载又登风雅古调科。十一载曾与杜甫、高适、岑参、储光羲等人同登长安慈恩寺塔，赋诗唱和。为人刚直有骨气，其诗多抒

① 《刘禹锡集》卷三。

② 《杨炯集》卷三《王勃集序》。

③ 《杜诗详注》卷一一《观薛稷少保书画壁》。

④ 《大唐新语》卷八《文章》。

发怀才不遇的感慨。杜甫称其为“盖代手”①，高适称其诗“隐轸经济具，纵横建安作”②。殷璠《河岳英灵集》卷下收其诗十首，并评论说：“据为人骨鲠，有气魄，其文亦尔。自伤不早达，因著《古兴》诗云：‘投珠恐见疑，抱玉但垂泣。道在君不举，功成叹何及。’怨愤颇深。至如‘寒风吹长林，白日原上没’，又‘孟冬时晷短，日尽西南天’，可谓旷代之佳句也。”

此外，女诗人薛涛入籍长安，幼随父仕官入蜀，父卒，遂流寓蜀中。居浣花溪，能诗，精音律，名振西川。与历任西川节度使韦皋、高崇文、武元衡、王播、段文昌、李德裕等，均有诗献酬，与诗人白居易、元稹、王建亦有唱和。张为《诗人主客图》列其为清奇雅正主李益之升堂者。杨慎评其诗“有讽谕而不露，得诗人之妙”③。钟惺则评说“缥渺幽秀，绝句一派，为今所难”④。

三、胡姓士族加盟关中文坛者

柳芳《氏族论》说：“代北则为‘虏姓’，元、长孙、宇文、于、陆、源、窦首之。‘虏’姓者，魏文帝迁洛，有八氏十姓……世为部落大人。并号河南洛阳人。”⑤但到北周明帝二年时，又曾下诏令说：“三十六国，九十九姓，自魏氏南徙，皆称河南之民。

① 《杜诗详注》卷一八《寄薛三郎中璩》。
② 《全唐诗》卷二一一高适《淇上酬薛三据兼寄郭少府微》。
③ 《升庵诗话》卷十一。
④ 《名媛诗归》卷十三。
⑤ 《周书》卷四《明帝纪》。

今周室既都关中，宜改称京兆人。”以鲜卑部落为主体的代北少数民族，将其姓望由胡变汉，由代北迁洛阳，再由洛阳迁关中，标志着汉化的深入，其与关陇集团关系更加密切。虽然有些虏姓士族又将其姓望改回洛阳，但仍有许多居于关中，最后融合于关中士族之中。胡三省在《资治通鉴》注里说：“自隋以后，名称扬于时者，代北之子孙十居六七矣，氏族之辨，果何益哉！”①

（一）扶风窦氏

据《元和姓纂》卷九、《新唐书》卷七一下《宰相世系一下》知窦蒙、窦臮出自窦荣定、窦抗一族，而这一支是由鲜卑族纥豆陵氏所改②。窦蒙善文工书通画，《新唐书》卷五九《艺文志》著录其《画拾遗》，又有《青囊书》二十卷，均佚。其弟窦臮于天宝中献《大同赋》《三殿蹴鞠赋》，以讽谏为目的，受到玄宗的赞赏。又撰书法评论著作《述书赋》，颇为流传。窦蒙称其“翰墨厕张王，文章凌班马。词藻雄赡，草隶精深。平生著碑志诗篇赋颂章表，凡十余万言”③。

中唐窦叔向一支，《新唐书·宰相世系表》列于平陵房，但《元和姓纂》置于“河南洛阳”一派下，并且在“扶风”一派下说：“魏晋以后，窦氏史传无闻。”根据姚薇元的研究，《姓纂》中所谓“河南洛阳”一派、《新表》中“三祖房”均为鲜卑胡姓④，唯窦叔

① 《资治通鉴》卷一〇八，中华书局点校本第8册，第3429页。
② 姚薇元《北朝胡姓考》，科学出版社1958年版，第178页。
③ 窦蒙《述书赋语例字格》，见张彦远《法书要录》卷六。
④ 《北朝胡姓考》，第175页。

向、窦易直之祖窦善衡一支是否亦出自代北胡姓，因无直接材料，只能臆测，姑附于此叙述。

窦叔向与其五子窦常、窦牟、窦群、窦庠、窦巩俱能诗，驰声当代，名冠流辈。且与当时名士常衮、包佶、元稹、白居易、韩愈、韩皋、房孺复、韦夏卿、武元衡、裴度、令狐楚、柳宗元、刘禹锡等过从友善，多有酬唱。叔向与其五子被合称为“六窦”，而其五子世称“五窦”。五窦之诗由唐人褚藏言编次，题为《窦氏联珠集》，义取昆弟若五星然。《窦氏联珠集》是唐人选唐诗中比较特殊的一种，所选作品既不以时代为限（如《河岳英灵集》《中兴间气集》），也未以地域为界（如《丹阳集》《大历年浙东联唱集》），更非以诗体风格类聚（如《极玄集》《又玄集》），而是以姓氏相聚，编家族成员之作，是所谓的家集，颇有特点。

其中窦叔向的《夏夜宿表兄话旧》：“夜合花开香满庭，夜深微雨醉初醒。远书珍重何曾达，旧事凄凉不可听。去日儿童皆长大，昔年亲友半凋零。明朝又是孤舟别，愁见河桥酒幔青。”表现人到中年的一种生命体验，“一片天真，最易感动，中年以上者，人人意中所有也”①。辛文房称其“诗法谨严，又非常格”②。窦常曾编《南薰集》三卷，收大历诗人韩翃至皎然三十人诗作，窦牟善事继母，奇文异行，闻于京师，韩愈曾师事之。窦群曾从卢庇传啖助《春秋》学，著书数十篇，韦夏卿曾将窦群所著《史记名臣疏》进呈朝廷，并举荐。窦庠“为五字诗，颇得其妙”③。窦巩，字友

① 俞陛云《诗境浅说》。
②《唐才子传》卷四。
③《窦氏联珠集》卷四《窦庠传》。

封，人称嗫嚅翁。所作以绝句著称，当时目为“友封体”。褚藏言称其“温仁华茂，风韵峭逸。遇境必言诗，言之必破的。佳句不泥，传于人间”①。又据《旧唐书》卷一六六《元稹传》知，元稹在越时，辟窦巩为副使，经常游览镜湖、秦望山等胜迹，讽咏诗什，以巩与稹酬唱最多，颇能发山水之精神，时号“兰亭绝唱”。白居易亦称赏其绝句，收入所编《元白往还诗集》中②。胡应麟评论说：“自昔兄弟齐名者众矣，未有五人俱出仕而俱能诗者，唐窦氏是也。……而窦之父叔向……以文学称，尤异中之异也。”③

（二）太原白氏

中唐白居易家族郡望太原，但从曾祖父白温开始已迁居到下邽（今陕西渭南市），实际上是下邽人。关于白氏的来源，陈寅恪认为是后周姓白者的后代④，姚薇元、卞孝萱等则认为是西域龟兹族后裔⑤。白氏祖先在北周时即在关中境内任职赐田⑥，则其家族早已与关陇集团相结合，且世居关中下邽，居易出生后虽流离转徙，但从二十九岁开始至四十四岁期间长期居于长安和下邽故里⑦，故本章将其列入关中文学群体，并非没有根据。

白居易之祖白锽开元中以明经及第，善属文，尤工五言诗。

---

①《窦氏联珠集》卷五《窦巩传》。
②《白居易集笺校》卷四五《与元九书》。
③《诗薮》外编卷三，上海古籍出版社，第170页。
④《唐代政治史述论稿》，第90—91页。
⑤ 姚薇元《北朝胡姓考》，第374—776页；卞孝萱、吴汝煜《刘禹锡》，见《中国历代著名文学家评传》第2卷，第461页。
⑥《唐代政治史述论稿》，第90页。
⑦ 朱金城《白居易年谱简编》，见氏著《白居易集笺校》第6册。

居易兄弟行中白敏中、白行简皆善文学。其中行简为居易胞弟，敏中则为从父弟。白居易是中唐伟大的现实主义文学家，关于其诗文的思想价值与艺术成就，论述颇多，兹不赘述。白敏中在政治上倾向于“牛李党争”中的牛党，亦以进士词艺见用，白居易将其比作谢惠连：“昨日池塘春草生，阿连新有好诗成。”①白行简则“文笔有兄风，辞赋尤称精密，文士皆师法之”②，所作传奇小说《李娃传》，述荥阳公子与名妓李娃的爱情悲喜剧，故事情节曲折，人物性格鲜明，“文笔极工”③，为唐传奇代表作之一。元代石君宝《李亚仙花酒曲江池》、明代薛近衮《绣襦记》二剧和宋小说《李亚仙不负郑元和》、明刻小说《郑元和》皆本于此。

（三）洛阳元氏

与白居易齐名的元稹，先世本为鲜卑族拓跋部什翼犍的后嗣，北魏孝文帝时改汉姓元，以河南洛阳为郡望，故元氏自称或被称为河南人或洛阳人。但实际上从隋代开始，元稹的六世祖，已迁居长安靖安里④，元稹又出生于此，因丧父，曾随母赴凤翔（今属陕西）依舅族，其母教以书学，姨兄教以诗律，二十岁前基本上是在关中度过的，故受京城文化环境与关中精神的熏习颇深。

元稹在诗歌、传奇、散文等方面俱有成就。他的诗作当时即

① 《白居易集笺校》卷三六《和敏中洛下即事》。
② 《旧唐书》卷一六六《白居易传》附。
③ 俞正燮《癸巳存稿》卷一四。
④ 《元稹集》卷五九《告赠皇祖祖妣文》，中华书局点校本下册，第618页。

被宫人唱诵，并称其为“元才子”。其中《连昌宫词》一篇融合唐代小说之史才、诗笔、议论为一体而成①。陈寅恪比较元稹与白居易的《缚戎人》：“微之幼居西北边镇之凤翔，对于当时边将之拥兵不战，虚奏邀功，必有所亲闻亲见，故此篇言之颇极愤慨。乐天于贞元时既未尝在西北边陲，自无亲所闻见，此所以不能超越微之之范围而别有增创也。”②传奇小说《莺莺传》，为《西厢记》所取材，几成家喻户晓之故事。他还曾编纂《京西京北图经》四卷，并绘成《京西京北图》《京西京北州镇烽戍道路等图》《圣唐西极图》③，虽已失传，但可见他与柳宗元、杜佑、杜牧等关中士人一样，亦对致用的实学颇多研究，且有所成就。

四、江南士人播迁关中者

江南士族包括侨姓士族和吴姓士族，在东晋以来的几百年中，他们既矛盾斗争，又交流融合，为开发南方地区、保存中原文化传统共同做出了贡献。隋唐以来，江南士族，无论是侨姓还是吴姓，在政治上衰落极快，但在学术文化方面，人才济济，仍有极大影响。《隋书》卷七六《王胄传》载隋炀帝对侍臣说：“气高致远，归之于胄；词清体润，其在世基；意密理新，推庾自直。过此者，未可以言诗也。”《旧唐书》卷七二《虞世南褚亮传》史臣评论亦说：“二虞昆仲，文章炳蔚于隋、唐之际；褚河南父子，

① 陈寅恪《元白诗笺证稿》，三联书店 2001 年版，第 63 页。
② 陈寅恪《元白诗笺证稿》，第 217 页。
③《元稹集》卷三五，中华书局点校本上册，第 406—407 页。

箴规献替，洋溢于贞观、永徽之间。”值得注意的是，这里所提及的王胄、庾自直、虞世基虞世南兄弟、褚亮褚遂良父子，都是江南士族。此外如许善心许敬宗父子、岑文本、萧瑀等也是江南士族。武德四年，李世民开文学馆时，“秦府十八学士”中出自江左的就有虞世南、姚思廉、蔡允恭、陆德明、许敬宗、褚亮、颜相时等七人。

隋唐之际，统治者对江左士人文学才华的赏识及南人在关中文坛上的独领风骚，原因是多方面的。首先是北朝后期崇尚南朝文化风气的一种延续，无论是东魏北齐，还是西魏北周，对南方文化一贯抱有欣赏接纳的态度，隋唐不过是此种态度的充类加厉罢了。其次，与关陇集团开放的文化政策有关。再次，江南士族良好的文化教养、卓越的艺术才能以及对关陇政权的主动依附与投靠，都使得江南士族在新政权中凭借其才能致身通显，支撑门户。第四，互相援引举荐。如陈叔达在高祖武德年间曾为侍中，“江南名士薄游长安者，多为荐拔”①。

江南士族播迁关中，加盟关陇集团者颇多，学人对此亦有论列②，这里不再全面论述，只列举琅邪颜氏为例。

颜氏本为琅邪临沂人，属于过江侨姓士族，世仕江左，与刘宋时期的颜延之、萧梁后期的颜之推同为一族，俱以文学著名。其中颜之推由南朝迁北齐，兄之仪迁北周，北齐灭，之推亦赴长安，间关万里，漂泊关洛。颜之推著述颇多，但以《颜氏家训》最

① 《旧唐书》卷六一《陈叔达传》。

② 参见毛汉光《中国中古社会史论》第 11 篇《隋唐政权中的兰陵萧氏》；唐长孺《魏晋南北朝隋唐史三论》，第 370—373 页；杜晓勤《初盛唐诗歌的文化阐释》第 4、5 章。

为著名。江左士族入居关中，冠冕不断、文史相继者，当推颜氏。初唐颜师古、颜相时兄弟，即为之推之孙。颜相时为“秦府十八学士”之一，前面已述及。颜师古少传家学，尤精训诂，善属文。《新唐书·艺文志》著录其预修书十种，所注《汉书》及《急就章》，行于后世，撰《匡谬正俗》八卷亦流传至今，还曾奉太宗旨意考定“五经”，多所厘正。

颜杲卿、颜真卿即为师古之弟勤礼之曾孙、之推之五世孙。颜杲卿忠贞刚烈，安史之乱中为国殉难。颜真卿克绍家风，工于文辞，书法精绝，尤擅楷书，世称“颜体”，与柳公权并称“颜柳”。他在湖州刺史任上，曾延集文士，最后修成《韵海镜源》一书。又曾与诗僧皎然、道士吴筠等百余人组成诗会，宴集联唱，极一时之盛，后结集为《吴兴集》十卷，其族弟颜浑，族侄颜顼、颜岘等亦参与联唱，这就是有名的浙西诗会①。

五、山东士人播迁关中者

山东士人与关陇集团之间存在矛盾，且由来已久。北魏迁都洛阳，汉族士人滞留北方者，多为所用。北魏分裂，东魏北齐与西魏北周大抵是以关东关西为界，虽不能说山东士族皆归向北齐，关中士族皆依附北周，但是这种趋势还是非常突出的。隋唐统治者出自宇文周的武川系贵族集团，故他们对山东士族的态度

---

① 详见蒋寅《大历诗人研究》上编，第158—164页；又见贾晋华《唐代集会总集与诗人群研究》，第86—101页。

除现实情境外，还有历史传统的依据。早在隋大业初年，关中著姓韦云起上疏奏道："今朝廷之内多山东人，而自作门户，更相剡荐，附下罔上，共为朋党。不抑其端，必倾朝政。臣所以痛心扼腕，不能默已。谨件朋党人姓名及奸状如左。"①贞观年间围绕重修《氏族志》引起对山东士族的抑制，不过是这一倾向的充类加厉。

从另一个角度来看，山东士人以文化显族自居，长期以来形成的家学传统和文化素养并未随政治的失势而丧失，他们往往以婚姻作为社会地位和文化素养的标志，傲视关中士人，抗衡政治组织力量。但由于仕宦已不再以门阀高下论品第了，故门阀士族赖以生存的地方代表性逐渐被消解，为了仕宦，他们不得不奔走于关中，甚至迁徙定居于长安附近。白居易《崔公墓志铭并序》通过崔玄亮之口说："自天宝已还，山东士人皆改葬两京，利于便近。"②毛汉光先生通过史传碑铭等资料具体指出山东士族中，博陵崔氏有四个著房支将其新贯迁至京兆府，赵郡李氏有两个著房支迁至京兆府，太原王氏亦有两个著房支迁至京兆府，渤海高氏则有一个著房支迁至京兆府。山东士族的主要人物设籍或归葬于两京地区，从各方面走向京兆—河南这条线上，表明其活动重心已迁移至中央而疏离了原籍，地方代表性逐渐丧失，中央化、官僚化的趋势日益突出。③

---

①《旧唐书》卷七五《韦云起传》。

②《白居易集笺校》卷七〇，第 3749 页。

③《中国中古社会史论》第八篇《从士族籍贯迁移看唐代士族之中央化》。

本章的结论

1. 就地域和族姓来分析，关中文学群体分别由关中本土作家，及河东著姓、代北胡姓、江南士族和山东士人等几部分迁徙关中者组成。

2. 关中文学群体是一个庞大而又松散的创作群体，因其来源与迁徙时间的不同，这几部分仍各具特色，但长期居留于关中，又促成了彼此的交流融合，熏染上了许多共同的风习，为唐代关中文学的繁荣做出了各自独特的贡献。

第六章　唐代关中士族与教育

京城长安所在之关中，长期为唐代文化政治的中心，同时也是文学艺术之渊薮。音乐、舞蹈、书法、绘画、建筑、诗歌、小说、散文的繁荣，几乎都与长安有某种因缘关系。以文学而言，论者经常讨论的话题是：唐人以诗赋取士遂促成唐代文学的繁荣(或谓繁荣的原因之一)，但科举作为考试铨选方式，其与教育实密不可分，故对此问题的进一步推求是教育与文学繁荣有何关系。因论题所限，本章仍拟从地域与家族的角度切入，考察关中士族教育的一些特点及在文学创作中的功能。

一、官学的衰微与私学的发展

(一)官学的衰微

隋唐继兴，别创民族历史之空前机运，立国之初对学校教育都极为重视。《隋书》卷七五《儒林传》序说："京邑达乎四方，皆启黉校，齐、鲁、赵、魏，学者尤多，负笈追师，不远千里。讲诵之声，道路不绝。中州儒雅之盛，自汉、魏以来，一时而已。”《旧唐书》卷一八九上《儒学传上》：

> 贞观二年，停以周公为先圣，始立孔子庙堂于国学，以宣父为先圣，颜子为先师。大征天下儒士，以为学官。数幸国学，令祭酒、博士讲论，毕，赐以束帛。学生能通一大经已上，咸得署吏。又于国学增筑学舍一千二百间，太学、四门博士亦增置生员，其书算各置博士、学生，以备艺文，凡三千二百六十员。其玄武门屯营飞骑，亦给博士，授以经业，有能通经者，听之贡举。是时四方儒士，多抱负典籍，云会京师。俄而高丽及百济、新罗、高昌、吐蕃等诸国酋长，亦遣子弟请入于国学之内。鼓箧而升讲筵者，八千余人，济济洋洋焉，儒学之盛，古昔未之有也。

经过几百年的战乱，礼乐复兴，两汉学校教育的盛况又依稀可见。唐代官学包括中央国学(国子学、太学、四门学、律学、书学、算学、广文馆等)和地方官学(州、府、县学)两种类型。

关中为京畿所在地，京兆府又为都城，关中郡姓士族多为统治阶级的核心关陇集团成员，故其子弟无论在中央国学还是在地方州、县官学接受教育，都具有许多优势，这固不待言。但唐代的官学并未如唐初一样兴盛，而是很快就衰微了。韦嗣立曾就学校颓废上疏谏曰：“国家自永淳已来，二十余载，国学废散，胄子衰缺，时轻儒学之官，莫存章句之选。贵门后进，竞以侥幸升班，寒族常流，复因凌替弛业。”①永淳(682—683)为唐高宗年号，其时正是武则天柄政期间，推行科举进士制度，拓展了入仕之途，使不同阶级出身、不同地域来源的士人都有望进入官僚阶层。论者一般认为正是科举进士制度导致了官学的衰微。

如前所述，武则天破坏关中本位政策、打击关陇集团，实有两项措施：破坏府兵制，重文轻武；推行科举制，重文学轻经学。② 前后两项措施互相联系，互为因果。

认为学校衰微的根本原因是科举制度的确立，这是从科举的角度看学校教育，固为不刊之论。但若从唐代教育体制本身来检视，则学校之衰微实因另外三个具体环节的废弛所造成。

首先是考教脱节。进士科考试侧重诗赋艺文，但官学教育仍沿袭汉代太学制度，未能及时调整，适应现实，从教育观念到讲授内容，都与科举考试的要求明显脱节，官学教育与考试相比存在明显的滞后现象。换言之，武则天在铨选考试方面进行了大胆改革，但在教育(尤其是官学)方面却仍循汉代旧例，唐人对浇薄学风的批判，也是以汉代学校的教育观念为准绳进行衡量。

其次是考生资格的通融性。唐代科举对考生资格的认定虽有一些规定，但大体而言，表现出很大的通融性。举子一类是由中央官学和地方官学等学校报送朝廷，参加考试，叫生徒；另一类是乡贡举人，“而举选不由馆学者，谓之乡贡，皆怀牒自列于州县”③，即以个人身份报考于州县，再由州县将合格者报送朝廷参

①《旧唐书》卷八八《韦嗣立传》。
② 参见本书第四章《唐代关中文学士族的崛兴》。
③《新唐书》卷四四《选举志上》。

试，且有乡贡多而学生少、重乡贡而轻学校的倾向①。乡贡举人只要怀牒投刺即可应考，且以考试成绩决定取舍和名次高低，这与汉代的察举制亦有本质的差别。考生不仅可以在学校之外获得科考所要求的知识，而且还可以在学校之外获得参试的资格。这种通融性极大地减少了士人对官学的依赖性。

第三是学官教师社会地位不高，俸禄菲薄。下面几则史料可以看出唐代官学教师的地位和待遇：

> 大唐府郡置经学博士各一人，掌以“五经”教授学生，多寒门鄙儒为之。②
>
> 国朝以来，州县皆有博士，县则州补，州则吏曹授焉。然博士无吏职，惟主教授，多以醇儒处之。衣冠俊乂，耻居此任。③
>
> 文学一人，从八品上。掌以五经授诸生，县则州补，州则授于吏部。然无职事，衣冠耻之。④
>
> 今西京有太学，州县有小学，兵革一动，生徒流离，儒臣师氏，禄廪无由。⑤

与汉代经学博士的风光判然有别，所以衣冠士族耻居此职。除了

① 傅璇琮《唐代科举与文学》，陕西人民出版社1986年版，第45页。

②《通典》卷三三《职官》一五“州郡下京兆”，中华书局点校本第1册，第914—915页。

③《封氏闻见记》卷一，中华书局校注本，第3页。

④《新唐书》卷四九下《百官志四下》。

⑤《旧唐书》卷一九〇中《贾至传》。

社会地位低下外，俸禄似亦很菲薄，且无保证。唐玄宗曾以郑虔为广文馆博士，“虔乃就职。久之，雨坏庑舍，有司不复修完，寓治国子馆，自是遂废。……在官贫约甚，澹如也。杜甫尝赠以诗曰‘才名四十年，坐客寒无毡’云。”①杜甫还另有《醉时歌》一诗为郑虔鸣不平：“诸公衮衮登台省，广文先生官独冷。甲第纷纷厌粱肉，广文先生饭不足。”②居无所，坐无毡，饭不足，则学官待遇之恶劣可见一斑。韩愈《进学解》所描述的国子先生，虽有自嘲之意，但通过学生之口说：“三年博士，冗不见治。命与仇谋，取败几时。冬暖而儿号寒，年丰而妻啼饥。头童齿豁，竟死何裨？不知虑此，而反教人为？”③虽或有夸张，但亦从一个侧面反映出学官生活之清贫。

结合前引文献，联系杜诗韩文，可见唐代官学之衰微如从教育体制本身来检讨，实亦存在不少弊端，而关中虽处官学教育中心，但士人却未能从官学获得更多益处，而需别觅途径，就较易理解了。

（二）私学的新发展

与官学相对的是私学，包括乡闾私塾、义学、族学与家教等，其情形如何呢？有论者谓唐代私学，比较官学更不景气，“可以说，唐代是我国教育史上私人讲学的低谷阶段，比较前之

---

①《新唐书》卷二〇二《文苑中·郑虔传》。

②《杜诗详注》卷三，中华书局点校本第1册，第174页。

③《韩昌黎文集校注》卷一，古典文学出版社1957年版，第26页。

汉魏六朝和后之两宋元明，均远所不及。”①说唐代私学不及两宋元明，大体符合实际，但说私学比太学更不景气，则似乎抑扬过分，未必是持平之论。究其原因，恐与论者对私学范畴的界定及比较对象的选择有关。

从其范围而言，私学既包括乡间私塾，亦包括义学寺塾，还有族学家教。从讲授方式说，既包括对外设坛授徒，又包括对内督课子弟。而南北朝时期的所谓私学，亦主要是家学，即陈寅恪、钱穆等再三致意的学术中心移于家族②。“华夏学术最重传授渊源，盖非此不足以征信于人”③。如果说官学衰微，私学更不景气，那么学术文化的传承授受就无法实现，所谓唐代士人多学有本原的说法就无从落实，唐代艺术尤其是诗歌空前繁荣的现象就更无法解释了。

就私人讲学而言，终唐一代并未断绝。除人们所熟知的隋末王通讲业河汾龙门，为唐代关陇集团和贞观政治培养人才外，还有马嘉运于贞观初退隐白鹿山，诸方来受业至千人④。元德秀退居陆浑山，以琴酒文咏自娱，弟子云集，程休、邢宇、宇弟宙、张茂之、李崿、崿族子丹叔惟岳、乔潭、杨拯、房垂、柳识，皆号门弟子，卒后门人共谥曰“文行先生”⑤。萧颖士门下亦有尹征、王恒、卢异、卢士式、贾邕、赵匡、阎士和、柳并等执弟子

① 邓小军《唐代文学的文化精神》，第 561—562 页。

② 参见陈寅恪《隋唐制度渊源略论稿》，第 21—22 页；钱穆《略论魏晋南北朝学术文化与当时门第之关系》，香港：《新亚学报》第 5 卷第 2 期。

③ 陈寅恪《金明馆丛稿初编》，第 285 页。

④《新唐书》卷一九八《儒学传上》。

⑤《新唐书》卷一九四《元德秀传》。

礼，以次授业，号萧夫子①。新罗遣使入朝，自述国人愿得萧夫子为师，卒后门人谥为“文元先生”。中唐啖助、赵匡、陆质讲授《春秋》，依次传承；柳宗元师事陆质，窦群亦从卢庇传啖助《春秋》学，形成了一个独特的学派②。柳宗元在京师时，后学之士到门，日或数十人，他不虚其来意，有长必出之，有不至必教之，在任柳州刺史期间，“衡湘以南为进士者，皆以子厚为师，其经承子厚口讲指画为文词者，悉有法度可观。”③

《唐会要》卷三五《学校》记述开元二十一年五月曾下敕：“许百姓任立私学，欲其寄州县受业者亦听。”二十六年正月十九日又敕：“古者乡有序，党有塾，将以宏长儒教，诱进学徒，化民成俗，率由于是，其天下州县，每乡之内，各里置一学，仍择师资，令其教授。”德宗贞元三年正月，右补阙宇文炫曾上疏：“请京畿诸县乡村废寺，并为乡学。”④足见政府对私学、乡学等基础教育的重视。

除乡闾之学外，还有所谓的义学、寺学。《旧唐书》卷一七七《裴休传》谓休：“家世奉佛，休尤深于佛典。太原、凤翔近名山，多僧寺，视事之隙，游践山林，与义学僧讲求佛理。”又《圆觉经大疏钞》卷一之下：“宗密家贯果州，因遂州有义学院，大阐儒风，遂投请进业。经二年后，（道圆）和尚从西川游化至此州，遂

---

①《新唐书》卷二〇二《萧颖士传》。

② 参见本书第九章《柳宗元古文思想与关中学术资源》。

③《柳宗元集》卷三四《报袁君陈秀才避师名书》；《韩昌黎文集校注》卷七《柳子厚墓志铭》，古典文学出版社1957年版，第296页。

④《唐会要》卷三五，中华书局排印本中册，第635页。

得相遇。”则唐代的所谓义学似与后来不尽相同，似为附属于寺院的一种习业场所，当与寺学、寺塾相近。

日人那波利贞曾著《唐钞本杂钞考》，根据敦煌文书发现有关敦煌寺学的资料甚多，所钞写者多为《渔父歌》《沧浪歌》《开蒙要训》《秦妇吟》等，他指出：“此所见学郎、学士郎冠以寺名者，必即寺塾之学生，而观其姓名，皆系俗家子弟，所书写者，皆为外典，非佛典。可知此等寺塾所教所学者为普通教育，非佛家教育。而金光明寺有学师显须、学郎索憨，则学者虽为俗人，而教者则为僧侣也。此种情形当非敦煌一地之特殊现象，而可视为大唐天下各州之共同现象。”①严耕望先生据此引申说：“佛寺既多置义学，僧侣自为之师，以教授俗家子弟，既为社会服务，亦藉此可以吸引优良信徒。寒士既不能自给，自乐于投身寺院习业，度其数必多矣。”②佛寺带有慈善性质，习业寺院既可解决膳宿，环境幽雅，又利于修业，加之禅客名僧文化修养较好，且有一定数量藏书，诗禅本自相通，与禅僧朝夕相处，正可激发灵感悟性，有益于诗赋的长进，所以唐代士子多有借寺院修举业者。

唐代还有书院、书堂、学院等。徐锴《陈氏书堂记》：“浔阳庐山之阳，有陈氏书楼。……勋从子衮，本州曹掾，我唐烈祖中兴之际，诏复除而表揭之，旌其义也。衮以为族既庶矣，居既睦矣，当礼乐以固之，诗书以文之。遂于居之左二十里曰东佳，因

① 转引自严耕望《唐人习业山林寺院之风尚》，见氏著《唐史研究丛稿》，香港：新亚研究所 1969 年版。

② 严耕望《唐人习业山林寺院之风尚》，见《唐史研究丛稿》，香港：新亚研究所 1969 年版。

胜据奇，是卜是筑，为书楼堂庑数十间，聚书数千卷，田二十顷，以为游学之资。子弟之秀者，弱冠以上，皆就学焉。”①吕温《同恭夏日题寻真观李宽中秀才书院》：“愿君此地攻文字，如炼仙家九转丹。”②又《太平广记》卷一四八“崔圆”条：“崔相国圆，少贫贱落拓……表丈人李彦允为刑部尚书，崔公自南方至京，候谒，将求小职，李公处于学院，与子弟肄业。”严耕望先生认为，宋代书院制度，不但其性质由唐代士子习业山林寺院之风尚演进而来，即“书院”之名称亦由此种风尚中形成③。所以，不能简单笼统地说唐代私学的不景气，而应具体分析其形式种类，以及在传承学术文化过程中的功能作用。

二、家族教育的兴盛

柳宗元谈及自己少年时的求学经历说：“始仆少时，尝有意游太学，受师说，以植志持身焉。”后听说太学的学风极坏，“遂退托乡闾家塾，考厉志业，过太学之门而不敢跼顾，尚何能仰视其学徒者哉！”④说明他是舍太学而就私学，通过乡闾家塾的途径完成学行教育的。陈寅恪表彰地方大族对形成家学，弘传学术文化的作用时说：“是以地方之大族盛门乃为学术文化之所寄托。

---

①《全唐文》卷八八八。

②《全唐诗》卷三七〇

③ 参见氏著前揭文献。陈元晖等编著《中国古代的书院制度》(上海教育出版社 1981 年版)第 1 章谈书院的起源，亦追溯到唐代，并且认为书院这个名称，首先使用的并不是官家，而是私人。

④《柳宗元集》卷三四，中华书局点校本第 3 册，第 868—869 页。

中原经五胡之乱，而学术文化尚能保持不堕者，固由地方大族之力，而汉族学术文化变为地方化及家门化矣。故论学术，只有家学之可言，而学术文化与大族盛门常不可分离也。”①谈到士族门风与学业关系时则指出：“夫士族之特点既在其门风之优美，不同于凡庶，而优美之门风，实基于学业之因袭。”“所谓士族者，其初并不专用其先代之高官厚禄为其惟一之表征，而实以家学及礼法等标异于其他诸姓。”②钱穆论述魏晋南北朝学术文化与士族门第的关系时亦指出：

> 当时门第传统共同理想，所期望于门第中人，上自贤父兄，下至佳子弟，不外两大要目：一则希望其能具孝友之内行，一则希望其能有经籍文史学业之修养。此两种希望，并合成为当时共同之家教。其前一项之表现，则成为家风；后一项之表现，则成为家学。③

陈义宁与钱宾四对家族教育内容的概括颇精辟，本节即借钱宾四先生的“两大要目”来考察唐代关中士人的家族教育。

(一)家学的传承

唐代关中士族虽由北朝武力强宗转变而来，但因其先世多积

---

① 陈寅恪《崔浩与寇谦之》，见《金明馆丛稿初编》，三联书店 2001 年版，第 147—148 页。
② 《唐代政治史述论稿》，第 72 页。
③ 《略论魏晋南北朝学术文化与当时门第之关系》，香港：《新亚学报》第 5 卷第 2 期，1963 年。

功而居高位，具有政治和经济上的优势，故入唐以来，随俗雅化，转变为文化士族，在文化方面颇多建树。以韦氏而言，“其孝友词学，承庆、嗣立为最；明于音律，则万石为最；达于礼仪，则叔夏为最；史才博识，以述为最。”①其中的孝友属于家风方面，词学、音律、礼仪、史才属于家学方面。但家学的传承不仅需要有贤子弟、读书种子，而且需要藏书和师资，这是传承的前提。

首先说藏书。在活版印刷术普及之前，书籍的获得与保有极不容易，需要经济力量作为敛书、藏书的后盾，士族较寒素有更好的经济背景，历代累积，惨淡经营，往往拥有可观的藏书量，成为知识的专有者。下面看文献史料所记载关中士族的藏书情况：

> (韦)述少聪敏，笃志文学。家有书二千卷，述为儿童时，记览皆遍，人骇异之。……家聚书二万卷，皆自校定铅椠，虽御府不逮也。兼古今朝臣图，历代知名人画，魏晋已来草隶真迹数百卷，古碑、古器、药方、格式、钱谱、玺谱之类，当代名公尺题，无不毕备。及禄山之乱，两京陷贼，玄宗幸蜀，述抱《国史》藏于南山，经籍资产，焚剽殆尽。②
>
> (韦处厚)聚书愈万卷，多手自刊校。③
>
> 杜兼尝聚书万卷，每卷后必题云：“倩俸写来手自校，

---

①《旧唐书》卷一〇二《韦述传》。
②《旧唐书》卷一〇二《韦述传》。
③《旧唐书》卷一五九《韦处厚传》。

汝曹读之知圣道，坠之鬻之为不孝。”①

(杜牧)第中无一物，万卷书满堂。家集二百编，上下驰皇王。多是抚州写，今来五纪强。尚可与尔读，助尔为贤良。②

(柳公绰)家甚贫，有书千卷，不读非圣之书，为文不尚浮靡。③

(柳仲郢)家有书万卷，所藏必三本：上者贮库，其副常所阅，下者幼学焉。仲郢尝手抄“六经”，司马迁、班固、范晔史皆一抄，魏晋及南北朝史再，又类所抄它书凡三十篇，号“柳氏自备”，旁录仙佛书甚众，皆楷小精真，无行字。④

(柳宗元)家有赐书三千卷，尚在善和里旧宅，宅今已三易主，书存亡不可知。⑤

长安南下杜樊乡东，文安有隋氏赐田数顷，书千卷尚存。(牛僧孺)公年十五，依以为学，不出一室，数年业就，名声入都中。⑥

(苏)弁聚书至二万卷，皆手自刊校，至今言苏氏书，次于集贤秘阁焉。⑦

---

①《太平广记》卷二〇一引《大唐传载》。
②《樊川文集》卷一《冬至日寄小侄阿宜诗》。
③《旧唐书》卷一六五《柳公绰传》。
④《新唐书》卷一六三《柳公绰传》。
⑤《柳宗元集》卷三〇，中华书局点校本第3册，第781页。
⑥《樊川文集》卷七《牛公墓志铭并序》，上海古籍出版社点校本，第114页。
⑦《旧唐书》卷一八九下《苏弁传》。

（京兆窦群）家无余财，惟图书万轴耳。①

关中士族萃处京畿，本可利用皇家藏书，但士人仍注意对经籍的收藏，从前引文献可以看出，韦述不仅藏书数量大，而且范围极广，几乎就是一位博物收藏家。苏弁藏书竟能与秘阁相埒，且考稽校定，学以致用，非徒矜奇炫富。

其次是母仪母教的强调。家教之中，母仪母教是极重要的一项。从教育学和儿童心理学角度来看，母亲是儿童人生的第一位老师，其言行品德、知识教养对孩子的熏染陶育极大，足可以为孩子的风范。儿童期主要是养成教育，同时是培养品格意志、开发创造想象的最佳时期，儿童的记忆力又是一生中最好的时期，课督子弟读书，如能在发蒙期打下基础，则一生受用无穷。此即今人所谓早期智力开发。儿童所交往接触最多者，莫过于母亲。所以母亲之品德教养对儿童的成长极为关键。“女子教育不同，则家风门规颇难维持。此正当时门第所重，则慎重婚配，亦理所宜。”②士族家庭婚姻讲究门当户对，历来为人们所訾议，但从教育学的角度来看，其不仅强调父系亲属应具有较高的素养，同时强调母系亲属亦相应具备良好的品格与学养，才能承绪传家，光大门楣。

薛播伯父薛元暧妻林氏，为丹阳太守林洋之妹，“有母仪令德，博涉“五经”，善属文，所为篇章，时人多讽咏之。元暧卒

① 《唐才子传》卷四。

② 钱穆《略论魏晋南北朝学术文化与当时门第之关系》，香港：《新亚学报》第 5 卷第 2 期。

后，其子彦辅、彦国、彦伟、彦云及播兄据、总并早孤幼，悉为林氏所训导，以至成立，咸致文学之名。开元、天宝中二十年间，彦辅、据等七人并举进士，连中科名，衣冠荣之。”①

柳仲郢母为韩皋之女，善训子。“故仲郢幼嗜学，尝和熊胆丸，使夜咀咽以助勤”②，“熊丸教子”亦成为著名的典故。

萧俛母韦氏贤明有礼，理家甚严，故萧俛后来虽为宰相，侍母左右，不异衣褐时。③

柳宗元曾在《先太夫人河东县太君归祔志》中回忆早年母亲对他的教育说：

> 尝逮事伯舅，闻其称太夫人之行以教曰：“汝宜知之，七岁通《毛诗》及刘氏《列女传》，斟酌而行，不坠其旨。汝宗大家也，既事舅姑，周睦姻族，柳氏之孝仁益闻。岁恶少食，不自足而饱孤幼，是良难也。”又尝侍先君，有闻如舅氏之谓，且曰：“吾所读旧史及诸子书，夫人闻而尽知之无遗者。”某始四岁，居京城西田庐中，先君在吴，家无书，太夫人教古赋十四首，皆讽传之。以诗礼图史及剪制缕结授诸女，及长，皆为名妇。④

子厚之母卢氏为涿郡范阳人，范阳卢氏为山东郡姓士族首望之

---

① 《旧唐书》卷一四六《薛播传》。

② 《新唐书》卷一六三《柳公绰传》。又，《南部新书》丁集：“柳子温家法常命苦参黄连熊胆和为丸，赐子弟永夜习学，含之以资勤苦，此尤见对子弟督责之严也。”

③ 《旧唐书》卷一七二《萧俛传》。

④ 《柳宗元集》卷一三，中华书局点校本第2册，第326页。

一，据这篇《归祔志》知，卢氏七岁即通《毛诗》及《列女传》，父亲柳镇所读旧史及诸子百家著作，母亲卢氏闻而尽知之。所以，在子厚四岁时开蒙课书。卢氏的品格更令人钦佩，事舅姑，睦姻族，饱孤幼，教诸女，使柳氏家族的孝仁之声更著。尤为难得的是，子厚被贬永州，卢氏随他间关万里，流窜南荒，深明大体，处变不惊，开导子厚说："明者不悼往事，吾未尝有戚戚也。"①足见大家名闺的素风。故子厚后来卓然为一代文宗，其母卢氏早期的母仪母教亦有以致之。

（二）家风的化育

《新唐书》卷七一上《宰相世系表一上》序："唐为国久，传世多，而诸臣亦各修家法，务以门族相高。其材子贤孙不殒其世德，或父子相继居相位，或累数世而屡显，或终唐之世不绝。呜呼，其亦盛矣！然其所以盛衰者，虽由功德薄厚，亦在其子孙。"士族的优美家风表现为上自贤父兄，下至佳子弟，要保证这种家风传承不辍，就必须通过一系列措施来规范家族成员的言行，使其符合家族伦理道德，故家法与家训是必不可少的。②

家法是指家族伦理规范。各家族都根据儒家伦理的要求，结合自己家族的特点制订一些行为规范，家族成员严格践履这些规范，并代代相传。一般认为山东士族家风优美，家法严整，但是

---

①《柳宗元集》卷一三，中华书局点校本第 2 册，第 327 页。

② 孙国栋说："一个家族能延绵数百年，其声华上足以抗衡天子，下足为士流所景仰，必其对于家族之保持有别具心裁者在。此种心裁，端赖于家法之谨严，与子弟习学环境之优异，使子弟熏陶习染于家范书史之中，而自成才德也。"见氏著《唐宋之际社会门第之消融》，《唐宋史论丛》，第 220 页。

关中士族亦有许多以家法严谨著称者。如出自京兆韦氏的韦陟，其父韦安石历相武则天、中宗、睿宗三朝，家族贵盛，“然家法修整，敕子允就学，夜分视之。见其勤，旦日问安，色必怡；稍怠则立堂下不与语。虽家僮数十，然应门宾客，必允主之。”①韦贯之一家“闺门之内，名教相乐。故韦氏兄弟令称，推于一时。”②柳公绰一门家法严谨，世代相传，颇为时人所称道，故史书说：“公绰理家甚严，子弟克禀诫训，言家法者，世称柳氏云。”其子仲郢有父风，亦以礼法自持，牛僧孺见其曾感叹说：“非积习名教，安能及此！”③

裴向为名相裴遵庆之子，能以学行自饬，谨守门风，所历官仁智推爱，利及于人。家族内外支属百余人，向所得俸禄，必同其费，任职外地，亦挈家族成员前往，有孤寡疾苦不能自恤者，向亦周给，所以被人称为“孝睦”。④

裴守真事母至孝，及母终，复事寡姊及兄长甚谨，闺门礼则，士友推重。任成州刺史时，为政不务威刑，为吏民所爱戴。离任时，成州百姓送出境者数千人。其子裴子余，事继母以孝闻，不独词学知名，且居官清俭，友爱诸兄弟。兄弟六人，皆有志行。⑤

敦煌文献中虽有《太公家教》《武王家教》《严父教》《开蒙要

① 《新唐书》卷一二二《韦陟传》。
② 《旧唐书》卷一五八《韦贯之传》。
③ 《旧唐书》卷一六五《柳公绰传》。
④ 《旧唐书》卷一一三《裴遵庆传》。
⑤ 《旧唐书》卷一八八《裴守真传》。

训》之类的训蒙书①，但由士族所编订的家训类著作最有名的，要推柳玭所著《家训》：

夫门地高者，可畏不可恃。可畏者，立身行己，一事有坠先训，则罪大于他人。虽生可以苟取名位，死何以见祖先于地下？不可恃者，门高则自骄，族盛则人之所嫉。实艺懿行，人未必信，纤瑕微累，十手争指矣。所以承世胄者，修己不得不恳，为学不得不坚。夫人生世，以无能望他人用，以无善望他人爱，用爱无状，则曰“我不遇时，时不急贤”。亦犹农夫卤莽而种，而怨天泽之不润，虽欲弗馁，其可得乎！

予幼闻先训，讲论家法。立身以孝悌为基，以恭默为本，以畏怯为务，以勤俭为法，以交结为末事，以气义为凶人。肥家以忍顺，保交以简敬。百行备，疑身之未周；三缄密，虑言之或失。广记如不及，求名如傥来。去吝与骄，庶几减过。莅官则洁己省事，而后可以言守法，守法而后可以言养人。直不近祸，廉不沽名。……

夫坏名灾己，辱先丧家。其失尤大者五，宜深志之。其一，自求安逸，靡甘澹泊，苟利于己，不恤人言。其二，不知儒术，不悦古道，懵前经而不耻，论当世而解颐，身既寡知，恶人有学。其三，胜己者厌之，佞己者悦之，唯乐戏

① 参见日人东野治之《训蒙书》，收入［日］池田温编《讲座敦煌》第5册《敦煌汉文文献》。

谭，莫思古道，闻人之善嫉之，闻人之恶扬之，浸渍颇僻，销刻德义，簪裾徒在，厮养何殊。其四，崇好慢游，耽嗜曲糵，以衔杯为高致，以勤事为俗流，习之易荒，觉已难悔。其五，急于名宦，昵近权要，一资半级，虽或得之，众怒群猜，鲜有存者。兹五不是，甚于痤疽。痤疽则砭石可瘳，五失则巫医莫及。前贤炯戒，方册具存，近代覆车，闻见相接。①

此篇训诫上承颜之推《颜氏家训》，下开宋代以来的《袁氏世范》，唐代士人所作家训，保留下来者较少，所以此篇弥足珍贵。作者居安思危，训诫子弟谨守家法，严防五不是，避免辱先丧家的隐患，谆谆教诲，反复致意，皆在保持士族的门第教养，礼法风规，以便素风不坠。家族伦理的践履，美好家风的养成，就切实可循了。

三、文学教育的强调

唐代士人的仕进之途主要是通过以进士科为中心的科举来实现。科举主要在两京，而又以长安居多。故关中士人较山东及江南士人有诸多地利之便。

---

①《旧唐书》卷一六五《柳公绰传》。又见《全唐文》卷八一六，该卷还收有《戒子孙》一篇。

> 唐之选法，起于孟冬，终于季春，天下之奔走于京师，秋而往，春而归，归装未解而选期又至，是以远者不能至，贫者老者不能至，至者不能归。①

比较而言，关中士人则较少这方面的艰难困顿。柳宗元《送辛生下第序略》："京兆尹岁贡秀才，常与百郡相抗。登贤能之书，或半天下。取其殊尤以为举首者，仍岁皆上第，过而就黜，时谓怪事，有司或不问能否而成就之。"②又《唐摭言》卷一"两监"条谓："按《实录》：西监，隋制；东监，龙朔元年所置。开元已前，进士不由两监者，深以为耻。……李肇舍人撰《国史补》亦云：天宝中，袁咸用、刘长卿分为朋头，是时尚重两监。尔后物态浇漓，稔于世禄，以京兆为荣美，同华为利市。"卷二"争解元"条："同、华最推利市，与京兆无异，若首送，无不捷者。"③西监、京兆、同州、华州皆在关中，则其与科举成功与否关系重大。

关中士人子弟在科考方面占有地利固不待言，侨迁或移居关中者亦能享有此种优惠条件，故唐代山东及东南士族中多有移居关中者，"自隋罢外选，招天下之人聚于京师，春还秋往，乌聚云合，穷关中地力之产，奉四方游食之资。"④甚至卒后葬于关中、

① 朱礼《汉唐事笺》后集卷五，见《粤雅堂丛书》，清光绪廿五年伍氏刻本，第25函。

②《柳宗元集》卷二三，中华书局点校本第2册，第629页。

③《唐国史补》卷下与此处所引略有不同："天宝中，则有刘长卿、袁成用分为朋头，是时常重东府西监。至贞元八年，李观、欧阳詹犹以广文生登第，自后乃群奔于京兆矣。"上海古籍出版社排印本，第56页。

④《通典》卷一八，中华书局点校本第1册，第445页。

洛阳者亦极多，形成了所谓的“双家形态”①。

科举进士制度的实质是贬黜经学，崇尚文学，所以唐代关中士族完成了两个转变，首先是尚武到崇文的转变，其次是崇经学到尚文史的转变②。但唐代国学体制缘于汉代太学制度，故其培养目标、课程设置与现实考试铨选制度严重脱节，国学虽亦曾不断调整，以逐步适应现实，但因传统的教育观念、庞大的结构、复杂的程序，使其运作起来非常迟缓，终唐之世国学仍未能与科举合拍同步。

但家族教育却船小好掉头，大士族的家风是谨守礼法，家学是传承经术，然亦可兼顾现实，督促子弟学习辞章文学。家族教育的这一导向，在文献中记录很多，如沈既济说：

> 太后颇涉文史，好雕虫之艺，永隆中始以文章选士。及永淳之后，太后君临天下二十余年，当世公卿百辟无不以文章达，因循遐久，浸以成风。以至于开元、天宝之中，上承高祖、太宗之遗烈，下继四圣治平之化，贤人在朝，良将在边，家给户足，人无苦窳，四夷来同，海内晏然。……故太平君子唯门调户选，征文射策，以取禄位，此行己立身之美者也。父教其子，兄教其弟，无所易业，大者登台阁，小者仕郡县，资身奉家，各得其足，五尺童子，耻不言文墨焉。是以进士为士林华选，四方观听，希其风采，每岁得第之

① 毛汉光《中国中古社会史论》，第246页。
② 参见本书第四章《唐代关中文学士族的崛兴》。

人，不浃辰而周闻天下。故忠贤隽彦韫才毓行者，咸出于是，而桀奸无良者或有焉。①

杨绾上疏条奏贡举之弊说：

进士加杂文，明经填帖，从此积弊，浸转成俗。幼能就学，皆诵当代之诗；长而博文，不越诸家之集。递相党与，用致虚声。“六经”则未尝开卷，三史则皆同挂壁。况复征以孔门之道，责其君子之儒哉！……朝之公卿，以此待士；家之长老，以此垂训。欲其返淳朴，怀礼让，守忠信，识廉隅，何可得也！②

这两条唐代士人所记史料③，给我们如下启示：家族教育的方式是长老垂训，父教其子，兄教其弟，代代相传，无所易业；家族教育的内容则以文学辞章为主，以当代之诗、诸家之集为教材。可见这种教育的特点是重辞章，轻经术；重当代，轻古代；重实用功利，轻道德精神。科举考试不论是明经还是进士，固然仍要测试经学知识，“唐高宗永徽四年颁令孔疏为科举帖经的准式，《正义》遂成为天下士人必读典籍，广泛流传，唐代文学空前繁荣，作者辈出，绝大部分都身历科举洗礼；由此而言，唐代作

① 《通典》卷一五《选举三》，中华书局点校本第 1 册，第 357—358 页。

② 《旧唐书》卷一一九《杨绾传》。

③ 其中沈既济是江南士族（见《旧唐书》卷一四九《沈传师传》附），杨绾是关中士族（见《旧唐书》卷一一九《杨绾传》）。

家必经孔疏的浸润。”①但尚需指出的是，在科考之中，不唯文学变成了工具理性，就连经学也变成了工具理性。儿童的人生目标非常明确：耻不言文墨，以折桂登科为鹄的。更进而言之，登第与否，不唯是一人一家之荣辱，还与整个宗族的延续发展密切相关，所谓“草泽望之起家，簪绂望之继世，孤寒失之，其族馁矣；世禄失之，其族绝矣”②。杜牧《冬至日寄小侄阿宜诗》是一篇用韵语写成的训诫类作品：

> 阳德比君子，初生甚微茫。排阴出九地，万物随开张。一似小儿学，日就复月将。勤勤不自已，二十能文章。仕宦至公相，致君作尧、汤。我家公相家，剑佩尝丁当。旧第开朱门，长安城中央。第中无一物，万卷书满堂。家集二百编，上下驰皇王。多是抚州写，今来五纪强。尚可与尔读，助尔为贤良。经书括根本，史书阅兴亡。高摘屈、宋艳，浓薰班、马香。李、杜泛浩浩，韩、柳摩苍苍。近者四君子，与古争强梁。愿尔一祝后，读书日日忙。一日读十纸，一月读一箱。朝廷用文治，大开官职场。愿尔出门去，取官如驱羊。吾兄苦好古，学问不可量。昼居府中治，夜归书满床。后贵有金玉，必不为汝藏。崔昭生崔芸，李兼生窟郎。堆钱一百屋，破散何披猖。今虽未即死，饿冻几欲僵。……愿尔闻我语，欢喜入心肠。大明帝宫阙，杜曲我池塘。我若自潦

① 邓国光《文原》，澳门：澳门大学出版中心1997年版，第135页。
② 王定保《唐摭言》卷九，上海古籍出版社点校本，第97页。

倒，看汝争翱翔。总语诸小道，此诗不可忘。①

此诗教子侄读书，叙家学，提及经史的重要性，但更强调的是文学，以唐代的李杜与韩柳方之于古之屈宋与班马，这虽然是肯定李、杜、韩、柳在文学上的地位，但更为重要的是希望阿宜能以李、杜、韩、柳的作品为范本，认真阅读，悉心揣摩，从中领会写作诗文的奥秘。因为在唐代这样一个文治社会中，诗赋不仅是一种修养和艺术才能，而且是仕宦显达的工具和途径。所以杜牧寄希望于小侄阿宜的是通过诗赋来取得功名，光宗耀祖，振兴日益衰落的家族。

吴宗国指出，私学传授的内容前后亦有变化。前期侧重经学，后期侧重文学，这样私学也被纳入科举的轨迹，并在实际上取代了国子监而成为当时教育的主流。②

士族重视文学教育，还可以从与科考有关的文学类读物的普及泛滥见出。前举杨绾上疏中所说"幼能就学，皆诵当代之诗；长而博文，不越诸家之集"，与杜牧教小侄阿宜研读屈、宋、班、马、李、杜、韩、柳作品实有一致之处。

李德裕曾对唐武宗说："臣无名第，不合言进士之非。然臣祖天宝末以仕进无他伎，勉强随计，一举登第。自后不于私家置《文选》，盖恶其祖尚浮华，不根艺实。"③李德裕是山东赵郡旧族，故对进士词科之浮华嫌恶。连类而及，同时对士人科考的敲

① 《樊川文集》卷一，上海古籍出版社点校本，1978 年第 9 页。
② 吴宗国《唐代科举制度研究》，辽宁大学出版社 1992 年版，第 138 页。
③ 《旧唐书》卷一八上《武宗本纪》。

门砖《文选》亦非常反感。

但这条材料却从反面透露出，当时《文选》普及传布极广，李匡乂《资暇录》中也说："代传数本李氏《文选》，有初注成者、覆注者，有三注、四注者，当时旋被传写之。其绝笔之本，皆释音训义，注解甚多，余家幸而有焉。"①所谓李氏《文选》，是指李善所注《文选》。《昭明文选》在唐代受到人们的高度重视，并逐渐由私学而变为官学，研习者称其为"选学"，亦与当时进士科考试有关②，所谓"《文选》烂，秀才半"。清人李重华《贞一斋诗说》在论及杜甫"熟精《文选》理"一句诗时评论说："子美家学相传，自谓'熟精《文选》理'，由唐以诗赋取士，得力《文选》，便典雅宏丽；犹今日之习八股业，先须复熟'五经'耳。昭明虽词章之学，识力不甚高，所选却自一律，无俗下文字。子美天才既雄，学力又破万卷，所得岂直《文选》？持以教儿子，自是应举捷径也。""应举捷径"一语道破《文选》与科考之关系。龙朔年间，唐高宗因关中士族裴行俭善草书，"以绢素百卷，令行俭草书《文选》一部，帝览之称善，赐帛五百段。"③敦煌文献中仍保留的训蒙类书中有《秦妇吟》《燕子赋》《子虚赋》《沧浪赋》《李陵与苏武书》《王梵志集》《李峤百咏》等，说明西北关陇一带亦与时世推移，故文学类读物颇为流行。

① 《丛书集成初编》本。

② 有关唐代诸家《文选》注之作者及著作年代，参见周祖谟《论文选音残卷之作者及其方音》，收入氏著《问学集》上册，中华书局 1966 年版。关于《文选》与唐代科举及文学创作的关系，参见尚定《走向盛唐》第 3 章第 3 节"进士试与'选学'之兴"。又，汪习波《隋唐文选学研究》(上海古籍出版社 2005 年版)论述亦丰，可参读。

③ 《旧唐书》卷八四《裴行俭传》。

经史中唐人重《左传》而轻《谷梁传》《公羊传》，亦因《左传》辞章富艳，多文学故实，与进士科所重适相一致。皮锡瑞说："啖助在唐时已云：习《左氏》者，皆遗经存传，谈其事迹，玩其文采，如览史籍，不复知有《春秋》微旨。盖《左氏传》本是史籍，并无《春秋》微旨在内，止有事实，文采可玩。自汉以后，六朝及唐皆好尚文辞，不重经术，故《左氏传》专行于世，《春秋》经义委之榛芜。"①

除集部与史部的书之外，唐代的韵书在科考与诗赋中亦非常重要，王国维曾就唐写本《唐韵》评论说："唐人盛为诗赋，韵书当家置一部，故陆孙二韵，当时写本当以万计。……传写既多，故名称部目不能尽同。""韵书为唐时诗赋所需，当时移写者，当不下数万部。故不独书名互异，即各本卷帙详略，亦不尽同。"②

这种阅读兴趣的偏重，是与时代好尚相关联的，其直接动因固然是为了科考，但艺术氛围的形成、文学趣味的提高、艺术技巧的借鉴，则对唐代文学的繁荣实有推波助澜之功。

本章的结论

1. 唐代的官学虽曾有过短暂的繁荣，但很快就衰微了，幸赖私学的发展作为补充，使得学术文化的薪火得以传承。

2. 作为私学的一种形式，唐代关中士族重视教育，故家族教

① 皮锡瑞《经学历史》，第 217 页。

② 王国维《书吴县蒋氏藏唐写本〈唐韵〉后》，见《观堂集林》卷八，《〈唐韵〉校记自序》。

育极兴盛，具体可以从家学之传承和家风之化育两个方面来考察关中士人的家教。

3. 关中士人萃处京畿，虽因国学衰微未能多获益处，但科举制之施行，关中士人却能得地利之便，且受时风的熏染，特别强调文学教育。经学与文学沦落为士子进身的工具，固可訾议，但艺术氛围的形成、文学趣味的提高、艺术技巧的借鉴，最终对文学的繁荣是有助益的。

第七章　从士族郡望看牛李党争的分野

牛李党争是中晚唐政坛上的一极大事件，对文学亦有相当重要的影响，论者夥矣。但关于牛李两派的分野究竟是缘于科举与门第之争、士庶之争、新旧之争、进步与落后之争，抑或经术与辞章之争呢？因其历时既久，所关涉人物又多，兼涉文史，故迄今为止，仍歧说纷纭，莫衷一是，在唐代文史研究界亦形成了一个长期争鸣不休的焦点。学人立论各有其特殊的理路思致，似不能简单甲乙其说。本章旨意亦不在驳论，而在于立说——于歧说纷纭中另补一臆见。

英人崔瑞德主编《剑桥中国隋唐史》述及牛李党争时，谓牛党共四十一人，其中郡望出身者二十人，非郡望出身者五人；李党共二十二人，其中郡望子孙十二人，非郡望出身者七人①。颇有启发意义，但仅此片言而已，其余语焉不详。既未具体指明何人为何地郡望，亦无详细分析和进一步的结论。笔者受此启迪，拟从士族郡望文献来重新检讨牛李党争的分野。换言之，如果李党诚如陈寅恪先生所论是山东士族的代表，那么牛党成员的贯望分布有何地域特点，这对于形成两派分野又有何作用？这是本章试图回答的问题。

一、本章统计所据文献说明

关于牛李党争，唐人诗文笔记及《旧唐书》《新唐书》《资治通鉴》等有大量记载，但较零散，且不无抵牾。晚近以来，学人对此问题探索渐深，创获颇丰，并指出两党皆有核心人物，亦有虽涉及党争却难以党人称者，还有与两党党魁有过密切关系而实未参加党争者，② 如此立论似较通达全面，表明学术界对此问题研究的深入。但要确定两党的核心人物来作为统计研究的对象，并非易事，因诸家所罗列的两派人物出入很大，并不一致，依据任

① 见《剑桥中国隋唐史》，中译本，第660页。傅锡壬《牛李党争与唐代文学》（台北：东大图书公司1984年版）一书已注意到牛李党争成员的地域分野，见该书的第36页、书末附录《牛李党争有关人物年里科第表》，惜笔者当时未读到，此次修改始有幸找到原书，特补入作为重要参考文献。又据胡戟先生称，［日］渡边孝《中唐"门阀"官僚的动向》（载《柳田节子先生古稀纪念——中国传统社会与家族》，汲古书院1993年出版）亦论及党争与郡望问题，因笔者长期僻处西北，海外学术资讯获取不便，迄今未能拜读到此篇大作，无法作为参考文献引用。

② 周建国《论牛李党争与中晚唐文学——兼评〈李德裕年谱〉》，《文学遗产》1987年第3期。

何一种著述所进行的统计分析，都会出现一定程度上的偏差，与统计学的客观原理相悖。故本章首先从不同时期不同地区所出版的涉及牛李党争的书刊中，抽选出十三种作为统计的依据，这十三种著作分别是：

陈寅恪《唐代政治史述论稿》中篇《政治革命及党派分野》①，对牛李党争有深入考论，其观点在隋唐史学界影响深远，但陈著并没有逐一开列两派名单；岑仲勉《隋唐史》下册亦有专节申论②，因与陈著商榷，故据陈著列两派人物表。本章作为第一种统计文献(以下简称“陈岑著”)。

傅璇琮《李德裕年谱》是近年来研究牛李党争的重要成果③，以其角度独特，层次较高，故对两派人物的稽考更为深入；周建国《论牛李党争与中晚唐文学——兼评〈李德裕年谱〉》一文据傅著进行统计④，并有简单归类。本章将其列入两党要人名单者作为统计对象(以下简称“傅周著”)。

章群所著《唐史》第十一章《朋党之争》，一定程度上代表港台隋唐史界的观点⑤，本章亦列为统计文献(以下简称“章著”)。

崔瑞德编《剑桥中国隋唐史》第九章系由迈克尔·多尔比执笔⑥，所列两派人物虽较少，但鉴于其论点在西方汉学界的影响，亦列为统计文献(以下简称“崔著”)。

---

① 陈寅恪《唐代政治史述论稿》，上海古籍出版社 1982 年版。
② 岑仲勉《隋唐史》下册，中华书局 1982 年版。
③ 傅璇琮《李德裕年谱》，齐鲁书社 1984 年版。
④《文学遗产》1987 年第 3 期。
⑤ 章群《唐史》(校订本)第 1 册，香港：龙门书局 1978 年新版。
⑥ 崔瑞德编《剑桥中国隋唐史》，中译本，中国社会科学出版社 1990 年版。

此外，被列为统计文献的还有：

胡如雷《唐代牛李党争研究》(以下简称“胡著”)①；

韩国磐《隋唐五代史纲》(以下简称“韩著”)②；

王仲荦《隋唐五代史》(以下简称“王著”)③；

乌廷玉《隋唐史话》(以下简称“乌著”)④；

毛双民《论牛李党争》(以下简称“毛著”)⑤；

王炎平《牛李党争》(以下简称“王论”)⑥；

傅锡壬《牛李党争与唐代文学》(以下简称“傅论”)⑦。

为了使统计研究尽量客观全面，笔者将十一种文献中明确提及的两党人物列出(参见表一、表二)，作为分析的对象。其中李党被五种以上文献提及者有李德裕、郑覃、陈夷行、李绅、李回、李让夷；牛党被五种以上文献提及者有牛僧孺、李宗闵、李珏、杨嗣复、杨虞卿、白敏中、令狐绹、李逢吉。

表一　　文献所提及李党人物统计

	陈岑著	傅周著	章著	崔著	胡著	韩著	王著	乌著	毛著	王论	傅论	合计
李德裕	√	√	√	√	√	√	√	√	√	√	√	11
郑　覃	√	√	√		√	√			√	√	√	8

① 《历史研究》1979年第6期。

② 韩国磐《隋唐五代史纲》，人民出版社1979年版。

③ 王仲荦《隋唐五代史》上册，上海人民出版社1988年版。

④ 乌廷玉《隋唐史话》，北京出版社1984年版。

⑤ 收入史念海主编《唐史论丛》第5辑。

⑥ 王炎平《牛李党争》，西北大学出版社1996年版。

⑦ 傅锡壬《牛李党争与唐代文学》，台北：东大图书公司1984年版。

续表

	陈岑著	傅周著	章著	崔著	胡著	韩著	王著	乌著	毛著	王论	傅论	合计
陈夷行	√	√			√			√	√	√	√	7
李　绅	√	√		√	√		√	√	√	√	√	9
李　回	√	√			√	√		√	√	√		7
李让夷	√				√			√	√	√	√	6
李商隐	√							√				2
王茂元	√				√			√			√	4
刘　轲	√							√			√	3
郑　肃		√										1
郑　亚		√							√		√	3
元　稹									√		√	2
崔慎由									√			1
崔　珙									√			1
崔　从									√			1
卢　钧									√			1
郑　畋									√		√	2
韦　温									√			1
封　敖									√			1
薛元赏										√		1
裴　度				√	√						√	3
李吉甫					√							1
韦处厚					√				√			2
韦夏卿											√	1
崔　群											√	1
贾　餗											√	1

续表

	陈岑著	傅周著	章著	崔著	胡著	韩著	王著	乌著	毛著	王论	傅论	合计
王　质											√	1
卢简辞											√	1
庞　严											√	1
韦　瓘											√	1

表二　　文献所提及牛党人物统计

	陈岑著	傅周著	章著	崔著	胡著	韩著	王著	乌著	毛著	王论	傅论	合计
牛僧孺	√	√	√	√	√	√	√	√	√	√	√	11
李宗闵	√	√	√	√	√		√	√	√	√	√	10
李　珏	√	√	√		√	√		√	√		√	8
杨嗣复	√	√	√		√	√		√	√	√	√	9
魏　谟	√											1
杨虞卿	√	√			√	√	√	√			√	7
杨汝士	√				√						√	3
杨汉公	√				√			√			√	4
萧　澣	√											1
李　汉	√				√						√	3
张元夫	√											1
杜　悰	√				√			√				3
杜　牧	√						√	√			√	4
白敏中	√	√			√	√	√			√	√	7
苏景胤	√											1
李　续	√											1

续表

	陈岑著	傅周著	章著	崔著	胡著	韩著	王著	乌著	毛著	王论	傅论	合计
张　鹭	√											1
张又新	√				√						√	3
周　墀	√										√	2
熊　望	√											1
刘栖楚	√				√							2
崔　铉		√									√	2
令狐绹		√			√	√	√			√	√	6
李逢吉			√	√	√					√	√	5
张仲方			√									1
萧　俛			√								√	2
李固言			√		√				√		√	4
令狐楚					√					√	√	3
杨於陵									√		√	2
韦贯之					√							1
段文昌					√							1
皇甫镈					√						√	2
李　益											√	1
王　涯											√	1
王　播											√	1
裴　垍											√	1
王　起											√	1
白居易											√	1
皇甫湜											√	1
白行简											√	1

续表

	陈岑著	傅周著	章著	崔著	胡著	韩著	王著	乌著	毛著	王论	傅论	合计
李中敏											√	1

二、李党成员郡望统计

陈寅恪治中古史，每每从地域与家族的视角进行审视①，故多有发覆之见。他认为李德裕是赵郡人，李党成员亦多为关东士人，代表着两晋北朝以来的山东士族②，援引者亦认为李德裕是“关东著名士族地主的后裔”，“企图挽救已经失去社会基础的门阀制度”。③ 概言之，关于李德裕及其成员的划定是从士族地域分野的角度立论，认为其成员亦多为山东士族。下面据文献将李党核心人物的郡望及科举进行归类统计，以验证陈氏的结论。

李德裕

《旧唐书》卷一七四《李德裕传》：“李德裕，字文饶，赵郡人。祖栖筠，御史大夫。”

《新唐书》卷一八〇《李德裕传》：“李德裕……少力于学，既冠，卓荦有大节。不喜与诸生试有司，以荫补校书郎。”

案：据此知李德裕是赵郡人，以荫补入仕。赵郡李氏为山东郡姓士族。

---

①《隋唐制度渊源略论稿》，第 17 页。

②《唐代政治史述论稿》，第 76 页。

③ 翦伯赞主编《中国史纲要》第 2 册，人民出版社 1979 年版，第 209 页。

郑覃

《旧唐书》卷一七三《郑覃传》：“郑覃，郑州荥泽人，故相珣瑜之子。以父荫补弘文校理。……覃长于经学，稽古守正，帝尤重之。”

《新唐书》卷一六五《郑珣瑜传》：“郑珣瑜，字元伯，郑州荥泽人。……子覃。”

案：据此知郑覃是郑州荥泽人，以荫补入仕。郑州荥阳郡(荥泽为属县)郑氏亦为山东郡姓士族。

李绅

《旧唐书》卷一七三《李绅传》：“李绅，字公垂，润州无锡人。本山东著姓。……元和初，登进士第。”

《全唐文》卷七三八沈亚之《李绅传》：“李绅者，本赵人，徙家吴中。”

吴亮《毗陵人物记》卷二：“李绅，字公垂，其先赵郡人，父司，任晋陵令，因家邑之梅里。”

案：据此知李绅郡望为赵郡①，徙家无锡，进士及第。亦属山东郡姓士族。

---

① 李敬玄为李绅曾祖父，或有据《旧唐书》卷一〇六《李敬玄传》“李敬玄，亳州谯人”云云，定李绅郡望为亳州，或径称李绅为亳州人，似不确。准确地讲，赵郡为其郡望，亳州为其旧贯，无锡则为其新贯。

陈夷行

《旧唐书》卷一七三《陈夷行传》："陈夷行，字周道，颍川人。……元和七年登进士第。"

《新唐书》卷一八一《陈夷行传》："陈夷行，字周道，其先江左诸陈也，世客颍川。由进士第，擢累起居郎、史馆修撰。"

案：据此知陈夷行本为江左诸陈，已徙居颍川，进士及第。江左诸陈可归入江南庶族之中。

李回

《旧唐书》卷一七三《李回传》："李回，字昭度，宗室郇王祎之后。……长庆初，进士擢第，又登贤良方正制科。"

《新唐书》卷一三一《宗室宰相传》："李回，字昭度，新兴王德良六世孙。……长庆中，擢进士第，又策贤良方正异等。"

案：据此知李回为唐宗室子弟，进士及第，又登制科。宗室李氏为关陇士族。

李让夷

《旧唐书》卷一七六《李让夷传》："李让夷，字达心，陇西人。……元和十四年擢进士第。"

《新唐书》卷一八一《李让夷传》："李让夷，字达心，系本陇西。擢进士第。"

案：据此知李让夷为陇西人，进士及第。陇西李氏为关陇士族。

兹将以上内容列表如下：

表三　　李党成员郡望及出身表

姓　名	郡　望	出　身	说　明
李德裕	赵　郡	(补荫)	山东郡姓士族
郑　覃	郑州荥泽(荥阳)	(补荫)	山东郡姓士族
李　绅	赵　郡	进　士	山东郡姓士族
陈夷行	江左诸陈	进　士	江南庶族
李　回	唐宗室	进士、贤良方正异等	关陇士族
李让夷	陇　西	进　士	关陇士族

据表三可知，李党成员中核心人物属山东郡姓士族的有三人，占总人数的二分之一；属关陇士族的有二人，占总人数的三分之一；属江南庶族的有一人，占总人数的六分之一。从量化的角度来看，陈寅恪提出的李党代表山东士族的观点是成立的。但其中以荫补入仕的有二人，而以进士入仕者有四人，占总数的三分之二。则沈曾植等人提出的李党重门第而不重科举的观点似不能成立。①

① 沈曾植之说见张采田《玉溪生年谱会笺》卷三引，上海古籍出版社校点本，第144页。傅璇琮指出："德裕对于进士试，不仅不持反对态度，而且认为不应在录取数量上受成例的限制。"见氏著《李德裕年谱》，齐鲁书社1984年版，第461页。"《新唐书·选举志》有关于李德裕论进士试的记述，但《新书》的记载是不确实的。经查唐人的史料，找不出李德裕从根本上否定进士科试的证据，相反的却有扶植文士，奖掖孤寒的记载。"见氏著《唐代科举与文学》，陕西人民出版社1986年版，第394页。

三、牛党成员郡望统计

陈寅恪先生对李党的分析是从“地域—家族”角度入手的，但对牛党的分析则没有采用同样的方法，而是强调其为新兴进士词科阶级。下面笔者循前例，也是义宁先生再三致意的“地域—家族”研究方法，将牛党成员的郡望文献亦分类整理。

牛僧孺

《旧唐书》卷一七二《牛僧孺传》：“牛僧孺，字思黯，隋仆射奇章公弘之后。祖绍，父幼简，官卑。僧孺进士擢第，登贤良方正制科。”

《新唐书》卷一七四《牛僧孺传》：“牛僧孺，字思黯，隋仆射奇章公弘之裔。幼孤，下杜樊乡有赐田数顷，依以为生。工属文，第进士。元和初，以贤良方正对策。”

《隋书》卷四九《牛弘传》：“牛弘，字里仁，安定鹑觚人也，本姓尞氏。”

《全唐文》卷七二〇李珏《牛公(僧孺)神道碑铭并序》：“公讳僧孺，字思黯，陇西狄道人。”

《樊川文集》卷七《牛公(僧孺)墓志铭并序》：“以某年月日，葬少陵南某乡某里。”

案：据此知牛僧孺郡望为安定鹑觚，后徙陇西狄道，进士及第，又登制科。牛氏为关陇士族。

李宗闵

《旧唐书》卷一七六《李宗闵传》：“李宗闵，字损之，宗室郑王元懿之后。……贞元二十一年进士擢第，元和四年复登制举贤良方正科。”

《新唐书》卷一七四《李宗闵传》：“李宗闵，字损之，郑王元懿四世孙。擢进士，调华州参军事。举贤良方正。”

案：据此知李宗闵为唐宗室子弟，进士及第，又登制科。宗室李氏属关陇士族。

杨嗣复

《旧唐书》卷一七六《杨嗣复传》：“杨嗣复，字继之，仆射於陵子也。……嗣复七八岁时已能秉笔为文，年二十，进士擢第。二十一，又登博学宏词科。”

《旧唐书》卷一六四《杨於陵传》：“杨於陵，字达夫，弘农人。汉太尉震之第五子奉之后。”

案：据此知杨嗣复为弘农人，进士及第，又登制科。弘农华阴杨氏为关中郡姓士族。

杨虞卿

《旧唐书》卷一七六《杨虞卿传》：“杨虞卿，字师皋，虢州弘农人。……元和五年进士擢第，又应博学宏词科。”

案：据此知杨虞卿为弘农人①，进士及第，又登制科。弘农华阴杨氏为关中郡姓士族。

李珏

《旧唐书》卷一七三《李珏传》："李珏，字待价，赵郡人。父仲朝。珏进士擢第，又登书判拔萃科。"

《新唐书》卷一八二《李珏传》："李珏，字待价，其先出赵郡，客居淮阴。幼孤，事母以孝闻。甫冠，举明经，……乃更举进士高第，……以拔萃补渭南尉。"

案：据此知李珏为赵郡人，明经、进士及第，又登制科。赵郡李氏为山东郡姓士族。

白敏中

《旧唐书》卷一六六《白居易传》："白居易，字乐天，太原人。北齐五兵尚书建之仍孙。……敏中，字用晦，居易从父弟也。……长庆初，登进士第。"

《新唐书》卷一一九《白居易传》："白居易，字乐天，其先盖太原人。北齐五兵尚书建，有功于时，赐田韩城，子孙家焉，又徙下邽……敏中，字用晦，少孤，承学诸兄。长庆初，第进士。"

案：白敏中或以为后周姓白者后代②，或以为系龟兹族后

---

① 杨虞卿及上引杨嗣复皆出自弘农华阴杨氏越公房。参见《周书》卷二二《杨宽传》，《北史》卷四一《杨敷传》，《新唐书》卷七一下《宰相世系一下》。

② 参见陈寅恪《唐代政治史述论稿》，第90页。

裔①，且北周时已徙居关中，故亦属关陇士族。

令狐绹

《新唐书》卷一六六《令狐楚传》："令狐楚，字殻士，德棻之裔也。……（进士）及第。……（子）绹，字子直，举进士。"

《旧唐书》卷七三《令狐德棻传》："令狐德棻，宜州华原人，隋鸿胪少卿熙之子也。先居敦煌，代为河西右族。"

案：据此知令狐绹郡望为敦煌，徙家关中华原，进士及第。令狐氏为关陇士族。

李逢吉

《旧唐书》卷一六七《李逢吉传》："李逢吉，字虚舟，陇西人。贞观中学士李玄道曾孙。祖颜，父归期。逢吉登进士第。"

《新唐书》卷一七四《李逢吉传》："李逢吉，字虚舟，系出陇西。父（疑为"祖"）②颜，有痼疾，逢吉自料医剂，遂通方书。举明经，又擢进士第。"

案：据此知李逢吉为陇西人，举明经，又登进士第。属关陇士族。

兹将以上内容亦列表如下：

---

① 参见姚薇元《北朝胡姓考》，科学出版社1958年版，第374页。

② 参见《新唐书》卷七二上《宰相世系二上》。

表四　　牛党成员郡望及科举表

姓　名	郡　望	科　举	说　明
牛僧孺	安定鹑觚	进士、贤良方正	关陇士族
李宗闵	唐宗室	进士、贤良方正	关陇士族
杨嗣复	弘农华阴	进士、博学宏辞	关陇士族
杨虞卿	弘　农	进士、博学宏辞	关陇士族
李　珏	赵　郡	明经、进士、书判拔萃	山东士族
白敏中	太　原	进　士	关陇士族
令狐绹	敦　煌	进　士	关陇士族
李逢吉	陇　西	明经、进士	关陇士族

据表四可知，牛党成员中的核心人物全部为进士或进士、明经带制举出身，则沈曾植、陈寅恪提出的牛党重科第的观点是成立的。但统计同时显示出，牛党核心人物有七人属关陇士族，占总人数的八分之七，其构成比例远高于李党中的山东士族人数，所以，依陈寅恪先生的地域家族论，亦可称牛党成员主要是关陇士族，牛党是关陇士族的代表。

四、统计结果的分析

柳芳《氏族论》谈南北朝至唐代的士族时说道：

过江则为“侨姓”，王、谢、袁、萧为大；东南则为“吴姓”，朱、张、顾、陆为大；山东则为“郡姓”，王、崔、卢、

> 李、郑为大；关中亦号“郡姓”，韦、裴、柳、薛、杨、杜首之；代北则为“虏姓”，元、长孙、宇文、于、陆、源、窦首之。……山东之人质，故尚婚娅，其信可与也；江左之人文，故尚人物，其智可与也；关中之人雄，故尚冠冕，其达可与也；代北之人武，故尚贵戚，其泰可与也。及其弊，则尚婚娅者先外族、后本宗，尚人物者进庶孽、退嫡长，尚冠冕者略伉俪、慕荣华，尚贵戚者徇势利、亡礼教。四者俱弊，则失其所尚矣。①

这是研究中古氏族极重要的一篇文献，将士族依据不同的地域分布区别为侨姓士族、吴姓士族、山东郡姓士族、关中郡姓士族和代北虏姓士族。其中侨姓士族和吴姓士族隋唐以来衰落最快；关中郡姓与代北虏姓相融合，从西魏、北周历隋唐，形成所谓的“关陇集团”，是隋唐政权的基本力量。山东士族与关陇士族在唐初曾有许多矛盾斗争，贞观时期围绕《氏族志》的修撰，唐太宗与编修者之间不同的氏族观，唐太宗对山东士族的公开不满，反映出关陇士族与山东士族之间价值观念冲突的表面化，② 这种因地域文化与政治文化造成的差别，在此后仍然时隐时显，并未因此而消失。

据前列文献的分类统计可知，李党诚如陈寅恪先生所论是以山东士族为主的，而牛党则基本上是关陇士族。但陈先生为何大

① 《新唐书》卷一九九《柳冲传》附。

② 参见《贞观政要》卷七，上海古籍出版社 1978 年版，第 226 页。本书第四章《唐代关中文学士族的崛兴》亦有论述。

谈特谈前者的地域文化特征，而对后者则不采用同样的方法进行论证，却只抓住他们是新兴进士词科的代表呢？陈氏之后的学者在论及牛党时，为何亦很少从士族贯望的角度进行思考呢？笔者开始对此困惑不解，以义宁先生的学识才力不会没有看出牛党成员贯望的趋同性与一致性，为何他不拈出此点呢？

笔者管窥蠡测，私心认为，陈氏立论坚称关陇集团在武则天时已为新兴的进士词科阶级所取代，逐渐趋于分崩堕落不可救止①。如果在讨论中晚唐党争时再用关陇士族一类的概念，则易与前面所用范畴相混淆，导致整个隋唐史理论架构的清晰性与逻辑性受到影响，故改用新兴进士词科阶级来指称牛党。且进一步引申出科举制度的逐步完善导致关陇文化的衰落，视科举与关陇士族为绝不相容的对立物。难怪岑仲勉先生反唇相讥说："陈氏必要把僧孺、令狐楚排出于西魏以来关陇集团之外，无非歪曲史实以迁就其臆见。""质言之，从古史中寻求出一种系统，固现在读史者之渴望，然其结果须由客观归纳得来。"②岑氏虽言辞过激，但笔者于此亦确实窥见义宁先生为求理论系统的完整性而不得不舍弃具体史实的苦衷。

士族是中古时期一种极重要的社会阶层，其与统治集团的疏离结合、自身的盛衰消长，都经过一个漫长的过程，不能一概而论。一般认为唐代已进入士族发展的后期，安史之乱对士族的打

---

①《唐代政治史述论稿》，第48—49页。

② 见氏著《隋唐史》下册，第436、425页。乌廷玉认为李党中既有士族，也有庶族人物，同样牛党中亦既有士族，也有庶族人物。其中，他认为牛党中的李宗闵、李珏、杨嗣复、杨汉公、杨虞卿、杜悰、杜牧等都是士族地主出身。参见乌廷玉《隋唐史话》，第232页。

击破坏极大，五代时期士族彻底消亡。以关陇士族而言，武则天通过科举和荐辟方式吸引非关陇人物，超脱了地域利益，扩大了社会基础，打破了关陇集团一统天下的格局，“在实施的时候常令所谓酷吏对唐功臣集团加以整肃，关中集团人物被贬退者很多，但并非关中集团势力都被铲除，而是使其失去绝对优势，或许是下降到其应有的比例上。”①关中士族(特别是原关陇集团核心人物)虽然丧失了既得的政治特权，不再拥有入仕的优先权，但它并未被消灭铲除，依然存在，只是需要与时俱变，承认现实的合理性，仍可以通过科举与军功再度进入官僚阶层。而且因长安为帝都，在与其他地域的士族竞争时，仍能获许多地利之便。科举考试时长安、同州、华州等关中地区亦占优势，故当时“以京兆为荣美，同、华为利市”②，其他各地士族亦“人不土著，萃处京畿”③，各地士族客居长安，与关中土著士族既有抵牾矛盾，又有联合统一，其具体情况复杂多样，很难一概而论。换言之，科举制度打破了阶级的封闭性(士庶)与地域上的封闭性(关陇集团与非关陇的山东士族、江南士族)，并未也不可能将关陇士族全部消灭或赶出政坛，而是让各地域、各阶层士人都站在同一起跑线上公平竞争。

《南部新书》丁卷：“陈夷行、郑覃在相，请经术孤单者进用；李珏与杨嗣复论地胄词彩者居先。每延英议政，率先矛盾，无成

① 毛汉光《中国中古社会史论》，台北：联经出版事业公司1988年版，第27页；王亚南《中国官僚政治研究》第103页对此亦有较深入的论述。

②《唐摭言》卷一“两监”条，上海古籍出版社1978年排印本，第5页。

③《通典》卷一七《选举五》。士族为科举仕进而迁居两京，可参见毛汉光《从士族籍贯迁移看唐代士族之中央化》，载氏著《中国中古社会史论》。

政(事)，但寄之颊舌而已。”①地胄，即指士族豪门。颜之推《颜氏家训》卷七《杂艺》：“王褒地胄清华，才学优敏，后虽入关，亦被礼遇。”据此知牛党所重是“地胄词彩”即士族文学，而李党所重是“经术孤单”即寒庶经学，其涉及科考内容及选举的贤能标准，两派的观点固有分歧，但以“地胄词彩”概括牛党的用人标准，庶几近是，且“地胄”云云，足以说明牛党并非寒庶阶层之代表。毛汉光比较了两党主要人物的家世，然后指出：“李党属于大士族的后裔，牛党亦属大士族的后裔，似乎两党主要人物皆没有寒素之士，即令小姓阶级亦没有发现，许多牛党人物家世皆可推至唐前。”②

如果以上分析推论成立，那么，反观牛李党争，则应将其视为士族内部不同地域、不同等级团体的“圈内之争”③，两派分野固有政治立场、文化背景、士族等级上的差别，但地域郡望上的这种突出差别，亦不能忽视。

---

① 此条材料又见《唐语林》卷三“识鉴”，文字略有不同。

② 毛汉光《唐代统治阶层的社会变动》(稿本)，第357页。

③ 岑仲勉说：“吾人细从事实推求之，则知牛党对德裕，只是同一士族内结党营私者与较为持正者之相互间斗争。”承认牛李是同一士族内的斗争。见氏著《隋唐史》下册，第422页。毛汉光进一步推论：“晚唐时期的政潮，实际上是士族之间的争执，而不是武后以降新兴进士或中晚唐寒素进士与旧门第之间互不相容。”换言之，是“由于圈内竞争”。见氏著《中国中古社会史论》，第363页。迈克尔·多尔比也说：“朋党领袖们有许多类似的特征、经验和目标，这充分证明最高层的斗争主要是阶级内部的斗争。”见崔瑞德编《剑桥中国隋唐史》，第661页。

本章的结论

1. 牛李党争中两派主要成员的郡望分布具有极突出的地域特征，李党成员主要是山东郡姓士族，牛党成员基本上属关陇士族。

2. 牛李党争并非是士族与庶族之争，而是士族之间的“圈内之争”，从地域分野来看，则是山东士族与关陇士族之争。

3. 牛党核心人物皆为进士及第，还有进士带制科或明经带进士出身者；李党除李德裕、郑覃外，其成员亦基本上是进士出身。故李党所反对的并非科举进士制度本身，而是进士的浮薄习气。

第八章 苏绰文体改革新说

隋唐文学研究领域有一个令人困惑的现象，论及古文运动的发展历程，论者一方面上溯西魏、北周，推苏绰为古文运动的始祖①，承认其最早有意识提倡改革文体②，是唐代古文运动的伏流与奔泉③；但另一方面，对这一改革又颇多訾议，认为是毫无生气的拟古④，违背文学发展的规律，窒碍难通⑤，几乎不约而同地承认这一改革是失败的，没有成效的。这些评论是从文学本位出发的，各有其理路思致，亦不乏合理内涵，但由于客观上西魏、北周传世作品较少，主观上研究者多以南方文学模式套魏周文化实际，缺乏对北朝时期关中政治文化的深入研究，不论肯定还是否定都流于浮泛，于是争论的焦点，又往往变成了研究的

---

① 见《胡小石论文集续编》，第 105 页。

② 见罗根泽《中国文学批评史》第 2 册，第 113 页；钱基博《中国文学史》上册，第 241 页；罗宗强《隋唐五代文学思想史》，第 204 页。

③ 郑振铎《插图本中国文学史》第 2 册，第 368 页。

④ 游国恩等主编《中国文学史》第 2 册，第 159 页。

⑤ 王运熙、杨明《魏晋南北朝文学批评史》，第 583 页。

盲点。

笔者以为，苏绰文体改革之意图、内容及背景尚有未发之覆，如能联系魏周的社会实际及政治文化发展过程，揆之以宇文泰、苏绰大统改制的实效，检视其作品本文，恐难简单否定或忽略文学因变这一重要环节。本章就此略做申论，以期对唐代文学的历史与逻辑起点有一较明晰深入的理解。

一、大统改制与文化精神的整合

北朝自北魏文明太后和孝文帝改革后，鲜卑族汉化过程得以稳步推进，逐水草而居的游牧文明不断向定居的农耕文明过渡，草原帝国在军事上长驱直入，而在文化上则处于退却之势。但鲜卑贵族内部对汉文化的敌视与抗拒并未消失，胡汉紧张对立依然存在。六镇叛乱，北魏分裂为东魏（后建立北齐）和西魏（后建立北周）两个割据政权，东魏北齐政权中汉人与鲜卑人的冲突更加尖锐，鲜卑族封建化进程再次受阻。①

与此相对照，西魏的宇文泰则踵武孝文帝，使以鲜卑族为代表的北方胡族文化与中原汉族文化进一步融合②，而这种文化认同又是以汉化为旨归的。据《周书·文帝纪》记载，宇文泰出于武

① 参见缪钺《读史存稿》，第 78—93 页；陈明《儒学的历史文化功能——士族：特殊形态的知识分子研究》（以下简称《功能》）第 17 章。周一良干脆称北齐专以欺凌汉人为事，是一种“大鲜卑主义”。参见周著《魏晋南北朝史论集》，第 136 页。

② 学界多谓宇文氏出自鲜卑族，但姚薇元、周一良认为宇文氏本出自匈奴，世为鲜卑东部大人，其所统部众亦为鲜卑人。参见姚著《北朝胡姓考》，第 166 页；周著《魏晋南北朝史论集》，第 220—235 页。

川军镇，本“田无一成，众无一旅”，但“少有大度，不事家人生业，轻财好施，以交结贤士大夫为务”。进入关中后，所用“多是关西之人”，“广募关陇豪右，以增军旅”①，并先后给汉族大姓赐宇文氏二十多人，借以网罗英杰，为己羽翼②，又赐上层汉人以鲜卑姓，以提高汉族士人在朝廷中的地位③。关中秦雍大族仕于周室且被委以重任者多达数十人，紧张的胡汉关系得以调整，目的在于“以弱为强，取威定霸”。

早在魏大统元年(535)，宇文泰鉴于戎役屡兴，民吏劳敝，命有司斟酌今古，参考变通，制定《二十四条新制》，旨在“益国利民，便时适治”。大统十年(544)，“魏帝以太祖(即宇文泰)前后所上二十四条及十二条新制，方为中兴永式，乃命尚书苏绰更损益之，总为五卷，班于天下。于是搜简贤才，以为牧守令长，皆依新制而遣焉。数年之间，百姓便之”，“德刑并用，勋贤兼叙，远安迩悦，俗阜民和”。④ 苏绰作为累世二千石的关中士族受到宇文泰的重任，故能尽其智能，赞成其事，又为“六条诏书”，具体内容为：其一，先治心，次治身；其二，敦教化；其三，尽地利；其四，擢贤良；其五，恤狱讼；其六，均赋役。宇文泰对此非常重视，“常置诸座右，又令百司习诵之。其牧守令长，非通六条及计帐者，不得居官”⑤。就思想而言，“六条诏书”是掺

---

①《北史》卷九《周本纪上》。

② 见前揭姚著《北朝胡姓考》，第 169 页。

③ 参见黄仁宇《赫逊河畔谈中国历史》，第 75 页。但崔瑞德称此为“种族返祖倾向”，见《剑桥中国隋唐史》，第 67 页。

④《周书》卷二《文帝纪下》。

⑤《周书》卷二三《苏绰传》。

杂了实际经验和法家行政学知识的儒家学说①；就具体措施而言，它能针对当时关中的胡汉现实，以儒家思想模式整合君臣、吏民诸种关系②，并以行政命令来推行，逐渐取得了成效，为西魏北周的取威定霸、富国强民打下了基础。

《隋书》卷七二《陆彦师传》："隋承周制，官无清浊。"周一良据此进一步引申说，北周官制同漠视高门的精神有关系，官无清浊或由于宇文泰、苏绰等人的反门阀政策③。"六条诏书"其四曰"擢贤良"："自昔以来，州郡大吏，但取门资，多不择贤良；末曹小吏，唯试刀笔，并不问志行。夫门资者，乃先世之爵禄，无妨子孙之愚瞽……今之选举者，当不限资荫，唯在得人。苟得其人，自可起厮养而为卿相，伊尹、傅说是也，而况州郡之职乎。"杜佑评论说："绰深思本始，惩魏、齐之失，罢门资之制。其所察举，颇加精慎。"④唐长孺亦对此分析道："虽然这里只是针对州郡辟举而言，然而其整个精神既是在否定门第取人的习惯，那么秀孝之举的不限门资，自不待论。"并进一步推论说，北朝的举秀孝从放宽门第限止上说已经为唐代科举制度开辟了道路。⑤

陈寅恪谓隋唐制度渊源有三：一是北魏北齐，一是梁陈，一

① 见前揭《剑桥中国隋唐史》，第 71 页。

② [日]谷川道雄《西魏"六条诏书"中的士大夫伦理》一文认为条文随处都将先王之治作为依据而引用，诏书要求地方民治的典范，正是出自那一大同世界。见氏著《中国中世社会与共同体》，中译本，中华书局 2002 年版，第 228 页。

③ 见前揭周著《魏晋南北朝史论集》，第 135 页。

④ 杜佑《通典》卷一四《选举二》，中华书局点校本第 1 册，第 341 页。

⑤ 见唐著《魏晋南北朝史论丛续编》，第 131 页。陈寅恪亦指出："北朝自魏孝文以来，极力摹仿南朝崇尚门第之制，而苏绰实即宇文泰不尚门资之论，其在当时诚为政治上一大反动。"见《隋唐制度渊源略论稿》，第 96 页。

是西魏北周。所谓西魏北周之源，“若就地域言之，乃关陇区内保存之旧时汉族文化，以适应鲜卑六镇势力之环境，而产生之混合品”①。这一混合品正是大统改制在政治文化上的产物，它昭示着一种新型文化精神的形成，其特征是强调文化个性与自律性的统一，现实关怀与形上思考的结合。就西魏北周而言，就是胡汉杂陈、兵农合一、德刑并用、勋贤兼叙、义利并重的政策。换言之，是一种兼容并蓄的文化精神，陈寅恪称其为“关中本位政策”②，笔者则以经过界定的核心范畴“关中文化精神”来指称③。

苏绰对于建构这一文化精神，既上下求索，又导夫先路。大统改制为这一精神的发荣滋长提供了土壤、气候等生态环境，而这一精神又引领着改制卓有成效地推进。“宇文周为我国南北朝隋唐间承上启下之一大枢纽，时代虽暂，而影响于后代之政治社会各方面者綦巨。”④而“李唐一族之所以崛兴，盖取塞外野蛮精悍之血，注入中原文化颓废之躯，旧染既除，新机重启，扩大恢张，遂能别创空前之世局”⑤。从大统改制与新型文化精神确立的角度来理解这两位史学家的论述，便可豁然贯通，略无滞碍了。

---

① 见《隋唐制度渊源略论稿》，第1—2页。陈氏接着说三源之中，魏周一源影响及于隋唐制度者，实较微末，远不如其他二源重要。与他自己的观点颇多抵牾，与其他史家所述相异。今人亦有不同意陈说者，见前揭陈明《功能》，第391页。尚定认为北魏、北齐、西魏、北周具有一体性，北周可视为北方文化之集大成，故三源可归结为南北两大文化系统。见氏著《走向盛唐》，第11页。[日]谷川道雄认为西魏、北周的国家是通往隋唐帝国的台阶。见氏著《中国中世社会与共同体》，第219页。

② 见《隋唐制度渊源略论稿》，第91页；《唐代政治史述论稿》，第15页。

③ 参见本书第一章《关中地域与文化精神》的论述。

④ 周一良《魏晋南北朝史论集》，第235页。

⑤ 陈寅恪《金明馆丛稿二编》，第303页。

从这个意义上说，大统改制为重估苏绰文体改革提供了一个特殊的语境，循此来考察苏绰的文学主张，其功过是非就易于评说了，其在古文运动中的作用也就可以重新定位了。如果离开这一特定的政治背景，没有这一新型文化精神的烛照，虽细察秋毫，而不见舆薪，识小遗大，难免片面。下视中唐韩柳等人的古文运动，愍恻忧怀，扶树教道，匡救政俗，其政治目的与现实关怀亦昭然若揭，与大统改制未尝没有相似处，只不过中唐社会所面临的问题更加复杂，矛盾更形尖锐。历史运势的演进至此，与前次相比，置换了一些部件，遂造成了相反的结果，因缘凑合，成就了文学改革，牺牲了政治改革。

二、托古情结与文化寻根

论者或诟病宇文泰、苏绰的托周官改制，认为是复古泥古，则其“文章的复古主张，实际上只是当时一系列复古措施中的一项而已”①。既如此，看来在我们讨论苏绰文章复古主张之前，首先要澄清宇文泰、苏绰托周官改制的实质。

用《周礼》改制是一种历史思维方式的重现，在宇文泰、苏绰之前有王莽的改制，此后还有武则天的改制，每次的情形各有不同，不能一概而论。而宇文泰的宪章虞夏、援用《周礼》显然是出于对一种新型体制的追求，这一体制要求既有别于江左萧氏，又

① 见前揭王运熙、杨明《魏晋南北朝文学批评史》，第528页。

不同于东魏北齐的高氏，还要能适应胡汉杂居的关中现实。① 总括起来说，托《周礼》改制，恐怕包含着尊重经典、预设统一模式、角逐文化正统、兼顾关中现实的多重意图。当然，宇文泰与苏绰的思想恐怕也既有交融契合点，又有区别不同处。其共同点当在殊途同归，对经籍原典所焕发出的文化精神的认同与寻根，其区别处当基于不同的文化背景和民族利益。

《周书》卷二《文帝纪下》谓宇文泰"崇尚儒术""性好朴素，不尚虚饰，恒以反风俗复古始为心"，他"以汉魏官繁，思革前弊。大统中，乃命苏绰、卢辩依周制改创其事"。魏恭帝三年，初行《周礼》，建六官。但正如史学界所指出的，他的托古复旧不过是"阳傅《周礼》经典制度之文，阴适关陇胡汉现状之实"，"其成败所以与新宋二代不同者，正以其并非徒泥周官之旧文，实仅利用其名号，以暗合其当日现状，故能收摹仿之功用，而少滞格不通之弊害"。② 着眼点并不在于对文献典籍亦步亦趋的模仿，而在社会现实的激励与调整。

另一方面，传说宇文氏"出自炎帝神农氏，为黄帝所灭，子孙遁居朔野"③。论者或以为这是附会神话④，但这种自神其始实

---

① 黄仁宇称《周礼》中各种制度的创始为"间架性的设计"（Schenatic design），其特点是来自标准化的要求，用数学观念和几何图案来预设中央权力。又说关中地区缺乏权势的集结，给西魏北周相当的行动自由。苏绰改革的蓝本也是《周礼》，利用间架性的设计自由创造，"西部较少既有之权益足为中国再度统一之累"。参见黄著《中国大历史》，第 13、101 页。

② 陈寅恪《隋唐制度渊源略论稿》，第 91—92 页。

③《周书》卷一《文帝纪上》。

④ 过去多以为炎黄之事为荒诞神异，不可征信，但今人对此传说时代多所探讨，提出许多新见。详见谢维扬《中国早期国家》第 5 章引述。

包含一种认祖寻根的观念，暗合文化学上的人种归类方式。炎帝神农氏与黄帝轩辕氏虽矛盾斗争，但其实是一个部落分离出来的，有相同的血缘关系①。《国语·晋语四》说：

> 昔少典娶于有蟜氏，生黄帝、炎帝。黄帝以姬水成，炎帝以姜水成。成而异德。故黄帝为姬，炎帝为姜。

姬、姜二水皆在关中，黄帝与炎帝虽同出于少典氏，但既分为姬、姜两氏族，异姓异德，故可以通婚。后来生育周民族先祖姬姓后稷的，便是有邰氏的姜嫄②。宇文泰据有姬、姜两姓先民生活过的关中，孝闵帝宇文觉其始又以岐阳之地被封为周公，故后来国号为周。宇文部族虽自称神农氏的苗裔，但炎帝一系所留下的文献典籍较少，故“依附古昔，称为汉化发源之地”，攀附姬周，托《周礼》改制③，遥想之中似乎产生了某种隐微的联系。因炎黄与姬姜本身就是剪不断、理还乱，不断矛盾斗争又不断杂糅融会的两大集团。所以宇文氏的这种简单附会，既有强烈的政治功利目的，又包含文化上的寄命归宗。其托《周礼》改制，令苏绰作《大诰》，便成为一种有意识的文化寻根和溯源④。魏周统治者

---

① 见金景芳《中国奴隶社会史》，第 104 页。

② 参见《诗·大雅·生民》《史记·周本纪》等。

③《唐代政治史述论稿》，第 15 页。陈寅恪说：“又假借关中之本地姬周旧土，可以为名号，……而上拟周官之古制。”参见前揭《隋唐制度渊源略论稿》，第 92 页。

④ 钟仕伦认为：“苏绰《大诰》的真正目的在于‘文化寻根’以利拓跋氏的统治。”其说“利拓跋氏的统治”云云，从史实上说微误，但其将《大诰》与文化寻根相联系却是极敏锐的。参见氏著《南北文化与美学思潮》，四川大学出版社 1995 年版，第 175 页。

“摈落魏晋，宪章古昔，修六官之废典，成一代之鸿规”①，故其所回复的并不是现代儒术，而是儒家的原始经术。这样对内找到了一种渊源有自的信仰与思想资源，对外则树起文明之始的标志，睥睨汉魏，秕糠萧梁与高齐。对于素有回溯思维方式和托古心理模式的前喻文化来说，这是一种“以其人之道，还治其人之身”的文化策略。至于西周制度与鲜卑族野俗因时代与文化原因造成的反差，《大诰》文体的质木无文、佶屈聱牙与北朝时期口语的方枘圆凿，雄才大略的宇文泰未尝不知，只是在他看来，这一切是可以忽略不计的，是艰难的汉化历程中的必然代价。

就苏绰、柳虬等关中郡姓士族来说，托古改制未尝没有为汉族文化张本招魂之意。在野蛮强悍、能征惯战的军事胜利者面前，尚能使汉族士人自傲自信的，恐怕就只有儒家的礼乐经典了。而草原帝国的统治者对中原礼乐制度并无强烈的敌意，“河西割为数国，秃发、沮渠、乞伏，蠢动喙息之酋长耳。杀人、生人、荣人、辱人唯其意，而无有敢施残害于诸儒者，且尊之也”②。他们“汲汲然自同于华夏，即所行者未尽为周、孔之道，而出于汉之说经家附会之词，亦可见文化之权威，足以折蛮野而使之同化矣”③。胡族扩张者与关中士族各怀异想，但在文化寻根中却能殊途同归，找到了一个文化契合点，这就是对西周典章制度的共同认可。

苏绰既考虑到宇文氏集团的现实利益，又为汉族士人加盟到

① 《周书》卷二《文帝纪下》。
② 王夫之《读通鉴论》卷一五，中华书局点校本中册，第429页。
③ 柳诒徵《中国文化史》上册，第410页。

这一集团找到了一个堂皇体面的文化借口。为弱化和消弭胡汉间的紧张对立，使汉族士人能在兵燹与血腥中保种保族，繁衍发展，可谓苦心孤诣，惨淡经营。这种文化承担精神是应该大大彰显的。钱穆曾称赞道："苏绰为宇文泰定制，即根据周官。下迄隋唐，遂重开中国历史之光昌盛运。苏氏之功不为小。"①

中国历史上的改革，大多以托古复古的面目出现。政治改革如此，文学改革也不例外。郭绍虞干脆径称从隋唐到北宋是文学观念的复古期②。韩愈表示要"扶树教道，有所明白"，并且"非三代两汉之书不敢观，非圣人之志不敢存"。③ 陈寅恪认为韩愈首先发现《小戴记》中《大学》一篇，阐明其说，《原道》乃为中国文化史上最有关系之文字④。韩愈的重道明道也是强调儒家原典对社会现实的潜在作用，不仅是学理上的认同，而且由向慕之怀转化为一种实践力量⑤。从这个意义上讲，苏绰这位古文运动的先驱与主将韩愈的区别并不在对道的体认，而主要是对文的运用之妙⑥。

---

① 见氏著《略论魏晋南北朝学术文化与当时门第之关系》，香港：《新亚学报》第 5 卷第 2 期。

② 郭绍虞《中国文学批评史》，第 2 页。

③《韩昌黎文集校注》卷二《上兵部李侍郎书》、卷三《答李翊书》。

④ 陈寅恪《金明馆丛稿初编》，第 288 页。邓国光不同意陈说，他指出："论及《原道》的道旨，自必须与孟子相提并论。"见氏著《韩愈文统探微》，第 49 页。

⑤ 见前揭邓国光《韩愈文统探微》，第 11 页。

⑥ 郑振铎即认为，韩柳的古文虽比苏绰高明万倍，然究竟还是"托古改制"。参见氏著《插图本中国文学史》第 2 册，第 374 页。

三、《大诰》与公文体改革

论者多指出宇文泰、苏绰文体改革，片面强调实用和政治功利，违背文学发展的规律。这些看法不无道理，但其中也包含着一些误解。因苏绰所针对者既非现代意义的文学，又非泛称各类文章，而是特指诏告文书等公翰。

首先看《周书》卷二三《苏绰传》的记载：

> 自有晋之季，文章竞为浮华，遂成风俗。太祖欲革其弊，因魏帝祭庙，群臣毕至，乃命绰为《大诰》，奏行之。……自是之后，文笔皆依此体。

其事在西魏大统十一年(545)，当梁大同十一年。论者或据这段话指斥苏绰导致西魏、北周文学的倒退，是用行政命令干涉文学的反面事例。《资治通鉴》卷一五九叙此事时即说："仍命自今文章，皆依此体。"但揆以史实，却颇有出入。

刘知几《史通·杂说中》："寻宇文初习华风，事由苏绰。至于军国词令，皆准《尚书》。太祖敕朝廷，他文悉准于此①……柳虬之徒，从风而靡。"浦起龙释此条曰："始于令敕仿古，因而史

① 上海古籍出版社点校本浦起龙释《史通通释》此句校记曰："一无'他'字。"见该书第500页。下引钱锺书《管锥编》对此句的断句与通行本有异，钱先生断"太祖敕朝廷他文悉准于此"为一句，则语意更显豁，说明太祖所干涉者只限于朝廷公翰。

笔从风。”[①]指出规摹《尚书》者，唯军国辞令。“他文悉准于此”一句，或作“文悉准于此”，或与前句连，无句读，恐亦指文告公翰类，从风而靡者，亦仍限于史笔，与文无涉。“悉准于此”“皆禀其规”，只能说语言风格的影响，使其更为简朴古质而已。亦步亦趋的模仿是不可能的，因为许多文体《尚书》中没有，何以模规呢？

钱锺书对此公案曾有敏锐而明晰的分辨：

> 《周书·苏绰传》言绰《大诰》后，群臣“文笔皆依此体”，然《史通·杂说》中曰：“苏绰军国词令，皆准《尚书》。太祖敕朝廷他文悉准于此，盖史臣所记，皆禀其规。”则所“革”者限于官书、公文，非一切“文笔”，《周书》未核。征之见存诏令，惟魏恭帝元年太祖命卢辩作《诰》谕公卿、三年禅位周孝闵帝《诏》、孝闵帝元年登极《诏》稍“依”《大诰》体，明帝武成元年五月《诏》已作六朝惯体，去大统十一年颁《大诰》时不及十五年也。柳虬存文虽无丽藻，仍尚比偶，观其论史官《疏》可知；……《隋书·文苑传·序》：“高祖初统万机，每念斫雕为朴，发号施令，咸去浮华，然时俗词藻犹多淫丽，故宪台执法，屡飞霜简”；又即李谔《书》所云：“开皇四年普诏天下，公私文翰，并宜实录；其年九月，泗州刺史司马幼之文表华艳，付所司治罪，自是公卿大臣，咸知正路。……外州远县，仍踵敝风。”隋文此诏未见，想其欲继周太祖志事

① 见前揭《史通通释》，第500—501页。

而光大之，由“公”文而波及“私”著。①

郑振铎对此点亦指出：“宇文泰在魏帝祭庙的时候，曾命苏绰为《大诰》奏行之。后北周立国，凡绰所作文告，皆依此体。”②说明宇文泰、苏绰的文体改革只限于实用性的“笔”，似与艺术类的“文”无涉③；只就公翰立论，并未殃及私著。到了李愕上书隋文帝时，才欲波及“公私文翰”；苏绰只从正面积极倡导奖劝，并未如隋文帝动用国家机器执法纠弹。文体复古的时间既短，范围又狭，既未能最后扭转南朝浮艳文风的泛滥④，又未曾阻挡言情文学之发展。而其所昭示的经验教训，则由唐代韩愈、柳宗元所步武，为古文运动的发展提供了思想资源。

联系苏绰的学术背景，《周书》本传说他“少好学……尤善算术”，他对宇文泰“指陈帝王之道，兼述申韩之要”，帮助宇文泰“制文案程式，朱出墨入，及计帐、户籍之法”，是一位长于吏治有干才的大臣。而西魏当时的用人标准是：“其牧守令长，非通六条及计帐者，不得居官。”在一个常态的高效率管理机构中，主要应看重具有技术理性的吏干之才，譬如是否精通法典，是否熟

---

①《管锥编》第4册，第1551页。

②《插图本中国文学史》第2册，第368页。但郑说从史实上讲微误，苏绰卒于西魏大统十二年(546)，享年四十九，北周建国在557年，故绰不可能为北周作文告。

③《周书》行文有变俚为雅的倾向，刘知几《史通·杂说中》已批评“其书文而不实，雅而无检，真迹甚寡。”故“文笔皆依此体”一句中之“文”，恐系行文时连类而及。

④ 敏泽谈及此点说：“它正是‘华诞’文风的一种抵制和反动。而且，即使是矫枉过正若此，也只有短暂的作用。一直到周宣帝时，一些诏书律令仍然承袭着六朝遗风。至于文学创作，《大诰》本来不是专为它而发的，影响也式微了。”见氏著《中国文学理论批评史》上册，第259页。

悉账簿及计算等①，至于文学才华的高下并非关键。而军国辞令、文告公翰、户籍账簿都应以信实、准确、鲜明为第一位，至于辞章是否富艳华美，当非要事。又据《周书》卷三八《苏亮传》："亮少通敏，博学，好属文，善章奏。……亮少与从弟绰俱知名，然绰文章少不逮亮，至于经画进趣，亮又减之。……所著文笔数十篇，颇行于世。"今无苏亮文传世。但以他"善章奏"推测，则当时行世之文笔、文章，恐怕亦多为章奏公翰之类。

诗赋注重声律，文章追求骈俪，在南朝由来已久，北朝文士多所向慕，随风景从。影响所及，军国辞令等公翰亦浮华艳丽。宇文泰、苏绰欲矫其弊，以提高行政效率和信实度，这是颇有政治远见的。惜南方浮艳之风愈演愈烈，扇及关右，深入人心。宇文泰、苏绰固不足挽狂澜于既倒；隋文帝、李愕假宪台执法，亦未能尽治不法之众；韩愈、柳宗元起衰振颓，生面别开，但影响亦止限于私著，终唐一代公翰官书仍为骈体一统的天下，骈俪文被家弦户诵、童而习之，文体改革仍未能最后告捷。② 积弊浸深，习惯使然，非一朝一夕可以移易，故不能以首战失败来论定苏绰

① 黄仁宇痛感中国古代官僚机构缺乏行政效能，不能在数目字上管理。参见氏著《赫逊河畔谈中国历史》，第 15 页。葛剑雄亦指出官与吏、统与治分离，吏的管理系统在技术层面上具有非常重要的作用。参见氏著《统一与分裂》，第 213 页。[日]谷川道雄说，在士大夫精神普及的同时，仍保持了土豪的素朴，二者由此合成酿就了一种时代气氛。作为民众的指导者，他们能够站在公共的立场，且富于实务性，是理所当然的结果。见氏著《中国中世社会与共同体》，第 232 页。

② 陈寅恪说："惟就改革当时公式文字一端言，则昌黎失败，而微之成功，可无疑也。至于北宋继昌黎古文运动之欧阳永叔为翰林学士，亦不能变公式文之骈体。司马君实竟以不能为四六文，辞知内制之命。然则朝廷公式文体之变革，其难若是。"见氏著《元白诗笺证稿》，第 120 页。

文体改革的意义。所谓“非其才有优劣，时运然也”①。王夫之对宇文泰、苏绰的大统改制颇多微词，但对文体改革的评论却较为平实公允：“文章之体，自宋、齐以来，其滥极矣。人知其淫艳之可恶也，而不知相率为伪之尤可恶也。南人倡之，北人和之，故魏收、邢子才之徒，与徐、庾而相仿佛。悬一文章之影迹，役其心以求合，则弗论其为骈丽、为轻虚而皆伪。人相习于相拟，无复有由衷之言，以自鸣其心之所可相告者。其贞也，非贞也；其淫也，亦非淫也；而心丧久矣。故弗获已，裁之以六经之文以变其习。夫苟袭矣，则袭六经者，亦未有以大愈于彼也，而言有所止，则浮荡无实之情，抑亦为之小戢。故自隋而之唐，月露风云未能衰止，而言不由衷、无实不祥者，盖亦鲜矣，则绰实开之先矣。宇文氏灭高齐而以行于山东，隋平陈而以行于江左，唐因之，而治术文章咸近于道，生民之祸为之一息，此天欲启晦，而泰与绰开先之功亦不可诬也。非其能为功也，天也。”②

四、《大诰》与魏周文学新诂

苏绰作《大诰》规摹《尚书》，时为人们所诟病，但究竟如何模拟，须细读作品本文才能评论。检《尚书》有《大诰》一篇，与苏绰所作认真比勘对读，则异同毕现。

《尚书·大诰》一般认为是在武王死后，管叔、蔡叔、武庚联

---

①《周书》卷四一《王褒庾信传》论。

②《读通鉴论》卷一七，中华书局点校本中册，第502页。

合淮夷共叛周，周公摄政，东征讨叛，布告天下。而苏绰所作是在西魏大统十一年，宇文泰当国时。《尚书》是纯粹记言体，而苏绰所作则是在记言体中夹杂记事。《尚书》所记唯周公一人之言，而苏文则兼记魏帝与宇文泰两人之言。苏文完全袭用《尚书·大诰》篇的词句并不很多，《尚书·大诰》与苏绰同名之作俱在，两相比较，不难明白。其目的不过如陈寅恪所说："阳傅《周礼》经典制度之文，阴适关陇胡汉现状之实。"如一定说是模仿，也属于刘知几所谓"貌异而心同"："其所拟者非如图画之写真，镕铸之象物，以此而似也。其所以为似者，取其道术相会，义理玄同，若斯而已。"①以文辞而言，说苏绰模仿《尚书》质朴古奥的文体风格，多用单行散笔则可，说其句规字模，完全因袭《尚书·大诰》则不尽合事实。钱基博对此点早有卓见：

> 绰创制一代，乃欲以谟诰变俪偶，而效之者，惟一卢辩，可谓吾道不行。然则绰之师古，亦何补于矫枉哉。顾相其笔势，如镕铸而成，佶屈聱牙，出之自然，而往复百折，惟骨劲而气猛，固辞笔之鸷翰也。前之王莽，有其辞而无其气，后之王通，得其理而遗其笔；神气索莫，负声无力，同一摹古，生死攸别矣。②

无独有偶，其子默存对苏绰文章亦具慧心，多有评论：

---

①《史通》卷八《模拟》

② 钱基博《中国文学史》上册，第244页。

> 六代之文，舍简帖小品外，皆安于俪偶，不能为单散，亦若诗然。裴子野《雕虫论》、李愕《上书论文体》胥力斥骈文，而两作仍以骈文行之。周文帝、孝闵帝诏诰皆仿《尚书》，而明帝以后，浸假仍沿时习。一代文章，极“起衰”之大观者，惟苏绰《大诰》。细按之，貌若点窜典谟，实则排比对偶。《尚书》本有骈语，如：“慎徽五典，五典克从。纳于百揆，百揆时叙”；“流共工于幽州，放驩兜于崇山”；“九州攸同，四隩既宅”之类。或四字对四字，六字对六字，未尝错综长短为对；陈叔方《颍川语小》卷下谓其“有四六语”，过矣。《大诰》则不然。“允文允武，克明克义”；“天地之道，一阴一阳。礼俗之变，一文一质”；“匪惟相革，惟其救弊。匪惟相袭，惟其可久”；此等对句，固无论矣。“惟时三事，若三阶之在天。惟兹四辅，若四时之成岁”；“不率于孝慈，则骨肉之恩薄。弗惇于礼让，则争夺之萌生”；此非骈文排调而何。盖不特远逊新莽《大诰策命》，即视夏侯孝若《昆弟诰》，亦益加整齐；非昌黎《进学解》论《尚书》所谓“浑噩诘屈”之风格。几见其能糠秕魏晋、宪章虞夏哉。①

钱氏父子先后议论苏绰《大诰》，但观点并不一致，钱基博侧重强调其裁古制以革今调，模拟谟诰而又能往复变化，骨劲气猛，笔势雄鸷；钱锺书则指出其文中亦有排比对偶，并上溯源头，谓《尚书》早有骈语，并非一味单散。但苏绰文中之骈偶，既非全袭

① 钱锺书《谈艺录》(补订本)，第301—302页。

《尚书》，亦非通篇铺排时调。正如人们所指出的，就是在韩柳文章中，也不是一味地单散，其中亦间有骈俪，这并非古文家言行不一，未能免俗，实因汉语言文字固有特质所在，无法违背而已。

苏绰所为“六条诏书”，被宇文泰置诸座右，令百官习诵。该文条理明晰，简约凝练，句式亦以散笔为主，间有偶句，但出之自然，不主故常，事理相谐，文质统一，并非《尚书》体、《大诰》体。据《周书》本传知，绰还著《佛性论》《七经论》，虽不知其具体内容，但亦恐非《大诰》体所能范围。柳虬著《文质论》，提出时有今古，非文有今古的观点，似持文质调和论的看法。他上疏论史官密书善恶，未足惩劝，宜当朝公开其事，然后交付史阁，使是非彰明，得失无隐。① 骈散交织，虽简短素朴，但明理达意，文质相扶。又据《周书》卷二二《柳庆传》记载：

> 时北雍州献白鹿，群臣欲草表陈贺。尚书苏绰谓庆曰：“近代以来，文章华靡，逮于江左，弥复轻薄。洛阳后进，祖述不已。相公柄民轨物，君职典文房，宜制此表，以革前弊。”庆操笔立成，辞兼文质。绰读而笑曰：“枳橘犹自可移，况才子也。”

苏绰反对的是华靡轻薄，柳庆的《贺白鹿表》得到他的赞赏，主要

---

①《周书》卷三八《柳虬传》。

是辞兼文质，并非模拟《大诰》体①。

联系宇文泰的“恒以反风俗复古始为心”，“文章竞为浮华，遂成风俗，太祖欲革其弊”云云，可见宇文泰与苏绰对文体改革的看法是一致的，蓄谋已久，前后持续，没有变易观点，并非一时即兴之举措。②

李昶与苏绰同时受宇文泰的器重，当时的诏册文笔，多由他所作。他曾说：“文章之事，不足流于后世，经邦致治，庶及古人。”③似也是一位吏治之才。他所作《答徐陵书》，倾吐对徐陵文才的敬佩之情，通篇采用骈体，文笔流畅，轻松自然，虽有华美之色，但无雕饰之气。足见除公翰外，私著仍可用骈文。唐瑾的《华岳颂》也是一篇工丽的辞赋，刻画华山景色，意境浑成，说明辞赋类的作品并没有规定要模仿《尚书》。

其实，最能代表魏周本土文学特征的当推宇文护与其母阎氏

---

① 从时间上考虑，苏绰作《大诰》在大统十一年六月，柳虬上疏在大统十四年前，柳庆贺表在大统十年后，虽不能确考柳虬上疏在《大诰》颁布后，但从绰言“宜制此表，以革前弊”云云知，柳庆贺表或在《大诰》颁布前，则文体改革不始于十一年作《大诰》，而始于柳庆贺表，且所欲革除者只是华靡轻薄的文风，并未有规定严格依循《尚书·大诰》的程式。

② [日]谷川道雄认为，六官之制是对北魏孝文帝以来看重门阀官制的彻底挑战，古文复兴也是意在打破骈体文之贵族文化弊害的产物。参见氏著《中国中世社会与共同体》，第218页。

③《周书》卷三八《李昶传》。

的往复家书①。阎氏的信虽由人代笔，但将家中琐事絮絮叨叨，娓娓道出，俚俗细碎，不假修饰，逼肖老妪口吻。宇文护的复信，字句虽较整齐，基本上是四言句，间有俪偶，但是以单笔散句为主，出之自然。叙到伤心处，则又吞吐呜咽，一腔幽怨泻出。如："而子为公侯，母为俘隶，热不见母热，寒不见母寒，衣不知有无，食不知饥饱。""四姑即蒙礼送，平安入境，以今月十八日于河东拜见。遥奉颜色，崩恸肝肠。但离绝多年，存亡阻隔，相见之始，口未忍言。"钱基博对此推崇备至，认为魏周作品中至情胜韵、自然英华者，不得不推宇文护为第一手，其文是北朝第一篇文字②。钱锺书则誉阎氏的信为"笔语之上乘"③。值得注意的是，阎氏信中提及"书依常体"，说明此类文体及写法在北朝齐、周之时极为普遍，并非《大诰》体所能拘限。以口语琐事入文，已肇晚明尺牍小品，而质性天然，风骨嶙峋，则是南朝文士所无法模仿的。

---

① 文见《周书》卷一一《晋荡公护传》。阎氏的信，严可均《全上古三代秦汉三国六朝文》收入《全北齐文》卷九"阙名类"。考《周书》宇文护本传，"护居宰相之后，每遣间使寻求，莫知音息。至是，并许还朝，且请和好。四年，皇姑先至。齐主以护既当权重，乃留其母，以为后图"。护令有司移齐文中曰："彼朝以去夏之初，德音爰发，已送仁姑，许归世母。乃称烦暑，指克来秋。谓其信必由衷，嘉言无爽。今落木戒候，冰霜行及，方为世母虚设诡词，未议言归。……"移书未送而母至。护母阎氏归，高祖曾称觞上寿，阎氏卒于天和二年。高祖即周武帝宇文邕，据此可知护与其母往复书信在武帝保定四年，阎氏归周当在第二年。

② 钱基博《中国文学史》上册，第 244 页。

③ 钱锺书《管锥编》第 4 册，第 1512 页。

五、关中地域与南北文风的统一趋势

刘知几《史通·杂说中》:“寻宇文初习华风,事由苏绰。”说明宇文氏集团进入关中时游牧文化的旧习仍非常浓烈,至苏绰辅政时才开始有步骤、有计划地推行汉化措施。但起点较低,百废待举,戎马倥偬,征战不断,不可能专注于文学。“后周草创,干戈不戢,君臣勠力,专事经营;风流文雅,我则未暇。”①这一看法是基本符合实际的。

但是,草原帝国的征服者对中原礼乐制度及艺文也表现出浓厚的兴趣,除宇文泰雅好经术如前所述外,明帝宇文毓亦崇尚文儒,“幼而好学,博览群书,善属文,词彩温丽。及即位,集公卿已下有文学者八十余人于麟趾殿,刊校经史。又捃采众书,自羲、农以来,迄于魏末,叙为《世谱》,凡五百卷云。所著文章十卷。”②上有所好,下必有所效,于是一时间魏周亦人才云集:

> 及太祖受命,雅好经术。求阙文于三古,得至理于千载,黜魏、晋之制度,复姬旦之茂典。卢景宣学通群艺,修五礼之缺;长孙绍远才称洽闻,正六乐之坏。由是朝章渐备,学者向风。……征沈重于南荆……待熊生以殊礼。是以天下慕向,文教远覃。衣儒者之服,挟先王之道,开黉舍延

---

① 《隋书》卷三五《经籍志》集部序论。

② 《周书》卷四《明帝纪》。

学徒者比肩；励从师之志，守专门之业，辞亲戚甘勤苦者成市。虽遗风盛业，不逮魏晋之辰，而风移俗变，抑亦近代之美也。①

太祖受命之始，属天下分崩，于时戎马交驰，而学术之士盖寡，故曲艺末技，咸见引纳。……及剋定鄢、郢，俊异毕集。②

周氏创业，运属陵夷。纂遗文于既丧，聘奇士如弗及。是以苏亮、苏绰、卢柔、唐瑾、元伟、李昶之徒，咸奋鳞翼，自致青紫。③

（苏亮）少通敏，博学，好属文，善章奏。初举秀才，至洛阳，遇河内常景。景深器之，退而谓人曰："秦中才学可以抗山东者，将此人乎！"④

西魏、北周的文士除关右旧族苏绰、苏亮、苏威、柳庆、柳虬、柳机、柳弘等外，还有山东士人卢辩、卢诞、卢光、熊安生等。尤为重要的是，南朝经师沈重及文士庾信、王褒、颜之推等的先后入西魏、北周，给质朴贞刚的关中文坛带来了流光溢彩。

梁元帝承圣三年（554，即魏恭帝元年），西魏大军攻破江陵，王褒、王克、宗懔、刘瑴、殷不害等江南文士被俘至西魏，庾信则因出使而滞留长安，宇文泰对此曾欣喜地说："昔平吴之利，

---

①《周书》卷四五《儒林传》。
②《周书》卷四七《艺术传》。
③《周书》卷四一《王褒庾信传》论。
④《周书》卷三八《苏亮传》。

二陆而已。今定楚之功，群贤毕至，可谓过之矣。”对这批文士恩礼有加。当南朝陈请求以通好互换为条件放归这些流亡者时，周武帝宇文邕只放王克、殷不害等，而将庾信、王褒并留不遣。“是时，世宗雅词云委，滕、赵二王雕章间发。咸筑宫虚馆，有如布衣之交。由是朝廷之人，闾阎之士，莫不忘味于遗韵，眩精于末光。犹丘陵之仰嵩、岱，川流之宗溟渤也。”①《北史·庾信传》亦说：“明帝、武帝，并雅好文学，信特蒙恩礼。至于赵、滕诸王，周旋款至，有若布衣之交。群公碑志，多相托焉。唯王褒颇与信埒，自余文人，莫有逮者。”北周的“才子词人，莫不师教；王公名贵，尽为虚襟”②。流寓关塞的庾信、王褒，不仅蝉联文坛，而且能执牛耳、主祭酒，这确实是一件令南方文士永远可以夸示的大事。从西魏、北周统治者对南朝文士的礼遇及北朝同行对他们的真诚推服来看，说明魏周文学起点虽低，素朴淳古，但具开放胸怀，对南方的藻饰、声律等形式美采取拿来主义态度，并不一概反对，与政治军事上的开拓进取适相一致。这与南方士人居高临下，以正朔所在、文化优越者的身份鄙薄讥嘲北朝文学，恐惧忧患北方地域，形成了鲜明的对照，吸收进取与保守退却，两种文化态度实潜藏着两种机运。

魏周文学因庾信、王褒等由南入北作家的点缀委实增辉生色不少，这已为人们所知。但另一方面，艰危时世与雄奇关塞亦成就了天才的艺术家庾信，用陈沆的话说，是“世厄其遇，天就其

① 《周书》卷四一《王褒庾信传》。
② 宇文逌《庾子山集序》，中华书局点校本《庾子山集注》卷首。

名”，“斯则境地之曲成，未为塞翁之不幸者也”。[①]“至信北迁以后，阅历既久，学问弥深，所作皆华实相扶，情文兼至，抽黄对白之中，浩气舒卷，变化自如，则非陵之所能及矣”，“其骈偶之文，则集六朝之大成，而导四杰之先路”。[②] 如果没有厄运危时的遭逢，关河形胜的履历，慷慨悲壮之气的熏染，恐怕就不会有“文章老更成”“暮年诗赋动江关”的庾信，只剩下一个善写宫体诗的狎客弄臣，“为梁之冠冕”虽或有之，“启唐之先鞭”[③]则无从落实了。刘师培《南北文学不同论》说王褒“身居北土，耻操南音，诗歌劲直，习为北鄙之声”，亦缘此而立论。

从这个意义上说，关中这一“五方杂厝”、多元并存的文化区域，不仅涵容了草原游牧文化，而且吸收了江南稻作文化，交融整合，又以新的姿态出现。魏徵《隋书·文学传序》中指出南北文风异同时曾说：“然彼此好尚，互有异同。江左宫商发越，贵于清绮；河朔词义贞刚，重乎气质。气质则理胜其词，清绮则文过其意。理深者便于时用，文华者宜于咏歌。此其南北词人得失之大较也。”南北文学各有所长，又各有所短，单一的清绮秀美或贞刚壮烈都失之过偏，不能蔚为大观。“若能掇彼清音，简兹累句，各去所短，合其两长，则文质彬彬，尽善尽美矣”。一般认为这是对隋代文学的褒赞，其实这幅以儒家中庸政治模式所描绘的文学理想主义图景，在隋代并未实现，还有待唐人创作实践的探索努力。但南北文学交汇整合的趋势，则不始于隋代，而始于魏周

---

① 《诗比兴笺》卷二，上海古籍出版社排印本，第 87—88 页。

② 《四库全书总目提要》卷一四八，中华书局影印本下册，第 1275—1276 页。

③ 杨慎《升庵诗话》卷九：“庾信之诗，为梁之冠冕，启唐之先鞭。”

时期的关中。苏绰、宇文泰所倡导的素朴文风与庾信、王褒所带来之南方绮艳美文，“虽似相反，而实足以相成”①。“重乎气质”与“贵于清绮”虽为两个极端，得失相较亦各有所短，但两种风气奇妙地遭遇于长安，互相涵容吸收，隋及唐初，不过是此种趋势的踵事增华，充类加厉②。进而言之，如果说苏绰的文体改革还仅仅是对散体文的尝试与实验的话，那么庾信入关则不仅标志着南北文学的交汇③，同时暗示着新旧两种美学思想的转换，隋唐文学历史与逻辑的起点应当由此立下界碑。文学的新生代隐然呼之欲出，此后唐代文学发荣滋长的运势，已成一种无法逆转的必然。

本章的结论

1. 苏绰文体改革的意图、背景及内容尚有未发之覆。研究者多以南方文学模式套魏周文化实际，故使北朝后期关中文学的研究变成了盲点。

2. 文体改革的背景是大统改制。改制完成了关中文化精神的整合，宪章《周官》则包含着文化认同与文化寻根。

3. 苏绰《大诰》是公文体即公翰的范本，并非一切文章或文学的模式。

---

① 借陈寅恪语，见《金明馆丛稿二编》，第 252 页。

② 关于初唐文学的发展与关中文化的关系，参见尚定《走向盛唐》第 1 章《关陇文化与贞观诗风》。

③ 笔者的后续研究《唐代三大地域文学士族研究》对此问题又有进一步的思考，参见该书第二章、第七章的有关论述。

4.《大诰》“六条诏书”及整个魏周文学虽然质朴古拙，但并非全是对《尚书》的机械模拟。

5. 苏绰倡导素朴文风，庾信带来声律藻饰，相反相成，为唐代文学的发生立下界碑。

第九章　柳宗元古文思想与关中学术资源

前人言及柳宗元的古文思想和创作，多强调其创新性，这固然是无可否认的事实，但任何创造都是在前人的基础上，从既定条件出发的①。或谓柳宗元贬永刺柳期间的山水诗和山水游记深受楚辞的熏染浸润，是骚怨的历史回声。但子厚真正从精神和情感上对屈赋的认同当在永贞革新之后，此前的三十多年，他基本上是在长安附近度过的②，故其文学思想的建构与定型自当与关中文化有大因缘。以下即从此视角切入，探讨柳宗元思想与关中学术文化传统的关联性，渊源有自、博大精深的关中文化是否在唐代古文运动中激起波澜声响，柳宗元古文思想中是否有关中文

---

① 马克思《路易·波拿巴的雾月十八日》："人们自己创造自己的历史，但是他们并不是随心所欲地创造，并不是在他们自己选定的条件下创造，而是在直接碰到的、既定的、从过去承继下来的条件下创造。一切已死的先辈们的传统，像梦魇一样纠缠活人的头脑。"见《马克思恩格斯选集》第1卷，第603页。

② 柳宗元《送贾山人南游序》："吾长京师三十三年。"施子愉说："盖宗元谪永以前，除在其父为鄂岳沔都团练使判官时曾一度南游外，皆在长安。"见氏著《柳宗元年谱》，第11页。

化精神的因子在起作用？这是本章试图解答的问题。

一、师资传承

柳宗元师事陆质(淳)，思想上受啖、赵、陆新《春秋》学派的影响，已为治柳者所公认，本毋庸赘言，但对啖、赵、陆三人的贯望、师承关系、思想渊源及在经学发展史上的地位，却因史料不足，诸说纷纭，互相轩轾①。笔者以为这是厘清子厚思想脉络的一个重要孔道，故不惮辞费，稍做申述。

关于啖、赵、陆的贯望，记载略有分歧。柳宗元《陆文通先生墓表》："有吴郡人陆先生质，与其师友天水啖助洎赵匡，能知圣人之旨。"谓陆质为吴郡人，而啖助与赵匡出自天水。但《新唐书》卷二〇〇《儒学下》却说："啖助字叔佐，赵州人，后徙关中。……匡者，字伯循，河东人，历洋州刺史。"所述啖助、赵匡贯望与柳宗元不同。考《元和姓纂》卷七"赵氏·河东"望条下曰："状云自天水徙焉。唐监察御史赵君煦，曾孙良器、良弼。……君煦兄孙珍，和州刺史，生匡、赞。匡，洋州刺史。赞，户部侍郎，生虔。"②孙汝听注子厚《墓表》亦同《新唐书》，谓啖助赵州人，后徙关中，赵匡河东人③。则知柳宗元言天水赵匡是指其《家状》所称郡望，既已从天水徙出，则新贯应为河东。又，啖氏未见有天水

① 参见林庆彰、蒋秋华主编《啖助新春秋学派研究论集》，台北：《"中央研究院"中国文哲所经学研究丛刊》5，2002 年。

②《元和姓纂(附四校记)》第 2 册，中华书局整理本 1994 年版，第 1016、1018 页。

③《柳宗元集》卷九，中华书局点校本第 1 册，第 208—209 页。

郡望，检《元和姓纂》卷七啖氏，亦只有河东望，没有天水望。按啖氏本为氐族姓氏①，助之郡望究竟为天水抑或河东，虽不能遽定，但赵州当为其旧贯，关中则为其所徙新贯②。所以陆质《春秋集传纂例》卷一《修传始终记》径直称啖助为关中人。

陆质的贯望，子厚《墓表》谓“吴郡人陆先生质”，《新唐书》卷一六八《陆质传》称其“世居吴”，但元代吴莱《春秋纂例辨疑后题》说：“先生盖河东陆淳元冲也，与子厚同郡。”③未言出处，不知何据？与柳宗元同时师事陆质的还有吕温、韩泰④，其中温为河中（治所在今山西永济市）人，泰为雍州三原（今陕西富平县）人⑤。永贞革新的核心人物韦执谊，曾擢用陆质为给事中，韦氏是京兆长安旧族，李景俭为李唐宗室，亦入籍关中，八司马中除韩泰外，韩晔为京兆万年人，程异为京兆长安人。又《新唐书》卷一五五《窦群传》：“（群）从卢庇传啖助《春秋》学，著书数十篇。”窦氏郡望为扶风平陵，亦属关中⑥。

要之，中唐新《春秋》学派的创始人及主要成员多为关中人或居关陇文化圈中，受新《春秋》学派影响最大的“永贞革新”中坚人

---

① 参见邓名世《古今姓氏书辩证》卷二八，影印四库本，第281页；姚薇元《北朝胡姓考》，第349页。

②《郡斋读书志》卷一下：“助字叔佐，闽人，匡字伯修，天水人。”其中“修”显为“循”之形讹。“闽”（閩）亦疑为“关”（關）之形误，后当夺“中”字，亦可证关中为助之新贯。参见影印四库本，第175页。

③《渊颖吴先生文集》卷一二，四部丛刊影印元刊本。

④ 章士钊说：“陆淳并非子厚一人之师，而实是八司马及同时流辈之所共事。”见氏著《柳文指要》，中华书局1971年版，第278页。

⑤ 柳宗元《送崔群序》说“南阳韩安平洎余交友”，“南阳”指其郡望而言，此从贾晋华说，见《中国文学家大辞典（唐五代卷）》，第744页。

⑥ 参见本书第十章《窦叔向家族贯望新证》。

物亦不乏关中士人。

又，啖、赵、陆三人的师承关系，诸说亦有分歧。柳宗元《墓表》统称啖、赵为陆质师友。《旧唐书》卷一八九下《儒学下·陆质传》则说："质有经学，尤深于《春秋》，少师事赵匡，匡师啖助。"《新唐书》陆质本传同，啖、赵、陆三人传承的辈次井然。唯《新唐书》卷二〇〇《儒学下》又说："助门人赵匡、陆质，其高第也。"《直斋书录解题》卷三亦谓啖助传赵匡，质从助及匡，传其学，与子厚所述相同，即认为啖助与赵匡二人是陆质的师友。子厚自述其师之师承关系，不应有误。① 故可以确定中唐新《春秋》学派由啖助肇其始，助传匡，陆质以助、匡为师友，子厚则"扫于陆先生之门"，"得执弟子礼"，② 永贞革新的中坚人物或为亲炙者，或受其思想深刻影响。陆质是这一学派的集大成者。啖助的成果由陆质和啖助之子啖异整理，赵匡损益，最后编定为《春秋集传纂例》，陆质又有《春秋集传微旨》《春秋集传辨疑》《春秋集注》等著作，柳宗元曾先后在吕温、韩泰、凌准处见其书。③ 可见，新《春秋》学派对永贞革新运动不仅提供了政治理念和指导原理，而且培养了一批骨干人才。从这个意义上说，永贞革新是新《春秋》学派的一次政治实践④。柳宗元认为啖、赵、陆学派的特点是"明章大中，发露公器。其道以圣人为主，以尧舜为的，苞罗旁魄，胶轕下上，而不出于正。其法以文、武为首，以周公为

---

① 此观点采纳霍师松林之说。

②《柳宗元集》卷三一《答元饶州论春秋书》，中华书局点校本第 3 册，第 819 页。

③《柳宗元集》卷三一《答元饶州论春秋书》，中华书局点校本第 3 册，第 819 页。

④［日］户崎哲彦《关于唐代中期"民主主义"的出现(2)》，《彦根论丛》第 303 号(平成八年十月)。

翼，揖让升降，好恶喜怒，而不过乎物”①。其基本倾向是重新解释《春秋》，“考核三传，舍短取长”，不专主《左传》。啖助认为左氏叙事虽多，释意殊少，公、谷传经密于左氏②。赵、陆干脆说左氏浅于公、谷，诬谬实繁。且公、谷守经，左氏通史，其体不同。以这种空言说经、以经驳传的方法，来抉发《春秋》的微言大义，为宣扬政治主张提供经学依据③。这种怀疑论的倾向既是对唐代官方所定孔颖达《五经正义》正统权威的反动④，又是对杜预《左传集解》的不满⑤。强调《春秋》的微言大义、笔削褒贬、惩恶劝善及素王改制，实际上是对汉代今文经学的远绍⑥。论者多强调柳宗元思想和西汉董仲舒的区别。殊不知啖、赵、陆的解经方法与理路，正是对董仲舒所倡导的《春秋》公羊精神的一种赓续。董仲舒发明《春秋》大一统为汉代立法，倡夷夏之别及以夏变

① 《柳宗元集》卷九《陆文通先生墓表》，中华书局点校本第1册，第209页。

② 陆质《春秋集传纂例》卷一《三传得失议第二》，中华书局重印《丛书集成初编》本。

③ 参见《柳文指要》，第208页。

④ 参见［美］埃德温·G. 普利布兰克《新儒家、新法家和唐代知识分子的生活》，《美国学者论唐代文学》，第251页。又，周予同也认为：“唐朝经学分为在朝派和在野派。人们往往只注意在朝派的孔颖达《五经正义》。唐朝统一，政治经济制度来自北朝，学术思想来自南学。从汉代到魏晋、南朝，再到孔颖达，在经学上都是汉学系统。在野有啖助、赵匡、陆淳等。陆淳三书为清儒所不齿，但他的书是‘舍传求经’，不要三传，而直接研究《春秋》经中的微言大义。‘舍传求经’是宋学的特点。”见朱维铮编《周予同经学史论著选集（增订版）》，上海人民出版社1983年版，第895页。

⑤ 皮锡瑞《经学通论》四《春秋》：“啖赵陆始兼采三传，不专主左氏，推明孔子褒贬之例，不以凡例属周公，虽未能上窥微言，而视杜预、孔颖达以《春秋》为录成文而无关系者，所见固已卓矣。”见中华书局1954年版，第74页。

⑥ 章士钊说：“此表面宗经，里面直带纬学意趣，与西汉今文家言，隐有桴鼓之应。”见《柳文指要》，第280页。

夷，这些思想对安史之乱后藩镇割据的中唐具有强烈的现实针对性。

董仲舒虽为广川人，但徙家茂陵，故于关中学术亦有重大关系。司马迁早年亲承董仲舒传授，董仲舒的《春秋》学说成为他后来写作《史记》带有根本性的思想动力①。班固曾以史官身份参加东汉著名的白虎观会议，并整理会议辩论结果为《白虎通义》一书，该书是董仲舒以来今文经学经义的总汇，同时也吸取了古文经学和谶纬神学的一些观点，将经义的解说统一起来，成为一部简明扼要的经学法典。

今古文经学的混淆主要由于郑玄。郑玄先“师事京兆第五元先，始通《京氏易》《公羊春秋》《三统历》《九章算术》。又从东郡张恭祖受《周官》《礼记》《左氏春秋》《韩诗》《古文尚书》。以山东无足问者，乃西入关，因涿郡卢植，事扶风马融”②。郑玄不拘于家法，自创一家，遍注群经。他虽以古文学为宗，但又兼采今文学。加上后来的王肃，虽反对郑玄，但同样博通今古文。“反对郑学，完全出于个人的好恶，所以或用今文说驳郑的古文说，或用古文说驳郑的今文说。”③

西晋京兆长安人杜预于《春秋》三传中，尤精《左传》，他认为《公羊》《谷梁》是诡辩之言，于是撰《春秋左氏经传集解》《春秋释例》，有大功于《左传》。与他同乡的挚虞评论说：“左丘明本为《春秋》作传，而《左传》遂自孤行。《释例》本为《传》设，而所发

---

① 季镇淮《司马迁》，上海人民出版社 1955 年版，第 17 页。

②《后汉书》卷三五《郑玄传》。

③ 周予同《经今古文学》，第 18 页。

明何但《左传》，故亦孤行。”①但杜注受古文经学影响甚深，侧重注疏，并不多说经。

挚虞虽然赏重杜预，但其于《春秋》的看法似与杜预不尽一致。他在《孔子赞》中称赞孔子是“因史立法，是谓素王”。素王之号，即沿袭董仲舒以来之成说。挚虞虽重《左传》，但议礼又折中参用《公羊》，“《左》、《公》历来水火不容，惟挚虞兼容两家，且荐誉后进《公羊》家王接，摒除狭隘之门户气习，有容乃大，此挚虞经学恢宏处，正足体现晋儒博洽今古之经学精神”②。

南北朝时，南朝尚玄学文学，而北朝重经学，“北方诸儒，挣扎在异族蹂躏下，他们不能忘情古代的王官学，他们仍然凭孔子经典来在政治上争地位，来为北方与北方社会谋转机。通观北方儒学，显然在他们中间存在一种共同的大趋势，他们也如西汉儒生般，大家想通经致用，把经学变成当代兴王致治之学的那一种趋势。这实在为南朝经学所没有。而这一种趋势则是西汉公羊精神”③。北魏华阴人徐遵明撰《春秋义章》④，经学诸生多出其门下，他除通《春秋》外，还精于《周易》《尚书》《三礼》，被人尊为大儒，受业者络绎不断⑤。

唐代的经学主要是注疏章句之学，而啖、赵、陆的新《春秋》则是一种义理之学。陈振孙《直斋书录解题》卷三说：

---

①《晋书》卷三四《杜预传》。

② 邓国光《挚虞研究》，香港：学衡出版社1990年版，第62页。

③ 钱穆《两汉经学今古文平议·孔子与春秋》，台北：东大图书公司1983年版。

④ 又有徐彦《公羊传疏》，或谓亦为徐遵明撰，但学人说法不一，参见皮锡瑞《经学历史》，第173页。

⑤《北齐书》卷四四《儒林传》。

> 案汉儒以来，言《春秋》者惟宗三传，三传之外，能卓然有见于千载之后者，自啖氏始，不可没也。

韩愈说卢仝“《春秋》三传束高阁，独抱遗经究终始”①，看来也是新《春秋》派的同调。大和年间著名的刘蕡《春秋》对策与啖、赵、陆的精神是相通的②。陈商立《春秋左传》学议，重申《春秋》与《左传》的经史之别，认为杜预参贯二义非是③，晚唐陆龟蒙也是新《春秋》派的信奉者。

综括以上，可见啖、陆、赵杂采三传，以意取去，合为一书，变专门为通学，是经学史上的一大变革。其抨击传统、大胆怀疑的精神与刘知几相近，但又较刘冷静客观，富有理性④。作为由汉代经学向宋代理学过渡的津梁，其扶微继绝之功不可磨灭，而“合古今，散同异”⑤，折中经传的思想方法，又是关中文化精神在经学上的体现。

柳宗元厚植学养，有所本原，《答元饶州论〈春秋〉书》《非国语》《驳复仇议》《答韦中立论师道书》等作品中或显或隐都能看出啖、赵、陆思想的影响，远超当时一般士人射策应举的帖括文字。尤应指出的是，他以通经致用精神抉发先贤幽光，投身于社

---

①《韩昌黎诗系年集释》卷七《寄卢仝》。朱彝尊说：“唐啖、赵《春秋》，惟据经尽驳三传，盖于时有此一种学问，玉川想亦宗此学。”见该书第 785 页。

② 孙昌武《柳宗元传论》，第 31 页。

③ 皮锡瑞《经学历史》，第 217 页。

④ 参见前揭普利布兰克文，《美国学者论唐代文学》，第 253 页。

⑤《柳宗元集》卷九《陆文通先生墓表》，第 209 页。

会变革实践和文化批判之中，这是下文还要论及的。

二、明章大中

与古文运动的旗手韩愈一样，柳宗元同样尊经重道，他曾自述与吕温的学习经历说："君昔与余，讲德讨儒。时中之奥，希圣为徒。志存致君，笑咏唐虞。揭兹日月，以耀群愚。"①他认为读书志学是为了"交诚明，达德行，延孔氏之光烛于后来"②，"其归在不出孔子"③。据其著述以窥其学养，可见其于传统儒家精义颇有根底。

柳宗元对经书作用的理解较为宽泛。除承认对经邦济国的作用外，还指出对人的精神的浸润熏染。在《先侍御史府君神道表》中谓其父柳镇："先君之道，得《诗》之群，《书》之政，《易》之直方大，《春秋》之惩劝，以植于内而文于外，垂声当时。"同时，强调经籍对创作的影响。如《答韦中立论师道书》中说："本之《书》以求其质，本之《诗》以求其恒，本之《礼》以求其宜，本之《春秋》以求其断，本之《易》以求其动，此吾所以取道之原也。"又如《报袁君陈秀才避师名书》："大都文以行为本，在先诚其中。其外者当先读六经，次《论语》、孟轲书，皆经言；《左氏》、《国语》、庄周、屈原之辞，稍采取之；谷梁子、太史公甚峻洁，可以出入。"足见他对所取资源是分先后差等的。

---

①《柳宗元集》卷九《唐故衡州刺史东平吕君诔》，第 220 页。
②《柳宗元集》卷三四《答贡士元公瑾论仕进书》，第 876 页。
③《柳宗元集》卷三四《报袁君陈秀才避师名书》，第 880 页。

值得注意的是，在群经中他对《春秋》经传再三致意，颇多体会：

> 本之《春秋》以求其断，……参之《谷梁氏》以厉其气。①
>
> 《春秋》之元，儒者咸惑。君达其道，卓焉孔直。圣人有心，由我而得。②

皮锡瑞解释唐人重《左传》而轻公、谷的原因时说："啖助在唐时已云：习《左氏》者，皆遗经存传，谈其事迹，玩其文采，如览史籍，不复知有《春秋》微旨。盖《左氏传》本是史籍，并无《春秋》微旨在内，止有事实，文采可玩。自汉以后，六朝及唐皆好尚文辞，不重经术，故《左氏传》专行于世，《春秋》经义委之榛芜。"③皮氏为今文经学者，论三传未免有轩轾，但他指出六朝至唐，重《左氏》而轻公、谷是由于"好尚文辞，不重经术"，则不无道理，而与柳宗元所说《左氏》之辞，稍采取之，《谷梁氏》峻洁，可以出入云云，适可互相发明。柳宗元的《辩侵伐论》《晋文公问守原议》等，议题皆取自《左传》，但却采用啖、赵、陆学派演述《春秋》大义的方法，以疏解经传来表达自己的见解。④

柳宗元于沉潜坟典、含英咀华中，特别标举明道、知道，但柳氏所谓"道"，有其特定含义，他称之为"中道""大中""大

---

①《柳宗元集》卷三四《答韦中立论师道书》，中华书局点校本第 3 册，第 873 页。
②《柳宗元集》卷九《唐故衡州刺史东平吕君诔》，中华书局点校本第 1 册，第 218 页。
③《经学通论》五《春秋》，第 73 页。
④ 孙昌武《柳宗元传论》，第 73、77 页。

中之道”：

> 读书推孔子之道，必求诸其中。①
>
> 圣人之为教，立中道以示于后……立大中，去大惑，舍是而曰圣人之道，吾未信也。②
>
> 经非权则泥，权非经则悖。是二者，强名也。曰当，斯尽之矣。当也者，大中之道也。③

“大中”一语，一般认为出于《周易》“大有”卦彖辞：“大有，柔得尊位大中，而上下应之，曰大有。其德刚健而文明，应乎天而时行，是以‘元亨’。”西汉长安人谷永待诏公车上疏说：“明王即位，正五事，建大中，以承天心，则庶徵序于下，日月理于上；如人君淫溺后宫，般乐游田，五事失于躬，大中之道不立，则咎徵降而六极至。”④虽语义与子厚不尽相同，但从语源中却可以使人们原始察终。

关于大中之道的形上含义及现实目的，学界讨论颇多，对大中之道的渊源亦有认识，兹不赘述。唯感对作为方法论的大中，学术界的看法颇多分歧。学人们一方面承认子厚的大中思想源于《易经》、孔子、思孟，另一方面又煞费苦心，极力将子厚的“大中”与传统的“中庸”“中道”“允执其中”“中和”相区别。其实子厚

---

①《柳宗元集》卷一一《独孤君墓碣》，中华书局点校本第1册，第277页。
②《柳宗元集》卷三《时令论下》，中华书局点校本第1册，第88页。
③《柳宗元集》卷三《断刑论下》，中华书局点校本第1册，第91页。
④《汉书》卷八五《谷永传》。

标举“大中”，正是继承了孔孟及《周易》的辩证思想①，强调对待之存在，对立之统一，不仅是唯物的，而且闪耀着辩证的理性光辉②。物性之阴阳刚柔，政治之君臣上下，文学之文质华实，种族之夷夏胡汉，宗教之儒道佛③，均可在一定条件下、以一定的方式统一起来，才可谓刚健文明、充实壮大。所以，子厚的大中思想并非自我封闭体系，而是一个自由开放的建构，从某种意义上说，也是对关中文化精神的一种哲学表述。

宋初田锡评论韩、柳时说：“世称韩退之、柳子厚萌一意，措一词，苟非颂美时政，则必激扬道义，故识者观文于韩、柳，则警心于邪僻，抑末扶本，跻人于大道可知也。”④

---

① 何焯认为明章大中“数语发明圣人之旨特精神，所谓得制作之本者也”。参见《义门读书记》卷三五，中华书局本，第615页。

② 柳宗元亦常用“中庸”“执中”解释自己的思想。如《佩韦赋并序》：“恒惧过而失中庸之义”，“执中而俟命兮，固仁圣之善谋”，“纯柔纯弱兮，必削必薄；纯刚纯强兮，必丧必亡。韬义于中，服和于躬；和以义宣，刚以柔通。守而不迁，变而无穷。”《与杨诲之疏解车义第二书》：“刚柔无恒位，皆宜存乎中”，“吾以为刚柔同体，应变若化，然后能志乎道也”。章士钊说：“凡子厚所主张之中、之当，又补充言之曰瑕瑜不掩，斯岂非折中之所有事乎？”见《柳文指要》，第288页。

③ 柳宗元《送文畅上人登五台遂游河朔序》提出“真乘法印，与儒典并用”的“统合儒释”的观点，方介指出柳宗元在“接触天台、律宗与净土宗以后，对于佛家中道亦深有所悟，故进而以中道为基础来融合儒、佛两家”。参见氏著《台湾地区柳宗元研究概况》，《唐代文学研究年鉴》1993—1994年合辑，第325页。柳宗元《送元十八山人南游序》又说：“余观老子，亦孔氏之异流也，不得以相抗，又况杨墨申商，刑名纵横之说，其迭相訾毁、抵牾而不合者，可胜言耶？然皆有以佐世。太史公没，其后有释氏，固学者之所怪骇舛逆其尤者也。”这种对诸子和释道的圆通宽容态度，不能不说与其大中思想有关。

④《咸平集》卷二《贻陈季和书》。

三、超越章句

柳宗元《上大理崔大卿应制举不敏启》：“若宗元者，智不能经大务、断大事，非有恢杰之才；学不能探奥义、穷章句，为腐烂之儒。”此文诸家多系于第博学宏词科之前①，说明青年子厚的志趣即不在穷章句，为经师。《答严厚舆秀才论为师道书》中也说：“仲尼岂易言耶？马融、郑玄者，二子独章句师耳。今世固不少章句师，仆幸非其人。”谓其不愿效法汉代关中大儒马融及其弟子郑玄，做章句之师。他还述柳浑“凡为学，略章句之烦乱，采摭奥旨，以知道为宗”②。

柳宗元对章句注疏之学的这种态度，显然与啖、赵、陆学风有关。赵匡曾批评专守章句的风气说：“疏以释经，盖筌蹄耳。明经读书，勤苦已甚，其口问义，又诵疏文，徒竭其精华，习不急之业。而当代礼法，无不面墙，及临人决事，取办胥吏之口而已。”③从经世致用的立场批评章句注疏为筌蹄而非目的，习此不急之业，并不能提高官吏实际行政能力，说明其所崇重的是儒家的经世精神，而非章句经术。吕温《与族兄皋请学〈春秋〉书》中亦反对“以讽诵章句为精，以穿凿文字为奥”的不切学风。

其实，对章句注疏之学的批判在《五经正义》颁布不久就出现

① 施子愉系此文于贞元十二年(796)，见氏著《柳宗元年谱》，第19页。

②《柳宗元集》卷八《柳公行状》，中华书局点校本第1册，第181页。

③《通典》卷一七《选举五》引赵匡《举选议》，中华书局点校本第1册，第419页；又见《全唐文》卷三五五。

了。长安三年（703），四门博士王元感表上《尚书记谬》十卷、《春秋振滞》二十卷、《礼记绳愆》三十卷，并所注《孝经》《史记》《汉书》稿。专守先儒章句的祝钦明、李宪等人指责他离叛先儒旧义，但凤阁舍人魏知古、司封郎中徐坚、左史刘知几等则支持他，连表举荐。① 开元十四年（726），元行冲献上与范行恭、施敬本合撰之《礼记义疏》五十卷，左丞相张说指责该书"与先儒第乖，章句隔绝"，元更著《释疑》一文，详列变易章句有五难，批驳章句之士的抱残守缺。② 李白嘲弄章句之士说："鲁叟谈五经，白发死章句。问以经济策，茫如坠烟雾。"③元稹亦曾批评唐代经学的堕落与庸俗说："今国家之所谓兴儒术者，岂不以有通经文字之科乎？其所谓通经者，不过于覆射数字；明义者，才至于辨析章条。是以中第者岁盈百数，而通经之士蔑然。"④

追溯起来，不重章句之风由来已久。《后汉书》卷三五《郑玄传》论曰："自秦焚《六经》，圣文埃灭。汉兴，诸儒颇修艺文；及东京，学者亦各名家。而守文之徒，滞固所禀，异端纷纭，互相诡激，遂令经有数家，家有数说，章句多者或乃百余万言，学徒劳而少功，后生疑而莫正。"学者有感于此，或思融会统一诸说，或干脆离绝章句，凿空说经，从一点出发而走向两个极端，但都是对繁琐章句的离叛。兹择史籍所载关中士人的资料：

---

①《旧唐书》卷一八九下《王元感传》。

②《旧唐书》卷一〇二《元行冲传》。

③《李太白全集》卷二五《嘲鲁儒》，中华书局标点本 1977 年版。

④《元稹集》卷二八《才识兼茂明于体用策一道》，中华书局点校本上册，第 336 页。

(班固)所学无常师，不为章句，举大义而已。①

(贾逵)虽为古学，兼通五家《谷梁》之说。②

(马援)尝受《齐诗》，意不能守章句，乃辞况。③

挚虞通经致用，议礼诸文，务于折中，施诸世用，不囿一家之章句。④

(柳)庆幼聪敏，有器量。博涉群书，不治章句。⑤

佑少尝读书，而性且蒙固，不达术数之艺，不好章句之学。⑥

章句注疏是整理保存古籍的重要方法，可以促进知识积累和流派传承，是学术研究中必不可少的一个环节，同时也是义理阐发的基础，自有其文献学的价值。但如发展到经有数家，家有数说，有时一句注疏多至万余言，甚至异说纷纭，互相攻讦，则章句之学就走到了其反面，干扰甚至妨碍人们对经籍原典的理解。当官方以行政命令确立某家为正宗而视其他为异端时，章句之学便孕育着自身的掘墓人，经学的衰微已是在所难免了。

唐代士人的不守章句既是对官方经学的一种反拨，又是对过分拘泥师法家法的一种突破。这是学术史上的一个潜转暗变，说明经学将由各家互异的专门之学走向综合的通学。而超越章句是

① 《后汉书》卷四〇下《班彪传》附传。

② 《后汉书》卷三六《贾逵传》。

③ 《后汉书》卷三六《贾逵传》。

④ 邓国光《挚虞研究》，第 62 页。

⑤ 《周书》卷二二《柳庆传》。

⑥ 杜佑《通典》卷一，中华书局点校本第 1 册，第 1 页。

实现这一转型的重要途径。柳宗元一方面学养深厚，有所本原，另一方面又不拘于章句，卓然不群，于经学之衍变，亦有其功。

四、辅时及物

柳宗元《答吴武陵论〈非国语〉书》中说：

> 仆之为文久矣，然心少之，不务也，以为特博弈之雄耳。故在长安时，不以是取名誉，意欲施之事实，以辅时及物为道。

所谓的“辅时及物”就是推重事功，经世致用。在《送徐从事北游序》中说：“得位而以《诗》《礼》《春秋》之道施于事，及于物，思不负孔子之笔舌。能如是，然后可以为儒，儒可以说读为哉！”子厚对儒进行了重新界定解释，他所理解的儒不是静观冥思的哲理学派，而是以学术经典“施于事，及于物”，落脚点在于事功，促进社会进步的政治实践，这是一种行动的人生观。又，《寄许京兆孟容书》：“兴尧、舜、孔子之道，利安元元为务。”事功与社会政治的目的不是为个人的功名利禄，而是为苍生社稷。这一层意思，他在青年时所作《上大理崔大卿应制举不敏启》中已表露出来：“有爱锥刀者，以举是科为悦者也；有争寻常者，以登乎朝廷为悦者也；有慕权贵之位者，以将相为悦者也；有乐行乎其政者，以理天下为悦者也。然则举甲乙，历科第，固为末而已矣。得之不加荣，丧之不加忧，苟成其名，于远大者何补焉？”虽是少年矜才之作，但亦见其意志高抗，不同流俗。无论是为文还是应举，都不仅仅是为了个人的私利。他再三致意圣人之道“以生人为主”①，“以生人为己任”②，要求官吏“无忘生人之患”③。从征实的角度讲，这些看法是有所本原的。《孟子·万章下》中说：

(伊尹)曰：“天之生斯民也，使先知觉后知，使先觉觉后觉。予，天民之先觉者也。予将以此道觉此民也。”思天下之民匹夫匹妇有不与被尧舜之泽者，若己推而内之沟中——其自任以天下之重也。

据此可以抉发出子厚所欲承担之天民先觉、国身通一的文化重任，实与伊尹、孟子、董仲舒相同。

这种认识与新《春秋》学派的思想亦多所一致。啖助认为“夫子之志，冀行道以拯生灵也”④。陆质则说：“问者曰：然则《春秋》救世之宗旨安在？答曰：在尊王室，正陵僭，举三纲，提五常，彰善瘅恶，不失纤芥，如此而已。”⑤强调《春秋》包含救世之微旨，提醒学人应从此大节处入手，发挥运用。如此，经典就不仅仅是故籍文献，也不仅仅是为了格物致知，涵养性理，更重要的是使其成为变革现实的理论依据。《春秋》重诂的经学运动，蕴藏着更多的道德热诚和现实关怀。

---

①《柳宗元集》卷九《陆文通先生墓表》，第209页。
②《柳宗元集》卷三三《与杨诲之第二书》，第853页。
③《柳宗元集》卷三二《答周君巢饵药久寿书》，第841页。
④《春秋集传纂例》卷一《春秋宗旨议第一》。
⑤《春秋集传纂例》卷一《赵氏损益义第五》。

柳宗元的“辅时及物”是从两个方面落实的。一是现实行政。他在永贞革新期间锐意进取，襄赞其事，与诸同志患难与共，固是为了辅时及物、利安元元的理想。在贬刺柳州期间，赎放奴婢，兴办学校，凿井种柳，多有德政。他虽避师之名，但行师之实，口讲指画，循循善诱。二是文化批判。长安期间的《与太学诸生喜诣阙留阳城司业书》《辩侵伐论》《晋文公问守原议》《种树郭橐驼传》等是他针对现实，有感而发，有所匡正。贬永之后，清丽的山水并没有能麻痹他痛苦的心灵，也没有消解他强烈的现实关怀。《三戒》《捕蛇者说》《段太尉逸事状》《封建论》《天对》等作品便体现了他对社会政治问题的敏锐观察和深刻思考，以褒贬讽谕的诗文来继续他兴功利民、辅时及物的追求。

经世致用是关中文化的一个传统。班彪一方面“性沈重好古”，另一方面在西汉末战乱中追随大将军窦融，为其“画策事汉”；① 其子班固除以史官身份参加白虎观会议，介入东汉时期意识形态领域最大的一次学术论辩外，还曾随大将军窦宪出征匈奴，大破之，登燕然山，刻石勒功，班固作《封燕然山铭》，镌于石上，以纪其事。② 被称为“关西孔子”的杨震，“抗直方以临权枉，先公道而后身名”，辅时匡政，直谏敢言。③ 西晋杜预博学多通，明于兴废之道，他常说：“德不可以企及，立功立言可庶几矣。”亦将人生价值坐标定在事功这一层面上，所以《晋书》本传评论他说：“杜预不有生知，用之则习，振长策而攻取，兼儒风而

---

①《后汉书》卷四〇上《班彪传》。

②《后汉书》卷二三《窦宪传》。

③《后汉书》卷五四《杨震传》。

转战。”事功与学术同时达到了极高成就。

初唐四杰之一杨炯在《从军行》一诗中表示：“宁为百夫长，胜作一书生！”百夫长指下级军官，作者虽为一文弱书生，但从“百夫长”与“一书生”之间的取舍中，可以看出关中士人的价值倾斜，这既与崇尚武功的关中文化密响旁通，又与现实风气息息相关。

中唐杜佑“以富国安人之术为己任”，勤奋嗜学，“虽位极将相，手不释卷，质明视事，接对宾客，夜则灯下读书，孜孜不怠”。① 但他主要是以政治家的眼光来读书的，不仅知历代沿革之要，而且对现实政治的得失、财政的利弊，亦非常清楚，多有建言。所编撰《通典》首列食货，突出强调经济、选才在国家行政中的重要意义，目的是使其成为理政的“龟鉴”。

其孙杜牧《上李中丞书》中也说：“性颛固，不能通经。于治乱兴亡之迹，财赋兵甲之事，地形之险易远近，古人之长短得失，中丞即归廊庙，宰制在手，或因时事，召置堂下，坐之与语，此时回顾诸生，必期不负恩奖。”②远度卓识，颇有乃祖之风。只因机缘不同，故在政治上的成就不及乃祖，但经世致用的意趣却是一以贯之的。

可见，子厚的关注现实、投身变革、践履先儒的社会理想，做实行的儒家，适与关中士人的致用精神相一致。

---

①《旧唐书》卷一四七《杜佑传》。

②《樊川文集》卷一二，上海古籍出版社点校本，第183页。

五、游历考察

柳宗元的青少年基本上是在长安度过的。十二岁时因父亲柳镇调任鄂岳沔都团练使判官，他曾随父去过湖北夏口、江西、长沙等地，游览山川形胜，增加了社会阅历。但是对他的思想产生重大影响的，要推邠疆之行。这一次他借看望在邠宁节度使府中任职的叔父柳缜之便，实地考察了西北边防形势。

邠州位于长安西北，距长安仅三百里①，为邠宁节度使理所。安史之乱以来，河陇地区不断沦陷于吐蕃、回纥，所以邠宁便成了抵御外侮、屏障关中的边防要冲。郑处诲《邠州节度使厅记》指出："洎逆胡勃起幽、朔，西戎尘坌荡涌，乘艰难际，盗据河右。番兵去王城不及五百里，邠由是为边郡，斥候近郊，镇要害。"唐德宗建中四年（783），吐蕃侵扰，清水定盟，规定唐蕃边界为：

> 今国家所守界：泾州西至弹筝峡西口，陇州西至清水县，凤州西至同谷县，暨剑南西山大渡河东，为汉界。蕃国守镇在兰、渭、原、会，西至临洮，东至成州，抵剑南西界磨些诸蛮，大渡水西南，为蕃界。②

---

① 见《元和郡县图志》卷三，中华书局点校本上册，第16页。《通典》卷一七三《州郡三》则谓"至京兆府二百八十二里"，微有不同，见中华书局点校本第4册，第4517页。

②《旧唐书》卷一九六下《吐蕃下》。

以现在的地理来说，由甘肃平凉西的六盘山东麓起，南径清水县和成县，而至于四川西部大渡河畔。这样，陇上各地大部皆已丧失。六盘山以东固然还为唐的旧土，而蹙缩一隅，已经和秦汉时期迥然不同。① 而此后侵犯泾、邠、宁、庆、麟、盐诸州的事件仍屡屡发生，“自兹密迩京邑，时纵寇掠，虽每遣行人，来修旧好，玉帛才至于上国，烽燧已及于近郊”②。军事形势非常严重，首都危亡在旦夕之间。

柳宗元到邠州后③，实地考察了许多故地要塞，他曾自述这次经历说：

> 宗元尝出入岐、周、邠、斄间，过真定(宁)，北上马岭，历亭鄣堡戍，窃好问老校退卒……④

岐、周、邠、斄均为西周故地，文物典章班班可考，子厚登临送目，不仅抒思古之幽情，更能引发强烈的今昔盛衰之慨。马岭(今甘肃庆阳西北)一带，已是蕃汉交界处，柳宗元在这里的烽燧堡戍中向老校退卒调查，所获得的不只是段秀实一人的逸事，还有军情边政、民生疾苦。因为对“烽燧及于近郊”的情况有具体真

---

① 见史念海《河山集》(第5集)，山西人民出版社1991年版，第417页。

② 《旧唐书》卷一九六下《吐蕃下》。

③ 关于子厚游邠疆之时间，章士钊据《邠宁进奏院记》中“皇帝宅位十一载”云云，定在贞元六年，见《柳文指要》，第674页。施子愉《柳宗元年谱》则定于贞元十年：“宗元于父卒后常往邠州省侍其叔，至贞元十二年其叔死，乃持丧归长安。”施《谱》考证较详密，今从之。见施《谱》，第15—16页。

④ 《柳宗元集》卷八《段太尉逸事状》，中华书局点校本第1册，第178页。

切的了解，所以在《送邠宁独孤书记赴辟命序》中忧心如焚地指出："自犬戎陷河右，逼西鄙，积兵备虞，县道告劳，内匮中府太仓之蓄，仅而获厌。"他同时获悉贞元四年时杨朝晟平息凌暴犯令者的叛乱，张献甫"设险西陲"，经营边防，使得"戎虏伏息"，[①] 这些经历不仅为他此后的创作提供了生活素材，更重要的是，这些触目的事实，使他对唐王朝所面临的危机有更冷峻客观的认识。

盛唐以来，士人的壮游、漫游风气很盛，李白曾"仗剑去国，辞亲远游。南穷苍梧，东涉溟海"[②]，五岳寻仙，浪迹南北；杜甫亦有"放荡齐赵间，裘马颇清狂"的游历[③]；孟浩然"山水寻吴越""扁舟泛湖海"[④]，都可称得上是当时的大旅行家了。至于岑参的两赴边塞，鞍马风尘，已带有冒险家的色彩，是文人入军幕的突出例子[⑤]。这种"一副强横乱闯甚至可以带点无赖气的豪迈风度"[⑥]，远非六朝士族文人所能比拟，他们的人生阅历来源于大千世界，他们的创作亦得之于"江山之助"。这是唐代士人的一个优良传统，应当予以充分肯定。但也不可否认，有些人仅仅是为了赏玩山水、寻求出路或入幕邀誉。柳宗元的游历邠疆则有所不同，主要是对边政军情和社会风俗的考察，带有较明确的政治意

① 《柳宗元集》卷二六《邠宁进奏院记》，第 713 页。
② 《李太白全集》卷二六《上安州裴长史书》，第 1243 页。
③ 《杜诗详注》卷一六《壮游》，中华书局点校本第 3 册，第 1441 页。
④ 《孟浩然集校注》卷三《自洛之越》，第 207 页。
⑤ 文人入军幕的论述可见严耕望《唐代方镇使府僚佐考》，戴伟华《唐代幕府与文学》《唐方镇文职僚佐考》等。
⑥ 李泽厚《美的历程》，第 127 页。

向性和现实针对性。

这种注重实地考察的风气亦与关中文化有关。司马迁曾自述年轻时的经历说："二十而南游江、淮，上会稽，探禹穴，窥九疑，浮于沅、湘；北涉汶、泗，讲业齐、鲁之都，观孔子之遗风，乡射邹、峄；厄困鄱、薛、彭城，过梁、楚以归。于是迁仕为郎中，奉使西征巴、蜀以南，南略邛、筰、昆明，还报命。"① 至于班固随窦宪深入绝域，攻打匈奴，勒石燕然山，实已开唐代文人入军幕的先河。

隋唐时期国力强盛，对外扩张与经营频繁，因此对域外世界的了解尤显重要。值得注意的是，许多探险者或使节皆为关中人。如隋炀帝所派使于西番诸国的侍御史韦节和司隶从事杜行满，先后到过罽宾、王舍城和史国②。裴矩平素关心西域舆地，并曾职掌过与西域诸国交市事务，凡诸胡商至者，矩便诱令言其国俗山川险易，他自己亦亲自到过河西张掖、敦煌、伊吾，后撰成《西域图记》三卷，所记共有四十四国，且别造地图，穷其要害，从西倾以西，北海之南纵横所亘，将二万里③。杜佑的族子杜环曾"随镇西节度使高仙芝西征，天宝十载至西海。宝应初，因贾商船舶自广州而回，著《经行记》"④。据史家考证，杜佑所

① 参见《史记》卷一三〇《太史公自序》。比较一致的看法是，司马迁中青年时代曾有过三次较重要的漫游。第一次在武帝元朔三年，出游到了长江中下游和山东、河南等地；第二次是奉武帝之命巡视西南(今四川南部和云南边境一带)；第三次是武帝元封元年陪皇帝东行泰山行封禅典礼。参见褚斌杰编著《中国文学史纲要》第1册，第268—269页。

②《通典》卷一九一《边防七》，中华书局点校本第5册，第5198页。

③《隋书》卷六七《裴矩传》。

④《通典》卷一九一《边防七》，中华书局点校本第5册，第5199页。

言“天宝十载至西海”云云，实指高仙芝兵败怛逻斯(今哈萨克斯坦东南部江布尔城)战役，杜环被俘，在大食国稽留十余年，《经行记》已亡佚，仅据《通典》所引八条知，所记分别为拔汗那国、康国、师子国、波斯国、石国、碎叶国、大食国和朱禄国。其中对石国、碎叶国记载较多，尤详于大食国。晚唐杜牧曾将所注《孙子》十三篇献与宰相周墀，并在《上周相公书》中说：“虽不能上穷天时，下极人事，然上至周、秦，下至长庆、宝历之兵，形势虚实，随句解析。”①如要对长庆、宝历以来用兵情形有一深入了解，除对“财赋兵甲之事”的文献梳理外，恐怕也离不开对“地形之险易远近”做一番实地考察。这种目击身历的考察和探险不仅可资猎奇搜异，更有助于军国大事的筹划，对后世影响极大②。

柳宗元踵继关中学人的遗风，稽考山川，调查边政，掌握社会底层的真实情况和动态，以供有司行政决策，其议政著文亦能针砭时弊。其自谓：“窃自冠好游边上，问故老卒吏，得段太尉事最详。”③但其功又远非一篇《段太尉逸事状》所能限定。

---

①《樊川文集》卷一二，上海古籍出版社点校本，第 178 页。

② 宋代以来，由于抗敌御侮，经略西北，筹划边防，学人们对西北史地的稽考更为关注，如陆游《入蜀记》，程大昌《雍录》，顾祖禹《读史方舆纪要》，顾炎武《天下郡国利病书》，张澍《二酉堂丛书》，徐松《西域水道记》《汉书西域传补注》。但除武威张澍可算是关陇文化圈者外，徐松为直隶大兴(今属北京)人，其余多为南方学者。梁启超曾指出：“自乾隆后边徼多事，嘉道间学者渐留意西北边新疆、青海、西藏、蒙古诸地理，而徐松、张穆、何秋涛最名家。”(《清代学术概论》)“此类边徼地理学，虽由考古引其端，而末流乃不专于考古，盖缘古典中可凭藉之资料较少，而兹学首倡之人如祁鹤皋、徐星伯辈，所记载又往往得自亲历也。”(《中国近三百年学术史》)

③《柳宗元集》卷三一《与史官韩愈致段秀实太尉逸事书》，第 811 页。

本章的结论

1. 柳氏作为关中郡姓士族，子厚又生长于长安，故其古文思想实与关中文化传统有关联性。

2. 从传授渊源来看，子厚所承学的中唐新《春秋》学派，其创始人及主要成员多为关中士人或居关陇文化圈中，受新《春秋》学派影响最大的“永贞革新”中坚人物亦不乏关中士人。

3. 不重章句的学风虽非关中士人所独具，但关中学者对章句之学的态度，自东汉以来就有某种相似性。

4. 经世致用本是古代士人的共同理想，但子厚的“辅时及物”却有其特定的涵义。

5. 漫游、壮游是唐人的风气，但子厚的邠疆之游通过目击身历，稽考山川，调查边政，带有较明确的政治意向性和现实针对性，这也是关中士人的一个传统。

第十章　窦叔向家族贯望新证

中唐窦叔向与其五子常、牟、群、庠、巩俱以文学著称，有名于当时。新、旧《唐书》有传，《唐诗纪事》《唐才子传》亦有载记。《新唐书》卷六〇《艺文四》著录有《窦叔向集》七卷，《窦常集》十八卷，窦常编《南薰集》三卷[①]；同书卷五八《艺文二》又有窦群撰《史记名臣疏》三十四卷，均已佚。今仅存《窦氏联珠集》，录常等兄弟五人作品，义取昆弟若五星然。原为五卷，今本多作一卷。《全唐诗》编叔向与五子诗为一卷。叔向曾擢左拾遗内供

---

①《郡斋读书志》卷二〇下《总集类》："《南薰集》三卷。右唐窦常撰，集韩翃至皎然三十人约三百六十篇，凡三卷。其序云：欲勒上、中、下，则近于褒贬；题一、二、三，则有等衰；故以西掖、南宫、外台为目，人各系名系赞。"《唐才子传》卷四、《唐音癸签》卷三一对此书均有叙录。

奉，常、牟、巩进士及第，窦群被荐举，窦庠应征辟①。他们与当时名流如常衮、包佶、李嘉祐、皇甫冉、张继、柳宗元、韩愈、刘禹锡、吕温、白居易、元稹、韦执中、武元衡、羊士谔、令狐楚、裴度、姚合、刘商等过从交游，多有酬唱。惜其创作未受到研究者应有的重视。载籍所记叔向与五子的郡望、籍贯颇多分歧，研究者亦各执一说，龃龉不合处甚多。笔者兹章仅将阅读过程所见窦氏家族郡望、籍贯及迁徙地的一些疑问提出来，就教于海内外博雅君子，以期知人论世，深化对六窦作品的探赜。

一、窦氏的郡望

唐人沿魏晋南北朝旧习，崇尚门第，尊礼郡望，故称人与自称多提郡望，而不及里贯，诗文应酬更是如此，虽曾遭到时人与后世的訾议②，但作为一种礼俗，并未能扭转。新、旧《唐书》所记人物，多系郡望，亦间有里贯，夹杂混淆，治唐代文史者颇感

---

①《新唐书》卷一七五《窦群传》："群兄弟皆擢进士第，独群以处士客隐毗陵。"《唐诗纪事》卷三一："四子登第，群以处士隐毗陵。"《诗薮》外编卷三："窦四子俱登第，独群处士官最达。"不确，除群之外，庠亦未登第，而是以应辟入仕。宜从《旧唐书》卷一五五《窦群传》："群兄常、牟，弟巩，皆登进士第，唯群独为处士。"陈振孙《直斋书录解题》卷一五《窦氏联珠集》注，储仲君笺注窦庠(傅璇琮主编《唐才子传校笺》卷四，第236页)皆从《旧唐书》，是。

② 刘知几《史通·邑里篇》："系虚名于本土者，虽百代无易。既而天长地久，文轨大同，州郡则废置无恒，名目则古今各异。而作者为人立传，每云某所人也。其地皆取旧号，施之于今。"自注："近代史为王氏传，云琅邪临沂人；为李氏传，曰陇西成纪人之类是也。非惟王、李二族久离本居，亦自当时无此郡县，皆是魏晋已前旧名号。"又如《新唐书》卷九五《高俭传》："至中叶，风教又薄，谱录都废，公靡常产之拘，士亡旧德之传，言李悉出陇西，言刘悉出彭城。"

棘手，极易误讹，甚至推导出一些似是而非的结论。

下面首先排列载籍所见叔向家族郡望的记录：

《全唐文》卷七六一褚藏言《窦常传》：①

> 府君讳常，字中行，扶风平陵人也。

《旧唐书》卷一五五《窦群传》：

> 窦群字丹列，扶风平陵人。

《新唐书》卷一七五《窦群传》：

> 窦群字丹列，京兆金城人。

《唐诗纪事》卷三一：

> 叔向，字遗直，京兆人。

《唐才子传》卷四：

> 叔向，字遗直，扶风平陵人也。

---

①《全唐文》本五窦传记与《联珠集》本颇多差异，兹不赘，参见拙文《中唐五窦生卒年新考》，见《文献》1996 年第 2 期。

常，字中行，叔向之子也。京兆人。

《唐诗品汇·诗人爵里详节》：

窦叔向，字遗直，扶风人。

窦常，字中行，京兆人，叔向长子。

窦牟，字贻固，扶风平陵人。

《全唐文》卷六一二作者小传：

群，字丹列，京兆金城人。

《全唐诗》卷二七一作者小传：

窦叔向，字遗直，京兆人。

沈炳震《新旧唐书合钞》卷二六：

《新书》：京兆金城人。案扶风无平陵，金城本始平，疑为始平，然不属扶风。

岑仲勉《元和姓纂四校记》卷九：

余按《叔向碑》尚存“居平陵”残字（《萃编》一〇五），扶风举其望，平陵举其地也，沈说未谛。①

储仲君笺注《唐才子传·窦叔向传》：

扶风即凤翔府（治雍县，即今陕西省宝鸡市凤翔区）。又按扶风无平陵，岑仲勉云："扶风举其望，平陵举其地也。"殆是。②

贾晋华撰"六窦"词条：

京兆金城（今陕西兴平）人，郡望扶风平陵（今陕西咸阳西北）。③

史念海谈唐代后期人物籍贯的分布：

兴平县（始平县、金城县）窦牟、窦巩、窦庠。④

上列有关叔向家族郡望籍贯的歧见归纳起来，实为如下几个观点：

---

①《元和姓纂（附四校记）》，中华书局整理本1994年版，第1382页。

② 傅璇琮主编《唐才子传校笺》第二册，中华书局1989年版，第82页。

③ 周勋初主编《唐诗大辞典》，江苏古籍出版社1990年版，第466—468页；又周祖谟主编《中国文学家大辞典（唐五代卷）》，中华书局1992年版，第784、786、787页。

④ 史念海《河山集》（第5集），山西人民出版社1991年版，第477页。

1. 扶风平陵。如《旧唐书·窦群传》、褚藏言《窦常传》、《唐才子传·窦叔向传》等。

2. 扶风。如《唐诗品汇》等。

3. 扶风举其望，平陵举其地。如岑仲勉、储仲君等。

4. 京兆金城。如《新唐书·窦群传》、《全唐文》卷六一二。

5. 京兆始平。如沈炳震、史念海等。

6. 京兆。如《唐诗纪事》《唐才子传·窦常传》《全唐诗》等。

7. 京兆金城人，郡望扶风平陵。如贾晋华等。

以上观点可谓聚讼纷纭，但第七种意见明显是对第一、第四两种截然不同看法的调和，第三种意见是对第一种意见的诠释，第五种意见则是对第四种意见的诠释，第二种、第六种分别是对第一种、第四种的省称，在唐代典籍中常见。其实概括起来，基本是两种看法，即扶风平陵抑或京兆金城，其余只不过是这两种基本观点的孳乳分蘖。

《元和姓纂》卷九叙窦氏源流说：

> 窦，姒姓，夏少康之后。帝相遭有穷之难，其妃后缗方娠，逃出自窦，而生少康，支孙以窦为氏。至周，世为大夫。窦犨为晋大夫，仕赵简子，裔孙汉丞相婴。
>
> [扶风]窦婴之先，本居清河观津，后徙扶风平陵。汉章武侯窦广德，女为文帝皇后，生景德。兄子彭祖，南皮侯。兄子彭婴，魏其侯。婴七代孙融，后汉大司空、安丰侯，生穆。穆生勋，勋生宪，宪，大将军、武阴侯；女为安帝皇后。融生固。裔孙武，大将军、槐里侯，女为桓帝皇后。魏

晋以后，窦氏史传无闻。

[河南洛阳]状称本扶风人。窦武被诛，后人雁门太守统北奔鲜卑拓跋部，为没鹿回部大人，赐姓纥豆陵氏。魏孝文改为窦氏。女为元帝后。六代孙漏头，蓬东王。孙略，生岳。处、毅。岳处。后周大司马、杞公；女为高祖太穆皇后，生太宗。

《姓纂》原书已佚，今本为辑佚所得，叙世次多有脱漏误讹，为避免行文枝蔓，此处照录，考证详岑仲勉四校记。①

《新唐书》卷七一下《宰相世系一下》：

充，避秦之难，徙居清河，汉赠安成侯，葬观津。二子：长君、广国。广国字少君，章武景侯。二子：定、谊。谊生赏，袭章武侯，宣帝时，以吏二千石徙扶风平陵。

宋邓名世《古今姓氏书辩证》卷三四"窦氏"条亦曰：

谊生赏，袭章武侯，宣帝时以吏二千石徙扶风平陵，其后世系具。②

据此知窦氏先祖本居清河观津，后徙扶风平陵，子孙遂以扶

---

①《元和姓纂(附四校记)》，第1363—1365页。
②《古今姓氏书辩证》，上海古籍出版社影印"四库全书"第922册，第332页。

风平陵为郡望。韩愈为窦牟所撰《国子司业窦公墓志铭》，铭文说："后去观津，而家平陵。遥遥厥绪，夫子是承。"①此处"家平陵"非指窦牟家居平陵，而是追溯其汉代先祖，标举郡望来历。又因铭文格式所限，故将"扶风平陵"省为"平陵"二字。另看唐人高证所撰《茂州刺史扶风窦君墓志铭并序》：

> 于汉文景之世，充安成侯以姻联帝室，为清河望族。其子广国，改封章武，承天之宠，累世袭禄。后徙居右扶风，故为平陵人焉。②

由此可见，"扶风平陵人""平陵人""居平陵""家平陵"云云，如无特殊说明，皆指窦氏郡望，而非籍贯。扶风亦非唐代州郡，其所辖也不是唐代区域，而是特指汉代的右扶风郡。班固《汉书》卷二八上《地理志八上》，右扶风所辖二十一县中，即有平陵县。

《元和郡县图志》卷二叙其沿革说："武帝太初元年更名右扶风，所以扶助京师行风化也，与京兆尹、左冯翊谓之三辅。……魏文帝除'右'字为扶风郡，亦是重镇。"③北魏隋唐以来改称岐州、扶风郡、凤翔郡、凤翔府，但其所辖与汉代已大不相同，唐代已无平陵县，平陵故地在唐亦不属于扶风郡或凤翔府。

---

① 马通伯校注《韩昌黎文集校注》卷七，古典文学出版社 1957 年版，第 305 页。

②《千唐志斋藏志》下册，文物出版社 1984 年影印本，第 1054 页。录文参见周绍良主编《唐代墓志汇编》下册，上海古籍出版社 1992 年版，第 2146 页。

③《元和郡县图志》卷二，中华书局点校本 1983 年版，第 40 页。

那么，《新唐书》之说又缘何而来呢？窃以为宋代馆臣不谙唐人标举郡望的习俗，只是发现唐代已无平陵县，平陵故地亦非扶风郡岐州所辖，故改窦氏郡望之平陵为金城，又改为始平，并将其隶于京兆府下，从平陵的地理沿革来说，并无大错，但从氏族谱牒学角度来看，则大谬不然。

《元和郡县图志》卷二“关内道二·京兆下”：

> 兴平县……本汉平陵县，属右扶风。魏文帝改为始平。晋武改置始平郡，领槐里县，历晋至西魏数有移易。景龙二年，金城公主出降吐蕃，中宗送至此县，改始平县为金城县。至德二年改名兴平。

《新唐书》卷三七《地理志一》“京兆府京兆郡”：

> 兴平，畿。本始平，景龙二年，中宗送金城公主降吐蕃至此，改曰金城，至德二载更名。

《新唐书·窦群传》的更改，表面上看与《元和志》《新志》所叙地理沿革一致，但实有悖于唐代郡望标举的规则，唐人所矜郡望，皆指汉晋地名，而非唐代境域，不可坐实。《旧唐书》径抄唐代文献，虽使后人有误郡望为籍贯之虞，但仍不失谨守古风。《新唐书》不谙唐人崇尚郡望，甚至不惜伪造谱牒、假托郡望的陋习，以唐代地理沿革改易郡望，画虎不成反类犬，遂使歧说纷纭①。关于窦叔向家族郡望的各种不同看法，皆由此孳乳而来。

职是之故，可知窦氏郡望为右扶风平陵，亦可省称为扶风平陵，或径称扶风、平陵，但都是以汉代地望而言，与唐代地理无涉。

二、窦氏的房支

叔向家族的郡望为扶风平陵，但这并不能说明其籍贯一定是在平陵，依谱学的规则和唐人的习俗，凡窦氏均可称为扶风窦，那么叔向家族究竟是窦氏的哪一房支呢？

据前引《姓纂》卷九知，窦氏分为扶风与河南洛阳两支，而叔向家族是放在河南洛阳一支下面叙述的。又唐人柳芳论氏族也说："代北则为'虏姓'，元、长孙、宇文、于、陆、源、窦首之。'虏姓'者，魏孝文帝迁洛，有八氏十姓……世为部落大人，并号河南洛阳人。"②

但《新唐书·宰相世系表》则曰："窦氏定著二房：一曰三祖房，二曰平陵房。宰相六人。（三祖房有德玄、怀贞、抗、参、威；平陵房有易直。）""窦武之后又有敬远，封西河公，居扶风平陵，孙善衡。"叔向与易宜皆在平陵房。

① 史念海先生曾举窦威的例子，指斥《新唐书》妄改郡望之误："《旧唐书·窦威传》作扶风平陆人，《新唐书》本传作岐州平陆人。扶风郡即岐州，岐州无平陆，汉有平陵县，属右扶风，此平陆当系平陵的讹误。……所谓扶风平陵盖窦氏的郡望。《新唐书》改扶风为岐州，也是讹误的。"见《河山集》（第5集），第455页。

②《新唐书》卷一九九《柳冲传》。

考前揭《姓纂》“窦氏扶风”条曰：“魏晋以后窦氏史传无闻。”以下并无魏晋隋唐人物的罗列，所列人物皆在“河南洛阳”条下，那么，似三祖房与平陵房两个定著房皆出于河南洛阳这一支。查《周书》卷四《明帝纪》知，北周明帝二年曾颁诏书曰：“三十六国，九十九姓，自魏氏南徙，皆称河南之民。今周室既都关中，宜改称京兆人。”窦氏三祖、平陵两个定著房似由此形成，他们是由河南洛阳迁到关中的，故仍可以袭用旧望①。

《金石萃编》卷一〇五残存羊士谔撰《窦公(叔向)神道碑》：

> 扶风窦公洎夫人汝南袁氏、继室赠临汝太君□，元和二年秋八月十七日□启殡自丹阳郡覆釜山，克葬于河南之偃师北原。②

此碑残缺处甚多，不能卒读，但这一节文字却基本清楚，那么，扶风窦氏为何要葬于河南偃师北原呢？

另据前引韩愈《窦公(牟)墓志铭》知：

> (牟)长庆二年二月丙寅，以疾卒。其年八月某日，葬河

---

① 姚薇元认为，据《后汉书·窦章传》，并无子孙避难奔鲜卑事，可知代北窦氏，实为鲜卑胡姓，冒托窦章之后。本没鹿回部，归魏后改称纥豆陵部，原居意辛山附近。“意辛山在大同县北塞外，是此族原居地，当在代京之北。《唐表》云纥豆陵氏徙居五原，可知意辛山当在五原(即今内蒙古自治区五原县)。”参见氏著《北朝胡姓考》，科学出版社1958年版，第175—180页。叔向一族，是否亦为胡姓，或汉化胡人，系另一问题，为避免枝蔓，此不赘述。

② 王昶辑《金石萃编》第三册，北京中国书店1985年影印本。

南偃师先公尚书之兆次。

又，褚藏言《窦牟传》曰：

(牟)寝疾告终于宣平里之私第。

查《唐两京城坊考》卷三西京外郭城宣平坊有“国子祭酒窦牟宅”，并引褚传此节文字为据。

叔向为什么不葬在郡望所在地扶风平陵，而要葬在河南洛阳附近的偃师呢？尤为奇怪的是，窦牟卒于西京宣平里，却仍要搬迁到东都祔先公之茔呢？

陈寅恪《论李栖筠自赵徙卫事》一文说：“吾国中古士人，其祖坟住宅及田产皆有连带关系。观李吉甫，即后来代表山东士族之李党党魁李德裕之父所撰《元和郡县图志》，详载其祖先之坟墓住宅所在，是其例证。其书虽未述及李氏田产，而田产当在其中，此可以中古社会情势推度而知者。故其家非万不得已，决无舍弃其祖茔旧宅并与茔宅有关之田产而他徙之理。”①栖筠一族，本为赵郡赞皇望族，但自栖筠、吉甫、德裕始，李氏即葬于洛阳郊外，有墓地，德裕在洛阳龙门之西有田产别墅②，故准确地讲，洛阳成了栖筠一支的新籍贯。台湾毛汉光进一步指出：“坟茔之所在地，成为今日研究某家族重心的重要标杆。……士族由原籍

① 《金明馆丛稿二编》，上海古籍出版社1980年版，第2页。

② 参见《金明馆丛稿二编》，第8—51页；傅璇琮《李德裕年谱》，齐鲁书社1984年版，第9—11页。

迁徙到新地方，并以这个新地方作为家族的重心。”①归葬之地是标杆之一。

窦氏除叔向、牟归葬洛阳外，还能找到其他例证。前引高证撰《茂州刺史扶风窦君墓志铭并序》曰：“曾祖怀亶，皇朝洪州刺史在平县公，赠右仆射；祖昌，故彭州九陇长，赠工部尚书；父叔彦，故和州乌江丞；咸抱令德，不跻贵仕。君讳季余，字幼直，……以明年三月十九日庚午归葬于东都城北金谷乡之原，祔于先茔，礼也。……洛城之幽，几半舍兮，里曰金谷北邙，窦氏之封，在其中兮。”

岑仲勉已据《叔向神道碑》指出《新书·宰相世系表》所列窦善衡，非叔向之曾祖，而是其高祖。综合以上资料，可以列出叔向、叔彦一支的世系当为：

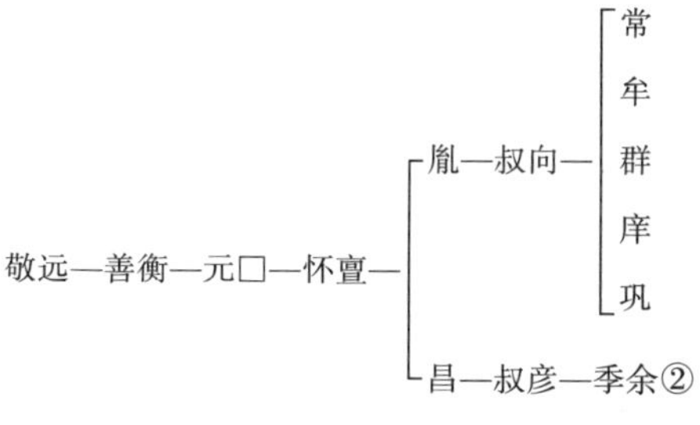

叔向与叔彦既为同祖从兄弟，那么其葬地应相距不远，《元

① 见氏著《中国中古社会史论》，台北：联经出版事业公司1988年版，第244—245页。

② 昌，《新表》作“元昌”，据《叔向碑》知，叔向、叔彦之曾祖名“元□”，依据避讳原则，其孙名不当有元字，《新表》之“元”疑为衍字。季余，岑仲勉录文作“季铨”。查《千唐志斋藏志》所影碑文，作“余”是。

和郡县图志》卷五《河南府》“偃师”：“北邙山，在县北二里，西自洛阳县界东入巩县界。”则叔向、牟所葬之偃师北原墓地，与季余归祔之金谷北邙，当为一地。这里有其祖坟旧产，成为其家族活动的重心，亦即其新的籍贯。

据出土文献知，不唯叔向与季余，唐代窦氏还有葬于洛阳金谷北邙一带者，如郭季膺撰《新安郡长史窦君墓志并序》：

> 天宝庚寅岁五月五日，扶风窦君讳说，字说，即唐昭成顺圣皇太后再从弟，春秋六十二，卒于长安延寿坊之私第也。……粤以其载五月廿八日，迁于洛阳□殡北邙之原，礼也。①

与窦牟相似，窦说亦卒于西京长安，并没有就近葬于京城附近或扶风平陵，而是迁于洛阳北邙，说明其祖茔在东都。又，崔祐甫撰《濮州临濮县尉窦公夫人崔氏墓志铭并序》：

> 夫人讳蕴，字□□，博陵安平人也。……年廿二，归扶风窦氏，所奉之主曰叔华，识微通变之士也。顷属时难流离，迁徙江介，夫人攻苦食淡，罄心劳力，绸缪牖户，以成其家；抚育支庶，荐慰嫔妾，不忌不刻，得其欢心。……以宝应二年四月三日终于洪州妙脱寺之尼舍……其时中原寇猾未平，权殡于丰城县。大历四年……改窆于北邙陶村之北

① 北京图书馆藏拓本，录文见周绍良主编《唐代墓志汇编》下册，第1643页。

原，依于父母之茔，权也。①

此篇志给我们三点启发：其一，崔氏郡望为博陵安平，但其父母葬地却在洛阳北邙，说明其家族活动重心已移至东都；其二，崔氏卒于洪州，但却未在江西安葬，只是权殡于丰城，后又迁归洛阳；其三，权依于北邙父母之茔，是为了将来与其夫窦叔华合葬方便。换言之，窦叔华祖茔亦当在北邙附近。

洛阳不唯有叔向家族的祖茔，还似乎有其田产。窦牟《秋日洛阳官舍寄上水部家兄》：

洛阳归老日，此县忽为君。

此诗作于元和六、七年间牟任洛阳令时②，作者以洛阳为终焉之地。又，韩愈《墓志铭》亦曰：

公视从史益骄不逊，伪疾经年，舆归东都。

储仲君已考出牟"舆归东都"在永贞元年末或元和元年③。《新唐书·窦群传》附传："(牟)晚从昭义卢从史，从史浸骄，牟度不可谏，即移疾归东都。"葛立方《韵语阳秋》卷四："牟晚从昭义卢从史，从史浸骄，牟度不可谏，即移疾归东都，故其《秋夕闲居》诗

① 北京图书馆藏拓本，录文见周绍良主编《唐代墓志汇编》下册，第1769页。
② 参见储仲君考证，见傅璇琮主编《唐才子传校笺》第二册，第223—224页。
③ 见傅璇琮主编《唐才子传校笺》第二册，第222页。

云：'燕燕辞巢蝉蜕枝，穷居积雨坏藩篱。'"《唐才子传》卷四："牟晚从昭义卢从史，从史浸骄，牟度不可谏，即移疾归，居东都别业。"《新书》以下几条史料，皆出于韩愈《墓志铭》，除"晚从"云云不确已为学者所指出外①，基本上都说明牟曾在洛阳闲居，且在宰洛阳前的元和初，辛文房甚至认为其有别业在东都，虽不知其出处，当距事实不远。

又据褚藏言《窦常传》："既罢秩，东归旧业，时宰嘉招，固辞衰疾，因辞国子祭酒致仕。宝历元年秋，寝疾告终于广陵之白沙别业。"这里的"东归旧业"是指"广陵之白沙别业"，抑或指洛阳呢？似不好遽定。参之以常《酬舍弟牟秋日洛阳官舍寄怀十韵》：

幼为逃难者，才省用兵初，去国三苗外，全生四纪余。老头亲帝里，归处失吾庐。逝水犹呜咽，祥云自卷舒。正郎曾首拜，亚尹未平除。几变陶家柳，空传魏阙书。

此篇与前列牟诗是唱酬之作，"老头亲帝里"即牟诗"洛阳归老日"之意，"归处失吾庐"云云，不正好从反面暗示曾有园庐在洛阳吗？

白居易有《宿窦使君庄水亭》诗：

使君何在在江东，池柳初黄杏欲红。有兴即来闲便宿，

① 《唐才子传校笺》第二册，第 224 页。

不知谁是主人翁？

朱金城、陶敏均认为窦使君指窦庠，诗作于大和二年，白居易任秘书监居洛阳，而窦庠刺婺州①。则窦庠在洛阳亦有庄园。

综括以上可知，叔向一族郡望虽在扶风平陵，但其祖茔却在洛阳北邙，子弟曾有田产别业在洛阳附近，其家族活动的重心亦在洛阳。但叔向一支究竟是何时因何故将祖茔墓地定在洛阳，因史料阙如，不好妄做推论，暂且存疑。

三、窦氏的迁徙

考叔向仕履，除在京都任职外，其外放宰江阴、溧水则在江南，卒时亦在丹阳郡；窦常隐于广陵柳杨西偏，有白沙别业；窦群以处士居毗陵著书，似其家族在江南亦有活动。但这里有几个问题：(1)由北向南的迁徙，究竟是常、群等人的个人行为，还是家族的行动？(2)迁徙究竟发生于何时？是在常、群成年后，还是更早的时间？

为了将此问题搞清楚，首先看史籍的记载。

褚藏言《窦常传》：

追拾遗下世，力养继亲，家无旧产，百口漂寓。由是弃

① 见朱金城《白居易集笺校》卷二五，上海古籍出版社1988年版，第1742页；陶敏补证《窦庠传》(傅璇琮主编《唐才子传校笺》第五册，中华书局1995年版，第205页)。

> 高科于盛时，就泉府之小职，邅回者十年。厥后载罹家祸，因卜居广陵之柳杨西偏，流泉种竹，隐几著书者又十载。……宝历元年秋，寝疾告终于广陵之白沙别业。①

诸家对常卜居广陵这一点的看法似一致，兹不赘引。但对褚传中“百口漂寓”云云，则未予重视。按“百口”虽或举其成数，但绝不止个人，恐怕是指整个家族。另褚传谓“漂寓”的时间是在“拾遗下世”，考叔向在大历十四年左右卒，那么，这百口之家在常卜居广陵前是由何处迁来呢？又，据前引常酬其弟牟之诗《秋日洛阳官舍寄怀十韵》：

> 幼为逃难者，才省用兵初。去国三苗外，全生四纪余。

“去国三苗”或可解释为任湖南判官、团练副使事，但“幼为逃难者”是什么意思呢？似与褚传中拾遗下世后率百口流寓相龃龉，究竟以何说为是呢？

再看韩愈《窦公(牟)墓志铭》：

> 初，公善事继母，家居未出，学问于江东，尚幼也，名声词章行于京师，人迟其至。

由此可知，窦牟也参加了漂寓，且年龄尚幼(与常诗之“幼为逃难

① 《全唐文》第八册，第7909页。

者"若合符节)，漂寓地点在江东，且在江东完成了系统的教育，后声名传至京师。

又，褚藏言《窦群传》：

> 府君由弱冠不乐进士之科，便于著书，耕垦坟籍。既孤，以蔬素自适，著书于毗陵之西偏，给长兄之俸，而与诸季安于膝下者十稔。洎再罹内艰，殆尽而复前者数四。厥后，郡守给事中京兆韦公夏卿知公，以为江左文雅，无出其右。

据此知窦群居于毗陵，给长兄窦常之俸禄，诸季(即其弟庠、巩)亦随其居住，共同生活长达十年左右。说明漂寓江东是窦氏家族的一次集体迁徙，常、牟、群均参加，其时常、牟年龄尚幼。

史念海《两〈唐书〉列传人物本贯的地理分布》一文，将窦常籍贯隶于广陵扬州，窦群隶于毗陵常州，颇有识见。他还说："江南可能有窦氏的基业，不然，何以其弟兄都在江南隐居，更何况窦常一中进士即到广陵隐居。"①这一看法颇具见识，对我们理解窦氏家族的迁徙很有启发性。

皇甫冉《送窦十九叔向赴京》诗云："冰结柳杨津，从吴去之秦。徒云还上国，谁为作中人?"皇甫冉诗中之"柳杨津"与窦常卜居广陵西偏之柳杨，当为一地。细揣诗意，叔向似乎不是路经柳

---

① 史念海《两〈唐书〉列传人物本贯的地理分布》列窦常的籍贯为扬州，窦群的籍贯为常州，见《河山集》(第5集)，第492、493、451页。但史先生将窦牟、窦巩、窦庠的籍贯仍定于关内道京兆府兴平县(金城县)却似乎不妥(第477页)。

杨，而是在此有居处，故皇甫冉特意在篇首提及。

又，李嘉祐《送窦拾遗赴朝因寄中书十七弟》云："妻儿共载无羁思，鸳鹭同行不负身。"据《全唐诗》题下注知，此窦拾遗即叔向，其入朝时"妻儿共载"，究竟是一种实录，还是一种修辞，我们不得而知。但有一点可以肯定，即其妻儿当时都在江东，那么，其家族之迁徙漂寓，殆在叔向宰江阴时欤？考常衮为相引擢叔向为左拾遗、内供奉，时在大历十二年①。换言之，其妻儿在大历十二年之前当已随他迁徙至江东。

江阴为常州辖县，溧水在宣州，丹阳郡即润州，润州与宣州、扬州、常州地皆毗邻，故其家族成员多在这一带活动，或任职，或隐居，或著书，或养望，或赋闲，窦叔向与滞留江东的地方官李嘉祐、梁肃、皇甫冉、崔峒等诗酒酬唱；窦常隐居广陵，编皎然等江南文士作品为《南薰集》；窦牟学问于江东，奇文异行闻于京师；窦群被认为江左文雅，无出其右；窦巩在元稹任浙东观察使时被辟为副使，游览镜湖、秦望山，讽咏诗什，被称为"兰亭绝唱"……种种零散细碎的残存史料一旦拼凑起来，即可形成一幅较清晰的画面，代北虏姓士族之窦氏一支，漂寓江介，并活跃于江左文坛。论者多谓安史乱前，南方文士辐辏于两京；安史乱后，北方士人不断举家迁徙南方，通过叔向家族的个案研究亦可证明此说大体无误。②

---

① 傅璇琮主编《唐才子传校笺》第二册，第 86 页。

② 出土文献还有一则窦氏迁居江左的资料，特附于下："（崔氏）年廿二，归扶风窦氏，所奉之主曰叔华，识微通变之士也。顷属时难流离，迁徙江介，夫人攻苦食淡，罄心劳力。"（见前引崔祐甫《崔氏墓志铭并序》）这里的"时艰"疑指安史之乱。则叔华一族因战乱而迁徙，而叔向一族的迁徙恐怕主要与其任职有关。

本章的结论

1. 窦叔向家族的郡望为右扶风平陵，亦可省称为扶风平陵，或径称扶风、平陵。

2. 叔向家族的房支疑为洛阳一支，洛阳附近有其祖茔田产。

3. 叔向家族成员曾迁徙江东，并活跃于江左文坛。

附编一 《皇唐玉牒》编撰者之重新检讨

《皇唐玉牒》是唐代皇家谱牒文献，已佚，具体内容不得而知，唐宋典籍对该书多有记载，聊可仿佛其梗概。但这些载录又颇多抵牾，如书名、卷数、编撰时间、编撰者等，歧说纷纭，其中尤以编撰者的争论引人注目。编者之一李衢似无异辞，但另一编者究竟是林赞，还是林宝，抑或“赞”是“宝”之讹字？岑仲勉、余嘉锡认为“林赞”是“林宝”之讹。岑仲勉说：“余颇主与修《玉牒》者为林宝。”①余嘉锡说：“岑氏以林赞为林宝之误，以《玉海》为之证，当不诬也。”②岑倡说在先，余评议并佐证于后，似已成定谳。岑、余皆为一代文史宗师，岑氏长于氏族，精通谱学，余氏更以精通目录学闻名。皇皇巨著，学林推重。藐余小子，何敢责一词。然窃以为关于《玉牒》之编撰者林赞抑或林宝，尚有未发之覆，故不揣浅陋，献芹议曝见于海内外方家之前，以期深化对

---

①《〈元和姓纂〉四校记自序》，见《元和姓纂（附四校记）》卷首，中华书局整理本1994年版，第10页。

②《四库提要辨证》卷一六《子部七》，中华书局1980年版，第959页。

此问题的探赜。

为讨论方便，先征引有关载籍所见《皇唐玉牒》的著录文献。《旧唐书》卷一七下《文宗纪下》：

(开成三年四月)癸丑，屯田郎中李衢、沔王府长史林赞等进所修《皇唐玉牒》一百五十卷。

《册府元龟》卷五六〇《国史部·谱牒》：

李衢为屯田郎中，文宗开成三年四月，与沔王府长史林赞进所撰《皇唐玉箓》一百五十卷。

又同书卷六二一《卿监部·司宗》：

开成元年闰六月乙未，召宗正卿李弘泽问图谱，弘泽对以"自肃宗已来，并未修续，臣已请追林赞、郑覃与李固言。林赞实有氏族学"。时论以为不公。癸卯，敕追沔王府长史分司东都林赞同修《七圣玉牒》，从宗正寺之谓(请)也。

以上两书三条记载，均作林赞。

《新唐书》卷五八《艺文志二》：

《皇唐玉牒》，一百一十卷。开成二年，李衢、林宝撰。

《玉海》卷五一：

《皇唐玉牒》一百一十卷，开成二年李衢、林宝撰(《旧纪》、《册府元龟》云三年四月癸丑进。《旧史》作一百五十卷，屯田郎中李衢、沔王府长史林宝等。开成元年闰六月乙未，召宗正卿李弘泽问图谱，对以自肃宗已来，并未修续。癸卯，敕沔王府长史林宝同修《七圣玉牒》)。

以上两书两条记载作林宝。

《唐会要》卷六五《宗正寺》：

开成(原作“太和”，误)二年六月，修《玉牒》官、屯田郎中李衢等奏：“窃以圣唐玉牒，与史册并驱，立号建名，期于不朽。伏乞付宰臣商量，于玉牒之上，特创嘉名，以光帝籍。”敕旨：“宜以《皇唐玉牒》为名。”

《通志》卷六六《艺文略第四》：

《皇唐玉牒》，一百一十卷，李衢等撰。

以上两书两条记载，只提李衢，回避了林赞与林宝之争。

现将《皇唐玉牒》著录中的歧见列表如下：

出 处	编撰时间		卷数	编撰者	书名
	开始	完成			
《旧唐书》卷一七下		开成三年四月	150	李衢、林赞	皇唐玉牒
《册府元龟》卷五六〇		开成三年四月	150	李衢、林赞	皇唐玉箓
《册府元龟》卷六二一	开成元年闰六月			林赞(郑覃、李固言)	七圣玉牒
《唐会要》卷六五		太和二年六月		李衢等	皇唐玉牒
《新唐书》卷五八		开成二年	110	李衢、林宝	皇唐玉牒
《玉海》卷五一	开成元年闰六月	开成二年	110	李衢、林宝	皇唐玉牒 七圣玉牒
《通志》卷六六			110	李衢等	皇唐玉牒

据此可知,《皇唐玉牒》在编撰时间、卷数、书名和编撰者诸方面均有分歧。其中,可以大体确定者为开成元年始修,三年撰成。《新唐书》作"二年"或为形讹,《唐会要》作"太和二年",当系明显错误。"闰六月",岑氏据《旧纪》及《朔闰考》均闰五月,谓此作"六"误①,是。《七圣玉牒》当系创修时暂拟名(详见下文讨论),修毕后敕定名《皇唐玉牒》。至于卷数的差异,不好遽定。下面主要讨论有关编撰者的争议。

为了证明《玉牒》之撰者为林宝而非林赞,岑仲勉先生在《〈元和姓纂〉四校记自序》一文中,用了较长篇幅申论,并集中提出了

① 《〈元和姓纂〉四校记自序》,见《元和姓纂(附四校记)》卷首,中华书局整理本 1994 年版,第 9 页。

五个理由。① 下文即围绕岑氏的五条理由进行讨论。

岑氏的第一条理由是："今本《旧书》及《元龟》舛谬太多。"浩案：《旧书》舛谬，时为人诟病。但谓"今本"云云，言下之意似各本于此有异文，但翻检诸本，并无异辞，中华书局点校本于此亦未出校记。又，查中华书局1989年影印《宋本册府元龟》，此处亦无异文。且纵论古籍，可以指诟《旧书》《元龟》，但就某具体问题而言，如无版本依据，笼统怀疑，不唯空泛，亦无说服力。

岑氏的第二条理由是："《姓纂》林姓下及各姓氏书，均无林赞其人。"浩案：《姓纂》成书在宪宗元和七年(812)，《玉牒》修毕在开成三年(838)，二十六年前所修《姓纂》，何以能将二十六年后的人预收录进去呢？这既不合林宝《姓纂》体例，又与岑氏对该书的介绍自相矛盾，岑氏自己说："宪宗谓子孙职位总缉，则无职位者不必其入录。……成书在元和七年十月以后之事，或有时稍前之事，非彼所得记。"②假如当时林赞年幼或无职位，则就不会被收录，且不唯林赞，就连另外一位编撰者李衢亦未见录入。何况《姓纂》北宋时已颇多散佚，今所见为清人辑录，早非林书旧第，焉能以《姓纂》收录与否，定林赞其人之有无。《姓纂》之后唐宋姓氏书流传至今者，唯有邓名世《古今姓氏书辩证》，但邓书干脆于林姓阙载，故更不能以为判断林赞其人有无之标准。

岑氏的第三条理由是："宝曾修《元和姓纂》，自为谱牒名手，

---

① 《〈元和姓纂〉四校记自序》，见《元和姓纂(附四校记)》卷首，中华书局整理本1994年版，第9—10页。

② 《〈元和姓纂〉四校记自序》，见《元和姓纂(附四校记)》卷首，中华书局整理本1994年版，第12页。

开成间再令执《玉牒》之役，事属近情。”浩案：近情未必近理。《册府元龟》卷五六〇《国史部·谱牒》：“柳璟为翰林学士，开成四年闰正月奏：‘今月十二日面奉进止，以臣先祖所撰《皇室永泰新谱》，事颇精详，令臣自德宗皇帝至陛下御极已来，依旧样修续，伏请宣付宰臣。’诏：‘宜令宗正寺与柳璟计会修撰，仍令户部量供纸笔。’”瞿林东指出：“其实，柳璟的撰成《续皇室永泰新谱》，并非是他长于谱系之学，而是因为其祖柳芳撰《永泰新谱》。”[①]《玉牒》与《续永泰新谱》同是皇家谱牒，又几乎是同时修撰，为什么不选择“该览六艺，通知百家”“博闻强识”[②]的林宝，而要委任并不长于谱系之学的柳璟呢？

我颇怀疑至文宗开成年间，要么林宝已垂老致仕，要么可能已谢世。余嘉锡曾拈出一条有关林宝的史料，很有价值。《旧唐书》卷一一三《裴遵庆传》：“子向……建中初，李纾为同州刺史，奏向为从事。朱泚反，李怀光又叛河中，使其将赵贵先筑垒于同州，纾来奔奉天，向领州务。贵先因胁县尉林宝役徒板筑，不及期，将斩之，吏人百姓奔窜。向即诣贵先军垒，以逆顺之理责之，贵先感悟，遂来降。”余氏考得李怀光遣赵贵先筑垒于同州，事在兴元元年(784)，宝当为同州冯翊尉。[③] 如尉冯翊之林宝真如余氏所言即撰《姓纂》之林宝，则至元和七年(812)，已历二十八载，下溯至开成三年(838)《玉牒》成书时，已有五十四年。以林宝二十岁入仕尉同州冯翊来推论，迄开成三年已七十四岁。其

---

①《唐代史学论稿》，北京师范大学出版社1989年版，第94页。

② 王涯《元和姓纂序》，见前揭《元和姓纂》卷首，第2页。

③《四库提要辨证》卷一六《子部七》，中华书局1980年版，第956页。

辞世虽未必，但即令在世，已垂垂老矣，让已过悬车之年的老者操此琐役，恐怕才不近情理。

岑氏的第四条理由是：“《皇唐玉牒》不应开成二、三年两次修撰，况李衢名同，可见《新志》《旧纪》所载，实同一事，而‘林宝’或‘林赞’必任一有误。”岑氏说《新志》与《旧纪》所载为同一事，“林宝”与“林赞”当有一误，是。据前列表知，《旧纪》与《新志》所载编修时间，一为开成三年，一为开成二年，其中亦必有一讹误，故岑氏似不应提出“开成二、三年两次修撰”的疑问。

据前引文献及简表知，《玉牒》与《玉箓》当即一书，那么它与《七圣玉牒》又是什么关系呢？窃以为即是一书，修撰前拟名《七圣玉牒》，成书后敕名《皇唐玉牒》。理由除岑氏所述外，还有两书的撰成时间相同，修撰者相同，卷数相同。又，《七圣玉牒》之“七圣”所指为何呢？据前引《元龟》“自肃宗以来，并未修续”云云知，所谓“七圣”指唐肃宗之后的代宗、德宗、顺宗、宪宗、穆宗、敬宗、文宗等七位皇帝。与柳芳于代宗永泰二年所修的《永泰新谱》刚好衔接。

真正让人困惑不解的，也是岑氏未曾留意的是，《玉牒》于开成三年修成，但开成四年文宗又诏柳芳之孙柳璟再修皇家谱牒，也是由代宗永泰年间(一说“自德宗皇帝至陛下御极已来”)续起。《唐会要》卷三六《氏族》：“其年(开成四年)闰正月，敕翰林学士柳璟修《续皇室永泰新谱》。”原注：“以永泰初，璟祖考为史官，尝撰《皇家永泰谱》二十卷成，上之。至是，复令璟修续其书焉。”此事又见《册府元龟》卷六二一《卿监部·司宗》，《旧唐书》卷一四九，《新唐书》卷五八、卷一三二等记载，所述基本相同，当无大错。文宗为什么要在刚修完《玉牒》几个月后，又要耗资劳人再修《续永泰新谱》呢？何况《玉牒》与《续永泰谱》性质相同，起讫时间相近。

这不仅是岑、余未曾属意，也是治唐代谱学者很少重视的问题。

窃以为，在未发现新的资料之前，只有两种可能。一种可能是《玉牒》有一百五十卷之多，卷帙浩繁，故另需要一简本，新修成的《续永泰谱》只有十卷，即可说明两者在繁简上是有差别的。另一种可能是李、林所修《玉牒》，文宗并不满意，故第二年另择谱学世家的后代续修。这更反证出林宝并未预修。以宝之博闻强识，加之从前修《姓纂》的经验，当不会让文宗感到失望的。《元龟》中所说："林赞实有氏族学，时论以为不公。"这两句话该如何理解呢？"时论以为不公"一语颇含混，不好索解，如无夺讹异文的话，则当指时论对林赞的氏族学评价不一，看法分歧，故有"不公"的评论性说辞。

岑氏的第五条理由是："王府长史，从四品上，比国子博士，已进两阶，事虽相隔廿年，然宦海浮沉，非无可信。"岑氏此推论似有道理，但据前余氏所拈出史料，推测林宝至开成三年的可能年龄，那么其是否仍以年逾悬车，担任王府长史，且操修谱之役，就不无可疑之处了。

岑氏还提到陈振孙《直斋书录解题》卷八："《李氏皇室维城录》一卷，陈氏曰：屯田郎中李衢、沔王府长史林赞修。止于僖宗，盖昭宗时所录也。"此条著录诚如岑氏所指出的，有许多问题。因从开成三年(838)至僖宗末年(888)历五十年之久，假设林赞修《玉牒》时已二十岁，那么此时亦到悬车之年，故颇多疑窦。但将此置于林宝名下，如其健在，当已年近百岁，显然更不合理。①

岑氏推论说："陈氏是否曾见其书，所见是否真本，根本上已多疑问。"浩案：唐代谱牒流传至宋以后者极少，不光是陈氏可能未见原书，就连《新唐书·艺文志》的编者亦未必见到原书。《新志》"谱牒类"最后说："右谱牒类十七家，三十九部，一千六百一十七卷。王元感以下不著录二十二家，三百三十三卷。"而《皇唐玉牒》与《李氏皇室维城录》即在"王元感以下"，属于未曾著录的部分。日人池田温甚至认为："三种《氏族志》的著录只能从开元年间的目录(《旧唐书·经籍志》)获知。《新唐书·艺文志》和《通志·艺文略》只是抄袭《旧唐书·经籍志》。北宋《崇文总目》以下的公私书目完全没有见到确实的著录。"②

职是之故，可知在唐宋载籍中提到林赞者共四次，其中直接联系《玉牒》与林赞者有三次，间接提到者有一次。且《旧纪》与

① 受《新唐书·艺文志》及岑氏此处推论的影响，后人遽定与修《唐皇室维城录》者即林宝，如瞿林东(见《唐代史学论稿》，第95页)。吴在庆所撰写"李衢"词条(见周祖谟主编《中国文学家大辞典(唐五代卷)》，中华书局1992年版，第347页。又见周勋初主编《唐诗大辞典》，江苏古籍出版社1990年版，第210页)。虽认为李衢与林赞合修《李氏皇室维城录》，但在《皇唐玉牒》的编者问题上，却既没有盲从岑氏的观点，又巧妙地避开棘手的争议，径提李衢一人，足见吴氏措笔之谨慎精细。

② [日]池田温《唐朝氏族志研究——关于〈敦煌名族志〉残卷》，《日本学者研究中国史论著选译》第四卷(六朝隋唐)，中华书局1992年版，第719页。但马端临《文献通考》卷二〇一《经籍二八·谱系》中说："今录其见存者以为谱系篇。"其中仍有"《唐志》十七家三十九部一千六百一十七卷"。坚持《氏族志》仍见存，与池田氏看法不同。但有一点可以肯定，即王元感以下的《玉牒》《维城录》，马氏未提及，看来确实已遗失无余了。

《元龟》两种文献早出。涉及《玉牒》与林宝者只有两次，且文献晚出。

本篇的初步结论

在没有新出文献或版本依据的情况下，遽然否定林赞的存在，或以为“赞”为“宝”之讹字，认为与修《玉牒》者即《元和姓纂》的编撰者林宝，似嫌证据不足。目前虽不能提供《玉牒》与林赞的更多资料，坐实此事，但要否定其存在恐怕也有困难。

附编二　范碑所述李白世系的谱牒学问题

范传正《唐左拾遗翰林学士李公新墓碑并序》（以下简称“范碑”）是研究李白世系、家室、生平的重要文献，其中有一段话屡为学者所征引：

> 公名白，字太白，其先陇西成纪人。绝嗣之家，难求谱牒。公之孙女搜于箱箧中，得公之亡子伯禽手疏十数行，纸坏字缺，不能详备。约而计之，凉武昭王九代孙也。隋末多难，一房被窜于碎叶，流离失散，隐易姓名，故自国朝已来，漏于属籍。神龙初，潜还广汉，因侨为郡人。父客，以逋其邑，遂以客为名，高卧云林，不求禄仕。

范碑作于宪宗元和十二年（817），上距李白病逝已五十多年，材料来源于李白的孙女。以上引文一方面粗略地交代了李白的郡望世系，但另一方面又解释了之所以不能详备的原因：绝嗣之家，难求谱牒；伯禽手疏十数行，纸坏字缺；国朝已来，漏于属籍。

“谱牒”“属籍”以及下文“遗言宅兆”“将改适于士族”云云，涉及了氏族谱牒学的问题，笔者不揣浅陋，试图从谱牒学的角度对李白世系争论中的一些观点，提出自己的一点臆见，敬俟海内外方家教正。

一

学界研究李白世系，不唯对其世系源流的看法不一，就是对“绝嗣之家，难求谱牒”，“伯禽手疏十数行，纸坏字缺”几句的理解亦有差别，兹先罗列诸家之说，以资讨论：

王琦《李太白年谱》：

> 传正《碑》，据太白之子所手疏。①

詹锳《李白家世考异》：

> 试思以十数行字焉能道尽其世系，何况又“纸坏字缺，不能详备”耶！盖传正作碑之时，亦本知其谱牒不足为据，而又不得不曲为之说，故曰“约而计之凉武昭王九代孙”耳。②

---

① 王琦注《李太白全集》下册，中华书局标点本1977年版，第1572页。

② 詹锳《李白诗论丛》，人民文学出版社1984年版，第18页。

郭沫若《李白与杜甫》：

或者由于谱牒无征，所以得不到承认，但李白自己在行文中却往往自相矛盾，游移不定。①

裴斐《评李白出生碎叶说兼谈李白的籍贯问题》：

范《碑序》作于元和十二年(817)，去白之殁已五十五年，但他见到了白子伯禽手疏先世谱牒之残纸。②

杨明《读李小识》：

新传当据李序、范碑而言，李序所载当得自于太白所述，范碑则据伯禽手疏，伯禽自亦得之于其父。③

乔象锺、陈铁民主编《唐代文学史》(上)：

所谓伯禽手疏，即李白家世谱牒，欲以传之子孙者。④

不难发现，上列诸说对范碑内容的转述是有差别的。王琦、杨明

① 郭沫若《李白与杜甫》，人民文学出版社 1971 年版，第 11 页。
② 《李白研究论丛》，巴蜀书社 1987 年版，第 70 页。
③ 《李白学刊》第一辑，上海三联书店 1989 年版，第 135 页。
④ 乔象锺、陈铁民主编《唐代文学史》(上)，人民文学出版社 1995 年版，第 425 页。

认为范碑据伯禽手疏，詹瑛亦认为得之于“十数行字”，但说“本知其谱牒不足为据”，似又隐含着这十数行字即为谱牒意思，而裴斐则明白表示手疏即谱牒之残纸，郭沫若则说谱牒无征。

这些差别实际上包含着如下几个问题：李白家族究竟有无谱牒？伯禽手疏十数行，是否即为李氏谱牒？

郑樵《通志·氏族略序》：“自隋唐而上，官有簿状，家有谱系，官之选举必由于簿状，家之婚姻必由于谱系。历代并有图谱局，置郎、令史以掌之，仍用博通古今之儒知撰谱事。凡百官族姓之有家状者则上之官，为考定详实，藏于秘阁，副在左户。若私书有滥，则纠之以官籍；官籍不及，则稽之以私书。此近古之制，以绳天下，使贵有常尊，贱有等威者也。所以人尚谱系之学，家藏谱系之书。”可知魏晋到隋唐的谱牒，实有两类：一是簿状，即官书，官修谱牒，主要用于选举；二是谱系，即私书，私修家谱，主要用于婚姻。按照谱牒学界的一般看法，六朝谱学，以官修为主，宋元以下，皆为私谱。唐代处于士族制度的转型期，故官修、私修谱牒皆很发达，翻检《新唐书·艺文志》《通志·艺文略》《宋史·艺文志》即可知，所以郑樵接着说：“姓氏之学，最盛于唐。”

范碑明谓“绝嗣之家，难求谱牒”，很显然，白之孙女并无其家谱。至于伯禽手疏十数行，姑不说其已纸坏字缺，即令无缺损，亦恐不能称其为谱系。陈捷先《唐代族谱略述》一文引颜真卿所撰《颜氏世系谱序》、于邵《河南于氏家谱后序》、程淘《程氏世谱序》、钱镠《钱氏大宗谱序》等，可使我们略窥唐代谱牒的体例、内容与篇幅①，绝非十数行所能涵括。谱牒的另一种形式簿状或家状，可能篇幅较短，但一般都是送呈政府甄别的，所以要求真实无伪，且体例上必具有辨姓氏、联婚姻、明官爵三个特点，姑且不说伯禽手疏残纸看不出这三方面内容，就是在李华、刘全白、裴敬及范传正诸碑碣志中，亦看不全这三方面的内容，所以王琦对此已不免生疑："按《唐书·李华传》，言天下士大夫家传墓板及州县碑颂，时时赍金帛往请。今华之文多见于《文苑英华》《唐文粹》中，乃作太白墓志，不特于生平行事一切不言，即郡邑、世系、表字、配偶亦略而不书，寥寥数言，何其惜墨如金乃尔。"②

范碑还说："文集二十卷，或得之于时之文士，或得之于宗族，编辑断简，以行于代。"范传正既能从李氏宗族另得李白诗文十卷（从詹锳说③），为何不能从同宗之人访查李白的世系？考唐代谱牒，有家谱，亦有族谱（亦称宗族谱、宗系谱、房从谱、宗族大血脉等。如《新唐书·艺文志》所著录之《吴郡陆氏家系谱》《李氏房从谱》，《通志·艺文略》所记之《杨氏血脉谱》《刘氏大宗血脉》等）。传正不仅未能从李白孙女处见到谱牒，亦未能从李白宗族（假如真有宗族的话）访得谱牒。李白这一支成了绝嗣之家，总不至于同宗之人皆为绝嗣之家吧？这些同宗既然收藏有李白的诗文，为何在唐朝这样一个"人尚谱系之学，家藏谱系之书"的时

① 参见《第一届国际唐代学术会议论文集》，台湾唐代研究者联谊会 1979 年出版，台北：学生书局，第 854—874 页。

② 王琦注《李太白全集》下册，第 1459 页。

③ 詹锳《李白诗论丛》，第 2 页。

代，均无谱牒的片纸遗存？即令文献无征，那么虽为编户之民却仍“儒风宛然”的两个孙女，进退娴雅，应对详谛，难道没有从父祖的口耳相传中，知道一些家族世系吗？时至宪宗元和年间，难道她们还有什么避讳疑忌，抑或所述不经，不为传正所采？

二

范碑中所谓“漏于属籍”云云，使人们从另一个途径思考探索李白的世系。

“属籍”，特指列入皇室宗族成员的名册簿籍。属籍的审验、核实与批准，由宗正寺负责。《唐六典》卷一六“宗正寺”：“宗正卿之职，掌皇九族、六亲之属籍，以别昭穆之序，纪亲疏之列，并领崇玄署；少卿为之贰。九庙之子孙，其族五十有九：光皇帝一族，定州刺史乞豆；景皇帝之族六，谯、蔡、毕、雍、郇、郑（谯王、蔡王二族无后）；元皇帝之族三，梁、蜀、汉（梁王、汉王二族无后）；高祖之族二十有一，隐太子、卫、巢、楚、荆、汉、丰、周、徐、韩、彭、郑、霍、虢、道、邓、舒、鲁、江、密、滕（隐太子、卫王、巢王、楚王、荆王、汉王、丰王、周王八族无后）；太宗之族十有三，恒山、楚、吴、濮、齐、蜀、蒋、越、纪、代、江、赵、曹（楚王、齐王、蜀王、越王、江王、代王、赵王七族无后……）；高宗之族六，梁、许、泽、郇、孝敬、章怀（梁王、许王、孝敬三族无后，郇王追封许王）；中宗之族四，懿德、庶人、节闵、殇帝（懿德太子、庶人重福、殇帝并无后）；睿宗之族五：宁王、惠庄、惠文、惠宣、隋王（隋王无后）。”

要获得属籍，有严格的程序："请宗子自常参官并诸州府及县官等，各具始封建诸王，及五代祖，及见在子孙，录一家状，送图谱院，仍每房纳，于官取高，处昭穆取尊。即转送至本寺所司磨勘属籍，稍获精详。"①

学术界关于李白世系为李唐宗室的观点，又大体可细分为如下几种看法②：

1. 凉武昭王九世孙说。由李阳冰、范传正提出。

2. 李达摩后代说。由麦朝枢提出。

3. 李轨后代说。由王文才、周维衍等提出。

4. 建成元吉后代说。由罗香林、褚问鹃、韩维禄等提出。

5. 坐扬豫博案的唐室疏族说。由孙楷第提出。

6. 李炜李湮等宗室后代说。由李从军提出。

其中，第一种观点影响最为广远，以下诸种都不过是第一种观点的孳乳分蘖与想象推测。但詹锳、郭沫若都已据《新唐书》宗室、宰相世系，详考李白诗文中所称同宗诸人的辈次，并不固定，证明其本非宗室，于联宗之际则漫为之说。第二、第三、第四种观点亦有学者提出疑问进行商榷，兹不赘述。本文主要拟对第五、第六两种看法提出质疑。

孙楷第《唐宗室与李白》一文一方面承认"越王贞裔袭爵事，史书所载，分明如此。则白父客非越王贞裔，又可知也。白盖唐

---

①《唐会要》卷三六《氏族》，中华书局排印本 1955 年版中册，第 666 页。

② 参见薛天纬《李白家世问题讨论综述》（载《唐代文学研究年鉴》，1987 年辑），郁贤皓、倪培翔《建国以来李白研究概述》（载《李白学刊》第 2 辑），王辉斌《李白生平中十大热点问题综述》（载《唐代文学研究年鉴》，1991 年辑）等。王文还提及有关李白世系的其他几种观点，因与本文无涉，兹不赘引。

室疏族”，但又认为：李白“先人之被窜，必是武后时坐扬豫博党得罪。以扬豫博在神龙初犹不赦，故曰父潜还广汉，不敢露真姓名”①。李从军《李白家世考索》一文认为孙先生把徙西域事与武后时事连在一起，可谓卓见。但他认为“李白先人并不是坐光宅元年(684)和垂拱四年(688)扬(徐敬业)、豫(李贞)、博(李冲)起兵倒武之案，坐扬、豫、博案者，流绣州、黔州”。他拈出《舆地广纪》中的一句话，与《资治通鉴·唐纪二〇》相联系，认为李白先世尝流巂州，“所坐应是永昌元年(689)谋迎中宗之案”②。

孙、李之说，揆之于史料，多有龃龉。据《新唐书》卷八〇《太宗诸子传》知，越王贞，始王汉，后徙原，已乃封越。贞善骑射，涉文史，有吏干，为宗室材王。武后初，迁太子太傅、豫州刺史。博州刺史冲为其长子。垂拱四年，与韩王等计议倒武反正，皆被诛。

《旧唐书》卷七六《太宗诸子传》：

> 神龙初，侍中敬晖等以冲父子翼戴皇家，义存社稷，请复其官爵，武三思令昭容上官氏代中宗手诏不许。开元四年，诏追复爵土，令备礼改葬。太常奏谥议曰：“故越王贞，往者愿匡宗社，夙怀诛吕之谋；乃心王国，用击非刘之议。以兹获戾，上悼圣心。谨按谥法‘死不忘君曰敬’，请谥曰敬。”从之。五年，下诏曰：“九族以亲，克敦其教；百代必

① 见《李白研究论文集》，中华书局1964年版，第82页。
② 李从军《李白考异录》，齐鲁书社1986年版，第45页。

祀，允竟厥德。故蔡州刺史、越王贞，执心不回，临事能断。粤自藩国，勤于王家。弘道之后，宝图将缺，怀刘章之辅汉，追郑武之翊周。遂能奋不顾身，率先唱义，虽英谋未克，而忠节居多。嗣绝国除，年逾二纪，莫享沦废，甚为悯焉。永言兴继，式备典册。其封贞侄孙故许王男左监门卫将军、夔国公琳为嗣越王，以奉其祀。仍官为立碑。”

又，《新唐书》卷八〇《太宗诸子传》：

贞最幼息珍子谪岭表，数世不能归。开成中，女孙持四世丧北还，求祔王茔。诏嘉悯，敕宗正寺、京兆府为访其兆，非陪陵者听葬。

又，《旧唐书》卷一九三《列女传》：

女道士李玄真，越王贞之玄孙。曾祖珍子，越王第六男也，先天中得罪，配流岭南。玄真祖、父，皆亡殁于岭外。虽曾经恩赦，而未昭雪。玄真进状曰：“去开成三年十二月内得岭南节度使卢钧出俸钱接措，哀妾三代旅榇暴露，各在一方，特与发遣，归就大茔合祔。今护四丧，已到长乐旅店权下，未委故越王坟所在，伏乞天恩，允妾所奏，许归大茔。妾年已六十三，孤露家贫，更无依倚。”诏曰：“越王事迹，国史著明，枉陷非辜，寻已洗雪。其珍子他事配流，数代漂零，不还京国。玄真弱女，孝节卓然，启护四丧，绵历万里，况是近族，必可加恩。行路犹或嗟称，朝廷固须恤助。委宗正寺、京兆府与访越王坟墓报知。如不是陪陵，任神茔次卜葬。其葬事仍令京兆府接措，必使备礼。葬毕，玄真如愿住京城，便配咸宜观安置。”

职是之故，可知垂拱四年倒武之案中的宗室李贞、李冲父子至开元中皆已被彻底昭雪平反，并复爵土，自然不存在漏于属籍的问题，李白于开元、天宝间往来两京，与社会上层人物交往颇广，如此大事，不能不知。既然扬豫博案之主谋李贞、李冲父子均已昭雪，其疏族胁从(假如真有其人其事的话)却未被赦罪，奔窜潜匿，揆之常理，似亦离奇费解。孙先生又说：“白为嵩后，虽不知何房，要其所出始祖，在天锡前。以世已远，故不列属籍。而其房自有谱，故与唐宗室诸人行辈可考，称谓不谬。”孙文仅据李白诗举出两例与唐宗室世次相合者，但据詹、郭两位所考，白与唐宗室联宗之际，漫为之说，大多不合，已为学界所熟知，兹不赘引。至于李白家谱，范传正已叹难求，千年烟涛微茫，究竟是有是无，更加汗漫难知。

又，《资治通鉴》卷二〇四《唐纪二〇》曰：“(则天后永昌元年)夏，四月，甲辰，杀辰州别驾汝南王炜、连州别驾鄱阳公諲等宗室十二人，徙其家于巂州。炜，恽之子；諲，元庆之子也。”胡三省注曰：“蒋王恽，太宗子；道王元庆，高祖子也。”

李从军只看到《旧唐书·武后本纪》所载神龙元年春正月“除扬、豫、博三州及诸逆魁首，咸赦除之”，又据《唐大诏令集》卷二《中宗即位赦》中“除犯赃贿及畜蛊毒造伪避仇反逆缘坐勘会不免者，余并放还”，遽下结论，认为“诸逆魁首”包括李炜、李諲、李白祖父等十二人，未能被赦罪，故有李序、范碑中的“神龙之始，逃归于蜀”，“神龙初，潜还广汉”云云。李说实际包含两个假设：其一，李白祖父即为永昌元年谋迎中宗案中炜、諲等宗室十二人之一；其二，这一案件在中宗神龙元年复辟后，并未被平反。

殊不知《旧唐书·中宗本纪》中紧接着便明确记载道：

> （神龙元年春正月丙午）皇亲先被配没者，子孙令复属籍，仍量叙官爵。
>
> ……初，韩王元嘉、霍王元轨等自垂拱以来皆遭非命，是日追复官爵，令备礼改葬，有胤嗣者即令承袭，无胤嗣者听取亲为后。

《新唐书·中宗本纪》：

> （神龙元年）三月甲申，诏文明后破家者昭洗之，还其子孙荫。

《资治通鉴·唐纪二十三》：

> （丙午，中宗即位）皇族先配没者，子孙皆复属籍，仍量叙官爵。

又，同书《唐纪二十四》：

> 武后所诛唐诸王、妃、主、驸马等皆无人葬埋，子孙或流窜岭表，或拘囚历年，或逃匿民间，为人佣保。至是，制州县求访其柩，以礼改葬，追复官爵，召其子孙，使之承袭，无子孙者为择后置之。既而宗室子孙相继而至，皆召见，涕泣舞蹈，各以亲疏袭爵拜官有差。

拨乱反正，昭雪洗冤，虽或有前后过程，但进行得如此深入细致，何以能将永昌元年李炜、李諲等宗室十二人案遗漏呢？何况，《新唐书·太宗诸子传》还有一条更明确直接的材料："炜初王汝南郡，恽薨，遂嗣王，为武后所害。神龙初，以嫡孙绍宗为嗣蒋王，薨，子钦福嗣，为率更令。"这条史料又见《册府元龟》卷二八四《宗室部·承袭三》。炜、諲等十二人的后裔，既然在神龙以来陆续被追复爵土，那么其与李白祖父无涉明矣，则李从军解释"漏于属籍"云云不攻自破。

三

范碑又谓李白坟茔在当涂龙山东麓，并通过李白孙女之口说："先祖志在青山，遗言宅兆，顷属多故，殡于龙山东麓，地近而非本意。坟高三尺，日益摧圮，力且不及，知如之何。"后迁神于青山之阳，西距旧坟六里。李华《故翰林学士李君墓志并序》同。又据刘全白《李君碣记》知，白"偶游至此，遂以疾终，因葬于此"。

窃以为李白卒于客寓，未迁归祖茔，虽或因其子弟力且不及，但观其所留遗言，子孙对其葬地的看法，甚至李华、刘全白、范传正三碑志的措辞用语，颇与唐代士人丧葬礼俗不同。

《礼记·檀弓上》："周公盖祔。"孔颖达疏："周公以来，盖始祔葬，祔即合也，言将后丧合前丧。"陈寅恪《论李栖筠自赵徙卫事》一文说："吾国中古士人，其祖坟住宅及田产皆有连带关系。观李吉甫，即后来代表山东士族之李党党魁李德裕之父所撰《元和郡县图志》，详载其祖先之坟墓住宅所在，是其例证。其书虽未述及李氏田产，而田产当亦在其中，此可以中古社会情势推度而知者。故其家非万不得已，决无舍弃其祖茔旧宅并与茔宅有关之田产而他徙之理。"①台湾毛汉光氏进一步指出："坟茔之所在地，成为今日研究某家族重心的重要标杆。……归葬是中古士族的大事，客死他乡，其子孙负柩归葬成为当时重要的孝行，此事在拓片中屡见，如果客观形势无法归葬，拓片中有'权厝'，表示力有未及。士族归葬地的改变与籍贯的改变之间有重大关连。"②两《唐书》传记中对士人的祖茔及归葬涉及较少，这些内容主要保存在墓志之中。

考唐代文人，杜甫卒于湖湘，四十三年后，其孙杜嗣业迁其柩归葬于偃师杜氏祖茔。"嗣子曰宗武，病不克葬，殁，命其子嗣业。嗣业以家贫，无以给丧，收拾乞丐，焦劳昼夜，去子美殁

---

①《金明馆丛稿二编》，上海古籍出版社 1980 年版，第 2 页。

② 见氏著《中国中古社会史论》，台北：联经出版事业公司 1988 年版，第 244—246 页。

后余四十年，然后卒先人之志，亦足以为难矣”。[①] 柳宗元卒于柳州，后由裴行立、卢遵等人帮助“归葬万年先人墓侧”。[②] 韩愈叙其兄韩会卒于韶州，他与侄、嫂扶柩归葬河阳韩氏墓。国子助教薛公达卒于东都洛阳，归葬京兆府万年县少陵原，合祔王夫人茔。[③] 李德裕卒于崖州，其子烨护德裕、德裕妻灵柩归葬于洛阳。[④] 窦叔向殡于丹阳郡覆釜山，后归葬于河南偃师北原。其子窦牟卒于西京宣平里，但仍要迁回偃师葬先公之兆次。[⑤] 柳宗元《崔君权厝志》谓崔简“先崔君十年卒，其葬在长安东南少陵北。君以窜没，家又有海祸，力不克祔。三年，将复故葬也。……葬湘滏，非其地。后三年，辞当备”。

《旧唐书·德宗纪上》：“（大历十四年）诏人死亡于外以棺柩还城者勿禁。”《旧唐书·宣宗纪》：“（大中三年六月）敕：先经流贬罪人，不幸殁于贬所，有情非恶逆，任经刑部陈牒，许令归葬，绝远之处，仍量事官给棺椟。”《旧五代史·周太祖纪》载太祖诏曰：“应内外文武官僚幕职、州县官举选人等，今后有父母、祖父母亡殁未经迁葬者，其主家之长，不得辄求仕进，所由司亦不得申举解送。”又据《旧唐书·列女传》载，元和年间，徐州孝女王和子的父兄战死边地，和子独往泾州，行丐取父兄之丧，归徐营葬。兖州郑神佐战死庆州，其女亦自往庆州护父丧还，与母合

① 元稹《唐检校工部员外郎杜君墓系铭并序》。
② 韩愈《柳子厚墓志铭》。
③ 韩愈《国子助教河东薛君墓志铭》。
④ 参见傅璇琮《李德裕年谱》第702—708页考证，齐鲁书社1984年版。
⑤《金石萃编》卷一〇五羊士谔《窦公（叔向）神道碑》、韩愈《窦公（牟）墓志铭》。

葬。《新唐书·列女传》还记载萧氏女甚至以归葬双亲作为许婚条件，杨含助其归葬，萧氏女遂许嫁。唐德宗时崔损，身据宰相之职，母野殡不展墓，不议迁祔，为时人所耻①。可见归葬迁祔为有唐一代之风尚。

还有些人，本来就卒于祖茔之所在地，便可就近入葬。如王绩、孟浩然、独孤郁、奚陟、韩愈、杜牧等。

李白的丧葬则显得与众不同。范碑铭曰："故乡万里且无嗣，二女从民永于此。"则当涂既非其郡望祖茔所在，又非其籍贯或出生地。其以疾卒于彼地，如系宗室当归葬长安，如为一般士人亦当迁回江油故里。何以其子伯禽及两孙女均无归葬之举？论者或谓伯禽早卒，两孙女力且不及。按白之后代沦落衰微，无力归丧，亦合情理，但竟然连言辞表示亦无，则殊不可解。李华、刘全白、范传正诸碑志中亦没只言片语提到"权厝""归葬"，李白之父葬于何处，李白之子伯禽是否归葬，李白之妻是否合葬？一般墓志多有交代的葬制内容，在李、刘、范三碑中均未提及，颇异常式。而白遗言宅兆当涂青山，自我为祖，更迥异于当时中原士人之观念。殆李白家庭为寒素，其子孙无经济条件归葬，抑或因其家久居西域，濡染胡风，不羁于中华丧葬礼俗，没有寄命归宗、正首丘之观念？

① 《册府元龟》卷九二三《总录部》"不孝"。

本篇的结论

1. 据范碑知李白卒后，其家并无谱牒，伯禽手疏十数行姑不说已纸坏字缺，即令完好无损，亦恐不能称为谱牒。

2. 李白世系为李唐宗室说中的两种观点（坐扬豫博案的唐室疏族说，李炜、李谭等宗室后代说），揆之以现存史料，皆很难成立。

3. 李白卒于客寓，未迁归祖茔，颇异于唐代士族丧葬礼俗，虽因子孙无经济条件归葬，但亦当与其濡染胡风，中原礼俗观念淡薄有关。

附编三　柳宗元婚配与子女考

柳宗元少年精敏，俊杰廉悍，才能轶群，名盖一时，柳氏从北朝时即为门阀上族，柳、薛、裴曾被称为“河东三著姓”①，他自己即曾自豪地说：“柳族之分，在北为高。充于史氏，世相重侯。”②入唐后，柳氏亦为关中之高门望族。依唐人的婚姻观念与择偶标准来看，其婚娶择配具有较优越的条件。但因其参与二王“永贞革新”事件，屡遭贬黜，长期流落在永州、柳州等百越蛮荒之地，心情抑郁，身体多病，为其婚配与子女亦蒙上一层浓厚的阴影，多有不幸。前人研究柳集，探讨柳宗元生活，亦偶涉及子厚婚配和子嗣，但恨其散碎，且多有讹误。笔者不揣谫陋，综括文献，试做考论，以俟博雅君子教之。

郡宗元一生婚配究竟多少，前人说法不一。韩愈《祭柳子厚

---

① 元稹《薛公神道碑》。

② 柳宗元《柳君墓志》，《柳宗元集》卷十一《故大理评事柳君墓志》，中华书局 1979 年版，第 273 页(按下引柳宗元作品，除特别指出外，均引自中华书局排印本，不再注明版本及卷数)。

文》《柳子厚墓志铭》《柳州罗池庙碑》均未谈及，生前友好及交游者刘禹锡、皇甫湜、崔群亦未提起。唯韩愈《墓志铭》末尾提道：

有子男二人：长曰周六，始四岁；季曰周七，子厚卒乃生。女子二人，皆幼。

略叙子女，未言所出。但通过子厚自己的作品，参之以各种史料，还能考出其私生活之大概。

柳宗元始娶弘农杨凭女，据《亡妻弘农杨氏志》及《与杨京兆凭书》等文知，杨氏为詹事杨凭之女①，杨氏三岁时，其母去世。少时"髫稚好言，始于善谑"，看来是一位性格外向、活泼伶俐的姑娘，十三岁时即与子厚订婚，嫁到柳家后，杨氏侍奉子厚母亲太夫人，"备敬养之道，敦睦夫党，致肃雍之美。主中馈，佐烝尝，怵惕之义，表于宗门。太夫人尝曰：'自吾得新妇，增一孝女。'况又通家，爱之如己子，崔氏、裴氏姊视之如兄弟。故二族之好，异于他门。"②似是一位孝顺的儿媳妇，能干的家庭主妇，且与妯娌相处亦极融洽。

但杨氏夫人究竟何时嫁到柳家，又缘何病去世，诸说不一。据前引《杨氏志》载：

---

① 《亡妻弘农杨氏志》原作"醴泉生今礼部郎中凝"，即谓杨氏为凝之女，宋人韩醇，今人施子愉、章士钊均谓"凝"为"凭"之误，章士钊考证尤勤，似已成定论。见《柳文指要》，中华书局1971年版，第435—436页。

② 柳宗元《亡妻弘农杨氏志》。

> 然以素被足疾，不能良行。未三岁，孕而不育，厥疾增甚。明年，以谒医求药之便，来归女氏永宁里之私第，八月一日甲子，至于大疾，年始二十有三。

《杨氏志》作于贞元十五年(799)，据此逆推，杨氏夫人当生于代宗大历十二年(777)，嫁后未到三年而卒，那么结婚当在贞元十二年(796)八月之后。又据《先侍御史府君神道表》知，子厚父亲柳镇卒于贞元九年五月，依斩衰服阕三年满期之丧礼，子厚当在贞元十二年九月之后，才能与杨氏完婚。大致在十二年九月后至十三年初这段时间内完婚，恰合《杨氏志》中“未三岁”之数①。又，杨氏夫人究竟缘何病故呢？吴文治谓“杨氏因足疾在长安去世”②，恐不确。似误读《杨氏志》“素被足疾”“厥疾增甚”“至于大疾”几句所致。杨氏夫人有“足疾”“不能良行”，中华书局本柳集此句校勘记曰：“‘能良’音辩本及《英华》作‘良能’。按：《左传》昭公七年作‘孟絷之足，不良能行’。杜预注‘跛也’。《十三经注疏》本阮元校勘记：‘按：不良能行，犹言不善于行也。’音辩

---

① 黄锦铉《日本研究柳宗元概述》一文综括日本学者研究成果为《柳宗元简要年谱》谓子厚贞元七年(791)“娶妻杨氏”(见《唐代文学研究》第5辑)，不知何据，疑推算有误。

②《柳宗元评传》，中华书局1962年版，第27页。又见《中国历代著名文学家评传》第2卷，山东教育出版社1984年版，第526页。足疾致病在唐人记述中亦有，如柳宗元《答韦中立论师道书》中子厚自述“仆自谪过以来，益少志虑。居南中九年，增脚气病，渐不喜闹”。韩愈《祭十二郎文》述韩老成之病说：“汝去年书云：‘比得软脚病，往往而剧。’吾曰：‘是疾也，江南之人，常常有之。’未始以为忧也。呜呼！其竟以此而殒其生乎？抑别有疾而至斯乎？”韩愈以为此疾在江南为常见病，故疑老成之死是否真因足疾所致。柳宗元患脚病亦在谪居南方期间。而杨氏则在北方，她的足疾与韩老成的软脚病当不同。

本及《英华》是。”但无论是作“不良能行”还是“不能良行”，无外乎是指杨氏腿脚不利索，略有毛病(或说即跛脚)，不善于行走，不至于因“足疾”竟在婚后两年多即导致死亡。

其实，杨氏死因在前引《杨氏志》一段中已说明，惜未引起学人注意，今稍做申述。杨氏婚后“未三岁，孕而不育，厥疾增甚”，孙汝听注引《易经》曰：

> 渐之九三曰，妇孕不育，凶。

高亨先生注《易经·渐》此句曰：

> 育，产子。不育谓子未成而胎坠，即流产也。……夫征而不返家，妇孕而不产子，皆为凶象。①

又子厚《与杨京兆凭书》曰：

> 尝有一男子，然无一日之命。

既然是孕，何以知是男孩子呢？从医学的观点来看，恐杨氏怀孕时已有妇科病，孩子是先兆流产或难产所生，已具人形。育者，养也，指出生后未能存活或死胎。故作为父亲的子厚能知其为“男子”，叹惜其竟“无一日之命”。杨氏产后“厥疾增甚”，“厥

---

①《周易大传今注》，齐鲁书社 1979 年版，第 436 页。

疾”是承前句指“孕而未育”的妇科病，并非指足疾，下句“至于大疾”亦承“孕而不育”句，指因妇科病而致死。此与医理亦合。惜早逝的杨氏夫人，因墓志的行文惯例及古代习俗，至今连名字都不为人知。

柳、杨两家是世交，有通家之好，加之子厚与杨氏夫人伉俪情深，故似再未续娶。所以在《与杨京兆凭书》中说：“独恨不幸获托姻好，而早凋落，寡居十余年。”在《祭杨凭詹事文》中亦说“家无主妇，身迁万里”。但“寡居”与“无主妇”只能理解为再没有正式婚姻，不能拘泥于字面之意。其实，子厚在杨氏去世之后，即有同居女性，其始亦非贬永之后，而在长安时期。据子厚《下殇女子墓砖记》载：

> 下殇女子生长安善和里，其始名和娘。既得病，乃曰：“佛，我依也，愿以为役。”更名佛婢。既病，求去发为尼，号之为初心。元和五年四月三日死永州，凡十岁。其母微也，故为父子晚。

下殇女子即和娘，后更名佛婢，法号初心，欲借神佛之力祛除病患，此类命名，亦是古代常见习俗。汪辉祖《三史同名录》中所载观音奴、文殊奴、金刚奴、罗汉奴、佛奴、僧奴等均属此类。由其卒年逆推，当生于贞元十七年(801)。那么，子厚与和娘之母同居，则至迟在贞元十六年，即杨氏去世后一年。这段话中，“其母微，故为父子晚”两句，章士钊颇有微词，他疑惑地问道：

“然母纵微也，何至使所生父认之晚耶？岂子厚曾起意不育此女耶？”①其实，联系前引《杨氏志》并不难理解，杨氏孕而不育，子厚为求子嗣，本应续娶，但因和娘之母地位卑微，并未正式娶，一直到杨氏去世后，才与之同居，生和娘。故“为父子晚”是指与其母同居晚，故生和娘晚，不必钩深索隐。和娘卒于永州，其母亦当随行赴永州，但柳集及传世文献中再未提及，不知已亡故，抑或未至永州。

子厚《与李翰林建书》述“即便耕田艺麻，娶老农女为妻，生男育孙”，吴文治据此论说柳宗元于元和五年娶贫家女为续妻②，而章士钊谓其为“拟议之辞，并非事实”③。但据子厚《马室女雷五葬志》知，雷五“姨母为妓于余”④，则其在永州似还与雷五姨母同居。子厚又有《殷贤戏批书后寄刘连州并示孟仑二童》诗，曰：“书成欲寄庾安西，纸背应劳手自题。闻到近来诸子弟，临池寻已厌家鸡。”孟、仑二童系刘禹锡子刘咸允、刘同廙⑤，但“殷贤”指谁，前人语焉不详。孙汝听注曰：“殷贤虽不能详，亦必梦得家弟子也。”恐不确，细玩诗意，并联系刘禹锡《酬柳柳州家鸡之赠》：“日日临池弄小雏，还思写论付官奴。柳家新样元和脚，且尽姜芽敛手徒。”《答前篇》：“闻彼梦熊犹未兆，女中谁是卫夫人？”子厚《叠前》：“小学新翻墨沼波，羡君琼树散枝柯。左

① 《柳文指要》，第 438 页。
② 《柳宗元评传》，第 150 页。
③ 《柳文指要》，第 883 页。
④ 妓，《全唐文》作“嫂”，似不通，何焯校本改为“使”，未知何据？（见中华书局排印本《柳宗元集》第 350 页校勘记引）
⑤ 见朱金城《白居易年谱》，上海古籍出版社 1982 年版，第 202 页。

家弄玉唯娇女，空觉庭前鸟迹多。”将柳刘唱酬之作参读，可以看出，刘禹锡用女书家称美子厚女，则此女已初习书法，故“戏批书后”之殷贤，当即子厚之女，亦即梦得喻为卫夫人者，童性好玩，不晓事理，故敢将稚拙如“鸟迹”之字，“戏批书后”。殷贤若为永州雷五姨母所生，则此时已当四五岁，那么，至柳宗元卒后韩愈写《墓志铭》之元和十五年当有十岁左右了。

子厚在杨氏夫人去世后，一直未正式续娶，其中原因据子厚自述是因“荒隅中少士人女子，无与为婚，世亦不肯与罪大者亲昵”，他也想“就婚娶，求允嗣，有可付托，即冥然长辞，如得甘寝，无复恨矣”①。不过，这是贬永州后的情形与心态。杨氏去世时，子厚始二十七岁，担任集贤殿正字，贞元十七年调蓝田尉，亦近在京畿，十九年擢监察御史里行，此时事业蒸蒸日上，按韩愈《墓志铭》记载：“俊杰廉悍，议论证据今古，出入经史百子，踔厉风发，率常屈其座人，名声大振，一时皆慕与之交。诸公要人争欲令出我门下，交口荐誉之。”故有研究者干脆说：“长安文坛上，柳宗元是名副其实的红人。”②此种情势，如要续娶一门当户对的士人女子谅并不困难。其从贞元十五年至永贞元年贬永时，在京城长达六年未谈及续娶事，为何到永州后却不断地向别人诉说他私生活的不幸与续娶之不易呢？因无第一手资料，不好臆测，只能暂付阙如。

但他又先后同几个女性同居，一则当因生理之需求，此亦人

① 柳宗元《寄许京兆孟容书》。
② 刘光裕、杨慧文《柳宗元新传》，上海人民出版社 1989 年版，第 45 页。

情之常。再则，也是更重要的，是为了续嗣。柳集中屡次提及传宗接代之事。《先侍御史府君神道表》曰："罪恶益大，世无所容。尚顾嗣续，不敢即死，支缀气息，以严邦刑，大惧祭祀之无主，以忝盛德。"祭祀无主，即俗说绝香火。《与杨京兆凭书》曰："至今无以托嗣续，恨痛常在心目。《孟子》称'不孝有三，无后为大'。今之汲汲乎于世者，唯惧此而已矣！"《寄许京兆孟容书》亦说："嗣续之重，不绝如缕，每春秋时飨，孑立捧奠，顾眄无后继者，懔懔然欷歔惴惕，恐此事便已，摧心伤骨，若受锋刃，此诚丈人所共悯惜也。"《祭弟宗直文》："两房祭祀，今已无主。吾又未有男子，尔曹则虽有如无。"他的朋友亦颇关注此事，吴武陵北还后曾屡次对裴度谈及宗元无子，又在《遗孟简书》中说："独子厚与猿鸟为伍，诚恐雾露所婴，则柳氏无后矣。"①直系血亲的传续在宗法制社会中具有无与伦比的地位，血亲种系的纯正高贵固然重要，但迫不得已，退而求其次，就是让血脉嗣续，以便保证传宗接代，延泽香火。明乎此，对子厚虽没有正式续娶而不断与女性同居则有较深一层理解。特别是在贬永刺柳时期，随着年龄渐大，身体愈病弱，这种危机感便愈强烈了，此段前引文献除《先侍御使府君神道表》一篇外，均作于谪居南荒时期，就足以说明这一点。

那么，韩愈《墓志铭》中所提到的子男二人即周六、周七，究竟是谁生的呢？子厚《朗州员外司户薛君妻崔氏墓志》曰："女子曰陀罗尼，丈夫子曰某，实后子。"南宋廖莹中于句后注曰：

①《新唐书》卷二〇三《吴武陵传》。

按公作此《志》，元和十二年丁酉，十四年己亥卒。退之作《墓志》云：二子，长周六，始四岁；季周七，子厚卒乃生。以年考之，四岁者，正崔氏出后子也。

章士钊一方面觉得廖说突兀奇怪："至廖断言周六为薛氏子，证据何在？吾殊未晓。""唐律固许甥女之子，取以为后乎？"一面又坐实引申廖说："子厚之子周六，乃薛巽子，出后于子厚者，巽妻为子厚崔氏姊女，其子应视子厚为舅祖，夫以异派下二代子为后，于谊实逆，唐人宗法，或不忌此，此在《朗州员外司户薛君妻崔氏墓志》，记载甚明，至遗腹子周七，为妓产抑或他同居女生，无从知之。"①

我们姑且不管唐律及宗法是否对此忌讳，即就廖、章立说的根据《崔氏墓志》而言，并非像章氏所说的"记载甚明"，章氏在继廖说对"丈夫子曰某，实后子"句的充满荒诞联想的解释后，又从校勘学上立说："实后子之子字，应作予，各本皆误。"②据中华书局本此句校勘记知："子，原作'予'，据取诸本改。按后子即嗣子。作'子'是。""实后予"，辞意不通。实后子之"后子"，当作嗣子、后代讲，中华书局本此条校勘记甚确。但周六、周七之母究竟是谁，或概言是非"士人女子"，或谓"民间女子"，已无法详考。

① 见《柳文指要》，第464、467、853页。
② 《柳文指要》，第467页。

又，东雅堂本《韩昌黎集》卷三一《柳子厚墓志铭》注曰：“咸通四年，右常侍萧倣知贡举，试《谦光赋》《澄心如水诗》，中第者二十五人，柳告第三。”考《新唐书》卷七三上《宰相世系表三上》柳宗元下即有柳告，字用益。《唐摭言》卷十四萧倣《与浙东郑裔绰大夫雪门生薛扶状》曰：

况孔振是宣父胄绪，韩绾即文公令孙，苏蕴故奉常之后，雁序双高，而风埃久处，柳告是柳州之子，凤毛殊有，而名字陆沉。

徐松《登科记考》卷二三即据此列柳告为咸通四年孙龙光榜进士。又据《唐尚书省郎官石柱题名考》卷十八知，柳告还曾官仓部员外郎。仓部员外郎乃户部尚书的属官，与仓部郎中掌判天下仓储、受纳租税、出给禄廪之事。《唐摭言》为唐末人所记，《登科记考》与《郎官考》均源于唐代《登科录》及题名石刻，当无大错。唯柳告究竟是周六抑周七呢？宋文安礼《柳先生年谱》即称“不知所谓告者为谁也”，今人施子愉《柳宗元年谱》云“未知为谁”，章士钊《柳文指要》认为是周七①。笔者以为，柳告即周六。理由如下：中国古代命名时名与字之间往往有某种意义上的联系，一般来说，名与字或同义而互训，如颜回字子渊，诸葛亮字孔明，法正

① 文安礼《柳先生年谱》见《柳宗元集》第1416页附。施、章之说分别见施子愉《柳宗元年谱》，湖北人民出版社1958年版，第123页；章士钊《柳文指要》：“柳告一说是周七，时年四十五，盖周七生于宪宗元和十四年己亥，至懿宗咸通四年癸未，适得此数也。”见该书第369页。

字孝直，张辽字文远，回与渊，亮与明，正与直，辽与远皆同义，可互为解释。或相对而反训，如韩愈字退之，黄损字益之，徐退字进之等；孔子弟子端木赐字子贡，卜商字子夏，亦属此类。考柳告之字用益，乃用《周易》六十四卦益卦之意也。《周易·益》："益，利有攸往，利涉大川。"象曰："益，损上益下，民说无疆。"又同卦："六二，或益之十朋之龟，弗克违。永贞吉。王用享于帝，吉。六三，益之用凶事无咎，有孚，中行告公用圭。六四，中行告公从，利用为依迁国。"则柳告之名与字似皆取意于《周易·益》六二、六三、六四之爻辞，故其幼名为周六，字为用益，名为告，几个字均出自《周易》之益卦，如与柳告同任仓部员外郎的卢朋龟，字子益①，亦出典于"或益之十朋之龟"一句。又，益有赐予意，通"锡"，闻一多释"或益之十朋之龟"一句之"益"曰："益读为锡……益贝即赐贝也。《御览》八八引《随巢子》曰：'司禄益食而民不饥，司金益富而国家实，司命益年而民不夭。'即锡食、锡富、锡年也。'或益之十朋之龟'，亦即锡之十朋之龟。"②而告有请求意，如告贷、告饶等。《尔雅·释言》："告，请也。"郭璞注："求请也。"告与益反义相对，正如韩愈名字之愈与退之一样。

据刘禹锡《祭柳员外文》《为鄂州李大夫祭柳员外文》及《唐故柳州刺史柳君集序》等文知，子厚临终前曾有托孤之嘱："初托遗嗣，知其不孤。"梦得亦曾反复表示："誓使周六，同于己子"，

---

①《唐尚书省郎官石柱题名考》卷一八，中华书局1992年点校本，第823页。

②《古典新义》，古籍出版社1956年版，第51页。

“遗孤之才与不才，敢同己子之相许”。而韩愈《墓志铭》则说由其舅弟卢遵“经纪其家”，看来是由刘禹锡、卢遵等一帮重然诺、有节概的义气亲友抚养周六、周七、殷贤等姐弟长大成人的。

总之，柳宗元因其特殊遭遇，使后代亦“名字陆沉”，只有做一番考索后，才略能仿佛。良可叹也！但有柳告(周六)于咸通十四年登进士第，且被时论誉为“凤毛殊有”，亦可告慰子厚于九泉之下了。

本篇的结论

1. 杨氏夫人并非死于“足疾”，而是死于“孕而不育”引起的妇科病。

2. 贞元十五年杨氏去世至永贞元年，柳宗元在长安长达六年未续娶，但在贬永刺柳期间，却反复不断地诉说私生活之不幸与续娶之艰难，且先后与数名非婚女子同居，其中或有人所未知之隐情。

3. 刘柳唱酬中所提及之“殷贤”，当为柳宗元之女，柳告(字用益)，当为周六。

附编四 “五窦”生卒年新考

中唐诗人窦叔向与其五子窦常、窦牟、窦群、窦庠、窦巩俱能诗，驰声当代，名冠流辈，且与当时名士吕温、包佶、元稹、白居易、韩愈、韩皋、房孺复、韦夏卿、武元衡、裴度、令狐楚等过从友善，多有酬唱。叔向与其五子被合称为“六窦”，而其五子世称“五窦”。五窦之诗由唐人褚藏言编次题为《窦氏联珠集》，义取昆弟若五星然。《窦氏联珠集》是唐人选唐诗中比较特殊的一种，所选作品既不以时代为限(如《河岳英灵集》《中兴间气集》)，也不以地域为界(如《大历年浙东联唱集》)，更非以诗体风格相聚(如《极玄集》《又玄集》)，而是按姓氏编选，聚家族成员之作，颇有特点。惜久不被学界重视，今人万曼《唐集叙录》、孙琴安《唐诗选本六百种提要》均未著录。

《联珠集》版本较多，笔者经眼的有四部丛刊三编所收上海涵芬楼影印吴兴刘氏嘉业堂藏宋刊本(以下简称“影宋本”)，该本不分卷，无目录。四库全书所收明毛晋汲古阁刊本(以下简称“四库本”)，该本析五人之作为五卷。陕西通志馆印《关中丛书》第六集本(以下简称“关中本”),该本亦不分卷。《联珠集》对校勘《全唐诗》、《全唐文》、两《唐书》均有价值,笔者拟另文论述,此文打算据《联珠集》重新考订五窦的生卒年,以期纠正学术界长期沿袭的一些旧说。

一、窦常之生年及窦牟之生卒年

关于窦常之生卒寿考,最早见于褚藏言《窦常传》(褚藏言为常、牟、群、庠、巩五人作传,见《全唐文》卷七六一,以下简称“全文本褚传”):“既罢秩,东归旧业。时宰嘉招,固辞衰疾,因除国子祭酒致仕。宝历元年秋,寝疾告终于广陵之白沙别业。卒时年七十。”《旧唐书》卷一五五《窦群传》附传(以下简称“《旧传》”)亦采其说,云:“入为国子祭酒,求致仕。宝历元年卒,时年七十。”今人多沿袭此说。如贾晋华为《唐诗大辞典》撰写“窦常”词条,列其生卒年为“(756—825)”①。储仲君在笺注《唐才子传·窦常传》时,似已感觉到全文本褚传及《旧传》的自相矛盾,云:“藏言《窦常传》及《旧传》均谓常卒于宝历元年(825),终年七十,则当生于天宝十五载(756)。然《窦牟志》云:牟卒于长庆二年(822),年七十四,生于天宝八载(749)。常为牟兄,不当反生弟后。前引窦常《寄刘员外禹锡》诗云‘算老重经癸巳年’,前一癸巳年为天宝十二载(753),亦可证生于天宝十五载之说不确。藏言《窦常传》‘卒时年七十’之下当有夺文,《旧传》当亦因之而

① 周勋初主编《唐诗大辞典》,江苏古籍出版社1990年版,第468页。

误，以长于窦牟一二岁计，当生于天宝六、七载(747、748)，终年七十八或七十九。”①贾晋华在为《中国文学家大辞典》(唐五代卷)撰写“窦常”词条时亦发现旧说之不妥，故列常之生卒年为“(747？—825)”②储、贾的怀疑与推测颇有道理，惜缺乏文献与版本依据，尚嫌证据不足，且推算结果，亦有微误。

查影宋本《窦氏联珠集》卷首褚藏言所序《故国子祭酒致仕赠太子少保府君诗并传》(即《全唐文》所载《窦常传》)，记窦常“宝历元年秋，寝疾告终于广陵之白沙别业，享年七十七”，非全文本褚传及《旧传》所记七十，亦非储、贾所推测之七十八或七十九。四库本《窦氏联珠集》同影宋本。那么，据此推算，窦常之生年应为天宝八载(749)。

即使四库本(亦即汲古阁本)曾由毛晋精心校勘，但从版刻源流角度来看，《联珠集》的影宋本，当优于汲古阁本，亦优于全文本，故影宋本所载窦常“享年七十七”之说是可信的。

但这里有个问题，若据前引《联珠集》的记载，就会出现窦常与窦牟生年相同，此即储仲君先生只敢推测窦常年七十八或七十九而不敢断定年七十七的症结所在。考叔向五子，常行大，牟行二，两兄弟似不该生于一年。韩愈《国子司业窦公(牟)墓志铭》：“年七十四，长庆二年二月丙寅，以疾卒。”全文本褚藏言《窦牟传》：“长庆二年春，寝疾告终于宣平里之私第，享年七十四。”《旧唐书·窦群传》附传：“长庆二年卒，时年七十四。”据此逆推，

① 傅璇琮主编《唐才子传校笺》第二册，中华书局1989年版，第217页。
② 周祖谟主编《中国文学家大辞典(唐五代卷)》，中华书局1992年版，第786页。

牟亦当生于天宝八载(749)。今人均袭此说，略无异辞。但考《联珠集》所载褚藏言《窦牟传》，却记载道：“长庆三年春，寝疾告终于宣平里之私第，享年七十四。”据此推算，牟当生于天宝九载(750)。这样，既印证常年七十七，生于天宝八载之不误，又消除了储仲君“兄不当反生弟后”的疑惑。“二年”与“三年”，形颇相近，历代辗转抄刻，极易伪讹，遂一错再错，沿袭至今。现在依据《联珠集》，不唯使常、牟兄弟生卒年的夹缠混乱涣然冰释，成为定谳，亦可校改全文本褚传及《旧传》。

二、窦群之生年

关于窦群的生卒年，历来有两说。全文本褚藏言《窦群传》云：“宪宗以公守官无隐，思欲大用，因急诏追入。中途遘疾，终于衡州旅舍。享年五十。”《旧唐书·窦群传》采其说，亦云：“九年，诏还朝，至衡州疾卒，时年五十。”今人贾晋华撰写“窦群”词条亦袭此说，列窦群之生卒年为“(765—814)”①。《新唐书》卷一七五《窦群传》所载与前说不同：“稍迁容管经略使。召还，卒于行，年五十五。”储仲君从《新传》，并作考论：“以群卒于元和九年(814)，终年五十计，则生于永泰元年(765)，反晚于其弟窦庠。故当从《新传》，终年五十五，则生于上元元年(760)。”②储说极是。其实，《联珠集》所载诸藏言《窦群传》亦载

① 周勋初主编《唐诗大辞典》，江苏古籍出版社 1990 年版，第 468 页；周祖譔主编《中国文学家大辞典(唐五代卷)》，中华书局 1992 年版，第 787 页。

② 傅璇琮主编《唐才子传校笺》第二册，中华书局 1989 年版，第 235 页。

群“遘疾，终于衡州旅馆，享年五十五”。全文本储传及《旧传》夺文，故将“五十五”脱讹为“五十”。《联珠集》可佐《新传》及储说，亦可校改全文本褚传及《旧传》。

三、窦庠之生卒年

关于窦庠的生卒年，全文本褚藏言《窦庠传》云：“后迁信州刺史，三载，转婺州。亦既二载，遘疾告终于东阳之官舍，享年六十有三。”《旧唐书·窦群传》附传亦曰：“历信、婺二州刺史。卒年六十三。”今人一般据此推测其生卒年为“(766—828)”①。但《联珠集》褚藏言《窦庠传》却作“享年六十二”，据此推算其生卒年应为“(767—828)”，亦系“二”与“三”因形近而致讹误。唯究竟是《全唐文》及《旧唐书》误，抑或是《联珠集》误，因无旁证，不敢臆断，俟考。但有一点值得注意，影宋本、四库本及关中本《联珠集》所载褚藏言撰五窦传记及五窦之诗颇多异文，唯涉及五窦生卒年之数字，三本却完全一致。

四、窦巩之生卒年

窦巩之寿考，全文本褚藏言《窦巩传》云：“无何，元公下世，公亦北归，道途遘疾，迨至辇下，告终于崇德里之私第，享年六

① 周勋初主编《唐诗大辞典》，江苏古籍出版社1990年版，第467页；傅璇琮主编《唐才子传校笺》第二册，中华书局1989年版，第240页；周祖谟主编《中国文学家大辞典(唐五代卷)》，中华书局1992年版，第786页。

十。”《旧唐书·窦群传》附传云：“终于鄂渚，时年六十。”卒地与褚传所记不同，但卒年寿考同。今人亦袭此说①。唯《联珠集》褚藏言《窦巩传》作“享年六十三”，与全文本褚传及《旧传》不同。

按前引资料中之“元公”即元稹，其卒年据《旧唐书·元稹传》知：“(大和)五年七月十二日暴疾，一日而卒于镇，时年五十三。”如窦巩在元稹卒的当年即大和五年(831)告终，那么，按《联珠集》所载“享年六十三”推算，其生年为大历四年(769)，如巩终于稹殁后的第二年(832)，那么其生年当为大历五年(770)，贾晋华列巩之生卒年为“(771—830)”②，既与史乘相悖(巩不可能卒于元稹之前)，又与她自己文中论述不一致。

---

① 周勋初主编《唐诗大辞典》，江苏古籍出版社1990年版，第466页。傅璇琮主编《唐才子传校笺》第二册，中华书局1989年版，第248页。

② 周祖谟主编《中国文学家大辞典(唐五代卷)》，中华书局1992年版，第783页。

主要参考文献及征引书目

本书目的编排次序为：一、基本古籍文献。大体按照经史子集的顺序排列。二、近人著述。按照作者姓氏音序排列。三、外国著述。日人与西人的著述(原著或译著)附后。

一、基本古籍文献

《论语正义》，刘宝楠撰，高流水点校，北京：中华书局，1990年
《论语译注》，杨伯峻译注，北京：中华书局，1980年
《孟子正义》，焦循撰，沈文倬点校，北京：中华书局，1987年
《孟子译注》，杨伯峻译注，北京：中华书局，1960年
《礼记训纂》，朱彬撰，饶钦农点校，北京：中华书局，1996年
《大戴礼记解诂》，王聘珍撰，王文锦点校，北京：中华书局，1983年
《周礼正义》，孙诒让撰，王文锦、陈玉霞点校，北京：中华书局，1987年

《周礼今注今译》，林尹注译，北京：书目文献出版社，1985 年
《周易集解纂疏》，李道平撰，潘雨廷点校，北京：中华书局，1994 年
《周易浅述》，陈梦雷撰，上海：上海古籍出版社，1983 年
《周易古经今注》，高亨著，北京：中华书局，1984 年
《周易大传今注》，高亨著，济南：齐鲁书社，1979 年
《尚书今古文注疏》，孙星衍撰，陈抗、盛冬铃点校，北京：中华书局，1986 年
《春秋左传注》，杨伯峻编著，北京：中华书局，1981 年
《春秋集传纂例》，陆质撰，北京：中华书局印《丛书集成初编》本
《四书章句集注》，朱熹撰，北京：中华书局，1983 年
《诗集传》，朱熹集注，上海：上海古籍出版社，1980 年
《二程集》，程颢、程颐著，王孝鱼点校，北京：中华书局，1981 年
《张载集》，章锡琛点校，北京：中华书局，1978 年
《泾野子内篇》，吕楠撰，赵瑞民点校，北京：中华书局，1992 年
《关学编》(附续编)，冯从吾撰，陈俊民、徐兴海点校，北京：中华书局，1987 年
《经学历史》，皮锡瑞著，周予同注释，北京：中华书局，1959 年
《经学通论》，皮锡瑞著，北京：中华书局，1954 年
《史记》，司马迁撰，北京：中华书局，1959 年
《汉书》，班固撰，颜师古注，北京：中华书局，1962 年
《后汉书》，范晔撰，李贤等注，北京：中华书局，1965 年
《三国志》，陈寿撰，陈乃乾校点，北京：中华书局，1982 年

《晋书》，房玄龄等撰，北京：中华书局，1974 年
《宋书》，沈约撰，北京：中华书局，1974 年
《梁书》，姚思廉撰，北京：中华书局，1973 年
《魏书》，魏收撰，北京：中华书局，1974 年
《北齐书》，李百药撰，北京：中华书局，1972 年
《周书》，令狐德棻等撰，北京：中华书局，1971 年
《北史》，李延寿撰，北京：中华书局，1974 年
《隋书》，魏徵等撰，北京：中华书局，1973 年
《旧唐书》，刘昫等撰，北京：中华书局，1975 年
《新唐书》，欧阳修、宋祁撰，北京：中华书局，1975 年
《资治通鉴》，司马光著，标点《资治通鉴》小组校点，北京：中华书局，1956 年
《唐律疏议》，长孙无忌等撰，刘俊文点校，北京：中华书局，1983 年
《唐六典》，李林甫等撰，陈仲夫点校，北京：中华书局，1988 年
《通典》，杜佑撰，王文锦等点校，北京：中华书局，1988 年
《通志二十略》，郑樵撰，王树民点校，北京：中华书局，1995 年
《唐会要》，王溥撰，北京：中华书局，1955 年
《大唐创业起居注》，温大雅撰，李季平、李锡厚点校，上海：上海古籍出版社，1983 年
《贞观政要》，吴兢编著，上海：上海古籍出版社，1978 年
《大唐新语》，刘肃撰，许德楠、李鼎霞点校，北京：中华书局 1984 年
《隋唐嘉话》，刘餗撰，程毅中点校，北京：中华书局，1979 年

《朝野佥载》，张鷟撰，赵守俨点校，北京：中华书局，1979 年
《唐国史补》，李肇撰，上海：上海古籍出版社，1979 年
《因话录》，赵璘撰，上海：上海古籍出版社，1979 年
《唐摭言》，王定保撰，上海：上海古籍出版社，1978 年
《封氏闻见记校注》，封演撰，赵贞信校注，北京：中华书局，1985 年
《唐语林》，王谠撰，上海：上海古籍出版社，1978 年
《唐尚书省郎官石柱题名考》，劳格、赵钺撰，徐敏霞、王桂珍点校，北京：中华书局，1992 年
《登科记考》，徐松撰，赵守俨点校，北京：中华书局，1984 年
《史通通释》，刘知几撰，浦起龙释，上海：上海古籍出版社，1978 年
《元和姓纂》，林宝撰，岑仲勉校记，郁贤皓、陶敏整理，北京：中华书局，1994 年
《古今姓氏书辩证》，邓名世撰，王力平点校，南昌：江西人民出版社，2006 年
《括地志辑校》，李泰等著，贺次君辑校，北京：中华书局，1980 年
《元和郡县图志》，李吉甫撰，贺次君点校，北京：中华书局，1983 年
《三辅黄图校证》，陈直校证，西安：陕西人民出版社，1980 年
《雍录》，程大昌撰，黄永年点校，北京：中华书局，2002 年
《关中胜迹图志》，毕沅撰，张沛校点，西安：三秦出版社，2004 年

《唐两京城坊考》，徐松撰，方俨点校，北京：中华书局，1985 年
《增订唐两京城坊考》，徐松撰，李健超增订，西安：三秦出版社，1996 年
《长安志》，宋敏求撰，《丛书集成初编》本
《类编长安志》，骆天骧撰，黄永年点校，北京：中华书局，1990 年
《诗地理考》，王应麟撰，《丛书集成初编》本
《三辅决录》，赵岐撰，挚虞注，龙溪精舍校刊本
《三秦记》，辛氏纂，张澍编辑，龙溪精舍校刊本
《两京新记》，韦述撰，南菁札记本
《游城南记》，张礼撰，《关中丛书》本，《丛书集成初编》本
《日知录集释》，顾炎武著，黄汝成集释，上海：上海古籍出版社 1984 年影印本
《义门读书记》，何焯撰，北京：中华书局，1987 年
《读通鉴论》，王夫之著，北京：中华书局，1976 年
《廿二史札记校证》，赵翼著，王树民校证，北京：中华书局，1984 年
《十驾斋养新录》，钱大昕撰，上海：上海书店，1983 年
《文史通义校注》，章学诚著，叶瑛校注，北京：中华书局，1985 年
《全上古三代秦汉三国六朝文》，严可均编，北京：中华书局，1985 年
《先秦汉魏晋南北朝诗》，逯钦立辑校，北京：中华书局，1983 年
《全唐文》，董诰等编，北京：中华书局，1983 年影印本

《全唐诗》，彭定求等编，北京：中华书局，1960年
《文苑英华》，李昉等编，北京：中华书局，1966年
《太平广记》，李昉等编，北京：中华书局，1955年
《唐人选唐诗》(十种)，北京：中华书局，1958年
《颜氏家训集解》，颜之推著，王利器集解，北京：中华书局，1993年
《庾子山集注》，倪璠注，许逸民校点，北京：中华书局，1980年
《杨炯集》，徐明霞点校，北京：中华书局，1980年
《王昌龄诗注》，李云逸注，上海：上海古籍出版社，1984年
《李太白全集》，王琦注，北京：中华书局，1977年
《李白全集编年笺注》，安旗、薛天纬、阎琦、房日晰笺注撰，北京：中华书局，2014年
《杜诗详注》，仇兆鳌注，北京：中华书局，1979年
《杜甫全集校注》，萧涤非主编，北京：人民文学出版社，2014年
《李益诗注》，范之麟注，上海：上海古籍出版社，1984年
《韦应物集校注》，陶敏、王友胜校注，上海：上海古籍出版社，2011年
《柳宗元集》，《柳宗元集》校点组校点，北京：中华书局，1979年
《刘禹锡集》，卞孝萱校订，北京：中华书局，1990年
《白居易集笺校》，朱金城笺校，上海：上海古籍出版社，1988年
《元稹集》，冀勤点校，北京：中华书局，1982年
《窦氏联珠集》，《四部丛刊三编》影宋本，《关中丛书》本
《韩昌黎文集注释》，阎琦校注，西安：三秦出版社，2004年

《韩昌黎诗系年集释》，钱仲联集释，上海：上海古籍出版社，1984年
《薛涛诗笺》，张逢舟笺，北京：人民文学出版社，1983年
《樊川文集》，陈允吉点校，上海：上海古籍出版社，2007年
《樊川诗集注》，冯集梧注，上海：上海古籍出版社，1978年
《樊川文集校注》，何锡光校注，成都：巴蜀书社，2007年
《韦庄集校注》，李谊校注，成都：四川省社会科学院出版社，1986年
《沧浪诗话》，严羽著，郭绍虞校释，北京：人民文学出版社，1983年
《诗薮》，胡应麟撰，上海：上海古籍出版社，1979年
《唐音癸签》，胡震亨著，上海：上海古籍出版社，1981年
《艺概》，刘熙载撰，上海：上海古籍出版社，1978年
《五代诗话》，王士禛原编，郑方坤删补，戴鸿森校点，北京：人民文学出版社，1989年
《法书要录》，张彦远撰，范祥雍点校，北京：人民美术出版社，1986年
《历代名画记》，张彦远撰，秦仲文、黄苗子点校，北京：人民美术出版社，1963年
《宣和画谱》，“丛书集成初编”本

二、近人著述

卞孝萱：《元稹年谱》，济南：齐鲁书社，1980年

《唐传奇新探》，南京：江苏教育出版社，2001 年
曹道衡、沈玉成 ：《南北朝文学史》，北京：人民文学出版社，1991 年
曹道衡：《西魏北周时代的关陇学术与文化》，《文学遗产》2002 年第 3 期
岑仲勉：《唐人行第录》，上海：上海古籍出版社，1978 年
《唐史余沈》，上海：上海古籍出版社，1979 年
《金石论丛》，上海：上海古籍出版社，1981 年
《隋唐史》，北京：中华书局，1982 年
《岑仲勉史学论文集》，北京：中华书局，1990 年
陈　飞：《唐代试策考述》，北京：中华书局，2002 年
陈捷先：《唐代族谱略述》，《第一届国际唐代学术会议论文集》，台北：学生书局，1989 年
陈　钧：《苏颋年谱》，《盐城师专学报》1991 年第 1、4 期，1992 年第 4 期，1993 年第 2、4 期，1994 年第 1、2、3 期连载
陈　来：《古代宗教与伦理——儒家思想的根源》，北京：生活·读书·新知三联书店，1996 年
陈　明：《中古士族现象研究——儒学的历史文化功能初探》，台北：文津出版社，1994 年
《儒学的历史文化功能——士族：特殊形态的知识分子研究》，上海：学林出版社，1997 年
陈弱水：《柳宗元与唐代思想变迁》，郭英剑、徐承向译，南京：凤凰出版社，2001 年

《唐代的妇女文化与家庭生活》，台北：允晨文化，2007年
《唐代文士与中国思想的转型》，桂林：广西师范大学出版社，2009年
陈尚君：辑校《全唐诗补编》，北京：中华书局，1992年
《唐代文学丛考》，北京：中国社会科学出版社，1997年
陈寅恪：《陈寅恪文集》1—6(包括《寒柳堂集》《金明馆丛稿初编》《金明馆丛稿续编》《隋唐制度渊源略论稿》《唐代政治史述论稿》《元白诗笺证稿》)，上海：上海古籍出版社，1980年
《陈寅恪读书札记》(《旧唐书》《新唐书》之部)，上海：上海古籍出版社，1989年
陈正祥：《中国文化地理》，北京：生活·读书·新知三联书店，1980年
程存洁：《唐代城市研究初篇》，北京：中华书局，2002年
程千帆：《唐代进士行卷与文学》，上海：上海古籍出版社，1980年
程毅中：《唐代小说史话》，北京：文化艺术出版社，1990年
程章灿：《世族与六朝文学》，哈尔滨：黑龙江教育出版社，1998年
戴伟华：《唐方镇文职僚佐考》，天津：天津古籍出版社，1994年
《唐代使府与文学研究》，桂林：广西师范大学出版社，1998年；修订本，2007年
《地域文化与唐代诗歌》，北京：中华书局，2006年

邓国光：《挚虞研究》，香港：学衡出版社，1990 年
《韩愈文统探微》，台北：文史哲出版社，1992 年
《文原——中国古代文学与文论研究》，澳门：澳门大学出版中心，1997 年
邓文宽：《唐前期三次修谱牒浅析》，《唐史学会论文集》，西安：陕西人民出版社，1986 年
邓小军：《唐代文学的文化精神》，台北：文津出版社，1993 年
冻国栋：《中国中古经济与社会史论稿》，武汉：湖北教育出版社，2005 年
杜晓勤：《初盛唐诗歌的文化阐释》，北京：东方出版社，1997 年
杜正胜：《编户齐民：传统政治社会结构之形成》(三版)，台北：联经出版事业公司 2018 年
范兆飞编译：《西方学者中国中古贵族制论集》，北京：生活·读书·新知三联书店，2018 年
方北辰：《魏晋南朝江东世家大族述论》，台北：文津出版社，1991 年
费　省：《唐代人口地理》，西安：西北大学出版社，1996 年
费孝通：《乡土中国》，北京：生活·读书·新知三联书店，1985 年
《中国绅士》，北京：中国社会科学出版社，2006 年
冯尔康、阎爱民：《中国宗族社会》，杭州：浙江人民出版社，1994 年
傅绍良：《唐代谏议制度与文人》，北京：中国社会科学出版社，2003 年

傅锡壬：《牛李党争与唐代文学》，台北：东大图书公司，1984 年
傅璇琮：《唐代诗人丛考》，北京：中华书局，1980 年
《李德裕年谱》，济南：齐鲁书社，1984 年；石家庄：河北教育出版社，2001 年
《唐代科举与文学》，西安：陕西人民出版社，1986 年
《唐翰林学士传论》，沈阳：辽海出版社，2005 年
甘怀真：《唐代家庙礼制研究》，台北："商务印书馆"股份有限公司，1991 年
高海夫：《柳宗元散论》，西安：陕西人民出版社，1985 年
葛承雍：《唐韵胡音与外来文明》，北京：中华书局，2006 年
葛剑雄：《统一与分裂——中国历史的启示》，北京：生活·读书·新知三联书店，1994 年
葛剑雄主编，吴松弟著：《中国移民史》第 3 卷（隋唐五代时期），福州：福建人民出版社，1997 年
葛剑雄主编，冻国栋著：《中国人口史》第 2 卷（隋唐五代时期），上海：复旦大学出版社，2002 年
龚国强：《隋唐长安城佛寺研究》，北京：文物出版社，2006 年
郭　锋：《唐代士族个案研究》，厦门：厦门大学出版社，1999 年
郭英德：《中国古代文人集团与文学风貌》，北京：北京师范大学出版社，1998 年
韩　昇：《南北朝隋唐士族向城市的迁徙与社会变迁》，《历史研究》2003 年第 4 期
韩树峰：《河东裴氏南迁述论》，《中国史研究》1996 年第 2 期
《河东柳氏在南朝的独特发展历程》，《中国史研究》2000

年第 1 期
韩　香：《隋唐长安与中亚文明》，北京：中国社会科学出版社，2006 年
何启民：《中古门第论集》，台北：学生书局，1990 年
《柳芳氏族论中的一些问题》，《唐代研究论集》第 2 辑，台北：新文丰出版股份有限公司，1992 年
贺次君：《西晋以下北方宦族地望表》，《禹贡》第 3 卷第 4 期，1935 年
胡可先：《中唐政治与文学》，合肥：安徽大学出版社，2000 年
《杨氏家族与中晚唐文学生态》，《北京大学学报》（哲学社会科学版）2009 年第 3 期
《出土文献与唐代韦氏文学家族研究》，《文学与文化》2011 年第 3 期
《出土文献与唐代诗学研究》，北京：中华书局，2012 年
《出土墓志与唐代河东薛氏文学家族考论》，《中国文学研究（辑刊）》2014 年第 2 辑
《“城南韦杜”“杜陵野老”释证》，《复旦学报》2014 年第 5 期
《考古发现与唐代文学研究》，杭州：浙江大学出版社，2014 年
《杜甫与京兆韦氏关系考论》，《复旦学报》2017 年第 6 期
《新出石刻与唐代文学家族研究》，北京：北京大学出版社，2017 年

《唐代诗人墓志汇编（出土文献卷）》，与杨琼合作，上海：上海古籍出版社，2021 年

胡如雷：《门阀士族兴衰的根本原因及士族在唐代的地位和作用》，收入史念海主编《唐史论丛》第 3 辑，西安：陕西人民出版社，1987 年

黄宽重、刘增贵主编：《家族与社会》，北京：中国大百科全书出版社，2005 年

黄仁宇：《赫逊河畔谈中国历史》，北京：生活·读书·新知三联书店，1992 年

《中国大历史》，北京：生活·读书·新知三联书店，1997 年

黄留珠、徐晔主编：《中国地域文化通览（陕西卷）》，北京：中华书局，2013 年

霍松林师：《文艺学简论》，北京：中国社会科学出版社，1982 年

《唐宋诗文鉴赏举隅》，北京：人民文学出版社，1984 年

《唐诗与长安》，《文史知识》1992 年第 6 期

贾晋华：《唐代集会总集与诗人群研究》，北京：北京大学出版社，2001 年

蒋　庆：《公羊学引论》，沈阳：辽宁教育出版社，1995 年

蒋　寅：《大历诗风》，上海：上海古籍出版社，1992 年

《大历诗人研究》，北京：中华书局，1995 年

主编《中国古代文学通论》（隋唐五代卷），沈阳：辽宁人民出版社，2005 年

姜广辉主编：《中国经学思想史》，北京：中国社会科学出版社，

2003 年
景遐东：《江南文化与唐代文学研究》，北京：人民文学出版社，2005 年
劳　干：《关东与关西的李姓和赵姓》，台北：《历史语言研究所集刊》第 31 本，1960 年
赖瑞和：《唐代基层文官》，北京：中华书局，2008 年
《唐代中层文官》，台北：联经出版事业股份有限公司，2008 年
李斌城主编：《唐代文化》，北京：中国社会科学出版社，2002 年
李德辉：《唐代交通与文学》，长沙：湖南人民出版社，2003 年
《唐代文馆制度及其与政治和文学的关系》，上海：上海古籍出版社，2006 年
李光霁：《简论唐代山东旧士族》，《唐史学会论文集》，西安：陕西人民出版社，1986 年
李　浩：《唐代园林别业考论》，西安：西北大学出版社，1998 年
《流声：中国姓名文化》，北京：生活·读书·新知三联书店，2018 年
《唐诗的文本阐释》，西安：陕西人民出版社，2022 年
《唐代三大地域文学士族研究》，西安：陕西人民出版社，2022 年
李　红：《隋唐河东柳氏家族研究：以世系、迁移、婚宦、家族文化为中心》，北京：文物出版社，2016 年
李开元：《汉帝国的建立与刘邦集团》，北京：生活·读书·新知三联书店，2000 年

李　山：《诗经的文化精神》，北京：东方出版社，1997年
李学勤：《东周与秦代文明》（增订本），北京：文物出版社，1991年
李泽厚：《中国古代思想史论》，北京：人民出版社，1986年
李泽厚、刘纲纪：《中国美学史》（第1卷），北京：中国社会科学出版社，1984年
梁启超：《中国地理大势论》，《饮冰室文集》卷一〇
林安梧：《儒学与中国传统社会之哲学省察：以"血缘性纵贯轴"为核心的理解与诠释》，上海：学林出版社，1998年
林庆彰、蒋秋华主编：《啖助新春秋学派研究论集》，台北："中央研究院"中国文哲研究所，2002年
刘焕阳：《宋代晁代家族及其文献研究》，济南：齐鲁书社，2004年
刘梦溪：《陈寅恪的学说》，北京：生活·读书·新知三联书店，2016年
刘师培：《南北学派不同论》，《国粹学报》1905年第2、6、7、9期
刘永济：《十四朝文学要略》，哈尔滨：黑龙江人民出版社，1984年
刘跃进：《门阀士族与永明文学》，北京：生活·读书·新知三联书店，1996年
柳诒徵：《中国文化史》，北京：中国大百科全书出版社，1988年
卢　云：《汉晋文化地理》，西安：陕西人民教育出版社，1991年
陆键东：《陈寅恪的最后20年》，北京：生活·读书·新知三联

书店，1995 年
逯耀东：《从平城到洛阳：拓跋魏文化转变的历程》，北京：中华书局，2006 年
吕春盛：《关陇集团的权力结构演变——西魏北周政治史研究》，台北：稻乡出版社，2002 年
吕思勉：《中国制度史》，上海：上海教育出版社，1985 年
吕一飞：《胡族习俗与隋唐风韵》，北京：书目文献出版社，1994 年
吕卓民：《古都西安 · 长安韦杜家族》，西安：西安出版社，2005 年
罗根泽：《中国文学批评史》，上海：上海古籍出版社，1984 年
罗联添：《唐代四家诗文论集》，台北：学海出版社，1986 年
《唐代文学论集》，台北：学生书局，1989 年
罗宗强：《隋唐五代文学思想史》，上海：上海古籍出版社，1986 年
《魏晋南北朝文学思想史》，北京：中华书局，1996 年
马自力：《中唐文人之社会角色与文学活动》，北京：中国社会科学出版社，2005 年
毛汉光：《两晋南北朝士族政治之研究》，台北：中国学术著作奖助委员会，1966 年
《唐代统治阶层的社会变动：从官吏家庭背景看社会流动》，台北：政治大学高级研究生毕业论文（稿本），1986 年
《隋唐政权中的吴郡陆氏》，杨联升编《国史释论——陶

希圣先生九秩荣庆论文集》，台北：食货出版社，1987 年
《中国中古社会史论》，台北：联经出版事业公司，1988 年；上海世纪出版集团、上海书店出版社，2002 年
《隋唐政权中南朝旧族之仕进凭借与途径》，《第一届国际唐代学术会议论文集》，台北：学生书局，1989 年
《关中郡姓婚姻关系之研究》，《唐代文化研讨会论文集》，台北：文史哲出版社，1991 年
《中国中古政治史论》，台北：联经出版事业公司，1990 年；上海世纪出版集团、上海书店出版社，2020 年
梅新林：《中国古代文学地理形态与演变》，上海：复旦出版社，2006 年
梅新林、葛永海：《文学地理学原理》，北京：中国社会科学出版社，2017 年
缪　钺：《读史存稿》，北京：生活·读书·新知三联书店，1963 年
《杜牧传》，北京：人民文学出版社，1977 年
《杜牧年谱》，北京：人民文学出版社，1980 年
牟润孙：《注史斋丛稿》，台北：“商务印书馆”股份有限公司，1980 年
欧阳宗书：《中国家谱》，北京：新华出版社，1993 年
潘维和：《唐律上家族主义之研究》，《华岗学报》1965 年第 1 期
普　慧：《南朝佛教与文学》，北京：中华书局，2002 年
钱　杭：《血缘与地缘之间——中国历史上的联宗与联宗组织》，

上海：上海社会科学院出版社，2001 年
钱基博：《中国文学史》，北京：中华书局，1993 年
钱　穆：《周初地理考》，《燕京学报》1931 年第 10 期
《略论魏晋南北朝学术文化与当时门第之关系》，香港：《新亚学报》第 5 卷第 3 期，1963 年
《中国文化史导论》（修订本），北京：商务印书馆，1994 年
《国史大纲》（修订本），北京：商务印书馆，1996 年
《国学概论》，北京：商务印书馆，1997 年
钱锺书：《管锥编》，北京：中华书局，1979 年
《谈艺录》（补订本），北京：中华书局，1984 年
乔象锺、陈铁民主编：《唐代文学史》（上册），北京：人民文学出版社，1995 年
邱添生：《由世族盛衰看中国中世的社会变迁》，《第一届国际唐代学术会议论文集》，台北：学生书局，1989 年
瞿同祖：《中国法律与中国社会》，北京：中华书局，1981 年
瞿林东：《唐代谱学和唐代社会》，《中国史研究》1981 年第 1 期，收入氏著《唐代史学论稿》，北京：北京师范大学出版社，1989 年
尚　定：《走向盛唐》，北京：中国社会科学出版社，1994 年
施子愉：《柳宗元年谱》，武汉：湖北人民出版社，1958 年
史念海：《河山集》，北京：生活·读书·新知三联书店，1963 年
《河山集》（第 2 集），北京：生活·读书·新知三联书店，1981 年

《河山集》(第3集)，北京：人民出版社，1988年
《河山集》(第4集)，西安：陕西师范大学出版社，1991年
《河山集》(第5集)，太原：山西人民出版社，1991年
斯维至：《陕西通史·西周卷》，西安：陕西师范大学出版社，1997年
宋大川：《唐代教育体制研究》，太原：山西教育出版社，1998年
宋艳梅：《关中郡姓研究的回顾与展望》，《建国六十年来六朝史研究的回顾与展望学术研讨会论文集》，2009年
《1980年以来国内对中古关中郡姓研究的回顾与展望》，《渭南师范学院学报》2017年第23期
苏绍兴：《两晋南朝的士族》，台北：联经事业出版公司，1987年
孙昌武：《柳宗元传论》，北京：人民文学出版社，1982年
孙　望：《韦应物事迹考述》，收入氏著《蜗叟杂稿》，上海：上海古籍出版社，1982年
台静农：《论唐代士风与文学》，《唐代研究论集》第1辑，台北：新文丰出版公司，1992年
唐长孺：《魏晋南北朝史论丛》，北京：生活·读书·新知三联书店，1955年
《魏晋南北朝史论拾遗》，北京：中华书局，1983年
《魏晋南北朝隋唐史三论》，武汉：武汉大学出版社，1993年
唐耕耦：《敦煌唐写本天下姓望氏族谱残卷的若干问题》，见《魏晋隋唐史论集》第2辑，北京：中国社会科学出版社，

1983 年
唐燮军：《六朝吴兴沈氏及其宗族文化探究》，北京：中国社会科学出版社，2007 年
陶晋生：《北宋士族——家族、婚姻、生活》，台北："中央研究院"历史语言研究所，2001 年
陶礼天：《北"风"与南"骚"》，北京：华文出版社，1997 年
田廷柱：《隋唐士族》，西安：三秦出版社，1990 年
田余庆：《东晋门阀政治》，北京：北京大学出版社，1989 年
万绳楠：《魏晋南北朝史论稿》，合肥：安徽教育出版社，1983 年
王国维：《观堂集林》，北京：中华书局，1959 年
王力平：《四至九世纪襄阳杜氏家族述论》，《中国社会历史评论》第三卷，北京：中华书局，2001 年
《中古杜氏家族的变迁》，北京：商务印书馆，2006 年
王其祎、周晓薇：《长安新出隋大业九年〈杜佑墓志〉疏证——兼为梳理隋唐墓志所见京兆杜氏世系》，《唐史论丛》2012 年第 1 期
《望高天下：隋唐京兆杜氏再考察——以长安新出唐杜氏方夫妇墓志为案例》，《唐史论丛》
王庆卫、王煊：《隋代华阴杨氏考述——以墓志铭为中心》，《碑林集刊》2005 年
《隋代弘农杨氏续考——以墓志铭为中心》，《碑林集刊》2006 年
王水照师：《王水照自选集》，上海：上海教育出版社，2000 年
《钱钟书的学术人生》，北京：中华书局，2020 年

《北宋三大文人集团》，上海：上海古籍出版社，2021年
王学理、梁云：《秦文化》，北京：文物出版社，2001年
王勋成：《唐代铨选与文学》，北京：中华书局，2001年
王炎平：《牛李党争》，西安：西北大学出版社，1996年
王伊同：《五朝门第》，香港：香港中文大学出版社，1978年；北京：中华书局，2006年
王永平：《六朝江东世族之家风家学研究》，南京：江苏古籍出版社，2003年
《中古士人迁移与文化交流》，北京：社会科学文献出版社，2005年
王永兴：《陈门问学丛稿》，南昌：江西人民出版社，1993年
《陈寅恪先生史学述略论稿》，北京：北京大学出版社，1988年
王运熙、杨明：《魏晋南北朝文学批评史》，上海：上海古籍出版社，1989年
《隋唐五代文学批评史》，上海：上海古籍出版社，1994年
王仲荦：《㟙华山馆丛稿》，北京：中华书局，1987年
《隋唐五代史》，上海：上海人民出版社，1988年
王子今：《秦汉区域文化研究》，成都：四川人民出版社，1998年
汪　篯：《汪篯隋唐史论稿》，唐长孺等编，北京：中国社会科学出版社，1981年
汪荣祖：《陈寅恪评传》，南昌：百花洲文艺出版社，1992年
汪习波：《隋唐文选学研究》，上海：上海古籍出版社，2005年

吴庚舜、董乃斌主编：《唐代文学史》(下册)，北京：人民文学出版社，1995 年
吴丽娱：《唐礼摭遗——中古书仪研究》，北京：商务印书馆，2002 年
吴 霓：《中国古代私学发展诸问题研究》，北京：中国社会科学出版社，1996 年
吴在庆：《增补唐五代文史丛考》，合肥：黄山书社，2006 年
吴正岚：《六朝江东士族的家学门风》，南京：南京大学出版社，2003 年
吴宗国：《唐代士族及其衰落》，《唐史学会论文集》，西安：陕西人民出版社，1986 年
《唐代科举制度研究》，沈阳：辽宁大学出版社，1992 年
西 江：《将相斌，风流千古——裴氏人物志传》，北京：中国社会科学出版社，2001 年
《裴氏人物著述》，太原：山西人民出版社，2002 年
夏 炎：《中古世家大族清河崔氏研究》，天津：天津古籍出版社，2004 年
向 达：《唐代长安与西域文明》，北京：生活·读书·新知三联书店，1957 年
萧华荣：《华丽家族——两晋南朝陈郡谢氏传奇》，北京：生活·读书·新知三联书店，1994 年
《簪缨世家——两晋南朝琅邪王氏传奇》，北京：生活·读书·新知三联书店，1995 年
徐扬杰：《中国家族制度史》，北京：人民出版社，1992 年

许倬云：《西周史》(增订本)，北京：生活·读书·新知三联书店，1994年
阎爱民：《汉晋家族研究》，上海：上海人民出版社，2005年
阎步克：《士大夫政治演生史稿》，北京：北京大学出版社，1996年
严耕望：《唐史研究丛稿》，香港：新亚研究所，1969年
《唐代交通图考》，台北：《历史语言研究所专刊》之八十三，1986年
颜普元：《颜氏家学与风徽》，长沙：岳麓书社，1999年
杨东晨：《陕西古代史》，西安：陕西人民教育出版社，1994年
杨念群：《儒学地域化的近代形态》，北京：生活·读书·新知三联书店，1997年
《中层理论——东西方思想会通下的中国史研究》，南昌：江西教育出版社，2001年
姚薇元：《北朝胡姓考》，北京：科学出版社，1958年
余英时：《士与中国文化》，上海：上海人民出版社，1987年
《钱穆与中国文化》，上海：上海远东出版社，1994年
《中国知识人之史的考察》(《余英时文集》第4卷)，桂林：广西师范大学出版社，2004年
余恕诚：《唐诗风貌》，合肥：安徽大学出版社，1997年
郁贤皓：《唐刺史考全编》，合肥：安徽大学出版社，2000年
于迎春：《秦汉士史》，北京：北京大学出版社，2000年
袁行霈：《中国诗歌艺术研究》，北京：北京大学出版社，1987年
《中国文学概论》，北京：高等教育出版社，1990年

曾大兴：《中国历代文学家之地理分布》，武汉：湖北教育出版社，1995年

查屏球：《唐学与唐诗》，北京：商务印书馆，2000年

《从游士到儒士——汉唐士风与文风论稿》，上海：复旦大学出版社，2005年

章培恒师：《从〈诗经〉〈楚辞〉看我国古代文学中的地区差别》，《中国文化》创刊号

章培恒师、骆玉明主编：《中国文学史》，上海：复旦大学出版社，1994年

章　群：《宗庙与家庙》，《唐代文化研究论文集》，上海：上海人民出版社，1994年

《唐史》(校订本)，香港：龙门书局，1979年

章士钊：《柳文指要》，北京：中华书局，1971年

章太炎：《国学讲演录》，上海：华东师范大学出版社，1995年

章义和：《地域集团与南朝政治》，上海：华东师范大学出版社，2002年

张光直：《中国青铜时代》，北京：生活·读书·新知三联书店，1983年

张广达：《西域史地丛稿初编》，上海：上海古籍出版社，1995年

张　剑：《宋代家族与文学——以澶州晁氏为中心》，北京：北京出版社，2006年

张岂之主编：《中国思想史》，西安：西北大学出版社，1989年

主编《陕西通史·思想卷》，西安：陕西师范大学出版社，1997年

主编《中国历史》，北京：高等教育出版社，2000 年
张泽咸：《谱牒与唐代社会小议》，《唐代文化研究论文集》，上海：上海人民出版社，1994 年
《唐代阶级结构研究》，郑州：中州古籍出版社，1996 年
张仲礼：《中国绅士》，上海：上海社会科学院出版社，2001 年
张永禄：《唐都长安》，西安：西北大学出版社，1987 年
主编《唐代长安词典》，西安：陕西人民出版社，1990 年
主编《汉代长安词典》，西安：陕西人民出版社，1993 年
赵　超：《新唐书宰相世系表集校》，北京：中华书局，1998 年
郑鹤声：《杜佑年谱》，北京：商务印书馆，1934 年
郑振铎：《插图本中国文学史》，北京：人民文学出版社，1957 年
钟仕伦：《南北文化与美学思潮》，成都：四川大学出版社，1995 年
周长山：《汉代城市研究》，北京：人民出版社，2001 年
周建江：《北朝文学史》，北京：中国社会科学出版社，1997 年
周伟洲：《唐代关中民族的分布及融合》，《中国历史地理论丛》1992 年第 3 期
《陕西通史·民族卷》，西安：陕西师范大学出版社，1996 年
周勋初主编：《唐诗大辞典》，南京：江苏古籍出版社，1990 年
周一良：《魏晋南北朝史论集》，北京：中华书局，1963 年
《魏晋南北朝史札记》，北京：中华书局，1985 年
周予同：《经今古文学》，北京：中华书局，1955 年
周征松：《河东裴氏谱牒知见录》，《文献》1992 年第 4 期；又见

《谱牒学研究》第4辑，1995年
《河东裴氏及其族源》，《山西师范大学学报》(社会科学版)1997年第1期
《魏晋隋唐间的河东裴氏》，太原：山西教育出版社，2000年
周征松、高洪山：《唐代河东裴氏墓志述论》，《文献》1997年第2期
周祖谟主编：《中国文学家大辞典(唐五代卷)》，北京：中华书局，1992年

三、外国著述

[日]川胜义雄：《六朝贵族制社会研究》，徐谷芃、李济沧译，上海：上海古籍出版社，2007年
[日]池田温：《唐代的郡望表》(上、下)，《东洋学报》第42卷第3—4号，1959年，1960年
《唐朝氏族志研究——关于〈敦煌名族志〉残卷》，《日本学者研究中国史论著选译》第4卷，北京：中华书局，1992年
《唐研究论文集》，北京：中国社会科学出版社，1999年
[日]池泽滋子：《吴越钱氏文人群体研究》，上海：上海人民出版社，2006年
[日]矢野主税：《裴氏研究》，《长崎大学社会科学论丛》1965年

第 14 期
[日]布目潮渊：《唐初的贵族》，《日本学者研究中国史论著选译》第 4 卷，北京：中华书局，1992 年
[日]东野治之：《训蒙书》，收入池田温编《讲座敦煌》五《敦煌汉文文献》，东京：大东出版社，平成四年
[日]宇都宫清吉：《唐代贵人气就官一考察》，《史林》第 19 卷第 3 号，1934 年
[日]长部悦弘：《北朝隋唐时代胡族(7)通婚关系》，《史林》第 73 卷第 4 号，1990 年
[日]今堀诚二：《唐代士族(7)性格素描(一)》，《历史学研究》第 9 卷第 11 号，1940 年
[日]斯波义信：《宋代江南经济史研究》，方健、何忠礼译，南京：江苏人民出版社，2001 年
[日]沟口雄三：《中国前近代思想的演变》，索介然、龚颖译，北京：中华书局，1997 年
[日]户崎哲彦：《柳宗元集考》(上、下)，《彦根论丛》第 289—290 号，平成六年六月、八月
《唐代中期の"民主主义"の出现》(1、2)，《彦根论丛》第 302—303 号，平成八年七月、十月
[日]宫崎市定：《九品官人法研究》，韩昇、刘建英译，北京：中华书局，2008 年
[日]谷川道雄：《中国中世社会与共同体》，马彪译，北京：中华书局，2002 年
《隋唐帝国形成史论》，上海：上海古籍出版社，

2011 年
[日]气贺泽保规：《新版唐代墓志所在总合目录》，东京：汲古书院，2004 年
[美]艾尔曼：《从理学到朴学》，赵刚译，南京：江苏人民出版社，1997 年
[美]包弼德：《斯文：唐宋思想的转型》，刘宁译，南京：江苏人民出版社，2001 年
[英]崔瑞德编：《剑桥中国隋唐史》，中国社科院西方汉学课题组译，北京：中国社会科学出版社，1990 年
[美]谢　弗：《唐代的外来文明》，吴玉贵译，北京：中国社会科学出版社，1995 年
倪豪士编选：《美国学者论唐代文学》，黄宝华等译，上海：上海古籍出版社，1994 年
施坚雅主编：《中华帝国晚期的城市》，叶光庭等译，北京：中华书局，2000 年
田浩编：《宋代思想史论》，杨立华等译，北京：社会科学文献出版社，2003 年
Chiu - Duke, Josephine: *The Wu chün Lu Clan as an Example of Bureaucratization in the T' ang Dynasty*, *B. C. Asian Review*, 1990, No. 3/4, 106-152.
Ebrey, Patricia Buckley: *The Aristocratic Family of Early Imperial China: A Case Study of Boling Tsui Family*, Cambridge University Press, 1978.

陕版后记

还是暮春时节，陕西人民出版社关宁编辑短信邀请我为他们社写一本关于唐诗或唐代文学的书，我开始没有放在心上。后来承她与韩琳女史安排面谈，还有宋亚萍、刘景巍两位总编的加持，始明白她们的用意，我为她们的敬业精神所感动，于是就有了这一套文集的策划。

按我原来的设想，这一套文集应该在五六年后再启动，算是在给学术界师友们的告别演出时留一点念想。“轮囷胆气唯宜酒，寂寞心情好著书”（沈兼士语），那是先前那一辈文人的风气。我现在胆气没有了，酒量也没有了，唯余寂寞心情了，但也著不出什么不朽之作了，那就将几部旧作增订修改一过吧。虽是旧作，不完全等同今日的认知，但也是白纸黑字署着自己的名字，想赖也赖不掉。不如干脆争取主动，趁着现在眼未彻底昏花，膀不瘫，手不抖，留一个供学界批评的版本吧。

本册《唐代关中士族与文学》是我的博士论文的增订本，那时年轻，体力尚好，信奉勤能补拙，写作时没有敢偷懒，当时就仅有那么一点认识，也能把那点认识比较准确地传达出来。今天看来，可后悔的不多。这次增订，作为附录，补入《“五窦”生卒年新考》一篇。原本拟就窦氏家族及其他几个关中家族做更多的展开，惜后来其他任务压来，兴趣也有转移，终未能完工。

不过，我的几位博士生、硕士生在地域文学和家族文学方面，接着我又有新的开拓，用这些新成果他们同时也奠定了自己的学术地位。三十多年来，学界同行在此领域也有许多耕耘，我查了一下，仅就中唐窦叔向家族或所谓的“六窦”研究，1998年以来，期刊论文及学位论文就出现了十多篇，有关长安韦杜、河东裴薛柳等家族的研究，数量就更多了。客观地说，学术版图在这些年已经发生了很大的变化。

眼下学术界的变化有点像我们生活的城市的城乡接合部的变化。当年我徒步经过时，触目所见，要么是一片荒芜，要么是一块绿油油的农田，今天这一带矗立起了许多新的建筑物，也开辟了许多新的道路。对于这一块旧地的原住民，还是有很多感慨的。回到原生态显然是不可能了，但是希望无论原住民与新移民，大家共同遵守大地伦理，尊重原创，尊重学术规范。譬如积薪，后出转精。

我过去的学生王伟、李娜、胡永杰，在读博士生邱旭等帮助校看本书清样，向他们表示感谢。

2021年8月26日

初版后记

本书是我的博士学位论文，由霍师松林教授悉心针引，始克成篇。

知道松林师的名字，是在中学语文课上，而第一次目睹松林师的风采，聆听松林师讲演，则是在我考入西北大学中文系。当时，适逢恢复高考制度不久，中文系利用召开学术会议、主办讲习班等方式，先后邀请了一大批国内外知名学者讲学，现在还记得的有吴世昌、王利器、程千帆、周策纵、苏渊雷、蒋孔阳、李泽厚、李学勤等蜚声学界的专家。但印象最深的，还要推松林师。记得他当时端坐教坛，案上无一页稿纸，略带陇西口音，滔滔不绝，旁征博引，如数家珍，且思绪清晰，不枝不蔓。词锋所扇，动人心弦，令我大为钦服。

我真正投到松林师门下，则是在十六年之后。那时我已三十五岁，硕士毕业留校从事了多年的教学研究工作，已被晋升副教授，如此年龄去投考博士研究生，难免有混学位之嫌。但我的侍读问学经历却说明，这一纸文凭并不容易混。一则是松林师对门下弟子极严格，要求学生先器识而后文艺，对古代文学要知能并重，研究与创作相结合，注重会通与识力，厚植学养，熏习出一种崇高的人格。再则，霍门人才济济，前面毕业的师兄论文水平极高，仅文津出版社的“大陆博士论文丛刊”所收，就有近十种，在学界多有定评。这一方面给我指出了向上一路，另一方面也为我竖起了一个标杆。以我之资质禀赋，自不敢与师兄们相比，但至少不能相差太远，辱没松林师的清誉。三年的艰难困苦，难以备述。当得知同行专家及答辩委员会成员对拙文多所肯定、鼓励有加时，我始舒了一口气，感到并没有完全辜负松林师的期许。随后，松林师又向文津出版社鼎力推荐，使拙作得以很快面世。

师母胡主佑教授耿直爽朗，视学生如己出，遇有优秀学子投考文学所，她总是情不自禁夸奖祝贺，每当学生松懈怠惰，她亦直截了当地批评。每届学生毕业，是两位老人最盛大的节日，逢客人来访，两位老人并不多谈自己的诗书著述，却总是称道他们的学生。古人常说“仁者寿”，谨借此祝祷两位古稀老人福寿无量。

我的硕士研究生导师是安旗教授。安旗老师具有诗人气质，对作品兴发感动的力量颇多重视，故识见多有人所不及处。我与安旗老师交往最深入是在我硕士毕业、她荣休之后，我不拘囿于屑屑之问学，她亦无督课之劳形，师生畅谈，海阔天空，每有会心处，辄老少咸乐，其喜洋洋。安旗师对我走上学术道路亦有大功德。

我读本科时的老师多为关陇学人，虽术业专攻不同，但大多质直尚义，精思力践，对镕铸我的学术品格和确定本书的选题都具有潜移默化的影响。师承之外，现代学人中对我影响最大者，要数陈寅恪、钱穆、钱锺书，从他们的著作中我不仅获得了思想理念和治学方法，而且证悟出在苦难人生中安放心灵的大智慧。

论文完成后，曾送呈龚克昌、钟振振、杨海明、师长泰、李培坤诸教授评议，又由卞孝萱、董丁诚、郗政民、费秉勋、杨恩成、马歌东诸教授组成答辩委员会，卞先生任主席，对拙文高度评价。卞先生还应我之请，慨然允诺为拙稿赐序。对卞先生及诸位前辈学者的推挽引掖，我将永志不忘。

论文写作过程中，中国唐代文学学会会长傅璇琮教授、复旦大学中文系主任陈尚君教授都曾将其大著赐赠，供我参考。澳门大学教授邓国光博士与我风义兼师友，虽南北阻隔，但鱼书驿梅，往复频繁。邓兄肩有文化承当的大任，治学以儒家经学为血脉，其著述对我论文写作启发良多。北京大学博士钱跃鹏兄曾为我代查资料，其中有北图馆藏期刊不准复印，钱兄帮我将数万字原文极工整地手抄一遍。凡此高情雅意，谨致谢忱。

中国文化大学教授邱镇京主编和文津出版社素以弘扬华夏文化、复兴民族精神为己任，扶微继绝，传承薪火，皇皇一百种“大陆地区博士论文丛刊”雕刻精印，嘉惠学林，沾溉中外，即是一明证。邱教授在审读拙稿后，很快寄来出版契约，使拙稿得以忝列“隋唐文化研究丛书”。我的这一部关于关中地域文学的研究著作，首先在台北出版，让我感慨系之。在此忧患之世，学术之花果能以如此方式生长，则华夏文化统绪不坠，终必复振，当无可置疑。

李　浩

1998年11月11日

第二版后记

本书是我的博士论文，承蒙罗莉女士推荐，由“中国社会科学博士论文文库”编委会审查通过，列入本文库出版，我感到非常荣幸。

本书是在导师霍松林先生悉心指导下完成的。大约 1996 年 3 月动笔，草成于 1998 年。答辩通过不久，又经松林师推荐，被邱镇京教授收入“隋唐文化研究丛书”在台北出版。小书出版后，受到海内外唐研究界同道的关注，但因港台出版物在大陆市场上很难见到，看过评论介绍的朋友抱怨找不到原书，对涉及的观点及内容无法判断，没有真正实现与同行的对话交流，也没有进入有关学术统计的行列。此次在大陆出版，使我有机会订正一些明显的讹误，补充过去目力未及的一些材料，便于学术界就本书所提出的问题，进行更广泛深入的学术批评。

我深知自己于名山事业既乏慧根，又无家学渊源。学无所守，心多旁骛。多年来通过下笨功夫始小有进步，我将此主要归因于个人遭际与环境熏染。围绕本书写作前后的许多人事，亦可略见一斑。记得在陕西师大文学所读书时，松林师对门弟子学业上要求颇严，师母胡主佑教授又时时督学，使我不敢心存侥幸。

待我毕业后，始体会到松林师的苦心孤诣，而松林师对我的不断奖掖，期许高远，又使我常常感到汗颜。由卞孝萱先生任主席，董丁诚、郗政民、费秉勋、杨恩成、马歌东诸先生所组成的答辩委员会，对论文匡正极多。通讯评议专家钟振振、杨海明、龚克昌、师长泰、李培坤等先生亦对本论文质量的提高颇多指正。著名史学家张岂之先生对我亦多所奖掖，隋唐史专家胡戟先生因看到拙文对我多所肯定，到处说项。章培恒、王水照两位恩师因本论文而接纳我在复旦大学进行博士后研究。袁行霈先生亦对我不断鼓励扶植。我所供职的西北大学领导及有关职能部门，对我的学术研究长期给予支持，尤其是李军锋书记和孙勇校长，尽可能为我提供良好的研究条件。邱镇京先生在文津版尚未告罄时，同意授权大陆推出新版，承受了经济损失而毫不计较。由这些可敬的师长、同道、领导形成了一个有益于学术发展的激励机制。我把它叫作“场效应”，正是这种效应督促着我只管耕耘，不问收获，这或许是我本人在学术成长过程中的一些特异之处。

2003 年 7 月 28 日

于西安

第三版后记

本书由最初在台北印行繁体字本到这次增订再版，倏忽间已快十个年头了，对于一个忙碌而疲惫的跋涉者来说，弹指一挥间的光阴穿梭，除了把前额的皱纹烙得更清晰更深刻外，别无所获。时间这个盗贼，从指缝间偷走了我的青春岁月，如负巨舟，如入空室，给我剩下的只有生命的成熟和生活的寂静。

忆及本项研究的撰写、脱稿、答辩、初版、再版，要感谢的师友可以罗列很长一个名单，这个名单将会永远铭刻在我的记忆库中。本课题的研究也给我带来一些虚誉，我对此一方面诚惶诚恐，另一方面仅将其视作进入该领域的准入证。在学术的圣殿中，龙象腾跃，俊采星驰，我不过是一个虔诚的香客，一步三叩首走向圣地，但我宁肯渴死在朝圣的途中，也决不取巧走捷径，妄称自己忽然开悟，获得终极真理。

此次增订再版仍劳罗莉老师任责编，对于一位几十年默默为学人做嫁的资深编辑，很难用一个谢字来表达我深深的敬意。我的2006、2007两个年级的博、硕士研究生，帮我义务校阅了一遍清样，对于他们的辛苦劳作，我则要公开致谢。

2007年10月30日

于长安郭杜西大校区